Clube do Crime é uma coleção que reúne os maiores nomes do mistério clássico no mundo, com obras de autores que ajudaram a construir e a revolucionar o gênero desde o século XIX. Como editora da obra de Agatha Christie, a HarperCollins busca com este trabalho resgatar títulos fundamentais que, diferentemente dos livros da Rainha do Crime, acabaram não tendo o devido reconhecimento no Brasil.

O Mistério da Cruz Egípcia

ELLERY QUEEN

Tradução
Paula Di Carvalho

Rio de Janeiro, 2023

Copyright © 1932 por Ellery Queen.
Copyright renovado por Ellery Queen.
Copyright da tradução © 2023 por Casa dos Livros Editora LTDA.
Todos os direitos reservados.
Título original: *The Egyptian Cross Mystery*

Todos os direitos desta publicação são reservados à Casa dos Livros Editora
LTDA. Nenhuma parte desta obra pode ser apropriada e estocada em sistema
de banco de dados ou processo similar, em qualquer forma ou meio, seja ele-
trônico, de fotocópia, gravação etc., sem a permissão do detentor do copyright.

Diretora editorial: *Raquel Cozer*
Gerente editorial: *Alice Mello*
Editora: *Lara Berruezo*
Editoras assistentes: *Anna Clara Gonçalves e Camila Carneiro*
Assistência editorial: *Yasmin Montebello*
Copidesque: *Julia Vianna*
Revisão: *Suelen Lopes e Cindy Leopoldo*
Design gráfico de capa: *Giovanna Cianelli*
Projeto gráfico de miolo: *Ilustrarte Design e Produção Editorial*
Imagem dos autores: *GettyImages © Bettmann*
Diagramação: *Abreu's System*

Dados Internacionais de Catalogação na Publicação (CIP)
(Câmara Brasileira do Livro, SP, Brasil)

Queen, Ellery
    O mistério da cruz egípcia / Ellery Queen ; tradução Paula
Di Carvalho. – Rio de Janeiro, RJ : HarperCollins Brasil, 2023.
    (Clube do Crime)

    Título original: The egyptian cross mystery.
    ISBN 978-65-5511-524-6

    1. Ficção policial e de mistério (Literatura norte-americana)
I. Título II. Série.

23-147414   CDD-813.0872

Índices para catálogo sistemático:
1. Ficção policial e de mistério : Literatura norte-americana   813.0872

Tábata Alves da Silva – Bibliotecária – CRB-8/9253-0

Os pontos de vista desta obra são de responsabilidade de seu autor, não refletindo necessariamente a posição da HarperCollins Brasil, da HarperCollins
Publishers ou de sua equipe editorial.

HarperCollins Brasil é uma marca licenciada à Casa dos Livros Editora LTDA.

Todos os direitos reservados à Casa dos Livros Editora LTDA.
Rua da Quitanda, 86, sala 218 – Centro
Rio de Janeiro, RJ – CEP 20091-005
Tel.: (21) 3175-1030
www.harpercollins.com.br

Nota da editora

Ellery Queen é conhecido como um dos autores mais proeminentes da Era de Ouro da ficção de mistério, e seu maior representante nos Estados Unidos. Nome do escritor quanto do detetive que protagonizava suas histórias, Ellery Queen não foi alguém real, mas, sim, o pseudônimo de dois primos novaiorquinos, Frederic Dannay (1905-1982) e Manfred B. Lee (1905-1971).

Apesar de não terem qualquer experiência prévia como escritores de ficção, eles foram atraídos por um prêmio de 7.500 dólares oferecido pela revista *McClure's*, que estava em busca de uma ficção policial. Assim, em 1928, aos 23 anos, Dannay e Lee submeterem o título *The Roman Hat Mystery* [O mistério do chapéu romano, em tradução livre], a primeiro de mais de quarenta obras que escreveram juntos. E, na hora de escolher o pseudônimo para assassinar a obra, os primos perceberam que seria muito fácil para o público gravar um só nome, dando origem, então, a Ellery Queen.

O fato de personagem e autor compartilharem o mesmo nome fez com que o público acreditasse durante muito tempo que Ellery Queen era um detetive de verdade. Um engodo perpetuado por Dannay e Lee no prólogo de cada livro, no qual J. J. McC, um suposto amigo do detetive-autor, se autoproclama editor das palavras e peripécias de Queen e apresenta todas as suas histórias, tornando-o ainda mais real.

Inclusive, por sua habilidade na escrita e fama, Queen foi convidado a dar diversas palestras em universidades, sendo uma delas a Escola de Jornalismo da Universidade Columbia, em 1932. Dannay e Lee resolveram comparecer e, para tal, decidiram quem iria através de um jogo de cara ou coroa. E foi assim que Lee, personificando Queen e usando uma máscara, deu uma palestra sobre a escrita do mistério. A verdadeira identidade dos autores só foi divulgada quatro anos depois desse evento, em 1936.

Outro fato que foi alvo de grande especulação nas obras de Frederic Dannay e Manfred B. Lee era a dinâmica de escrita. Apesar de serem questionados inúmeras vezes, ambos os autores mantiveram em segredo o papel que cada um desempenhava na produção dos mistérios de Queen. Somente após a morte deles é que foi descoberto que Dannay, fã de obras de detetive desde criança, era o gênio por trás da criação e do detalhamento dos enredos e crimes; enquanto Lee, com sua paixão pela escrita e seu sonho de se tornar um grande escritor de ficção literária, dava vida aos personagens e às ações imaginadas pelo primo.

Dessa forma, ambos construíam narrativas impecáveis que ficaram conhecidas por sua característica "fair play", ou seja, por apresentarem todas as pistas para a resolução do crime no decorrer da história. Inclusive, cada um dos mistérios de Queen apresenta um "desafio para o leitor", no qual o detetive quebra a quarta parede e convida quem está lendo a solucionar o mistério antes que ele revele a resposta. Por esse caráter justo e envolvente, as histórias de Ellery Queen se tornaram um marco na história do suspense. E até Agatha Christie era uma fã do autor. Segundo ela, "um novo livro de Ellery Queen é algo que sempre espero ansiosamente já faz alguns anos".

E o impacto de Dannay e Lee na literatura de crime foi muito além das obras que publicaram e de suas subsequentes adaptações para a rádio e a televisão. Em 1941, os primos também foram os responsáveis por criarem uma das maiores revistas de ficção de mistério: a *Ellery Queen's Mystery Magazine*, também sob o pseudônimo.

Além de suposto autor e editor de uma revista, Ellery Queen, enquanto personagem, era um detetive amador conhecido por ser um brilhante formando de Harvard, alguém que sabia o quão inteligente era e, por isso, muitas vezes era visto como alguém presunçoso e insolente.

Dentre as mais de trinta obras de Ellery Queen, *O mistério da cruz egípcia* se destaca por ter um enredo repleto de reviravoltas e, fugindo do padrão das narrativas da Era de Ouro, por ter mais mortes violentas do que a maioria dos mistérios tradicionais, e certamente mais do que qualquer romance de Queen da época. No Brasil, o livro já havia sido publicado em 1973 pela Edições MM e agora está sendo republicado na coleção Clube do Crime em uma edição com tradução de Paula Di Carvalho e posfácio de Mabê Bonafe.

Boa leitura!

O Mistério
da Cruz Egípcia

PRÓLOGO

Há um pequeno mistério conectado aos vários grandes mistérios de *O mistério da cruz egípcia*, que é um enigma que tem pouco, ou nada, a ver com a história em si. Poderia muito bem ser chamado de "O mistério de um título". Foi trazido à minha atenção pelo próprio autor — meu amigo, Ellery Queen — em um bilhete anexo ao manuscrito, que ele mandara do seu cantinho na Itália depois de pedidos urgentes por telegrama do seu criado muito dedicado.

O bilhete dizia, entre outras coisas: "Mete bronca, J.J. Isso *não é* a baboseira de sempre de *le crime égyptologique*. Nenhuma pirâmide, nenhuma adaga cóptica no escuro da meia-noite de um museu sinistro, nenhum *fellahin*, nenhum mandachuva asiático de qualquer tipo... na verdade, nenhuma egiptologia. Por que, então, *O mistério da cruz egípcia*, você pergunta? Com razão, admito. Bem, o título é provocativo, para começar; ele me atrai de verdade. Mas se não há importância egípcia! Ah, eis a beleza. Espere para ver".

Frase típica de Ellery, veja bem; o que, como os seus leitores estão aptos a dizer, são sempre interessantes e frequentemente enigmáticas.

A investigação desses assassinatos apavorantes foi um do últimos trabalhos de meu amigo. É o quinto caso de Ellery Queen a ser apresentado ao público em forma de ficção. É composto de elementos extraordinários: um amálgama inacreditável de fanatismo religioso ancestral, uma colônia nudista, um marinheiro, um vingador do antro de superstição e violência da Europa Central, um "deus reencarnado" estranhamente louco do Egito Faraônico... na superfície, um *pot-pourri* de ingredientes impossíveis e fantásticos; na realidade, o pano de fundo de uma das séries de crimes mais ardilosas e tenebrosas nos anais da polícia moderna.

Se está decepcionado com a ausência daquele extraordinário velho excêntrico caçador de criminosos, o inspetor Richard Queen — sempre insisto que Ellery não faz justiça ao pai —, permita-me tranquilizá-lo. Ele voltará. Em *O mistério da cruz egípcia*, no entanto, Ellery fez um peculiar jogo solo devido a certas ramificações geográficas do caso. Fiquei tentado a solicitar que o editor recomendasse um atlas como leitura complementar deste livro ou que usasse como frontispício um mapa dos Estados Unidos. Começou na Virgínia Ocidental...

Mas lá vou eu. Afinal, essa história é de Ellery. Deixe que ele a conte.

J.J. McC.

RYE, N.Y.
Agosto, 1932

PARTE UM

A crucificação de um professor

"Um conhecimento prático da psiquiatria tem sido de ajuda inestimável na minha profissão de criminologista."

— Jean Turcot

1. NATAL EM ARROYO

Começou na Virgínia Ocidental, na junção de duas estradas a um quilômetro do pequeno vilarejo de Arroyo. Uma era a estrada principal de New Cumberland para Pughtown, a outra levava a Arroyo.

A geografia, Ellery Queen percebeu de imediato, era importante. Ele também viu muitas outras coisas ao primeiro olhar, e sentiu apenas confusão diante da natureza contraditória das provas. Nada se encaixava. Era necessário recuar e pensar.

Como Ellery Queen, um cosmopolita, acabou ao lado de um carro esportivo Duesenberg surrado no frio lamacento dessa tripinha da Virgínia Ocidental às duas horas *post meridiem* no fim de dezembro exige explicação. Tantos fatores confabularam para levar a esse extraordinário fenômeno! Um — o principal — foi uma viagem de trabalho disfarçada de férias fomentada pelo inspetor Queen, pai de Ellery. O velho estava afundado até o queixo no que poderia ser chamado de uma convenção de policiais; as coisas em Chicago, como sempre, estavam deploráveis, e o delegado convidara policiais proeminentes de cidades maiores para lamentar com ele a abominável falta de ordem no seu bailiado.

Foi enquanto o inspetor, com rara disposição, corria do seu hotel para a sede da Polícia de Chicago que Ellery, que o acompanhara, descobriu sobre o crime enigmático próximo a Arroyo; um crime que a *United Press*, com um toque de malícia, chamou de "O assassinato T". Havia tantos elementos dos relatos jornalísticos que incitavam Ellery — o fato, por exemplo, de que Andrew Van fora decapitado e crucificado na manhã de Natal! —, que ele, de maneira decisiva, arrancou o pai das conferências enfumaçadas de Chicago e dirigiu o Duesenberg — uma relíquia de segunda mão que pode alcançar uma velocidade incrível — em direção ao leste.

O inspetor, apesar de ser um pai zeloso, imediatamente renunciou ao bom humor, como seria de esperar; e, por todo o caminho a partir de Chicago — passando por Toledo, Sandusky, Cleveland, Ravenna, Lisbon, uma série de cidades de Illinois e Ohio, até chegarem a Chester, Virgínia Ocidental —, manteve um silêncio ameaçador, pontuado pelos monólogos dissimulados de Ellery e pelo rugido do escapamento do carro.

Eles atravessaram Arroyo antes mesmo de perceberem que entraram; um lugarzinho minúsculo de uns duzentos habitantes. Então... o cruzamento.

A silhueta escura da placa com a barra transversal no topo ficou visível a certa distância, antes que o carro parasse. Pois a estrada de Arroyo terminava ali, ao encontrar a autoestrada que ligava New Cumberland e Pughtown em ângulos retos. A placa, portanto, ficava de frente para a saída da autoestrada de Arroyo, um braço estendido para nordeste em direção a Pughtown, o outro para sudoeste em direção a New Cumberland.

O inspetor resmungou:

— Vá em frente. Faça papel de bobo. Mas que baboseira tola! Arrastar-me até aqui... só por outro assassinato maluco... Eu não serei...

Ellery desligou o motor e saiu andando. A estrada estava deserta. As montanhas da Virgínia Ocidental assomavam à frente, tocando o céu cinza como aço. O chão de terra estava rachado e duro. Fazia um frio penetrante, e um vento mordaz soprava a barra do sobretudo de Ellery. E, à frente, estava a placa na qual Andrew Van, professor excêntrico de uma escola de Arroyo, fora crucificado.

A placa já fora branca um dia; agora estava de um cinza imundo, com manchas de lama incrustradas. Ela se erguia a 1,80 metro — o topo alinhado com a cabeça de Ellery —, e tinha braços robustos e longos. Lembrava perfeitamente uma letra T gigante, notou Ellery, ao parar a vários metros de distância. Agora ele entendia por que o homem da *United Press* batizara o crime de "O assassinato T"; primeiro essa placa em forma de T, então o cruzamento em forma de T onde a placa se encontrava, e finalmente o fantástico T pincelado em sangue na porta da casa do morto, pela qual o carro de Ellery passara, a algumas centenas de metros da junção das estradas.

Ellery suspirou e tirou o chapéu. Não era necessariamente um gesto de reverência; apesar do frio e do vento, ele perspirava. Secou a testa com um lenço e se perguntou que louco cometera aquele crime atroz, ilógico e muito intrigante. Até mesmo o corpo... Ele se lembrava com nitidez de um dos relatos jornalísticos da descoberta do cadáver, um artigo especial escrito por um repórter famoso de Chicago, muito hábil na descrição da violência:

"A história de Natal mais lamentável do ano foi revelada hoje quando o corpo decapitado de Andrew Van, professor de 46 anos do pequeno vilarejo Arroyo, da Virgínia Ocidental, foi encontrado crucificado na placa de um cruzamento deserto próximo ao vilarejo, no início da manhã de Natal.

Pregos de metal de dez centímetros foram cravados nas palmas da vítima, empalando-as às pontas dos braços da placa desgastada pelo tempo. Dois outros pregos transpassavam os tornozelos do morto, que estavam unidos ao pé do poste. Mais dois foram fixados sob as axilas, sustentando o peso do cadáver de forma que, com a cabeça cortada, o corpo lembrasse uma letra T.

A placa formava um T. O cruzamento formava um T. Na porta da casa de Van, não muito longe do cruzamento, o assassino desenhara um T com o sangue da vítima. E, na placa, o conceito maníaco de um T humano...

Por que no Natal? Por que o assassino arrastara a vítima por noventa metros da casa até a placa e crucificara o corpo ali? Qual é a importância dos Ts?

A polícia local está perplexa. Van era uma figura excêntrica, mas tranquila e inofensiva. Não tinha inimigos; nem amigos. A única pessoa próxima dele era uma alma simples chamada Kling, que atuava como o seu empregado. Kling está desaparecido, e dizem que o promotor de justiça Crumit, do condado de Hancock, acredita, a partir de provas omitidas, que Kling também possa ter sido vítima do louco mais sanguinário nos anais do crime americano moderno..."

Havia muito mais nessa mesma linha, inclusive detalhes da vida bucólica do desafortunado professor de Arroyo, os escassos fragmentos de informação colhidos pela polícia sobre as últimas movimentações de Van e Kling, e as declarações pomposas do promotor de justiça.

Ellery tirou o pincenê, o poliu, colocou-o de volta, e deixou que o seu olhar aguçado varresse a relíquia horripilante.

Em ambos os braços, perto da extremidade da barra transversal, havia buracos irregulares na madeira, de onde a polícia arrancara os pregos. Os buracos estavam cingidos com uma mancha de cor marrom-avermelhada. Pequenos filetes desciam dos buracos, onde o sangue de Andrew Van escorrera das mãos mutiladas. Na barra vertical, onde os braços antes se projetavam, havia mais dois buracos sem bordas manchadas; os pregos arrancados deles haviam apoiado as axilas do cadáver. Toda a superfície restante da placa estava suja de manchas riscadas, esfregadas e escorridas de sangue seco, cuja fonte vinha do topo do poste, onde a ferida aberta na base do pescoço da vítima havia se apoiado. Perto da base central havia dois buracos separados por no máximo dez centímetros, também cingidos de sangue marrom; desses buracos, onde os tornozelos de Van haviam sido pregados à madeira, o sangue havia escorrido até a terra na qual a placa estava cravada.

Sério, Ellery caminhou de volta ao carro, onde o inspetor esperava com uma atitude familiar de desânimo e irritação, curvado contra o couro ao lado do assento do motorista. O velho estava coberto até o pescoço com um cachecol de lã antigo e o nariz adunco e vermelho se projetava como um sinal de perigo.

— Bem — disse ele com rispidez —, vamos logo. Estou congelando.

— Nem um pouco curioso? — perguntou Ellery, sentando-se no banco do motorista.

— Não!

— Você não existe. — Ellery deu a partida no carro.

Ele abriu um sorrisinho enquanto o carro lançava-se à frente como um galgo, se virava sobre duas rodas, dava um giro aos trancos e barrancos e disparava na direção em que viera, de volta a Arroyo.

O inspetor agarrou as bordas do assento em pavor mortal.

— Que ideia bizarra — gritou Ellery, acima do estrondo do motor. — Crucificação no dia do Natal!

— Hã — disse o inspetor.

— Eu acho — berrou Ellery — que vou gostar desse caso!

— Dirija, maldição! — gritou o velho, de repente. O carro se endireitou. — Você vai gostar de coisa nenhuma — adicionou com uma carranca. — Vai voltar para Nova York comigo.

O MISTÉRIO DA CRUZ EGÍPCIA

Eles entraram em Arroyo em disparada.

— Quer saber — murmurou o inspetor, quando Ellery freou bruscamente diante da pequena estrutura de um prédio —, é uma vergonha a maneira como fazem as coisas por aqui. Deixar aquela placa na cena do crime! — Ele balançou a cabeça. — Aonde você vai agora? — perguntou ele, exigente, a cabecinha grisalha inclinada como a de um pássaro.

— Achei que não estivesse interessado — disse Ellery, saltando para a calçada. — Olá! — exclamou para um camponês encasacado de calça jeans azul que varria a calçada com uma vassoura esfarrapada. — Aqui é a delegacia de Arroyo? — O homem o encarou com uma expressão estúpida. — Que pergunta desnecessária. Ali está o letreiro para todos verem... Vamos lá, seu impostor.

Era uma construçãozinha tediosa, um punhado de prédios aglomerados. A estrutura diante da qual estacionara o Duesenberg parecia uma daquelas construções do Velho Oeste com fachadas falsas. O estabelecimento ao lado era uma loja de conveniência, com uma única bomba de gasolina decrépita na frente e uma pequena garagem adjacente. O prédio exibia um letreiro orgulhosamente escrito à mão: CÂMARA MUNICIPAL DE ARROYO.

Encontraram o cavalheiro que procuravam adormecido à sua mesa nos fundos do prédio, atrás de uma porta que o anunciava como POLICIAL. Ele era um camponês gordo, de rosto vermelho e dentes salientes e amarelos.

Quando o inspetor bufou, o policial ergueu as pálpebras pesadas. Ele coçou a cabeça e disse em uma voz grave e rouca:

— Se cês tão procurando Matt Hollis, ele saiu.

Ellery sorriu.

— Estamos procurando pelo policial Luden de Arroyo.

— Ah! Sou eu. O que cês querem?

— Policial — disse Ellery em tom respeitoso —, deixe-me apresentá-lo ao inspetor Richard Queen, chefe do Esquadrão de Homicídios do Departamento de Polícia de Nova York... em carne e osso.

— Quem? — O policial Luden o encarou. — Nova *Ióque*?

— Sem tirar nem pôr — disse Ellery, pisando no calo do pai. — Agora, policial, nós queremos...

— Sente-se — falou o policial Luden, chutando uma cadeira na direção do inspetor, que fungou e se sentou com bastante delicadeza. — Essa história de Van, hein? Não sabia que os *novaioquinos* tavam interessados. O que tá apoquentando vocês?

Ellery pegou o estojo de cigarro e ofereceu-o ao policial, que grunhiu e mordeu um grande pedaço do tabaco.

— Conte-nos tudo sobre o caso, policial.

— Não tem nada pra contar. Tá cheio de gente de Chicago e Pittsburgh fuxicando pela cidade. Já tô meio de saco cheio.

O inspetor abriu um sorrisinho de escárnio.

— Não posso culpá-lo, policial.

Ellery tirou uma carteira do bolso da camisa, abriu-a e encarou, de maneira especulativa, os dólares no interior. Os olhos sonolentos do policial Luden se iluminaram.

— Ora — disse ele, apressado —, talvez eu num esteja tão de saco cheio assim. Posso contar mais uma vezinha.

— Quem encontrou o corpo?

— Véio Pete. Cês num conhecem. Tem uma cabana num canto lá das colinas.

— Sim, eu sei. Também não havia um fazendeiro envolvido?

— Mike Orkins. Tem uns dois acres lá na ponta de Pughtown. Parece que Orkins tava entrando em Arroyo no Ford dele... deixa eu vê, hoje é segunda... é, sexta de manhã, foi isso... manhã de Natal, bem cedinho. Véio Pete também tava vindo pra Arroyo... ele vive descendo da montanha. Orkins deu carona pra ele. Quando tiveram que virar pra Arroyo, lá tava o troço. Na placa. Pendurado, duro que nem um bicho no frigorífico... o corpo de Andrew Van.

— Nós vimos a placa — disse Ellery, encorajando-o.

— Acho que umas cem pessoas da cidade *veio* vê a placa nos últimos dias — resmungou o policial Luden. — Me deu um monte de problema de trânsito. Enfim, Orkins e o Véio Pete, eles ficaram bem assustados. Parece que os dois desmaiaram...

— Humpf — disse o inspetor.

— Eles não tocaram no corpo, com certeza? — perguntou Ellery.

O policial Luden balançou a cabeça grisalha, categórico.

— Que nada! Eles dirigiram pra Arroyo, como se fugindo do diabo, e me tiraram da cama.

— Que horas eram, policial?

O policial Luden corou.

— Oito horas, mas eu tive uma noite agitada na casa de Matt Hollis e meio que dormi demais...

— O senhor e o sr. Hollis, eu acho, foram imediatamente para o cruzamento?

— Aham. Matt... ele é nosso prefeito, cês sabem... Matt e eu, a gente chamou quatro garotos e dirigiu pra lá. Ele tava uma desgraça... Van. — O policial balançou a cabeça. — Nunca vi algo igual a vida todinha. E no Natal, ainda. É blasfêmia que chama. E Van ainda é ateu.

— Hã? — interrompeu o inspetor, depressa. O nariz vermelho despontando das dobras do cachecol como um dardo. — Ateu? Como assim?

— Ah, talvez não bem ateu — murmurou o policial, desconfortável. — Num sou muito de ir na igreja também, mas Van, ele nunca foi. O padre... bem, acho que é melhor eu num falar mais *disso*.

— Extraordinário — disse Ellery, se virando para o pai. — De fato extraordinário, pai. Decerto, parece o trabalho de um fanático religioso.

— Aham, é o que tá todo mundo dizendo — concordou o policial Luden. — Eu... eu num sei. Sou só um policial da roça. Não sei de nada, viu? Num tive mais do que um vagabundo na cela em três anos. Mas deixa eu contar, cavalheiros — disse ele com uma expressão sombria —, tem mais por trás disso do que só religião.

— Ninguém do vilarejo, imagino — afirmou Ellery, franzindo a testa —, é suspeito.

— Ninguém é tão doido, *sinhô*. Eu digo mesmo... é alguém do passado de Van.

— Houve estranhos no vilarejo recentemente?

— Nem unzinho... Então eu e Matt e os garotos, a gente identificou o corpo pelo tamanho, físico geral, roupa e documento e tal, e a gente tirou ele lá de cima. No caminho de volta pro vilarejo a gente parou na casa de Van...

— Sim — disse Ellery, ansioso. — E o que encontraram?

— Um bagunça do diabo — respondeu o policial Luden, mascando freneticamente o tabaco. — Sinais de luta horrível, todas as cadeira virada, sangue em quase tudo, aquele T grandão em sangue na porta da frente que os jornal não para de comentar, e o coitado do Kling desaparecido.

— Ah — disse o inspetor. — O criado. Só desaparecido, é? Levou as tralhas dele?

— Ó... eu num sei direito — respondeu o policial, coçando a cabeça. — O magistrado meio que assumiu as coisas. Sei que tão procurando Kling... e eu acho... — Ele fechou um olho devagar. — Acho que outra pessoa também. Mas num sei dizer — acrescentou, apressado.

— Algum sinal de Kling até agora? — perguntou Ellery.

— Não que eu saiba. Tão procurando. O corpo foi levado pra capital, Weirton... fica a uns vinte quilômetros, a comando do magistrado. Ele também fechou a casa de Van. A polícia estadual tá envolvida, e o promotor de justiça do condado de Hancock.

Ellery começou a devanear, e o inspetor se remexeu, desconfortável no assento. O policial Luden encarava o pincenê de Ellery com fascínio.

— E a cabeça foi cortada — murmurou Ellery, enfim. — Estranho. Por um machado, acredito?

— Aham, a gente achou o machado na casa. De Kling. Sem digital.

— E a cabeça em si?

O policial Luden balançou a cabeça.

— Nem sinal. Acho que o assassino doido só levou de lembrança. Rá!

— Eu acho que é melhor irmos, pai — disse Ellery, colocando o chapéu. — Obrigado, policial.

Ele ofereceu a mão, que o policial aceitou com um aperto frouxo. Um sorriso surgiu no seu rosto quando ele sentiu algo pressionado contra a palma. Ficou tão encantado que desistiu da sesta e os acompanhou até a rua.

2. ANO-NOVO EM WEIRTON

Não havia razão lógica para o interesse persistente de Ellery Queen no caso do professor crucificado. Ele devia estar em Nova York. O inspetor recebera uma mensagem dizendo que precisava abreviar as férias e voltar à rua Centre; e Ellery geralmente seguia o inspetor aonde ele fosse. Mas algo na atmosfera da capital do condado da Virgínia Ocidental, uma empolgação reprimida que enchia as ruas de Weirton de boatos sussurrados, o manteve ali. O inspetor desistiu com desgosto e seguiu para Nova York, com Ellery o levando até Pittsburgh.

— O que exatamente você acha que vai conseguir? — perguntou o velho, exigente, enquanto Ellery o acomodava no assento do Pullman. — Vamos lá, me diga. Imagino que já tenha solucionado tudo, hã?

— Ora, inspetor — respondeu Ellery em uma voz tranquilizadora —, cuidado com a sua pressão. Estou apenas interessado. Nunca me deparei com algo tão escancaradamente lunático. Vou esperar pelo inquérito. Quero escutar as provas que Luden insinuou.

— Você vai voltar a Nova York com o rabo entre as pernas — previu o inspetor, em tom sombrio.

— Ah, sem dúvida. — Ellery abriu um sorrisinho. — No entanto, eu meio que estou sem ideias para ficções, e esse caso tem tantas possibilidades...

Eles interromperam o assunto aí. O trem partiu e deixou Ellery parado na plataforma do terminal, livre e um tanto inquieto. Ele dirigiu de volta a Weirton no mesmo dia.

Era terça-feira. Ele tinha até sábado, o dia seguinte ao Ano-Novo, para arrancar o máximo de informação possível do promotor de justiça do condado de Hancock. O promotor Crumit era um homem severo de ambições engenhosas e tinha uma opinião exagerada sobre a própria importância. Ellery chegou à porta da antessala; e nenhuma quantidade de apelo ou bajulação o levou além disso. O promotor não pode receber ninguém. O promotor está ocupado. Volte amanhã. O promotor não pode receber quem quer que seja. De Nova York? Filho do inspetor Queen? Sinto muito...

Ellery mordeu o lábio, vagando pelas ruas, e escutou com ouvidos incansáveis as conversas dos cidadãos de Weirton. Em meio aos seus azevinhos, lantejoulas e árvores de Natal reluzentes, Weirton entregava-se a uma orgia de horror vicário. Havia pouquíssimas mulheres fora de casa, e nenhuma criança. Homens se encontravam com pressa, de lábios tensos, para discutir as possibilidades. Havia conversas sobre linchamento; um propósito digno que falhou devido à falta de alguém para linchar. A força policial de Weirton patrulhava as ruas, ansiosa. A polícia estadual entrava e saía do vilarejo em disparada. De tempos em tempos, o rosto macilento do promotor Crumit aparecia, com uma expressão firme e vingativa, passando com o seu automóvel em alta velocidade.

Em meio a todo o burburinho que se agitava ao redor, Ellery manteve a paz e um ar questionador. Na quarta-feira, ele tentou ver Stapleton, o magistrado do condado. Stapleton era um rapaz gordo em estado constante de perspiração; e que também era perspicaz, e Ellery não tirou dele algo além do que já sabia.

Então dedicou o restante dos três dias a investigar o que podia sobre Andrew Van, a vítima. Era incrível como se sabia quase nada sobre o homem. Poucos o haviam visto em carne e osso; ele era um cavalheiro reservado de hábitos solitários e raramente visitava Weirton. Havia rumores de que os aldeãos de Arroyo o consideravam um professor exemplar: ele era gentil, mas não leniente, com os seus alunos, e prestara um serviço satisfatório, na opinião do Conselho Municipal de Arroyo. Além disso, por mais que não fosse frequentador da igreja, era abstêmio; o que, pelo que parecia, cimentava a posição dele em uma comunidade sóbria e temente a Deus.

Na quinta-feira, o editor do principal jornal de Weirton tornara-se literário. O dia seguinte seria Ano-Novo, e era uma oportunidade fecunda demais para deixar passar infértil. Os seis cavalheiros reverendos que ministravam as atenções espirituais de Weirton pregaram os seus sermões na primeira página. Andrew Van, disseram, fora um homem ímpio. Quem vive na impiedade deve morrer na impiedade. Ainda que atos nascidos da violência... O editor não parou por aí. Havia um editorial com dez pontos em negrito. Eram abundantes as referências ao francês Barba Azul, Landru; ao Maníaco de Dusseldorf; ao bicho-papão americano, Jack, o Estripador; e a vários outros monstros da realidade e da ficção — uma pequena iguaria servida aos bons cidadãos de Weirton como sobremesa para a ceia de Ano-Novo.

O tribunal do condado, onde o inquérito do magistrado aconteceria na manhã de sábado, estava lotado até a porta muito antes do horário marcado. Ellery tomou a decisão sábia de ser um dos primeiros a chegar, ocupando um assento na primeira fileira, atrás do corrimão. Quando, alguns minutos antes das nove horas, o próprio magistrado Stapleton apareceu, Ellery o abordou, exibiu um telegrama assinado pelo comissário de polícia de Nova York e, com isso, assegurou a entrada à antessala onde se encontrava o corpo de Andrew Van.

— O cadáver está meio arruinado — chiou o magistrado. — Afinal, não pudemos seguir com o inquérito durante a semana do Natal, e já faz uns bons oito dias... O corpo vem sendo mantido na funerária local.

Ellery se preparou antes de remover o tecido que cobria o cadáver. Era uma visão repugnante, e ele reposicionou o tecido logo em seguida. Era o cadáver de um homem grande. No lugar da cabeça havia uma ausência... um buraco aberto.

Em uma mesa próxima havia uma veste masculina: um modesto terno cinza-escuro, sapatos pretos, uma camisa, meias, roupas de baixo; todas rígidas com sangue desbotado. Artigos tirados das roupas do morto — um lápis, uma caneta tinteiro, uma carteira, um molho de chaves, um maço de cigarros amassado, algumas moedas, um relógio barato, uma carta antiga — se provaram, até onde Ellery via, deveras desinteressantes. Exceto pelo fato de que vários dos objetos estavam gravados com as iniciais *AV* e a carta — de uma livraria de Pittsburgh — era endereçada a *sr. Andrew Van*, não havia algo de provável importância para o inquérito nos pertences.

Stapleton se virou para apresentar um homem velho, alto e amargo que acabara de entrar e encarava Ellery com desconfiança.

— Sr. Queen... o promotor de justiça Crumit.

— Quem? — disse Crumit, áspero.

Ellery sorriu, assentiu com a cabeça e voltou à sala de inquérito.

Cinco minutos depois, o magistrado Stapleton bateu o martelo e o tribunal lotado se aquietou. As preliminares habituais foram apressadamente descartadas, e o magistrado convocou Michael Orkins ao banco das testemunhas.

Orkins cambaleou pelo corredor, seguido por sussurros e olhares. Era um velho fazendeiro encurvado, com a pele queimada pelo sol. Ele se sentou, parecendo nervoso, e entrelaçou as mãozorras.

— Sr. Orkins — chiou o magistrado —, conte-nos como encontrou o corpo do falecido.

O fazendeiro umedeceu os lábios.

— Sim, senhor. Eu tava vindo pra Arroyo na última sexta de manhã no meu Ford. Logo antes de pegar a ponta de Arroyo eu vi o Véio Pete, de cima das montanha, andando na estrada. Dei uma carona pra ele. Nós chegamos na curva da estrada e... e o corpo tava ali, pendurado na placa. Pregado, ele tava, pelas mão e pelos pés. — A voz de Orkins falhou. — Nós arredamos pé pro vilarejo.

Alguém deu uma risadinha na plateia, e o magistrado bateu o martelo pedindo silêncio.

— Os senhores tocaram no corpo?

— Não, senhor! Nós nem saímos do carro.

— Muito bem, sr. Orkins.

Com um suspiro profundo, o fazendeiro se arrastou de volta pelo corredor, secando a testa com um grande lenço vermelho.

— Hã... Velho Pete?

Houve uma comoção, e uma figura estranha se ergueu nos fundos do tribunal. Era um velho empertigado com barba grisalha desgrenhada e sobrancelhas caídas. Usava vestes esfarrapadas; um amontoado de roupas antiquíssimas, rasgadas, sujas e remendadas. Ele cambaleou pelo corredor, hesitou, então balançou a cabeça e se sentou no banco de testemunhas.

O magistrado estava impaciente.

— Qual é o seu nome completo?

— Hein?

O velho o encarava de soslaio com os olhos brilhantes e cegos.

— O seu nome! É... Peter do quê?

Velho Pete balançou a cabeça.

— Não tenho nome — declarou ele. — Velho Pete, esse sou eu. Eu tô morto, tô sim. Tô morto faz vinte anos.

Fez-se um silêncio horrorizado, e Stapleton o encarou com perplexidade. Um pequeno homem de meia-idade e aparência alerta, sentado ao lado do pódio do magistrado, se levantou.

— Está tudo bem, sr. Magistrado.

— Como, sr. Hollis?

— Está tudo bem — repetiu o homem em voz alta. — Ele é doido, o Velho Pete. Já é assim há anos... desde que apareceu lá nas montanhas. Ele mora em uma cabana em algum lugar acima de Arroyo, e vem à cidade a cada poucos meses. Monta algumas armadilhas, eu acho. Tem passe livre no vilarejo. Uma figura regular, sr. Magistrado.

— Entendo. Obrigado, sr. Hollis.

O magistrado secou o rosto rechonchudo, e o prefeito de Arroyo se sentou com um murmúrio de aprovação. O Velho Pete abriu um sorriso radiante e acenou para Matt Hollis com uma das mãos sujas... O magistrado continuou bruscamente. As respostas do homem eram vagas, mas forneceram o suficiente para uma confirmação formal da história de Michael Orkins, e o homem da montanha foi liberado. Ele se arrastou de volta ao assento, piscando.

O prefeito Hollis e o policial Luden recitaram as suas histórias: como tinham sido tirados da cama por Orkins e Velho Pete, como tinham ido até o cruzamento, identificado o corpo, retirado os pregos, levado o corpo embora, parado na casa de Van, visto o caos no interior e o T sangrento na porta...

Um alemão idoso, acima do peso e enrubescido foi chamado.

— Luther Bernheim. — Ele sorriu, mostrou os dentes de ouro, balançou a barriga e se sentou. — O senhor é o dono da loja de conveniência de Arroyo?

— Sim, senhor.

CLUBE DO CRIME

— Conhecia Andrew Van?

— Sim, senhor. Ele comprava na minha loja.

— Há quanto tempo o senhor o conhecia?

— *Ach!* Muitos anos. Ele era um bom freguês. Sempre pagava em dinheiro.

— Ele fazia as próprias compras?

— Às vezes. Em geral era aquele Kling, ajudante dele. Mas ele sempre vinha pagar as contas pessoalmente.

— Ele era amigável?

Bernheim semicerrou os olhos.

— Bem... sim e não.

— Quer dizer que ele nunca entrava em assuntos pessoais, era só agradável?

— *Ja, ja.*

— O senhor diria que Van era um homem peculiar?

— Hã? Ah, sim, sim. Por exemplo, ele sempre pedia caviar.

— Caviar?

— *Ja.* Era meu único cliente que comprava isso. Eu fazia pedidos especiais para ele. De todo tipo. Beluga, vermelho, mas geralmente o preto, o melhor.

— Sr. Bernheim, pode se juntar ao prefeito Hollis e ao policial Luden e se encaminhar ao cômodo vizinho para uma identificação formal do corpo.

O magistrado deixou o estrado, seguido pelos três cidadãos de Arroyo, e houve um intervalo tomado por burburinhos até que eles retornassem. O rosto avermelhado do bondoso lojista estava tingido de cinza, e havia horror nos seus olhos.

Ellery Queen suspirou. Um professor de um vilarejo de duzentas pessoas pedindo caviar! Talvez o policial Luden fosse mais astuto do que parecia; era evidente que Van tinha um passado mais ilustre do que o seu emprego e ambiente indicavam.

A figura alta e corpulenta do promotor de justiça Crumit desfilou até o estrado. Uma leve empolgação transpassou a

O MISTÉRIO ᴅᴬ CRUZ EGÍPCIA

audiência. O que acontecera antes fora trivial; esse era o começo das revelações.

— Sr. Promotor de Justiça — disse o magistrado Stapleton, tenso, se inclinando à frente —, o senhor investigou o passado do falecido?

— Sim!

Ellery afundou mais no assento; ele desgostava do promotor de justiça com ardor, mas havia presságios nos olhos gélidos de Crumit.

— Por favor, relate o que descobriu.

O promotor de justiça do condado de Hancock agarrou o braço do banco de testemunhas.

— Andrew Van apareceu em Arroyo há nove anos em resposta a um anúncio de vaga para professor da escola do vilarejo. As referências e a preparação dele eram satisfatórias, e ele foi contratado pelo Conselho Municipal. Veio com o tal Kling, o seu criado, e alugou a casa da estrada Arroyo onde viveu até a sua morte. Desempenhava os deveres educativos de maneira satisfatória. A conduta durante a permanência em Arroyo foi apropriada. — Crumit fez uma pausa respeitosa. — Meus investigadores tentaram rastrear o homem antes da sua chegada a Arroyo. Descobrimos que era professor de uma escola pública em Pittsburgh antes de vir para cá.

— E antes disso?

— Nenhum rastro. Mas era um cidadão americano por naturalização, tendo recebido a cidadania em Pittsburgh há treze anos. Os documentos, registrados em Pittsburgh, informam que possuía nacionalidade armênia antes da naturalização, e que nasceu em 1885.

Armênia!, pensou Ellery, acariciando o queixo. *Não fica longe da Galileia...* Pensamentos peculiares corriam pela sua cabeça, mas ele os dispensou com impaciência.

— O senhor também investigou Kling, criado de Van, sr. Promotor de Justiça?

— Sim. Ele era um enjeitado, criado pelo orfanato St. Vincent de Pittsburgh, e ao atingir a maturidade foi contratado pela instituição como faz-tudo. Morou lá a vida toda. Quando Andrew Van pediu exoneração da rede pública de Pittsburgh e aceitou o emprego em Arroyo, ele visitou o orfanato e expressou o desejo de contratar um empregado. Kling era agradável, ao que parece; Van o investigou meticulosamente, se mostrou satisfeito, e os dois homens partiram para Arroyo, onde permaneceram até a morte de Van.

Ellery se perguntou, com indolência, que motivos poderiam impelir um homem a renunciar um emprego em uma metrópole como Pittsburgh para aceitar outro em um vilarejo como Arroyo. Uma ficha criminal, um desejo de se esconder da polícia? Improvável; cidades grandes possibilitavam o sigilo, ao contrário de vilarejos. Não, era algo mais profundo e mais obscuro, ele tinha certeza; talvez algo enraizado de modo indelével no cérebro do falecido. Alguns homens buscavam solidão depois de vidas frustradas; esse poderia muito bem ser o caso de Andrew Van, o professor apreciador de caviar dos Arroyoites.

— Que tipo de homem era Kling? — perguntou Stapleton.

O promotor de justiça parecia entediado.

— O orfanato o descreve como um homem de mente bem simples; acredito que o consideraram psicologicamente um idiota. Um sujeito inofensivo.

— Ele já demonstrou tendências homicidas, sr. Crumit?

— Não. Em St. Vincent, era considerado um homem de temperamento brando, fleumático e estúpido. Era gentil com as crianças do orfanato. Era humilde, contente e respeitoso com os superiores.

O promotor de justiça umedeceu os lábios e pareceu estar prestes a se lançar às prometidas revelações; mas o magistrado Stapleton o dispensou sem perder tempo e voltou a chamar o lojista de Arroyo.

O MISTÉRIO DA CRUZ EGÍPCIA

— O senhor conhecia Kling, sr. Bernheim?

— Sim, senhor.

— Que tipo de homem ele era?

— Calado. De natureza bondosa. Burro como uma porta.

Alguém riu, e Stapleton se irritou. Ele se inclinou para a frente.

— É verdade, sr. Bernheim, que esse tal Kling era bem conhecido em Arroyo pela *força física*?

Ellery deu uma risadinha. O magistrado era uma alma simples. Bernheim fez um som de concordância.

— *Ach*, sim. Muito forte, aquele Kling. Conseguia levantar um barril de açúcar! Mas não faria mal a uma mosca, sr. Magistrado. Eu me lembro de uma vez...

— Já basta — interrompeu Stapleton com irritação. — Prefeito Hollis, por favor, ao banco de testemunhas.

Matt Hollis ficou radiante. Era um homenzinho bajulador, decidiu Ellery.

— O senhor é chefe do Conselho Municipal, prefeito Hollis?

— Isso!

— Conte ao júri o que sabe sobre Andrew Van.

— Sempre dava satisfação. Não se envolvia com ninguém. Um sujeito do tipo estudioso. Permanecia na bela casa que aluguei para ele fora do horário escolar, sozinho. Alguns o achavam esnobe; outros, um gringo, mas eu não. — O prefeito fez uma expressão sentenciosa. — Apenas calado, nada mais. Não era sociável? Ora, isso era problema dele. Se ele não queria se juntar a mim e ao policial Luden numa viagem de pesca, o problema era dele também. — Hollis sorriu e assentiu. — E falava inglês perfeitamente, como eu ou o senhor, sr. Magistrado.

— Ele recebia visitas, até onde o senhor sabe?

— Não. Mas é claro que não posso afirmar com certeza. Sujeito engraçado — continuou o prefeito com uma expressão pensativa. — Algumas vezes em que eu estava a caminho de

Pittsburgh a trabalho, ele me pediu para comprar livros para ele; livros estranhos, uns negócios pretenciosos. Filosofia, história, algo sobre as estrelas e tal.

— Sim, sim, muito interessante, sr. Hollis. Agora, o senhor é o banqueiro de Arroyo, certo?

— Sim, sou.

O prefeito Hollis corou e baixou os olhos para os pés pequenos, em um gesto de modéstia. Ellery concluiu, pela expressão do homem, que ele era responsável por quase tudo no vilarejo de Arroyo.

— Andrew Van tinha conta no seu banco?

— Não tinha. Ele recebia o salário regularmente, em dinheiro, mas acho que não o depositava em lugar algum, porque eu lhe perguntei algumas vezes... sabe como é, ossos do ofício... e ele disse que guardava o dinheiro em casa. — Hollis deu de ombros. — Disse que não confiava em bancos. Bem, cada um com o seu gosto. Não vou discutir...

— Isso era sabido de forma geral em Arroyo?

Hollis hesitou.

— B-bom, talvez eu tenha comentado um pouco por aí. Acho que quase todos do vilarejo sabiam dessa esquisitice peculiar do professor.

O prefeito foi dispensado com um gesto, e o policial Luden foi chamado de volta. Ele subiu com uma postura rígida, como quem tem as próprias ideias sobre como tais coisas deveriam ser conduzidas.

— Policial, o senhor revistou a casa de Andrew Van na manhã de sexta-feira, 25 de dezembro?

— Certo.

— Encontrou algum dinheiro?

— Não.

Arquejos soaram pelo cômodo. Roubo! Ellery franziu a testa. Nada daquilo fazia sentido. Primeiro um crime com todas as características de obsessão religiosa, então um roubo de dinheiro. Os dois não combinavam. Ele se inclinou à frente... Um homem levava algo até o estrado. Era uma lata verde surrada e barata. O ferrolho estava bem retorcido, e o cadeado frágil frouxamente pendurado. O magistrado tirou-a do assistente, abriu-a e virou-a de cabeça para baixo. Estava vazia.

— Policial, o senhor reconhece essa lata verde?

Luden fungou.

— Com certeza — disse ele com a voz grossa e rouca. — Encontrei ela assim *mermo* na casa de Van. É a caixa de dinheiro dele, é sim.

O magistrado ergueu-a para o júri de cidadãos que se esticavam para vê-la.

— Júri do magistrado, por favor, observe esta prova... Muito bem, policial. O chefe dos correios pode, por favor, assumir o banco de testemunhas?

Um homenzinho encarquilhado saltou para a cadeira em questão.

— Andrew Van recebia muitas correspondências?

— Não — disse o chefe dos correios com a voz esganiçada. — *Tirano* umas propagandas, quase nunca.

— Chegou alguma carta ou pacote na semana antes da morte dele?

— Não!

— Ele mandava cartas com frequência?

— Não. Só algumas de vez em quando. Nada nos últimos três ou quatro meses.

O dr. Strang, médico-legista, foi convocado. À menção do nome dele, os expectadores começaram sussurros frenéticos. Era um homem esquálido com uma aparência lúgubre, que se arrastou pelo corredor como se tivesse todo o tempo do mundo.

Quando estava sentado, o magistrado perguntou:

— Dr. Strang, quando o senhor examinou o corpo do falecido pela primeira vez?

— Duas horas depois da sua descoberta.

— Pode determinar a hora aproximada da morte para o júri?

— Sim. Eu diria que o homem estava morto havia seis ou oito horas quando foi encontrado no cruzamento.

— Isso estabelece o assassinato por volta da meia-noite da véspera de Natal?

— Isso mesmo.

— O senhor pode fornecer mais detalhes sobre as condições do cadáver que possam ser pertinentes a este inquérito?

Ellery sorriu. O magistrado Stapleton se esforçava bastante para assumir um aspecto refinado; o linguajar era de uma nobreza oficial, e os expectadores, a julgar pelos queixos caídos, estavam adequadamente impressionados.

O dr. Strang cruzou as pernas e relatou em uma voz entediada:

— Nenhuma marca no corpo, com exceção da ferida aberta no pescoço onde a cabeça fora cortada e os buracos de prego nas mãos e nos pés.

O magistrado se ergueu um pouco e apoiou a barriga por cima da borda da mesa.

— Dr. Strang — começou com a voz rouca —, qual é a sua conclusão a partir deste fato?

— Que é provável que o falecido tenha levado um golpe ou um tiro na cabeça, visto que não há outras marcas de violência no corpo.

Ellery fez que sim com a cabeça; esse médico camponês de aparência triste tinha juízo.

— Na minha opinião — continuou o médico-legista —, a vítima já estava morta quando a cabeça foi cortada. Pela natureza do ferimento deixado na base do pescoço, um instrumento muito afiado deve ter sido utilizado.

O magistrado pegou um objeto cuidadosamente posicionado na mesa à frente e o ergueu. Era um machado de cabo longo e aparência perversa, a lâmina reluzindo onde não havia sangue.

— O senhor diria que esta arma, dr. Strang, pode ter decepado a cabeça da vítima?

— Sim.

O magistrado virou-se para o júri.

— A evidência foi encontrada na área de serviço da casa de Andrew Van, no chão, onde o assassinato foi cometido. Deixe-me trazer à atenção dos cavalheiros a ausência de impressões digitais na arma, demonstrando que o assassino ou usou luvas ou limpou o machado após o uso. Foi estabelecido que este machado pertencia ao falecido, e era habitualmente mantido na cozinha, em geral sendo usado pelo desaparecido Kling para cortar lenha... Isso é tudo, dr. Strang. Coronel Pickett, pode vir ao banco de testemunhas, por favor?

O chefe da polícia estadual da Virgínia Ocidental obedeceu; era um homem alto de aparência militar.

— Coronel Pickett, o que o senhor tem a reportar?

— Uma busca minuciosa dos arredores de Arroyo — começou o coronel, rápido como uma metralhadora — fracassou em localizar a cabeça do homem assassinado. Nenhum rastro do criado desaparecido foi encontrado. Uma descrição de Kling foi enviada a todos os estados vizinhos, e ele está sendo procurado.

— Acredito que tem estado no comando da investigação relativa às últimas movimentações conhecidas tanto do falecido quanto do desaparecido, coronel. O que descobriu?

— Andrew Van foi visto pela última vez às quatro horas da tarde de quinta-feira, 24 de dezembro. Ele visitou a casa da sra. Rebecca Traub, residente de Arroyo, para alertá-la de que o filho dela, William, aluno dele na escola, estava tendo dificuldades com o conteúdo. Então foi embora, e ninguém, até onde sabemos, o viu vivo novamente.

— E Kling?

— Kling foi visto pela última vez por Timothy Traynor, um fazendeiro, entre Arroyo e Pughtown, na mesma tarde, um pouco depois das quatro horas da tarde. Ele comprou um alqueire de batatas, pagou em dinheiro e levou-as embora no ombro.

— O alqueire de batatas foi encontrado nas premissas de Van? Isso pode ser importante, coronel, para determinar se Kling chegou à casa.

— Sim. Intocado e identificado por Traynor como o mesmo comprado naquela tarde.

— O senhor tem algo a mais a reportar?

O coronel Pickett olhou o tribunal ao redor antes de responder. A boca parecia uma armadilha quando ele exclamou, sombrio:

— Certamente tenho!

O tribunal ficou tão imóvel quanto a morte. Ellery sorriu com exaustão; o momento das revelações havia chegado. O coronel Pickett se debruçou para sussurrar algo no ouvido do magistrado; Stapleton piscou, sorriu, enxugou as bochechas rechonchudas e acenou positivamente com a cabeça. Os expectadores também pressentiram o acontecimento iminente e se contorceram nos assentos. Pickett sinalizou sem fazer barulho para alguém nos fundos do cômodo.

Um soldado alto apareceu, segurando o braço de um indivíduo surpreendente: um homenzinho velho com longos cabelos castanhos malcuidados e barba desgrenhada. Ele tinha olhinhos reluzentes, como os de um fanático. A pele era cor de bronze, enrugada e maltratada pelo sol e pelo vento, como se ele tivesse passado a vida toda ao ar livre. Ele vestia — Ellery forçou a vista — um short cáqui encrustado de terra e um suéter cinza de gola rulê velho. Nos pés marrons marcados por veias cinzentas e saltadas, ele usava um curioso par de sandálias. E carregava um objeto notável: um bastão similar a um cetro em cujo topo havia uma representação rústica de uma

O MISTÉRIO DA CRUZ EGÍPCIA

cobra, aparentemente feito à mão por um artesão não muito hábil.

Houve um burburinho instantâneo, uma explosão de risada, e o magistrado bateu o martelo como alguém alterado, pedindo ordem.

Atrás do soldado e do prisioneiro fantástico, arrastava-se um rapaz de rosto pálido e macacão espirrado de óleo. Era evidente que era bem conhecido pela maioria dos expectadores, pois mãos se estenderam de maneira furtiva enquanto ele passava, para lhe dar tapinhas encorajadores, enquanto outros pelo cômodo apontavam abertamente para a sua figura encolhida.

Os três passaram pelo portão e se sentaram. Era visível que o velho de barba castanha estava tomado por um medo terrível; os olhos se reviravam e as mãos finas e bronzeadas se apertavam e se afrouxavam convulsivamente ao redor do velho bastão que carregava.

— Caspar Croker para depor!

O rapaz de rosto pálido e macacão oleoso engoliu em seco, se levantou e subiu no banco de testemunhas.

— O senhor opera a garagem e posto de gasolina na rua principal, em Weirton? — perguntou o magistrado, exigente.

— Ora, claro. O senhor me conhece, sr...

— Responda à pergunta, por favor — disse Stapleton, severo. — Relate ao júri o que aconteceu por volta das onze horas da noite na véspera de Natal.

Croker respirou fundo, espiou ao redor como se em busca de um último olhar amigável, e disse:

— Não abri o estabelecimento na véspera de Natal; eu queria comemorar. Moro numa casa nos fundos da garagem. Às onze da noite, quando estava sentado na sala com a minha esposa, escutei um barulho horrível de batidas em algum lugar do lado de fora. Parecia vir da garagem, então corri lá pra fora. Tava escuro pra diabo. — Ele engoliu em seco e retomou rapidamente: — Bom, tinha um homem lá fora esmurrando a porta da garagem. Quando ele me viu...

— Só um minuto, sr. Croker. Como ele estava vestido?

O dono da garagem deu de ombros.

— De roupa escura, não deu pra enxergar direito. Não tive motivo pra prestar muita atenção, de qualquer jeito.

— O senhor deu uma boa olhada no rosto do homem?

— Sim, senhor. Ele estava embaixo da minha luz noturna. Tava encasacado... bom, tava bem frio... mas parecia que ele não queria ser reconhecido. Enfim, eu vi que ele tava de barba feita, tinha cabelo escuro e uma cara meio de gringo, por mais que falasse inglês como um bom americano.

— Quantos anos o senhor diria que ele tinha?

— Ah, uns 35, talvez mais, talvez menos. Difícil dizer.

— O que ele queria?

— Queria contratar um carro para levá-lo até Arroyo.

Ellery conseguia ouvir a respiração asmática de um homem troncudo na fileira atrás, de tão silencioso que o tribunal estava. Todos tensos, sentados na beirada do assento.

— O que aconteceu? — perguntou o magistrado.

— Bom — respondeu Croker, com mais confiança —, eu não gostei muito da ideia... eram onze da noite da véspera de Natal, e a minha esposa tava sozinha e tal. Mas ele puxou uma carteira e disse: "Eu pago dez dólares pra você me levar". Ora, senhor, isso é um bocado de dinheiro pra um pobre como eu, então eu disse: "Tá bom, vamos lá".

— O senhor o levou?

— Sim, senhor, levei. Eu voltei pra pegar um casaco, falei pra minha esposa que ficaria meia hora fora, saí, peguei meu ônibus velho, ele subiu e nós fomos. Perguntei pra onde de Arroyo ele queria ir, e ele respondeu: "Não tem um lugar onde a estrada de Arroyo cruza com a de New Cumberland-Pughtown?". Eu falei que tinha, sim. Ele disse: "Bem, é pra lá que eu quero ir". Eu o levei até lá, ele saltou, me deu uma nota de dez, e eu dei meia-volta e corri pra casa. Tava me sentindo meio trêmulo e assustado.

— O senhor viu o que ele fez enquanto o carro se afastava?

Croker assentiu com veemência.

— Eu tava olhando por cima do ombro. Quase caí numa maldita vala. Ele pegou o caminho pra Arroyo, a pé. Mancava muito, senhor.

O homem excêntrico de barba castanha sentado ao lado do soldado arquejou; o seu olhar vagava desesperadamente, como se buscasse uma rota de fuga.

— Com que pé, sr. Croker?

— Bem, ele meio que favorecia a perna esquerda. Botava o peso todo na direita.

— Foi a última vez que o senhor o viu?

— Sim, senhor. E a primeira. Nunca o vi antes daquela noite.

— Isso é tudo.

Grato, Croker saiu do banco de testemunhas e se apressou pelo corredor em direção à porta.

— Agora — disse o magistrado Stapleton, encarando fixamente o homenzinho de barba castanha, que estava encolhido na cadeira, com o olhar atento. — Você aí. Venha para o banco.

O soldado se ergueu e puxou o homem de barba castanha para que ficasse de pé, empurrando-o à frente. O homenzinho avançou sem resistir, mas havia pânico no seu olhar e ele não parava de se encolher. O soldado o jogou sem cerimônia no banco de testemunhas e voltou ao próprio assento.

— Qual é o seu nome? — exigiu saber o magistrado Stapleton.

Uma gargalhada se ergueu dos expectadores quando a estranheza completa das vestes e da aparência do homem se exibiu para eles do ponto de vista proeminente do banco de testemunhas. Levou um longo tempo até que a ordem fosse restaurada, durante o qual o homem lambeu os lábios e oscilou de um lado para o outro, murmurando para si mesmo. Ellery teve a sensação alarmante de que ele estava rezando... rezando — era chocante — para a cobra de madeira no topo do cetro.

Stapleton repetiu a pergunta com nervosismo. O homem estendeu a vara à frente, jogou os ombros magros para trás, parecendo invocar uma reserva de força e dignidade da postura, encarou diretamente os olhos de Stapleton e disse, em uma voz estridente e límpida:

— Eu sou o nomeado Harakht, deus do sol do meio-dia. Ra-Harakht, o falcão!

Fez-se um silêncio atônito. O magistrado Stapleton piscou e se encolheu como se alguém houvesse proferido ameaças ininteligíveis na sua presença. A plateia arquejou, então explodiu em gargalhadas histéricas; dessa vez, animadas não por escárnio, mas por um medo inominável. Havia algo aterrorizante e sinistro nesse homem; ele emanava uma determinação maníaca demais para ser simulada.

— Quem? — perguntou o magistrado com voz fraca.

O homem que se denominava Harakht cruzou os braços sobre o peito esquelético, o cetro agarrado firmemente à frente, e não se dignou a responder.

Stapleton enxugou as bochechas e pareceu não saber como continuar.

— Hã... qual é a sua profissão, senhor... sr. Harakht?

Ellery se afundou mais no assento e corou pelo magistrado. A cena tornava-se digna de pena.

Harakht disse por entre os lábios tensos e severos:

— Sou o Curandeiro dos Fracos. Torno corpos doentes sãos e fortes. Sou aquele que veleja *Manzet*, a Barca do Alvorecer. Sou aquele que veleja *Mesenktet*, a Barca do Crepúsculo. Alguns me chamam de Hórus, deus dos horizontes. Sou filho de Nut, deusa do céu, esposa de Qeb, mãe de Ísis e Osíris. Sou o deus supremo de Mênfis. Sou aquele com Etōm...

— Chega! — exclamou o magistrado. — Coronel Pickett, pelo amor de Deus, o que é isso? Achei que tivesse dito que este lunático tinha algo importante para contribuir com o inquérito! Eu...

O chefe da polícia estadual se ergueu no mesmo instante. O homem que se nomeava Harakht esperou com calma, o terror inicial completamente ausente, como se nas profundezas do cérebro conturbado ele tivesse se dado conta de que era o mestre da situação.

— Desculpe, sr. Magistrado — disse o coronel, depressa. — Eu deveria tê-lo alertado. Este homem não bate bem da cabeça. Acho melhor eu falar ao senhor e ao júri o que ele faz, então o senhor pode fazer perguntas mais diretas. Ele gerencia uma espécie de espetáculo místico; uma coisa meio doida, cheia de pinturas de sóis e estrelas e luas e desenhos estranhos de faraós egípcios. Parece que acredita que é o sol ou algo assim. É inofensivo. Viaja por aí numa carroça e num cavalo velho, como um cigano, de vilarejo em vilarejo. Ele vem passando por Illinois, Indiana, Ohio e Virgínia Ocidental, pregando e vendendo um cura-tudo medicinal que põe cabelo...

— É o elixir da juventude — disse Harakht gravemente. — Luz do sol engarrafada. Sou o escolhido, e prego o Evangelho da solaridade. Sou Menu e Attu e...

— É só óleo de fígado de bacalhau puro, até onde sei — explicou o coronel Pickett com um sorrisinho. — Ninguém sabe o nome verdadeiro dele; acho que até ele esqueceu.

— Obrigado, coronel — disse o magistrado com dignidade.

Ellery, no seu assento duro, foi tomado por empolgação diante de uma súbita descoberta. Ele reconhecera o emblema malfeito na mão do louco. Era o ureu, o cetro de serpente da divindade chefe dos egípcios antigos e dos seus reis descendentes de deuses. A princípio, ele ficara inclinado a pensar que era um caduceu improvisado, pelo desenho da cobra; mas o emblema de Mercúrio sempre incluía asas, e o cetro, como ele viu ao forçar a vista, tinha um disco solar tosco coroando a serpente ou serpentes... Egito faraônico! Alguns dos nomes que haviam saído da boca do homenzinho louco e cativante eram familiares: Hórus, Nut, Ísis, Osíris. Os outros, apesar de estranhos, tinham um quê egípcio... Ellery se empertigou.

— Hã... Harakht, ou seja lá como se chame — dizia o magistrado —, você ouviu o testemunho de Caspar Croker em referência a um homem de cabelo escuro e de barba feita que mancava?

Uma expressão mais racional brotou nos olhos do homem barbado e, com ela, o retorno daquele medo à espreita.

— O... o homem manco — balbuciou ele. — Sim.

— Reconhece alguém a partir dessa descrição?

Hesitação. Então:

— Sim.

— Ah! — disse o magistrado, suspirando. — Agora estamos chegando a algum lugar, Harakht. — O tom se tornou alegre e amigável. — Quem é esse homem e como você o conhece?

— Ele é meu sacerdote.

— Sacerdote!

Murmurinhos se ergueram da multidão, e Ellery ouviu o homem parrudo atrás dele dizer:

— Por Deus, que blasfêmia dos infernos!

— Quer dizer que ele é o seu... assistente?

— Ele é meu discípulo. Meu sacerdote. Sumo sacerdote de Hórus.

— Sim, sim — disse Stapleton apressadamente. — Qual é o nome dele?

— Velja Krosac.

— Humm — falou o magistrado com uma carranca. — Nome estrangeiro, é? *Armênio?* — disparou para o homenzinho de barba castanha.

— Não existe nação além do Egito — disse Harakht baixinho.

— Ora! — Stapleton olhou feio para ele. — Como se soletra esse nome?

O coronel Pickett informou:

— Já temos tudo isso, sr. Stapleton. É V-e-l-j-a K-r-o-s-a-c. Encontramos em alguns documentos na carroça deste homem.

— Onde está esse Vel... Velja Krosac? — perguntou o magistrado, exigente.

Harakht deu de ombros e respondeu:

— Foi embora.

Mas Ellery viu o reluzir de pânico nos olhinhos brilhantes.

— Quando?

Ele deu de ombros de novo e o coronel Pickett aproveitou a brecha.

— Talvez seja melhor eu contar, sr. Stapleton, e acelerar o inquérito. Krosac sempre se manteve disfarçado, até onde conseguimos descobrir. Já faz alguns anos que está com este homem. Um sujeito meio misterioso. Atuava como gerente de negócios e propagandista, mais ou menos, deixando o Harakht aqui cuidar da baboseira. Harakht o encontrou em algum canto do oeste. A última vez que Krosac esteve com ele foi na véspera de Natal. Eles estavam acampados perto da enseada de Holliday. — Ficava a alguns quilômetros de Weirton; Ellery se lembrava de algumas placas. — Krosac partiu por volta das onze horas da noite, e essa foi a última vez que Fulano-de-Tal alega tê-lo visto. O horário encaixa direitinho.

— O senhor não encontrou rastro desse Krosac?

— Ainda não — retrucou o coronel com irritação. — Desapareceu como se engolido pela terra. Mas vamos encontrá-lo. Ele não tem como escapar. Divulgamos descrições dele e de Kling.

— Harakht — disse o magistrado —, você já esteve em Arroyo?

— Arroyo? Não.

— Eles nunca chegaram tanto ao norte da Virgínia Ocidental — explicou o coronel.

— O que sabe sobre Krosac?

— Ele é um verdadeiro fiel — afirmou Harakht. — Venera no altar com reverência. Participa do *kuphi* e ouve as escrituras sagradas com ânimo. Ele é o orgulho e a glória...

— Ah, chega — disse o magistrado com exaustão. — Leve-o embora, soldado.

O soldado sorriu, se levantou, agarrou o braço magrelo do homem de barba castanha e o arrancou do palanque. O magistrado soltou um suspiro de alívio quando os dois desapareceram na multidão.

Ellery ecoou o suspiro. O pai estava certo. Parecia mesmo que ele voltaria a Nova York, se não com o rabo entre as pernas, ao menos com um olhar de cão arrependido. O processo inteiro era tão insano, o caso tão incompreensível, tão impérvio à lógica, que beirava a farsa. Ainda assim... havia aquele corpo brutalmente mutilado, crucificado a...

Crucificado! Ele se sobressaltou, quase com um arquejo audível. Crucificação... Egito Antigo. Onde ele se deparara com esse estranho fato?

O inquérito prosseguiu rapidamente. O coronel Pickett apresentou vários artigos encontrados na carroça de Harakht e que Harakht afirmara pertencerem a Krosac. Eles eram inconsequentes, sem qualquer valor intrínseco ou funcionalidade como possíveis pistas para o passado e identidade do homem. Não havia fotografias de Krosac, como o magistrado apontou para o júri; um fato que tornava a captura do homem ainda mais difícil. Para acrescentar às dificuldades, também não havia qualquer amostra da letra dele.

Outras testemunhas foram chamadas. Pequenos argumentos foram apresentados. Não encontraram ninguém que estivesse observando a casa de Andrew Van na véspera de Natal, ou que houvesse visto Krosac depois que Croker, o garagista, o deixara no cruzamento. Além disso, ninguém passara por lá naquela noite... Os pregos encontrados no corpo crucificado de Van haviam vindo da própria caixa de ferramentas dele, que ficava guardada na despensa. Tinham sido comprados por Kling do lojista Bernheim havia muito tempo, como foi revelado; muitos deles usados na construção de um depósito de lenha.

Ellery tomou consciência dos arredores quando o magistrado Stapleton se levantou.

— Os cavalheiros do júri — dizia o magistrado — ouviram os procedimentos deste inqué...

Ellery se levantou em um pulo. Stapleton parou e olhou ao redor, irritado com a interrupção.

— Pois não, sr. Queen? O senhor está interferindo com as atividades do...

— Um momento, sr. Stapleton — disse Ellery, depressa —, antes que se direcione ao júri. Tenho na minha posse um fato que me parece pertinente ao inquérito.

— O quê?! — exclamou o promotor de justiça Crumit, se levantando. — Uma nova informação?

— Não é nova, sr. Promotor de Justiça — respondeu Ellery, sorrindo. — É bem antiga. Mais antiga que o cristianismo.

— Ora — disse o magistrado Stapleton; a audiência se esticava e sussurrava, e o júri se erguera dos assentos para encarar essa testemunha inesperada —, do que está falando, sr. Queen? O que o cristianismo tem a ver com isso?

— Nada... eu espero. — Ellery mirou o magistrado através do pincenê e disse com severidade: — A característica mais relevante deste crime terrível, se me permite dizer, não foi sequer mencionada neste inquérito. Refiro-me ao fato de que o assassino, seja quem for, deliberadamente se desdobrou para pintar a letra ou o símbolo T ao redor da cena do crime. O formato de T no cruzamento. O formato de T na placa. O formato de T no cadáver. O T marcado em sangue na porta de entrada da vítima. Tudo isso foi comentado pela imprensa... e com razão.

— Sim, sim — interrompeu o promotor de justiça Crumit com um sorriso de escárnio —, todos nós sabemos disso. Qual é a sua informação, então?

— Ora. — Ellery o encarou sem desviar o olhar, e Crumit corou e se sentou. — Não consigo ver a conexão... confesso estar totalmente perplexo... mas o senhor sabe que o símbolo T pode muito bem não se referir em absoluto ao alfabeto?

— O que quer dizer, sr. Queen? — perguntou o magistrado Stapleton, ansioso.

— Quero dizer que o símbolo T tem significado religioso.

— Significado religioso? — repetiu Stapleton.

Um velho cavalheiro corpulento usando um colarinho clerical se ergueu do meio da plateia e disse:

— Se me permite a ousadia de interromper o erudito orador... eu sou ministro do Evangelho, e *nunca* ouvi falar de um significado religioso incorporado ao símbolo T!

Alguém gritou:

— É isso aí, pastor!

O ministro corou e se sentou. Ellery sorriu.

— Se me permite contradizer o erudito clérigo, o significado é este: dentre os muitos símbolos religiosos, há uma cruz que assume o formato de um T. É chamada de cruz *tau*, ou *crux comissa*.

O ministro se ergueu do assento e exclamou:

— Sim! É verdade. Mas não é originalmente uma cruz cristã. Era um símbolo *pagão*!

Ellery deu uma risadinha.

— Exatamente, senhor. E a cruz grega não foi usada por povos pré-cristãos durante séculos, antes da Era Cristã? A *tau* antecede a familiar cruz grega por vários séculos. Alguns pensam que era um símbolo fálico na sua origem... Mas a questão é a seguinte...

Eles esperaram em um silêncio ansioso enquanto Ellery parava e pegava fôlego. Então voltou a encarar o magistrado através do pincenê e prosseguiu de maneira firme:

— A cruz *tau*, ou T, não é o seu único nome. Às vezes, é chamada — ele fez uma pausa antes de concluir em voz baixa — de cruz *egípcia*!

PARTE DOIS

Crucificação de um milionário

"Quando um crime é cometido por um criminoso não habitual, é aí que os policiais precisam ficar de olho. Nenhuma das regras que eles aprenderam se aplicará, e o conhecimento que acumularam durante os anos de estudo do submundo se torna inútil."

— Danilo Rieka

3. PROFESSOR YARDLEY

E isso foi tudo. Extraordinário, incrível... mas morreu ali. A conexão críptica que Ellery Queen apontou para a população de Weirton aprofundou, mais do que mitigou, o mistério. Ele se consolou com o pensamento de que era difícil aplicar lógica às divagações de um louco.

Se o problema era demais para ele, era pior ainda para o magistrado Stapleton, para o promotor de justiça Crumit, para o coronel Pickett, para o júri, para os cidadãos de Arroyo e Weirton, e para as dúzias de jornalistas que se amontoaram no vilarejo no dia do inquérito. Orientado pelo magistrado, que resistiu com rigor à tentação de saltar à solução óbvia, porém sem fundamento, o júri coçou a cabeça coletiva e chegou ao veredito de "morte pelas mãos de pessoa ou pessoas desconhecidas". Os jornalistas bisbilhotaram por um ou dois dias, o coronel Pickett e o promotor de justiça Crumit andaram em círculos cada vez mais lentos, e finalmente o caso morreu na imprensa; uma sentença de morte de fato.

Ellery voltou a Nova York com um dar de ombros filosófico. Sentia-se inclinado a acreditar, quanto mais remoía o problema, que a explicação era simples, afinal. Não havia motivo, achava ele, para duvidar das indicações avassaladoras das provas. Circunstanciais, com certeza, mas corretas nas suas implicações. Havia um homem de nome Velja Krosac, um estrangeiro fluente em inglês, uma espécie de charlatão, que, por motivos sombrios particulares, havia planejado, procurado, e por fim tirado a vida de um professor da área rural, também nascido no exterior. O método, apesar de interessante de um ponto de vista criminológico, não era necessariamente importante. Era a expressão horrível, mas compreensível, de uma mente subjugada pelas estranhas chamas da psicologia maníaca. O que estava por trás — que história sórdida de imoralidade fantasiosa, fanatismo religioso ou vingança sanguinária — talvez nunca viesse à tona. Depois de cumprir a missão macabra, seria natural que Krosac desaparecesse; e talvez estivesse agora mesmo em alto-mar, a caminho do seu país natal. Kling, o criado? Sem dúvida uma vítima inocente, pega no fogo cruzado, liquidada pelo executor por ter testemunhado o crime ou vislumbrado o rosto do assassino. Era provável que Kling representasse um fio solto que Krosac se sentiu compelido a cortar. Afinal, um homem que não hesitou em decepar uma cabeça humana apenas para ilustrar em carne e osso o símbolo da sua vingança dificilmente amoleceria diante da necessidade de matar uma inesperada ameaça à própria segurança.

E, assim, Ellery voltou a Nova York para se submeter aos comentários mordazes do inspetor.

— Não falarei "eu lhe disse" — comentou o velho com uma risadinha à mesa de jantar na noite de retorno de Ellery —, mas quero destacar uma moral.

— Prossiga — murmurou Ellery, atacando a costela.

— A moral é: assassinato é assassinato, 99 por cento dos assassinatos cometidos em qualquer canto do globo, seu jovem idiota, são moleza de explicar. Nada elaborado, entende. — O inspetor estava radiante. — Não sei o que você esperava conseguir naquele maldito lugar, mas qualquer policial fazendo uma ronda poderia ter lhe dado a resposta.

Ellery pousou o garfo.

— Mas a lógica...

— Bobagem! — exclamou o inspetor com desdém. — Vá dormir um pouco.

Seis meses se passaram, durante os quais Ellery se esqueceu por completo dos acontecimentos bizarros do assassinato em Arroyo. Havia coisas a fazer. Nova York, ao contrário da sua vizinha Pensilvânia, não era exatamente uma cidade de amor fraterno; homicídios eram vastos. O inspetor disparava de um lugar ao outro em um êxtase de investigação, e Ellery o seguia, contribuindo com as suas capacidades peculiares nos casos que o interessavam.

Só em junho, seis meses depois da crucificação de Andrew Van na Virgínia Ocidental, que o assassino de Arroyo foi, à força, trazido de volta à sua mente.

Era quarta-feira, dia 22, quando a faísca se acendeu. Ellery e o inspetor Queen tomavam café da manhã quando a campainha tocou, e Djuna, o faz-tudo dos Queen, atendeu a porta e encontrou um mensageiro com um telegrama para Ellery.

— Estranho — disse ele, abrindo o envelope amarelo. — Quem poderia estar me escrevendo a essa hora da manhã?

— De quem é? — murmurou o homem mais velho com a boca cheia de torrada.

— É de... — Ellery desdobrou a mensagem e baixou os olhos para a assinatura digitada. — De Yardley! — exclamou com grande surpresa. Ele sorriu para o pai. — Professor Yardley. O senhor se lembra, pai? Um dos meus professores na universidade.

— Claro que sim. O sujeito de história antiga, não é? Ficou um fim de semana conosco quando veio a Nova York. Um camarada feio de cavanhaque, se bem me lembro.

— Um dos melhores. Não se faz mais professores assim — disse Ellery. — Deus, faz anos que não recebo notícias dele! Por que ele iria...

— Sugiro que leia a mensagem — disse o velho em tom suave. — Em geral, essa é a melhor maneira de descobrir por que uma pessoa lhe escreveu. Para algumas coisas, meu filho, você é burro como uma porta.

O brilho no olhar dele se apagou enquanto observava o rosto de Ellery. O queixo do cavalheiro caíra perceptivelmente.

— O que houve? — perguntou o inspetor, apressado. — Alguém morreu? — Ele ainda preservava a superstição da classe média de que telegramas nunca traziam algo de bom.

Ellery jogou o papel amarelo por cima da mesa, se levantou de um salto, atirou o guardanapo para Djuna e disparou para o quarto, despindo o roupão pelo caminho.

O inspetor leu:

PENSEI QUE DEPOIS DE TODOS ESSES ANOS VOCÊ TALVEZ QUISESSE COMBINAR NEGÓCIOS COM PRAZER PONTO POR QUE NÃO ME FAZ AQUELA VISITA HÁ TANTO ADIADA PONTO VAI ENCONTRAR UM BELO ASSASSINATO EM FRENTE AO MEU CHALÉ PONTO ACONTECEU ESSA MANHÃ MESMO E OS GENDARMES LOCAIS AINDA ESTÃO CHEGANDO PONTO MUITO INTERESSANTE PONTO MEU VIZINHO FOI ENCONTRADO CRUCIFICADO AO TÓTEME DELE SEM CABEÇA PONTO ESPERO VOCÊ HOJE

YARDLEY

4. BRADWOOD

Ficou evidente que algo extraordinário estava acontecendo quilômetros antes de o velho Duesenberg chegar ao destino. A autoestrada de Long Island, pela qual Ellery avançava na velocidade imprudente a que estava acostumado, estava lotada de soldados do interior, que pela primeira vez pareciam desinteressados no espetáculo de um rapaz alto e determinado viajando a uma velocidade de noventa quilômetros por hora. Ellery, com o egocentrismo de um velocista especialmente privilegiado, estava esperando, em parte, que alguém fosse pará-lo. Pois então teria a oportunidade de jogar "agente especial da polícia!" na cara do seu antagonista motociclista. Ele convencera o inspetor a telefonar para a cena do crime e explicar ao inspetor Vaughn da polícia do condado de Nassau que "meu filho famoso", como o inspetor disse com sutileza, estava a caminho, será que Vaughn poderia outorgar todas as cortesias ao jovem herói? Sobretudo visto que, como o velho colocara, esse filho famoso tinha uma informação que deveria se provar de notável interesse para Vaughn e para o promotor de justiça. Então outra ligação para o promotor de justiça Isham do condado de Nassau, com uma repetição do encômio e da promessa. Isham, um homem muito requisitado naquela manhã, murmurou algo como "qualquer notícia será uma boa notícia, inspetor; mande-o para cá", e prometeu que nada seria retirado da cena do crime até que Ellery chegasse.

Era meio-dia quando o Duesenberg adentrou uma das ruas particulares imaculadas de Long Island e foi desafiado por um soldado de motocicleta.

— Bradwood é por aqui? — gritou Ellery.

— É, mas você não vai entrar — respondeu o soldado com uma expressão carrancuda. — Faça meia-volta, senhor, e dê o fora.

— O inspetor Vaughn e o promotor de justiça Isham estão me esperando — informou Ellery com um sorrisinho.

— Ah! Sr. Queen? Desculpe, senhor. Vá em frente.

Vingado e triunfante, Ellery disparou adiante e, cinco minutos depois, parou na autoestrada entre duas propriedades — uma, pelo aglomerado de viaturas na rua, era obviamente Bradwood, onde o assassinato fora cometido; a outra, por inferência, visto que ficava do outro lado da rua, devia ser a habitação do seu amigo e antigo instrutor, professor Yardley.

O próprio professor, um homem alto, esguio e feio, de semelhança impressionante com Abraham Lincoln, avançou apressadamente e agarrou a mão de Ellery enquanto ele saltava do Duesenberg.

— Queen! É bom vê-lo de novo.

— Digo o mesmo, professor. Nossa, faz anos! O que está fazendo aqui em Long Island? Da última vez que ouvi falar do senhor, ainda estava morando no campus, torturando alunos do segundo ano.

O professor deu um sorrisinho com a barba preta e curta.

— Aluguei aquele Taj Mahal do outro lado da rua — Ellery se virou e viu pináculos e um domo bizantino acima das árvores para as quais o dedão do professor Yardley apontava — de um amigo maluco meu. Ele construiu essa atrocidade por conta própria quando foi mordido pelo bichinho do Oriente. Saiu em uma perambulação pela Ásia Menor, e eu estou trabalhando aqui neste verão. Queria um pouco de tranquilidade para me dedicar a minha obra há muito adiada sobre as fontes da lenda de Atlântida. Lembra-se das referências platônicas?

— Lembro. — Ellery sorriu. — *New Atlantis*, de Bacon, mas na época os meus interesses eram sempre literários em vez de científicos.

Yardley grunhiu.

— O mesmo jovem de sempre, posso ver... Tranquilidade! Bem, foi com isso que me deparei.

— Como acabou pensando em mim?

Eles caminharam pela entrada de veículos desordenada de Bradwood em direção a uma grande casa colonial, os seus vastos pilares reluzindo ao sol do meio-dia.

— O longo braço da coincidência — disse o professor, seco. — Acompanhei a sua carreira com interesse, é claro. E visto que vivo fascinado pelas suas proezas, li avidamente as matérias sobre aquele extraordinário assassinato na Virgínia Ocidental há cinco ou seis meses.

Ellery analisou a cena antes de responder. Bradwood tinha jardins meticulosos, a propriedade de um homem abastado.

— Eu deveria saber que nada escaparia aos olhos que já examinaram milhares de papiros e estelas. Então o senhor leu aquela versão romantizada da minha pequena estadia em Arroyo?

— Li. Assim como a sua romantizada falta de sucesso. — O professor deu uma risadinha. — Ao mesmo tempo, fiquei satisfeito com a maneira como aplicou o fundamento que tentei enfiar na sua cabeça teimosa; sempre vá à fonte. Cruz egípcia, meu garoto? Temo que o seu senso teatral tenha sufocado a verdade puramente científica... Bem, aqui estamos.

— Como assim? — perguntou Ellery com uma carranca ansiosa. — A cruz *tau* era com certeza do Egito Antigo...

— Discutiremos mais tarde. Imagino que queira conhecer Isham. Ele fez a gentileza de me deixar vagar por aí.

O promotor de justiça Isham, do condado de Nassau, um homem atarracado de meia-idade com olhos azuis lacrimosos e uma franja grisalha em formato de ferradura, encontrava-se nos degraus de entrada da longa varanda colonial, absorto em uma conversa acalorada com um homem alto e poderoso em roupas civis.

— Hã... sr. Isham — disse o professor Yardley. — Este é meu *protégé*, Ellery Queen.

Os dois homens se viraram depressa.

— Ah, sim — falou Isham, como se estivesse pensando em outras coisas. — Que bom que veio, sr. Queen. Não sei o que pode fazer para ajudar, mas... — Ele deu de ombros. — Este é o inspetor Vaughn da polícia do condado de Nassau.

Ellery trocou um aperto de mãos com ambos.

— O senhor permite que eu ande por aí? Prometo não me pôr no caminho.

O inspetor Vaughn exibiu os dentes amarelados.

— Precisamos que alguém se ponha em nosso caminho. Estamos só parados no mesmo lugar, sr. Queen. Gostaria de ver a evidência principal?

— Imagino que seja de praxe. Venha conosco, professor.

Os quatro homens desceram os degraus da varanda e começaram a caminhar por uma trilha de cascalho ao redor da ala leste da casa. Ellery notou a vastidão da propriedade. A casa principal, ele via agora, ficava a meio caminho entre a estrada particular onde ele deixara o Duesenberg e as águas de uma enseada, cujas marolas tingidas pelo sol eram visíveis da elevação da casa principal. Esse corpo d'água, como explicou o promotor de justiça Isham, era um afluente do estuário de Long Island; chamava-se enseada de Ketcham. Além das águas da enseada, podia-se ver a silhueta arborizada de uma ilhota. Ilha Oyster, destacou o professor; abrigando uma estranha coleção de...

Ellery olhou para ele de forma questionadora, mas Isham disse com irritação:

— Já chegaremos a isso.

Yardley deu de ombros e refreou-se de mais interrupções.

O caminho de cascalho levava gradualmente para longe da casa, e um aglomerado de árvores os cercou a menos de dez metros da construção colonial. Trinta metros à frente, eles chegaram a uma clareira, no centro da qual encontrava-se um objeto grotesco.

Eles pararam de repente e fizeram silêncio, como acontece na presença de uma morte violenta. Ao redor, havia soldados e detetives do condado, mas Ellery só tinha olhos para o objeto em si.

Era um pilar grosso e entalhado de 2,7 metros de altura que já fora, a julgar pelo que restava, de um colorido espalhafatoso, mas estava desbotado, manchado e surrado, como se tivesse sido exposto a séculos de intempéries. O entalhe, um conglomerado de representações de máscaras de gárgulas e animais híbridos, culminava na figura esculpida sem refinamento de uma águia com bico abaixado e asas estendidas. Por serem bem retas, Ellery foi imediatamente confrontado pelo fato de que o pilar, com as asas abertas no topo, lembrava muito um T maiúsculo.

O corpo decapitado de um homem estava pendurado no poste, os braços amarrados às asas com cordas pesadas, pernas similarmente presas à parte reta a mais ou menos um metro do chão. O bico afiado de madeira da águia pairava a dois centímetros do buraco sangrento onde já estivera a cabeça do homem. Havia algo ao mesmo tempo patético e horrível na visão tenebrosa; o corpo mutilado emanava um desamparo, a impotência digna de pena de uma boneca de pano decapitada.

— Ora — disse Ellery com uma risadinha trêmula —, que cena, hein?

O MISTÉRIO DA CRUZ EGÍPCIA

— Chocante — murmurou Isham. — Nunca vi algo assim. Dá arrepios na espinha. — Ele estremeceu. — Vamos lá. Vamos acabar logo com isso.

Eles se aproximaram do poste. Ellery notou que a algumas jardas, na clareira, havia uma edícula de palha, em cuja entrada se postava um soldado. Então voltou a atenção ao cadáver. Era de um homem de meia-idade, com pança pesada e mãos nodosas e velhas. Usava calça cinza de flanela e uma camisa de seda aberta no pescoço, sapatos brancos, meias brancas e um paletó de veludo usado para fumar. O corpo era um desastre sangrento do pescoço aos dedos dos pés, como se tivesse sido afundado em uma tina de sangue.

— Um totem, não é? — perguntou Ellery ao professor Yardley ao passarem embaixo do corpo.

— Tóteme — corrigiu Yardley com severidade —, é o termo preferível... Sim. Não sou uma autoridade em totemismo, mas essa relíquia é uma antiguidade norte-americana ou uma falsificação bem-feita. Nunca vi uma assim. A águia é um símbolo do Clã da Águia.

— Imagino que o corpo tenha sido identificado?

— Claro — falou o inspetor Vaughn. — Estamos olhando para o que sobrou de Thomas Brad, proprietário de Bradwood, importador milionário de tapetes.

— Mas o corpo não foi solto — apontou Ellery com paciência. — Como podem ter certeza?

O promotor de justiça Isham ficou espantado.

— Ah, é Brad, sim. As roupas batem, e não daria muito para disfarçar essa barriga, daria?

— Imagino que não. Quem encontrou o corpo?

O inspetor Vaughn contou a história:

— Foi encontrado às 7h30 dessa manhã por um dos empregados de Brad, uma combinação de chofer e jardineiro, um camarada chamado Fox. Ele mora em uma choupana do outro lado da casa, na mata; quando veio até a construção principal esta manhã, como de costume, para buscar o carro (a garagem fica nos fundos da casa) para Jonah Lincoln, uma das pessoas que mora aqui, descobriu que Lincoln não estava pronto e veio para essas bandas olhar as flores. Enfim, foi com isso que se deparou. Levou um belo susto, segundo ele.

— Imagino — comentou o professor Yardley, que transparecia uma surpreendente falta de melindre; ele examinava o totem e o seu fardo macabro com uma impessoalidade pensativa, como se fosse um raro objeto histórico.

— Bem — continuou o inspetor Vaughn —, ele se recuperou e correu de volta para a casa. A história de sempre... acordou os moradores da casa. Ninguém tocou em nada. Lincoln, que é um sujeito nervoso, porém equilibrado, assumiu a liderança até chegarmos.

— E quem é Lincoln? — perguntou Ellery.

— Gerente geral da empresa de Brad. Brad & Megara, sabe — explicou Isham —, os grandes importadores de tapete. Lincoln mora aqui. Brad gostava muito dele, pelo que sei.

— Um magnata de tapetes incipiente, hã? E Megara... também mora aqui?

Isham deu de ombros.

— Quando não está viajando. Ele está em um cruzeiro em algum canto; já está fora há meses. Brad era o sócio ativo.

— Imagino, então, que o sr. Megara, o viajante, fosse responsável pelo totem... ou tóteme, em respeito ao professor. Não que isso importe.

Um homenzinho frio caminhava tranquilamente na direção deles carregando uma sacola preta.

— Aí está o dr. Rumsen — disse Isham com um suspiro de alívio. — Médico-legista do condado de Nassau. Oi, doutor, dê uma olhada nisso!

— Estou olhando — respondeu o dr. Rumsen em um tom maldoso. — O que é isso... o matadouro de Chicago?

Ellery analisou o corpo. Parecia bem rígido. O dr. Rumsen ergueu um olhar profissional para o cadáver, fungou e disse:

— Ora, baixe-o, baixe-o. Espera que eu escale o poste e o examine lá de cima?

O inspetor Vaughn gesticulou para dois detetives, que saltaram à frente desembainhando facas. Um deles entrou na edícula e voltou um momento depois com uma cadeira rústica. Ele a posicionou ao lado do totem, subiu no assento e ergueu a faca.

— Quer que eu corte, chefe? — perguntou, antes de passar a lâmina pelas amarras do braço direito. — Talvez prefira ter a corda inteira. Acho que consigo desfazer o nó.

— Pode cortar — disse o inspetor em tom áspero. — Quero dar uma olhada no nó. Talvez forneça alguma pista.

Outros se prontificaram, e a atividade deprimente de baixar o corpo foi realizada em silêncio.

— Por sinal — observou Ellery enquanto assistiam ao procedimento —, como o assassino conseguiu carregar o corpo lá para cima e amarrar os pulsos às asas a quase três metros do chão?

— Da mesma maneira que o detetive está fazendo agora — respondeu o promotor de justiça, seco. — Encontramos uma cadeira manchada de sangue, como a que ele está usando, na edícula. Ou o trabalho foi feito em dupla, ou o camarada era forte. Deve ter dado uma trabalheira erguer um cadáver nessa posição, mesmo com uma cadeira.

— Onde o senhor encontrou a cadeira? — perguntou Ellery, pensativo. — Na edícula?

— Sim. Ele deve tê-la devolvido ao lugar depois de usar. Há várias outras coisas na cabana, sr. Queen, que valem dar uma olhada.

— Tem outra coisa que talvez o interesse — disse o inspetor Vaughn quando o corpo foi finalmente solto das amarras e depositado na grama. — Isso.

Ele tirou um pequeno objeto vermelho circular do bolso e entregou-o a Ellery. Era uma peça de jogo de damas de madeira vermelha.

— Humm — disse Ellery. — Um tanto prosaico. Onde encontrou isso, inspetor?

— Aqui, no cascalho da clareira — respondeu Vaughn. — A alguns metros à direita do pilar.

— O que o faz pensar que é importante? — Ellery virou a peça nos dedos.

Vaughn sorriu.

— Foi a maneira como a encontramos. Não estava caída ali há muito tempo, para começo de conversa, como pode ver pelas suas condições. E naquele cascalho cinza e limpo um objeto vermelho se destacaria como um elefante. Este terreno é examinado a pente-fino por Fox todos os dias; é improvável, então, que ela já estivesse aqui durante o dia... Fox diz que não estava, pelo menos. Eu diria de cara que tem alguma coisa a ver com os acontecimentos da noite passada; ela não seria enxergada na escuridão.

— Excelente, inspetor! — Ellery sorriu. — O senhor é dos meus.

Ele devolveu a peça ao mesmo tempo em que o dr. Rumsen proferia uma torrente de palavrões terríveis e nada profissionais

— O que houve? — perguntou Isham, chegando, apressado. — Encontrou alguma coisa?

— A coisa mais estranha que *eu* já vi — respondeu o médico-legista rispidamente. — Olhe isso.

O cadáver de Thomas Brad estava esticado na grama a alguns metros do totem como uma estátua de mármore caída. Tinha uma rigidez tão pouco natural que Ellery, a partir da sua triste, porém ampla experiência, se deu conta de que o *rigor mortis* ainda não deixara o corpo. Estendido ali, com os braços ainda abertos, o cadáver exibia, com exceção da pança e das roupas, uma notável semelhança com o corpo de Andrew Van que Ellery vira em Weirton seis meses antes; e ambos, refletiu ele sem satisfação, eram figuras humanas retalhadas no formato de um T... Ele balançou a cabeça e abaixou-se com os outros para ver o que tanto perturbara o dr. Rumsen.

O médico havia erguido a mão direita do morto e apontava para a palma morta azulada. No centro, caprichosamente impressa como se por um molde, havia uma mancha vermelha circular, a borda apenas levemente irregular.

— Agora, o que é isso? — resmungou o dr. Rumsen. — Não é sangue. Parece mais tinta, ou corante. Mas não vejo qualquer razão para isso.

— Parece — respondeu Ellery — que a sua previsão está se tornando realidade, inspetor. A peça de dama, o lado direito do poste, a mão direita do morto...

— Por Deus, sim! — exclamou o inspetor Vaughn. Ele pegou a peça de novo e colocou-a sobre a mancha na palma sem vida. Encaixava, e ele se ergueu com um olhar misto de triunfo e confusão. — Mas que inferno?!

O promotor de justiça Isham balançou a cabeça.

— Não acho que seja importante. Você ainda não viu a biblioteca de Brad, Vaughn, então não sabe. Mas há resquícios de uma partida de damas lá. Descobrirá mais sobre isso quando entrarmos na casa. Por algum motivo, Brad tinha uma peça na mão quando foi morto, e o assassino não sabia. Ela caiu da mão dele mais ou menos quando estava sendo pendurado, só isso.

— Então o crime foi cometido dentro da casa? — perguntou Ellery.

— Ah, não. Na edícula. Há evidências *de sobra* disso. Não, eu acho que a explicação para a peça de damas é a simplicidade em si. Parece uma peça defeituosa, e provavelmente o suor e o calor da mão de Brad fez a cor manchar.

Eles deixaram o dr. Rumsen explorando a figura inumana na grama, cercado por policiais silenciosos, e seguiram para a edícula. Ficava a apenas alguns passos do totem. Ellery olhou para cima e ao redor antes de transpor a entrada baixa.

— Nenhuma fonte de luz elétrica do lado de fora, notei. Eu me pergunto...

— O assassino deve ter usado uma lanterna. Quer dizer, se é que o crime realmente aconteceu no escuro — disse o inspetor. — O dr. Rumsen esclarecerá isso quando nos disser há quanto tempo Brad está morto.

O soldado na entrada fez uma saudação e deu um passo para o lado. Eles entraram.

Era pequena e circular, construída com troncos e galhos de árvores de uma maneira artificialmente rústica. Tinha uma teto pontudo de palha e meias-paredes, as metades superiores compostas de treliça verde. Do lado de dentro havia uma mesa e duas cadeiras talhadas, uma delas manchada de sangue.

— Não há muita dúvida sobre isso, eu diria — afirmou o promotor de justiça Isham com um fraco resmungo, apontando para o chão.

No meio do piso havia uma grande mancha espessa, de cor vermelho-amarronzada.

O professor Yardley demonstrou nervosismo pela primeira vez.

— Ora... isso não é sangue humano... essa sujeira enorme e tenebrosa?

— Certamente é — respondeu Vaughn em tom sombrio. — A única explicação para essa quantidade toda é a cabeça de Brad ter sido cortada bem aqui neste chão.

Os olhos aguçados de Ellery estavam fixos naquela parte do chão de madeira diretamente abaixo da mesa rústica. Desenhado de modo grosseiro em sangue, havia um T maiúsculo.

— Que beleza — murmurou ele, engolindo em seco ao afastar o olhar do símbolo. — Sr. Isham, o senhor tem uma explicação para o T no chão?

O promotor de justiça fez um gesto de questionamento com as mãos.

— Ora, sou eu quem lhe pergunto, sr. Queen. Sou calejado nesse jogo e, pelo que sei, o senhor tem muita experiência com coisas assim. Algum homem sensato poderia duvidar de que esse é o crime de um maníaco?

— Nenhum homem sensato poderia — disse Ellery —, e nenhum homem sensato o faria. Está perfeitamente correto, sr. Isham. Um totem! Apropriado, não é, professor?

— Tóteme — corrigiu Yardley. — Refere-se ao possível significado religioso? — Ele deu de ombros. — Como alguém poderia reunir símbolos de fetichismo norte-americano, do cristianismo e do falicismo na Antiguidade está além da imaginação até mesmo de um maníaco.

Vaughn e Isham se encararam; nem Yardley nem Ellery os elucidaram. Ellery se curvou para examinar algo caído no chão, perto do sangue coagulado. Era um cachimbo de madeira *briar* e haste longa.

— Já analisamos isso — disse o inspetor Vaughn. — Tem digitais. De Brad. É o cachimbo dele, sem dúvidas; ele o fumava aqui. Nós o colocamos de volta bem onde o encontramos.

Ellery assentiu com a cabeça. Era um cachimbo incomum, de formato impressionante; o fornilho era habilmente entalhado em semelhança à cabeça e ao tridente de Netuno. Estava cheio pela metade de cinzas apagadas e, no chão perto do fornilho, como Vaughn apontara, havia cinzas de tabaco de cor e textura similar, como se o cachimbo tivesse sido derrubado e parte das cinzas tivessem se derramado.

Ellery estendeu a mão para pegar o cachimbo... e parou. Ele olhou para o inspetor.

— Tem certeza, inspetor, de que este cachimbo é da vítima? Quer dizer... o senhor confirmou com os moradores da casa?

— Na verdade, não — respondeu Vaughn com rigidez. — Não sei por que diabos duvidaríamos. Afinal, as digitais...

— Ele também vestia um paletó específico para fumar — destacou Isham. — E não tinha outro tipo de tabaco consigo; cigarros nem charutos. Não entendo, sr. Queen, por que pensaria...

O professor Yardley reprimiu um sorriso em meio à barba, e Ellery respondeu de maneira quase despreocupada:

— Mas eu não penso nada do tipo. É apenas um hábito meu, sr. Isham. Talvez...

Ele pegou o cachimbo e esvaziou cuidadosamente as cinzas sobre o tampo da mesa. Quando pararam de cair, Ellery olhou dentro do fornilho e viu que uma cobertura de tabaco meio queimado permanecia no fundo. Tirou um envelope translúcido do bolso e, raspando o tabaco não fumado do fundo, depositou-o no envelope. Os outros observaram em silêncio.

— Veja bem — disse ele, se erguendo. — Não acredito em aceitar as coisas sem questionar. Não estou sugerindo que este cachimbo não seja de Brad. Afirmo, no entanto, que o tabaco dentro dele pode ser uma pista definitiva. Suponha que este cachimbo seja de Brad, mas que ele tenha pegado o *tabaco* emprestado com o assassino. Sem dúvida uma ocorrência bem comum. Agora, podem notar que este tabaco é cortado em cubos; não é um corte comum, como talvez saibam. Se examinarmos o umidor de Brad, encontraremos tabaco cortado em cubos? Caso positivo, então é dele, e ele não o pegou emprestado com o assassino. De qualquer forma não perdemos nada; só confirmamos os fatos prévios. Mas se não o encontrarmos cortado dessa forma, faz sentido presumirmos que o tabaco veio do assassino, e isso seria uma pista importante... Perdoe-me por tagarelar.

— Muito interessante — disse Isham. — Tenho certeza.

— As minúcias da ciência detetivesca — comentou o professor Yardley com uma risadinha.

— Bem, o que conclui do caso até agora? — exigiu saber Vaughn.

Ellery poliu as lentes do pincenê, pensativo, o rosto esguio compenetrado.

— É ridículo, é claro, fazer qualquer declaração mais concreta do que esta: ou o assassino estava com Brad quando ele veio à edícula, ou não estava; nada confirmado até o momento. De qualquer forma, quando Brad saiu para os jardins em direção à edícula, tinha na mão uma peça de damas vermelha que, por algum motivo peculiar, ele deve ter pegado na casa; onde os vestígios de uma partida de damas são encontrados. Na edícula, ele foi atacado e morto. Talvez o ataque tenha ocorrido enquanto ele fumava; o cachimbo caiu da sua boca para o chão. Talvez, também, ele estivesse com os dedos no bolso, brincando distraidamente com a peça de damas. Quando morreu, a peça continuava apertada na mão, e assim permaneceu por todo o tempo em que ele era decapitado, erguido até o totem e amarrado às asas. Então a peça caiu e rolou pelo cascalho, despercebida pelo assassino... Por que ele trouxe a peça consigo para começo de conversa parece ser a questão mais relevante. Pode ter um peso definitivo no caso... Uma análise nada iluminadora, hein, professor?

— Quem conhece a natureza da luz? — murmurou Yardley.

O dr. Rumsen entrou na edícula tomado pela agitação e anunciou:

— Trabalho concluído.

— Qual é o veredito, doutor? — perguntou Isham, ansioso.

— Nenhum sinal de violência no corpo — respondeu o dr. Rumsen. — A partir disso, fica perfeitamente evidente que seja lá o que o matou foi direcionado à cabeça.

Ellery se sobressaltou; poderia ter sido o dr. Strang repetindo o testemunho que dera no tribunal de Weirton meses atrás.

— Ele pode ter sido estrangulado? — perguntou Ellery.

— Não há como dizer agora. Mas a autópsia revelará, pelas condições dos pulmões. A rigidez do corpo é um simples *rigor*, que demorará de 12 a 24 horas para passar.

— Há quanto tempo ele está morto? — perguntou o inspetor Vaughn.

— Há umas catorze horas.

— Então foi mesmo no escuro! — exclamou Isham. — O crime deve ter sido cometido por voltas das dez horas da noite de ontem!

O dr. Rumsen deu de ombros.

— Pode me deixar terminar? Quero ir para casa. Tem um hemangioma a uns vinte centímetros acima do joelho direito. Isso é tudo.

Ao saírem da edícula, o inspetor Vaughn disse, de súbito:

— Ora, isso me lembra uma coisa, sr. Queen. O seu pai mencionou pelo telefone que o senhor tinha algumas informações para nos dar.

Ellery olhou para professor Yardley, que retribuiu o olhar.

— Sim, tenho — confirmou Ellery. — Inspetor, algo neste crime lhe parece peculiar?

— Tudo neste crime me parece peculiar — resmungou Vaughn. — O que quer dizer?

Ellery chutou uma pedrinha para fora do caminho, parecendo refletir. Eles passaram pelo totem em silêncio; o corpo de Thomas Brad estava coberto agora, e vários homens o co-

O MISTÉRIO DA CRUZ EGÍPCIA

locavam em uma maca. Eles seguiram pelo caminho em direção à casa.

— Ocorreu-lhe perguntar — continuou Ellery — por que um homem seria decapitado e crucificado em um totem?

— Sim, mas que bem isso me faz? — grunhiu Vaughn. — É insano, só isso.

— O senhor quer dizer — protestou Ellery — que não notou os vários Ts?

— Os vários Ts?

— O poste em si; um fantástico formato de T. O pilar no meio, as asas estendidas para os lados. — Vaughn e Isham piscaram. — O corpo: cabeça cortada fora, braços esticados, pernas unidas. — Eles piscaram de novo. — Um T deliberadamente desenhado em sangue na cena do crime.

— Ora, é claro — respondeu Isham, um tanto hesitante —, nós notamos isso, mas...

— E, para chegar a uma conclusão burlesca — continuou Ellery sem sorrir —, a própria palavra totem começa com T.

— Ah, baboseira — disse o promotor de justiça de imediato. — Pura coincidência. O poste também, a posição do corpo... só aconteceu assim.

— Coincidência? — Ellery repetiu com um suspiro. — O senhor chamaria de coincidência se eu lhe dissesse que há seis meses um assassinato foi cometido na Virgínia Ocidental no qual a vítima foi crucificada em uma placa em formato de T em um cruzamento em formato de T, a cabeça cortada fora, e um T desenhado em sangue na porta da vítima a noventa metros de distância?

Isham e Vaughn pararam de repente, e o promotor de justiça ficou pálido.

— O senhor só pode estar brincando, sr. Queen!

— Estou muito aturdido com os senhores — disse professor Yardley, plácido. — Afinal, esse tipo de coisa é o seu trabalho. Mesmo eu, um verdadeiro leigo, sabia tudo sobre o caso; ele foi reportado em todos os jornais do país.

— Pensando bem — murmurou Isham —, acho que me lembro.

— Mas, meu Deus, sr. Queen! — exclamou Vaughn. — É impossível! É... não é razoável!

— Não é razoável... de fato — murmurou Ellery —, mas impossível... não é, pois de fato aconteceu. Havia um sujeito peculiar que se chamava de Ra-Harakht ou Harakht...

— Queria conversar com você sobre ele — começou o professor Yardley.

— Harakht! — gritou inspetor Vaughn. — Tem um doido com esse nome administrando uma colônia nudista na ilha Oyster, do outro lado da enseada!

O MISTÉRIO DA CRUZ EGÍPCIA

5. ASSUNTOS INTERNOS

O jogo virou neste momento, e foi o assombro de Ellery que dominou a cena. O fanático de barba castanha no bairro de Bradwood! A conexão mais próxima a Velja Krosac aparecendo na cena de um crime igual ao primeiro! Era bom demais para ser verdade.

— Pergunto-me se algum dos outros está aqui — comentou ele ao subirem os degraus da varanda. — Talvez estejamos investigando uma mera sequência do primeiro assassinato, com o mesmo elenco! Harakht...

— Não tive a oportunidade de lhe contar — disse Yardley com tristeza. — Parece-me que, com os seus conceitos estranhos sobre a questão egípcia, Queen, você já deveria ter chegado à minha conclusão.

— Tão cedo? — perguntou Ellery com a voz arrastada. — E qual é a sua conclusão?

Yardley abriu um sorriso que tomou todo o rosto agradável, porém feio.

— Aquele Harakht, por mais que eu deteste acusar pessoas indiscriminadamente, é... Bem, parece mesmo que crucificações e Ts seguem o cavalheiro por aí, não parece?

— Você se esquece de Krosac — observou Ellery.

— Meu querido camarada — retrucou o professor com amargura —, você certamente já me conhece bem o bastante a esta altura... Não esqueci coisa alguma. Por que a existência de Krosac invalida o que acabei de sugerir despretensiosamente? Afinal, em meu entendimento, existem cúmplices em crimes. E há um tipo de sujeito gigante e arcaico...

Inspetor Vaughn voltou correndo para encontrá-los na varanda, interrompendo o que prometia ser uma conversa interessante.

— Acabamos de pôr a ilha Oyster sob vigia — anunciou ofegante. — Não há motivo para correr riscos. Investigaremos aquele bando assim que terminarmos aqui.

O promotor de justiça ficou perplexo com a rapidez dos acontecimentos.

— Quer dizer que o suspeito do crime foi esse gerente de negócios de Harakht? Como era a aparência dele?

Ele escutara a narrativa de Ellery sobre o caso em Arroyo com atenção fervorosa.

— Havia uma descrição superficial. Não o suficiente, na verdade, para ser usada, exceto pelo fato de que o homem mancava. Não, sr. Isham, o problema não é simples. Veja bem, até onde sei, esse homem que se denomina Harakht é a única pessoa que conseguiria identificar o misterioso Krosac. E se nosso amigo deus do sol se mostrar teimoso...

— Vamos entrar — interrompeu o inspetor Vaughn. — Está ficando demais para mim. Quero falar com pessoas e ouvir informações.

Na sala de estar da mansão colonial eles encontraram um trágico grupo os esperando. As três pessoas que se ergueram com rangidos à entrada de Ellery e os outros exibiam expressões esgotadas e olhos vermelhos, e estavam tão nervosas que os seus movimentos eram bruscos e súbitos.

— Hã... olá — cumprimentou o homem em uma voz seca e entrecortada. — Estávamos esperando.

Era um homem alto, esguio e vigoroso de uns 35 anos; vindo da Nova Inglaterra, a julgar pelas feições angulosas e o leve sotaque.

— Olá — respondeu Isham, em tom sóbrio. — Sra. Brad, este é o sr. Ellery Queen, que veio de Nova York para nos ajudar.

Ellery murmurou as condolências convencionais; eles não trocaram um aperto de mãos. Margaret Brad se mexia e andava como se deslizasse pelos horrores de um pesadelo. Era uma mulher de 45 anos, bem cuidada e bonita de uma maneira madura e corpulenta. Ela disse por entre lábios tensos:

— Que bom... Obrigada, sr. Queen. Eu... — Ela se virou e se sentou sem concluir, como se tivesse se esquecido do que queria dizer.

— E esta é a... afilhada do sr. Brad — continuou o promotor de justiça. — Srta. Brad... sr. Queen.

Helene Brad sorriu tristemente para Ellery, acenou com a cabeça para o professor Yardley e foi para o lado da mãe sem uma palavra. Era uma moça de olhos sábios e muito adoráveis, feições honestas e cabelo de um ruivo desbotado.

— Bem? — perguntou o homem alto, exigente. A voz continuava entrecortada.

— Estamos avançando — murmurou Vaughn. — Sr. Queen... sr. Lincoln... Queremos deixar o sr. Queen a par de certas coisas, e nossa confabulação aqui há uma hora não foi tão completa. — Todos assentiram gravemente, como personagens em uma peça. — Gostaria de guiar a conversa, sr. Queen? Vá em frente.

— Na verdade, não — respondeu Ellery. — Interromperei quando pensar em alguma coisa. Não deem atenção a mim.

O inspetor Vaughn postou-se imponente ao lado da lareira, mãos reunidas às costas de modo casual, olhos fixos em Lincoln. Isham se sentou, secando a careca. O professor suspirou e caminhou até uma janela, onde ficou olhando para fora por cima dos jardins da frente e da entrada para carros. A casa estava silenciosa, como se depois de uma festa barulhenta ou de um funeral. Não havia qualquer alvoroço, choro ou histeria. Com a exceção da sra. Brad, da filha dela e de Jonah Lincoln, nenhum dos outros moradores da casa — os criados — havia aparecido.

— Bem, o primeiro passo, eu acho — começou Isham com exaustão —, é esclarecer aquela história dos ingressos para o teatro da noite anterior, sr. Lincoln. Imagino que possa nos contar a história completa.

— Ingressos para o teatro... Ah, sim. — Lincoln encarou a parede acima da cabeça de Isham com os olhos vidrados de um soldado traumatizado. — Ontem Tom Brad telefonou para a sra. Brad do escritório dizendo que conseguira ingressos para uma peça da Broadway para ela, para Helene e para mim. Helene e a sra. Brad me encontrariam na cidade. Ele, Brad, iria para casa. Disse-me isso alguns minutos depois. Parecia enfático que eu deveria levar as senhoras. Não pude recusar.

— Por que gostaria de recusar? — perguntou o inspetor, sem perder tempo.

A expressão fixa de Lincoln não mudou.

— Pareceu-me um pedido peculiar a ser feito naquele momento. Estávamos com alguns problemas na empresa; uma questão de contabilidade. Eu pretendia ficar até mais tarde ontem, trabalhar com nosso auditor. Lembrei Tom disso, mas ele disse para deixar para lá.

— Não entendo — disse a sra. Brad em tom neutro. — Quase como se quisesse se livrar de nós.

Ela estremeceu subitamente, e Helene deu tapinhas no ombro dela.

— Helene e a sra. Brad me encontraram em Longchamps para jantar — continuou Lincoln. — Depois do jantar eu as levei para o teatro...

— Qual teatro? — perguntou Isham.

— Teatro Park. Eu as deixei lá...

— Ah — disse inspetor Vaughn. — Decidiu realizar aquele trabalho de qualquer forma, foi?

— Sim. Pedi licença, prometi encontrá-las depois da apresentação, e voltei ao escritório.

— E trabalhou com o seu auditor, sr. Lincoln? — perguntou Vaughn suavemente.

Lincoln o encarou.

— Sim... Meu Deus. — Ele ergueu as mãos e arquejou, como um homem se afogando. Ninguém disse uma palavra sequer. Quando ele retomou, foi em voz baixa, como se nada houvesse acontecido. — Terminei mais tarde e voltei ao teatro...

— O auditor permaneceu a noite toda com o senhor? — perguntou o inspetor na mesma voz suave.

Lincoln o encarou.

— Por quê? — Ele balançou a cabeça, confuso. — O que quer dizer? Não. Ele foi embora por volta das oito da noite. Eu continuei trabalhando sozinho.

O inspetor Vaughn pigarreou; os olhos brilhavam.

— Que horas encontrou as senhoras no teatro?

— Às 23h45 — respondeu Helene Brad, de súbito, em uma voz segura que mesmo assim fez a mãe lhe lançar um olhar. — Meu caro inspetor Vaughn, as suas táticas não são muito justas. O senhor suspeita que Jonah tenha feito algo, sabe-se lá o quê, e está tentando fazê-lo parecer um mentiroso... entre outras coisas, imagino.

— A verdade nunca fez mal a ninguém — disse Vaughn friamente. — Continue, sr. Lincoln.

O homem piscou duas vezes.

— Encontrei Helene e a sra. Brad no saguão. Fomos para casa...

— De carro? — perguntou Isham.

— Não, pelo trem de Long Island. Quando saltamos, Fox não estava esperando com o carro e pegamos um táxi para casa.

— Táxi? — murmurou Vaughn.

Ele pensou um pouco, então saiu da sala sem dizer uma palavra. As duas Brad e Lincoln o encararam com assombro nos olhos.

— Continue — disse Isham com impaciência. — Viu algo estranho ao chegar em casa? Que horas eram?

— Não sei bem. Lá para uma hora da madrugada, acho. — Lincoln murchou os ombros.

— Depois de uma hora — disse Helene. — Você não se lembra, Jonah.

— Sim. Não vimos nada de estranho. O caminho até a edícula... — Lincoln estremeceu. — Nós não pensamos em olhar lá. Não teríamos conseguido enxergar nada, de todo jeito... estava escuro demais. Fomos dormir.

O inspetor Vaughn retornou sem fazer alarde.

— Como pode, sra. Brad — perguntou Isham —, que não soubesse que o seu marido havia desaparecido até esta manhã, como me contou mais cedo?

— Nós dormimos... dormíamos em quartos anexos — explicou a mulher com lábios pálidos. — Então eu não tinha como saber. Eu e Helene nos retiramos... A primeira vez que ouvimos o que... aconteceu com Thomas foi quando Fox nos tirou da cama esta manhã.

O inspetor Vaughn avançou um passo e se curvou para sussurrar algo no ouvido de Isham. O promotor de justiça fez um vago aceno positivo com a cabeça.

— Há quanto tempo o senhor mora nesta casa, sr. Lincoln? — perguntou Vaughn.

— Muito tempo. Quantos anos, Helene?

O ianque alto se virou para olhar para Helene; os olhares se encontraram e piscaram com compaixão. O homem abraçou os próprios ombros, respirou fundo, e os olhos perderam o aspecto vidrado.

— Oito, eu acho, Jonah. — A voz dela vacilou, e pela primeira vez as lágrimas enuviaram seu olhar. — Eu... eu era só uma criança quando você e Hester chegaram.

— Hester? — repetiu Vaughn e Isham juntos. — Quem é?

— Minha irmã — respondeu Lincoln com a voz mais calma. — Nós nos tornamos órfãos cedo na vida. Eu... bem, ela me acompanha tão naturalmente quanto meu nome.

— Onde ela está? Por que não a vimos?

Lincoln respondeu em voz baixa:

— Ela está na ilha.

— Na ilha Oyster? — perguntou Ellery. — Que interessante. Ela não se tornou uma devota do sol por acaso, hein, sr. Lincoln?

— Ora, como o senhor sabia?! — exclamou Helene. — Jonah, você não...

— Minha irmã — explicou Lincoln com dificuldade — gosta de seguir as modas. Envolve-se em coisas como essa. Esse lunático que se denomina Harakht alugou a ilha dos Ketcham... dois idosos que moram lá; são proprietários, na verdade... e ele começou um culto. Um culto ao sol e... bem, nudismo... — Ele engasgou com um nó na garganta. — Hester... bem, Hester ficou interessada nas... pessoas de lá, e tivemos uma briga sobre o assunto. Ela é teimosa, e deixou Bradwood para se juntar ao culto. Aqueles malditos farsantes! — exclamou, alterado. — Eu não ficaria surpreso se eles tivessem algo a ver com essa história macabra.

— Astuto, sr. Lincoln — murmurou o professor Yardley.

Ellery tossiu de leve e dirigiu-se à figura séria da sra. Brad.

— Tenho certeza de que a senhora não se importaria de responder a algumas perguntas pessoais, certo? — Ela ergueu o olhar e depois o baixou para as mãos no colo. — Entendo que a srta. Brad é a sua filha e era enteada do seu marido. Seu segundo marido, sra. Brad?

A bela mulher respondeu:

— Sim.

— O sr. Brad também já fora casado?

Ela mordeu os lábios.

— Nós... nós éramos casados há doze anos. Tom... Eu não sei muito sobre a primeira... a primeira esposa dele. Acho que ele foi casado na Europa, e a primeira esposa faleceu muito jovem.

— Tsc, tsc — disse Ellery com uma carranca de compaixão. — Que parte da Europa, sra. Brad?

Ela olhou para ele com um leve rubor nas bochechas.

— Não sei bem. Thomas era romeno. Imagino que tenha acontecido... lá.

Helene Brad jogou a cabeça para trás e disse com indignação:

— Sinceramente, vocês estão agindo de forma absurda. Que diferença faz de onde as pessoas vêm ou com quem eram casadas há anos e anos? Por que não tentam descobrir quem o *matou*?

— Algo me diz com insistência, srta. Brad — respondeu Ellery com um sorriso triste —, que a questão geográfica pode se tornar extremamente importante... O sr. Megara também é romeno?

A srta. Brad ficou inexpressiva. Lincoln respondeu, seco:

— Grego.

— Que diabos...? — começou o promotor de justiça, parecendo desolado.

O inspetor Vaughn sorriu.

— Grego, é? E vocês são todos americanos nativos, suponho?

Eles assentiram com a cabeça. Os olhos de Helene cintilavam de raiva; até mesmo o brilho feroz no seu cabelo pareceu reluzir com mais força, e ela olhou para Jonah Lincoln como se esperasse um protesto. Mas ele ficou em silêncio, apenas olhando para as pontas dos sapatos.

— Onde está Megara? — continuou Isham. — Alguém disse que ele estava em um cruzeiro. Que tipo de cruzeiro... ao redor do mundo?

O MISTÉRIO DA CRUZ EGÍPCIA

— Não — respondeu Lincoln. — Nada do tipo. Sr. Megara é uma espécie de viajante e explorador amador. Tem o próprio iate e vive velejando por aí. Simplesmente vai embora e passa três ou quatro meses fora.

— Há quanto tempo ele está nessa viagem? — perguntou Vaughn.

— Quase um ano.

— Onde ele está?

Lincoln deu de ombros.

— Não sei. Ele nunca escreve... só aparece sem aviso. Não entendo por que ficou tanto tempo fora dessa vez.

— Eu acho — disse Helene, franzindo a testa — que ele foi para os mares do sul.

Os olhos dela se iluminaram e os lábios estremeceram; Ellery olhou-a com curiosidade e se perguntou por quê.

— Qual é o nome do iate dele?

Helene corou.

— *Helene*.

— Um iate a vapor? — perguntou Ellery.

— Sim.

— Ele tem um rádio... algum equipamento de comunicação sem fio? — perguntou Vaughn.

— Sim.

O inspetor rabiscou no caderno e pareceu satisfeito.

— Ele veleja sozinho, é isso? — perguntou ao escrever.

— Claro que não! Ele tem um capitão e uma equipe regular... Capitão Swift, que está com ele há anos.

Ellery sentou-se subitamente e esticou as longas pernas.

— Eu de fato acredito... Qual é o primeiro nome de Megara?

— Stephen.

Isham emitiu um grunhido.

— Ah, céus. Por que não podemos nos ater ao essencial? Há quanto tempo Brad e Megara são sócios nesse negócio de importação de tapete?

— Dezesseis anos — respondeu Jonah. — Começaram o negócio juntos.

— Negócio bem-sucedido, certo? Sem problemas financeiros?

Lincoln balançou a cabeça.

— Tanto o sr. Brad quanto o sr. Megara geraram fortunas muito substanciais. Foram atingidos pela Grande Depressão, como todo mundo, mas o negócio está bem. — Ele fez uma pausa, e uma expressão estranha mudou o seu rosto esguio e saudável. — Não acho que encontrarão problemas financeiros na origem desta história.

— Bem — grunhiu Isham —, o que *o senhor* acha que está na origem desta história?

Lincoln fechou a boca com um leve estalo.

— Por acaso o senhor não acha — disse Ellery — que há *religião* por trás disso, hein, sr. Lincoln?

Lincoln piscou.

— Ora... eu não falei isso. Mas o crime em si... a crucificação...

Ellery sorriu, satisfeito.

— Por sinal, qual era a fé do sr. Brad?

A sra. Brad, ainda sentada com as largas costas curvadas, peito estufado e queixo empinado, murmurou:

— Ele me disse uma vez que fora criado na Igreja Ortodoxa Grega. Mas não era devoto; na verdade, era descrente dos rituais. Alguns pessoas o consideravam ateu.

— E Megara?

— Ah, ele não acredita em absolutamente nada. — Algo no tom fez com que todos a encarassem com um olhar penetrante, mas o rosto dela estava inexpressivo.

— Igreja Ortodoxa Grega — disse o professor Yardley pensativo. — Isso é bem consistente com a Romênia...

— Está procurando inconsistências? — murmurou Ellery.

O MISTÉRIO DA CRUZ EGÍPCIA 83

O inspetor Vaughn tossiu, e a sra. Brad o observou com uma postura tensa. Parecia sentir o que estava por vir.

— O seu marido tinha marcas identificadoras pelo corpo, sra. Brad?

Helene pareceu levemente nauseada e virou a cabeça de lado. A sra. Brad murmurou:

— Um hemangioma na coxa direita.

O inspetor suspirou de alívio.

— Então é isso. Agora, pessoal, vamos aos princípios básicos. E quanto a inimigos? Quem poderia querer matar o sr. Brad?

— Esqueçam essa história da crucificação e todo o resto por enquanto — adicionou o promotor de justiça. — Quem tinha um motivo para assassiná-lo?

Mãe e filha se viraram uma para a outra, então desviaram o olhar quase de imediato. Lincoln permanecia encarando fixamente o tapete; uma tapeçaria oriental magnífica, notou Ellery, com uma bela imagem da Árvore da Vida; uma justaposição infeliz de símbolo e realidade, considerando o fato que refletia, que o seu dono...

— Não — afirmou a sra. Brad. — Thomas era um homem feliz. Não tinha inimigos.

— Vocês tinham o hábito de receber convidados relativamente desconhecidos?

— Ah, não. Nós levamos uma vida reclusa aqui, sr. Isham. — Mais uma vez, algo no tom os fez olhar com atenção para ela.

Ellery suspirou.

— Algum de vocês se lembra da presença, convidado ou não, de um homem manco? — Eles balançaram a cabeça de imediato. — O sr. Brad não conhecia alguém que mancava? — Outra negativa coordenada.

— Thomas não tinha inimigos — repetiu a sra. Brad com ênfase fastidiosa, como se sentisse que era importante reforçar esse fato.

— Está se esquecendo de uma coisa, Margaret — interveio Jonah Lincoln. — Romaine.

Ele a encarou com olhos ardentes. Helene lançou um olhar de condenação horrorizado; então mordeu o lábio e os olhos se encheram de lágrimas. Os quatro homens observavam com interesse crescente e com a sensação de que havia um jogo por trás dos panos; havia algo nocivo ali, uma ferida no ambiente doméstico dos Brad.

— Sim, Romaine — afirmou a sra. Brad, lambendo os lábios; a sua posição não mudava havia dez minutos. — Esqueci. Eles tiveram uma desavença.

— Quem diabos é Romaine? — perguntou Vaughn em tom exigente.

Lincoln respondeu com a voz baixa e rápida:

— Paul Romaine. Harakht, aquele lunático da ilha Oyster, o chama de "discípulo líder".

— Ah — disse Ellery, e olhou para o professor Yardley. O homem feio ergueu os ombros de maneira expressiva e sorriu.

— Eles criaram uma colônia nudista na ilha. Nudista! — exclamou Lincoln com amargor. — Harakht é um maluco... provavelmente é honesto; mas Romaine é um farsante, o pior tipo de golpista. Negocia com o próprio corpo, que é apenas o disfarce de uma alma apodrecida!

— Ainda assim — murmurou Ellery —, não foi Holmes que recomendou: "Construa para ti mais mansões imponentes, ó, minh'alma"?

— Claro — disse o inspetor Vaughn, determinado a tranquilizar essa estranha testemunha. — Entendemos. E quanto à desavença, sr. Lincoln?

O rosto esguio tornou-se feroz.

— Romaine é responsável pelos "hóspedes" na ilha; trabalha na expansão do negócio. Ele enredou um monte de pobres coitados que ou pensam que ele é algum tipo de deus, ou são tão reprimidos que a ideia de correr por aí pelados... — Ele

O MISTÉRIO DA CRUZ EGÍPCIA

parou abruptamente. — Perdoem-me, Helene... Margaret. Eu não deveria comentar. Hester... Eles não vêm aborrecendo nenhum dos residentes daqui, admito. Mas Tom e o dr. Temple se sentem da mesma forma que eu sobre o assunto.

— Humm — disse o professor Yardley. — Ninguém *me* consultou.

— Dr. Temple?

— Nossos vizinhos a leste. Eles foram vistos saltitando pela ilha Oyster completamente nus, como cabras humanas, e bem... somos uma comunidade decente. — *Ah*, pensou Ellery, *assim proseou o puritano*. — Tom é dono de toda essa propriedade de frente para a enseada, e sentiu que era dever dele interferir. Teve alguma espécie de desentendimento com Romaine e Harakht. Acho que pretendia tomar medidas legais para expulsá-los da ilha, e lhes disse isso.

Vaughn e Isham se entreolharam, então encararam Ellery. As Brad, mãe e filha, estavam imóveis; e Lincoln, agora que se livrara da bile acumulada, parecia inquieto e envergonhado.

— Bem, investigaremos isso um pouco mais tarde — declarou Vaughn com leveza. — O senhor disse que o dr. Temple é dono do terreno vizinho a leste?

— Ele não é o dono, só o aluga... o alugava de Thomas. — O olhar da sra. Brad suavizou. — Ele já está aqui há muito tempo. Um médico do Exército aposentado. Ele e Thomas eram bons amigos.

— Quem mora naquele pedaço de terra a oeste?

— Ah! Um casal inglês de sobrenome Lynn... Percy e Elizabeth — respondeu a sra. Brad.

— Eu os conheci em Roma no outono passado e nos tornamos muito amigos — murmurou Helene. — Eles disseram que estavam pensando em fazer uma visita aos Estados Unidos, então eu sugeri que voltassem comigo e fossem meus hóspedes durante a estadia.

— Quando a senhorita retornou, srta. Brad? — perguntou Ellery.

— Na época do Dia de Ação de Graças. Os Lynn cruzaram comigo, mas nos separamos em Nova York e eles viajaram um pouco pelo país. Então em janeiro eles chegaram aqui. Ficaram loucos com o lugar... — Lincoln grunhiu, e Helene corou. — Ficaram sim, Jonah! Tanto que, por não querer abusar de nossa hospitalidade... o que era bobeira, é claro, mas sabe como os ingleses podem ser cheios de cerimônia... eles insistiram em alugar a casa a oeste, que é... era propriedade de meu pai. Estão aqui desde então.

— Bem, falaremos com eles também — disse Isham. — Esse dr. Temple, agora. A senhora disse, sra. Brad, que ele e o seu marido eram bons amigos. Muito próximos, não é?

— Não há nada nessa direção — respondeu a sra. Brad em tom severo —, se é o que está insinuando, sr. Isham. Eu mesma nunca foi muito chegada ao dr. Temple, mas ele é um homem direito, e Thomas, excelente julgador de caráter, gostava tremendamente dele. Com frequência jogavam damas juntos à noite.

O professor Yardley suspirou, como se estivesse um tanto entediado com esse recital de vícios e virtudes de vizinhos quando ele próprio poderia providenciar uma análise mais profunda.

— Jogavam damas! — exclamou o inspetor Vaughn. — Ora, isso é interessante. Quem mais jogava com sr. Brad, ou esse dr. Temple era o seu único adversário?

— Na verdade, não! Todos nós jogávamos com Thomas de vez em quando.

Vaughn pareceu desapontado. O professor Yardley coçou a barba preta lincolniana e disse:

— Sinto dizer que está em solo infértil, inspetor. Brad era um jogador de damas diabolicamente esperto, e acabava com todo mundo que vinha aqui para uma partida. Se a pessoa

O MISTÉRIO DA CRUZ EGÍPCIA

não soubesse jogar, ele insistia... com paciência, é claro... em ensiná-la. Acho — ele deu uma risada — que eu era o único visitante que resistia com sucesso às lisonjas dele. — Então ficou sério e se calou.

— Ele era um jogador espetacular — falou a sra. Brad com um orgulho triste e fraco. — Ouvi isso do campeão nacional de damas em pessoa.

— Ah, a senhora também é uma boa jogadora, então? — interveio Isham.

— Não, não, sr. Isham. Mas recebemos o campeão na última véspera de Natal, e ele e Thomas jogaram sem cessar. O campeão disse que Thomas era um adversário à altura.

Ellery se levantou de um pulo, a expressão ansiosa e determinada.

— Acredito que estejamos exaurindo essas boas pessoas. Mais algumas perguntas e não os incomodaremos mais, sra. Brad. Já ouviu o nome Velja Krosac?

Ela pareceu genuinamente confusa.

— Vel... que nome estranho! Não, sr. Queen, nunca ouvi.

— Srta. Brad?

— Não.

— Sr. Lincoln?

— Não.

— Já ouviram o nome Kling? — Todos negaram com a cabeça. — Andrew Van? — Outra reação inexpressiva. — Arroyo, Virgínia Ocidental?

Lincoln murmurou:

— O que é isso, por sinal? Um jogo?

— De certo modo. — Ellery sorriu. — Não ouviram, nenhum de vocês?

— Não.

— Bem, então tem uma pergunta que vocês com certeza saberão responder. Quando exatamente o fanático que se autodenomina Harakht chegou à ilha Oyster?

— Ah, isso! — exclamou Lincoln. — Em março.

— Esse homem, Paul Romaine, estava com ele?

A expressão de Lincoln se fechou.

— Sim.

Ellery limpou o pincenê, equilibrou-o na ponte do nariz reto e inclinou-se à frente.

— A letra T significa alguma coisa para algum de vocês?

Eles o encararam.

— T? — repetiu Helene. — Do que cargas d'água o senhor está falando?

— Evidentemente a resposta é não — comentou Ellery enquanto o professor Yardley dava uma risadinha e sussurrava algo no seu ouvido. — Muito bem, então, sra. Brad, o seu marido se referia com frequência à origem romena dele?

— Não, nunca. Só o que sei é que ele veio da Romênia para os Estados Unidos há dezoito anos, com Stephen Megara. Parece que eram amigos ou parceiros de negócios no antigo país.

— Como sabe disso?

— Ora... ora, Thomas me contou.

Os olhos de Ellery brilharam.

— Perdoe a minha curiosidade, mas talvez seja importante... O seu marido era rico quando imigrou?

A sra. Brad corou.

— Não sei. Quando nos casamos, ele era.

Ellery ficou pensativo. Disse "humm" várias vezes, balançou a cabeça de um jeito satisfeito, então finalmente se virou para o promotor de justiça.

— E agora, sr. Isham, se puder me providenciar um atlas, eu não o incomodarei por um bom tempo.

— Um atlas!

O promotor de justiça arregalou os olhos, e até o professor Yardley pareceu perturbado. O inspetor Vaughn franziu a testa.

— Tem um na biblioteca — declarou Lincoln em tom monótono, e saiu da sala de estar.

Ellery andou de um lado para o outro, um sorriso abstrato nos lábios. Os olhos dos outros o seguiam sem entender.

— Sra. Brad — disse ele —, a senhora fala grego ou romeno?

Ela negou com a cabeça, perplexa. Lincoln retornou, trazendo um grande livro de capa azul.

— Sr. Lincoln — disse Ellery —, o senhor trabalha em uma empresa com contatos que são em grande número europeus ou asiáticos. Entende ou fala grego ou romeno?

— Não. Não temos motivo para usar línguas estrangeiras. Nossos escritórios da Europa e da Ásia se correspondem em inglês, e nossos distribuidores fazem o mesmo neste país.

— Entendo. — Ellery sopesou o atlas, parecendo pensativo. — Isso é tudo que tenho a perguntar, sr. Isham.

O promotor de justiça acenou com cansaço.

— Muito bem, sra. Brad. Faremos nosso melhor, por mais que, francamente, o caso pareça uma bagunça insolúvel. Só fiquem por perto, sr. Lincoln e srta. Brad; não deixem a propriedade por um tempo, de qualquer forma.

Jonah e as Brad hesitaram, se entreolharam, então se levantaram e saíram da sala em silêncio.

No instante em que a porta se fechou, Ellery se jogou em uma poltrona e abriu o atlas azul. O professor Yardley franzia a testa. Isham e Vaughn trocavam olhares desamparados. Mas ele se ocupou com o atlas por cinco minutos inteiros, durante os quais voltou a três mapas diferentes e ao índice, consultando cada página minuciosamente. Enquanto procurava, o seu rosto se iluminou.

Ellery depositou o livro com cuidado deliberado no braço da cadeira e se levantou. Os outros o olharam com expectativa.

— Eu bem achei, macacos me mordam — exclamou —, que seria esse o caso! — Virou-se para o professor. — Uma coincidência incrível, se for uma coincidência. Deixarei que julgue por conta própria... Professor, os nomes de nosso peculiar elenco de personagens não lhe chamaram a atenção?

— Os nomes, Queen? — Yardley estava genuinamente confuso.

— Sim. Brad... Megara. Brad... romeno. Megara... grego. Isso os lembra de alguma coisa?

Yardley balançou a cabeça em negativa, e Vaughn e Isham deram de ombros.

— Sabe — disse Ellery, pegando o estojo de cigarros e acendendo um com rápidas tragadas —, são coisas pequenas como essas que tornam a vida interessante. Tenho um amigo que é fanático por um assunto... aquele jogo fútil e juvenil chamado geografia. Por que o assunto o atrai só Deus sabe, mas o joga em toda e qualquer oportunidade concebível. Com Brad era o jogo de damas, com muitos é o golfe... bem, com esse meu amigo é a geografia. Ele a desenvolveu ao ponto de saber milhares de nomezinhos geográficos. Algo que veio à tona há não muito tempo...

— Você está provocando — interrompeu o professor Yardley. — Continue.

Ellery deu um sorrisinho.

— Thomas Brad era romeno... Há uma cidade na Romênia chamada Brad. Isso significa algo para vocês?

— Droga nenhuma — rosnou Vaughn.

— Stephen Megara é grego. Há uma cidade na Grécia chamada Megara!

— Ora — murmurou Isham —, e daí?

Ellery deu um leve tapinha no braço de Isham.

— E suponha que eu lhe diga que o homem que supostamente não tem qualquer conexão nem com nosso importador de tapetes milionário nem com nosso iatista milionário, o pobre professor de Arroyo assassinado há seis meses... resumindo, aquele Andrew *Van*...

O MISTÉRIO DA CRUZ EGÍPCIA

— Você não quer dizer... — balbuciou Vaughn.

— Os documentos de naturalização de Van revelaram que o país de origem dele é a Armênia. E de fato existe uma *cidade* na Armênia chamada Van... e um lago também, por sinal. — Ele relaxou e sorriu. — E se, em três casos, dois relacionados na superfície, outro relacionado a um dos dois por assassinato, o mesmo fenômeno ocorre... — Ellery deu de ombros. — Se isso for coincidência, eu sou a Rainha de Sabá.

— Certamente peculiar — murmurou o professor Yardley. — Na superfície, uma tentativa deliberada de autenticar nacionalidades.

— Como se todos os nomes fossem inventados, escolhidos de um atlas. — Ellery soprou um anel de fumaça. — Interessante, não é? Três cavalheiros, obviamente de origem estrangeira, deveras desejosos de ocultar o verdadeiro nome, e, a julgar pelo cuidado que tomaram para autenticar as nacionalidades, como falou, de ocultar os verdadeiros países natais também.

— Meu Deus — grunhiu Isham. — O que mais?

— Um fato ainda mais importante — disse Ellery, alegre. — Seria de supor que, tendo Van, Brad e Megara mudado de nome, o quarto ator estrangeiro na tragédia, o elusivo Krosac, também tenha escolhido o seu nome de um mapa. Mas ele não o fez; ao menos não existe cidade na Europa ou no Oriente Próximo com o nome de Krosac. Nenhuma cidade, lago, montanha, qualquer coisa. A conclusão?

— Três pseudônimos — disse o professor sem pressa — e um nome que parece ser genuíno. Com o dono do nome que parece ser genuíno indubitavelmente envolvido no assassinato de um dos pseudônimos. Talvez... Devo dizer, Queen, meu garoto, que estamos começando a entender a chave para os hieróglifos.

— Então você concorda — falou Ellery com animação — que há um aroma egípcio na atmosfera?

Yardley se sobressaltou.

— Ah, isso! Meu camarada, um pedagogo não pode usar uma simples figura de linguagem sem ser levado ao pé da letra?

6. DAMAS E CACHIMBOS

Estavam todos pensativos enquanto saíam da sala de estar e eram guiados por Isham para a ala direita da casa, onde ficava o escritório do falecido Thomas Brad. Um detetive caminhava de um lado ao outro do corredor na frente da porta fechada da biblioteca. Quando pararam diante dela, uma mulher robusta de aparência maternal e roupa preta farfalhante apareceu de algum lugar dos fundos e disse:

— Sou a sra. Baxter. Posso oferecer um almoço aos cavalheiros?

Os olhos do inspetor Vaughn se iluminaram.

— Um anjo disfarçado! Eu me esqueci totalmente de comer. A senhora é a governanta, não é?

— Sim, senhor. Os outros cavalheiros também comerão?

O professor Yardley balançou a cabeça.

— Não tenho direito algum de abusar desta forma. A minha casa fica logo do outro lado da rua, e sei que a velha Nanny fica furiosa na minha ausência. O rango está esfriando, como diz ela. Acho que vou embora... Queen, você é meu hóspede, lembre-se.

— Você precisa ir? — perguntou Ellery. — Eu estava animado para uma longa conversa...

— Vejo-o à noite. — O professor acenou. — Vou tirar as malas daquela sua lata-velha e estacioná-la na minha garagem.

Ele sorriu para os dois oficiais e saiu andando.

O almoço se mostrou um evento solene. Foi servido em uma sala de jantar alegre para os três homens — ninguém mais da casa parecia disposto a comer —, que passaram a maior parte do tempo em silêncio. A própria sra. Baxter os serviu.

Ellery mastigava obstinadamente; o cérebro girava como um planeta e produzia alguns pensamentos extraordinários. Mas ele os guardou para si. Isham reclamou uma vez, com fervor, do ciático. A casa estava silenciosa.

Eram duas horas da tarde quando eles saíram da sala de jantar e voltaram à ala direita. A biblioteca se mostrou um local espaçoso, o escritório de um homem culto. Era quadrada, o chão de madeira maciça imaculado coberto por um tapete chinês grosso, exceto por uma borda de noventa centímetros. Havia prateleiras embutidas nas duas paredes, tomadas por livros do chão ao teto. Em uma alcova entalhada no ângulo entre duas paredes, havia um pequeno piano de cauda, aberto, a tampa apoiada; evidentemente como Thomas Brad o deixara na noite anterior. Uma mesa de leitura redonda e baixa no centro do cômodo estava coberta de revistas e acessórios de fumo. Havia um divã em frente a uma das paredes, as pernas dianteiras sobre o tapete; na parede oposta havia uma escrivaninha com a tampa abaixada. Ellery notou que, sobre a tampa, em plena vista, havia dois frascos de tinta, vermelha e preta; ambos, observou ele, quase cheios.

— Analisei a escrivaninha com uma lupa — disse Isham, sentando-se no divã. — Primeira coisa que fizemos, naturalmente. Era óbvio que, se essa fosse a escrivaninha pessoal de Brad, ela poderia conter documentos valiosos para a investigação. — Ele deu de ombros. — Nada feito. Tão inocente quanto o diário de uma freira. Quanto ao restante do cômodo... bem, pode ver por si mesmo. Não há mais nada de natureza pessoal, além disso, o assassinato foi cometido na edícula. Só sobram aquelas peças de damas.

O MISTÉRIO DA CRUZ EGÍPCIA

— Agora — acrescentou o inspetor Vaughn — que encontramos a peça vermelha perto do totem.

— Os senhores inspecionaram o resto da casa, imagino? — perguntou Ellery, caminhando pelo cômodo.

— Ah, sim, como de rotina. O quarto de Brad e tudo mais. Absolutamente nada interessante.

Ellery voltou a atenção para a mesa de leitura circular. Tirando do bolso o envelope translúcido de fragmentos de tabaco do cachimbo encontrado no chão da edícula, ele desatarraxou a tampa de um grande umidor que estava sobre a mesa e enfiou a mão dentro dele. Emergiu com um punhado de tabaco idêntico em cor e formato — o incomum corte em cubos — ao tabaco do cachimbo.

Ele deu uma risada.

— Ora, não há dúvida sobre a erva, de qualquer forma. Outra pista evaporando-se pela chaminé. Era de Brad, caso esse umidor também seja de Brad.

— E era — disse Isham.

Experimentalmente, Ellery abriu uma gavetinha minúscula cujo contorno era visível abaixo do tampo circular da mesa. Ela estava, como ele descobriu, abarrotada com uma verdadeira coleção de cachimbos, todos de excelente qualidade, todos bem usados, mas de formatos convencionais — os fornilhos usuais com hastes retas ou curvas. Havia cachimbos de sepiolita, de madeira *briar* e de baquelite; dois deles eram finos e muito longos; antigos cachimbos ingleses *churchwarden* de barro.

— Humm — falou ele. — O sr. Brad pertencia à alta sociedade. Jogos de damas e cachimbos; invariavelmente andam juntos. Fico surpreso que não haja um cachorro em frente à lareira. Bem, nada aqui.

— Nenhum como este? — perguntou Vaughn, mostrando o cachimbo Netuno-e-tridente.

Ellery negou com a cabeça.

— Seria difícil esperar encontrar outro, não? Um homem não teria dois como esse. Nenhum estojo também. Eu imaginaria que ele ficaria com a mandíbula travada só de segurar essa monstruosidade na boca. Deve ter sido um presente.

Ellery desviou a atenção para a peça principal; o objeto à esquerda da escrivaninha aberta, na parede oposta ao divã.

Era um dispositivo engenhoso: um tabuleiro de damas embutido que, era evidente, podia ser dobrado e empurrado de volta para o interior de um nicho raso na parede diretamente atrás dele, à qual estava preso por dobradiças. Uma persiana corrediça, agora repousando acima do nicho, poderia ser baixada para esconder o artifício todo. Além disso, havia duas cadeiras presas à parede, uma de cada lado da mesa, que também podiam ser encaixadas dentro da parede.

— Brad devia ser um viciado, de fato — comentou Ellery —, para instalar um aparato embutido desses. Humm... imagino que esteja como ele deixou. Não foi tocado?

— Não por nós, pelo menos — respondeu Isham. — Veja o que conclui disso.

O tampo da mesa, uma peça artesanal brilhante, era entalhada no desenho usual de 64 quadrados pretos e brancos, todos cercados por uma rica borda de madrepérola. Havia uma margem larga do lado de cada jogador para empilhar as peças tiradas do tabuleiro. Em uma das margens, do lado mais perto da escrivaninha, havia nove peças vermelhas espalhadas; as peças vermelhas capturadas pelo lado preto. Na margem oposta havia três peças pretas, capturadas pelo vermelho. No próprio tabuleiro, em posição de jogo, havia três "damas" pretas (feitas pela sobreposição de duas peças), e três peças pretas avulsas; também havia duas peças vermelhas, uma das quais situada na primeira fileira, ou fileira inicial, do lado preto.

Ellery estudou o tabuleiro e as margens, pensativo.

— Onde está a caixa de onde elas vieram?

Isham apontou com o pé para a escrivaninha. Na tampa aberta havia uma caixa de papelão barata, vazia.

— Onze peças vermelhas — disse Ellery, encarando a parede. — Deveria haver doze, é claro. Uma peça vermelha de descrição idêntica à encontrada perto do totem.

— Certo. — Isham suspirou. — Eu verifiquei com os restante dos moradores da casa; não há outros conjuntos de damas. Então aquela peça vermelha que encontramos deve ter vindo daqui.

— Entendo — respondeu Ellery. — Interessante, muito interessante. — Ele voltou a baixar os olhos para as peças.

— Acha mesmo? — perguntou Isham em tom azedo. — Vai mudar de opinião em um minuto. Sei o que está pensando. Não é isso. Espere até eu chamar o mordomo de Brad.

Ele foi até a porta e pediu ao detetive:

— Chame aquele sujeito Stallings aqui de novo. O mordomo.

Ellery ergueu as sobrancelhas, que eram eloquentes por si só, mas permaneceu em silêncio. Foi até a escrivaninha e pegou distraidamente a caixa de papelão vazia. Isham observou-o com um sorrisinho cínico.

— E isso também — afirmou Isham, de repente.

Ellery ergueu o olhar.

— Sim, eu me perguntei sobre isso no momento em que entrei. Por que um jogador inveterado que se dá o trabalho e a despesa de instalar um apetrecho elaborado para o tabuleiro usaria peças de madeira baratas?

— Descobrirá em um minuto. Nada surpreendente, posso lhe prometer.

O detetive abriu a porta do corredor, e um homem alto e esguio com bochechas pálidas e olhos apagados entrou. Usava um traje preto simples. Tinha um ar obsequioso.

— Stallings — começou Isham, sem preliminares —, quero que repita para esses cavalheiros algumas das informações que me deu essa manhã.

— Com prazer, senhor — respondeu o mordomo. Ele tinha uma voz suave, agradável.

— Primeiro, como você explica o fato de que o sr. Brad jogava com essas peças baratas?

— Muito simples, senhor. Como lhe contei mais cedo, o sr. Brad — disse Stallings com um suspiro e revirou os olhos para o teto — usava somente o que havia de melhor. Ele encomendou essa mesa e essas cadeiras sob medida, e a parede foi cavada para que elas coubessem no interior. Ao mesmo tempo, ele comprou um conjunto muito caro de peças de marfim, todas intricadamente entalhadas, pode-se dizer, e as usou por anos. Então, há pouco tempo, o dr. Temple admirou tanto o conjunto que o sr. Brad, como falou para mim um dia — Stallings suspirou de novo —, quis surpreendê-lo com um igualzinho ao dele. Há apenas duas semanas ele mandou o conjunto para um entalhador particular no Brooklyn para duplicar as 24 peças, e elas ainda não retornaram. Ele só havia conseguido arrumar essas baratas, então as usava no meio-tempo.

— E, Stallings — prosseguiu o promotor de justiça —, nos conte o que aconteceu ontem à noite.

— Sim, senhor. — Stallings passou a ponta da língua vermelha pelos lábios. — Logo antes de sair de casa ontem à noite, como o sr. Brad ordenara...

— Espere aí — interrompeu Ellery. — Você foi instruído a sair de casa ontem à noite?

— Sim, senhor. Quando o sr. Brad voltou da cidade ontem, ele chamou Fox, a sra. Baxter e a mim para este exato cômodo. — Stallings engoliu em seco ao ter alguma lembrança afetuosa. — A sra. Brad e a srta. Helene já haviam saído; acredito que estivessem a caminho do teatro. O sr. Lincoln nem veio jantar em casa... O sr. Brad parecia muito cansado. Pegou uma nota de dez dólares e me entregou, então disse a Fox, à sra. Baxter e a mim para tirarmos a noite de folga depois do jantar. Disse que queria passar a noite toda sozinho, e que Fox poderia usar o carro pequeno. Então nós saímos.

— Entendo — murmurou Ellery.

O MISTÉRIO DA CRUZ EGÍPCIA

— Qual é a história das peças de damas, Stallings? — incitou Isham.

Stallings balançou a longa cabeça.

— Logo antes de eu sair de casa... Fox e a sra. Baxter já estavam dentro do carro, do lado de fora... eu entrei na biblioteca para ver se podia fazer alguma coisa pelo sr. Brad antes de sair. Perguntei isso a ele, que respondeu em negativa e mandou, com um tanto de nervosismo, na minha percepção, que eu saísse com os outros.

— Você é um camarada observador, não é? — perguntou Ellery, sorrindo.

Stallings pareceu satisfeito.

— Tento ser, senhor. Enfim, como contei ao sr. Isham hoje de manhã, quando entrei aqui, na noite passada, o sr. Brad estava sentado ao tabuleiro de damas jogando consigo mesmo, por assim dizer.

— Então ele não estava jogando com alguém — murmurou o inspetor Vaughn. — Por que não me contou, Isham?

O promotor de justiça estendeu as mãos para os lados, e Ellery disse:

— O que quer dizer exatamente, Stallings?

— Bem, senhor, ele estava com todas as peças posicionadas, pretas e vermelhas, e jogava dos dois lados. Era o começo de um jogo. Primeiro ele movia uma peça do lado onde estava sentado, então ponderava um pouco e movia uma peça do lado oposto. Eu só vi duas jogadas.

— Então — falou Ellery, com os lábios franzidos. — Em que cadeira ele estava sentado?

— Naquela ali, perto da escrivaninha. Mas, quando movia as vermelhas, ele se levantava e se sentava na cadeira oposta, estudando o tabuleiro como sempre faz. — Stallings estalou os lábios. — Um jogador muito bom, o sr. Brad era, muito cuidadoso. Ele praticava sozinho assim com muita frequência.

— E aí está — afirmou Isham, cansado. — A história da peça não denota coisa alguma. — Ele suspirou. — Agora conte sobre vocês, Stallings.

— Sim, senhor — respondeu o mordomo. — Fomos todos de carro para a cidade. Fox deixou a sra. Baxter e a mim no cinema Roxy e disse que voltaria para nos buscar ao fim do filme. Não sei aonde ele foi.

— E ele de fato voltou para buscá-los? — perguntou o inspetor Vaughn, de repente alerta.

— Não, senhor, não voltou. Esperamos meia hora por ele, mas achamos que devia ter sofrido um acidente ou algo assim, então pegamos um trem de volta e um táxi da estação.

— Táxi, é? — O inspetor pareceu satisfeito. — Os garotos da estação ficaram ocupados ontem à noite. Que horas vocês voltaram?

— Por volta da meia-noite, senhor, talvez um pouco depois. Não tenho certeza.

— Fox já tinha voltado quando vocês chegaram?

Stallings se empertigou.

— Temo não saber afirmar, senhor. Não sei. Ele mora naquela choupanazinha na mata perto da enseada, e mesmo que houvesse alguma luz não conseguiríamos ver por causa das árvores.

— Bem, cuidaremos disso. Você não chegou a conversar com Fox, hein, Isham?

— Não tive a oportunidade.

— Um momento — interveio Ellery. — Stallings, o sr. Brad disse alguma coisa a você sobre esperar uma visita?

— Não, senhor. Só disse que queria passar a noite sozinho.

— Era comum que ele mandasse você, Fox e a sra. Baxter saírem de casa desse modo?

— Não, senhor. Foi a primeira vez.

— Mais uma coisa. — Ellery foi até a mesa de leitura redonda e bateu a ponta dos dedos no umidor. — Sabe o que tem neste recipiente?

O MISTÉRIO DA CRUZ EGÍPCIA

Stallings pareceu perplexo.

— Certamente, senhor! O tabaco do sr. Brad.

— Muito bem! Este é o único tabaco de cachimbo da casa?

— Sim, senhor. O sr. Brad era muito exigente com o tabaco, e esse era uma mistura especial que ele criara e importava da Inglaterra. Nunca fumava nada além disso. Na verdade — acrescentou Stallings em uma explosão de confiança —, o sr. Brad dizia com frequência que não havia um tabaco de cachimbo americano decente.

Por razão alguma, um pensamento incongruente se acendeu na mente de Ellery. Andrew Van e o caviar; Thomas Brad e o tabaco importado... Ele balançou a cabeça.

— Mais uma coisa, Stallings. Inspetor, se importa de mostrar aquele cachimbo com a cabeça de Netuno a Stallings?

Vaughn pegou o cachimbo entalhado de novo. Stallings olhou-o por um momento, então fez que sim.

— Sim, senhor, já vi esse cachimbo por aí.

O três homens suspiraram em uníssono. A sorte parecia estar agindo mais a favor do crime que do castigo.

— Sim, pois é... Era de Brad, não era? — grunhiu Isham.

— Ah, tenho certeza, senhor — disse o mordomo. — Não que ele fumasse qualquer cachimbo por muito tempo. Ele sempre dizia que os cachimbos, assim como os seres humanos, precisam de umas férias de vez em quando. A gaveta é cheia de espécimes muito bons, senhor. Mas eu reconheço esse aí. Já o vi muitas vezes. Porém não nos últimos dias, pensando bem.

— Está bem, está bem — disse Isham com irritação. — Dê o fora agora.

Stallings, com uma pequena reverência tensa, tornou-se o mordomo de novo e saiu marchando do escritório.

— Isso resolve a história da peça de damas — explicou o inspetor em tom sério —, a história do cachimbo, e a história do tabaco. Só um monte de tempo perdido. Mas nos dá uma pista boa sobre Fox. — Ele esfregou as mãos. — Nada mal. E com aquele bando da ilha Oyster para investigar, teremos um dia cheio.

— Dias, não acha? — Ellery sorriu. — É como nos velhos tempos!

Alguém bateu à porta, e o inspetor Vaughn cruzou o cômodo para abri-la. Um homem de rosto melancólico esperava do outro lado. Ele sussurrou por alguns minutos para Vaughn, que assentiu várias vezes. Então o inspetor fechou a porta e se virou para dentro.

— O que houve? — perguntou Isham.

— Nada demais. Muitas lacunas, infelizmente. Meus homens relatam que não encontraram coisa alguma no terreno. Nada. Droga, é inacreditável!

— O que estava procurando? — perguntou Ellery.

— A cabeça, homem, a cabeça!

Ninguém falou por um bom tempo, e o vento frio da tragédia se esgueirou para dentro do cômodo. Era difícil acreditar, ao olhar para os jardins ensolarados lá fora, que o mestre de todo aquele luxo, paz e beleza, um cadáver rígido sem cabeça, encontrava-se no necrotério do condado, como um vagabundo qualquer pescado do estuário de Long Island.

— Mais alguma coisa? — perguntou Isham, enfim. Ele rosnava para si mesmo.

— Os garotos vêm interpelando o pessoal da estação ferroviária — narrou Vaughn em voz baixa —, e todos os residentes dentro de oito quilômetros. Estão procurando, sr. Queen, por qualquer possível visitante. Pelas histórias de Lincoln e Stallings fica bem óbvio que Brad esperava alguém ontem à noite. Um homem não despacha a esposa, a enteada, o parceiro de negócios e os criados a não ser que haja algo estranho no ar e ele queira privacidade. Além do mais, ele nunca havia feito isso antes, entende?

— Entendo até demais — retrucou Ellery. — Não, o senhor tem toda razão nessa suposição, inspetor. Brad esperava alguém ontem à noite, não há dúvida.

— Bem, não conseguimos uma pessoa que nos desse uma pista. Nem os condutores dos trens e o pessoal da estação se lembram de ver um estranho chegando por volta das nove da noite de ontem. Vizinhos? — O inspetor deu de ombros. — Não daria para esperar algo deles, imagino. Qualquer um pode ter vindo e ido sem deixar rastros.

— Na verdade — apontou o promotor de justiça —, acho que está buscando o impossível, Vaughn. Ninguém que tivesse vindo aqui ontem à noite com intenções criminais seria tolo ao ponto de saltar na estação ferroviária mais próxima. Ele desceria uma ou duas estações antes ou depois e caminharia o resto da distância.

— E quanto à possibilidade de o visitante ter vindo de automóvel? — perguntou Ellery.

Vaughn balançou a cabeça em negativa.

— Verificamos isso hoje de manhã. Mas dentro da propriedade em si as ruas são de cascalho, o que não ajuda; as autoestradas são de macadame, e não choveu... Nada feito, sr. Queen. É possível, é claro.

Ellery refletiu intensamente.

— Ainda há outra possibilidade, inspetor. O estuário!

O inspetor olhou pela janela.

— Como se não tivéssemos pensado *nisso* — disse ele com uma risadinha desagradável. — Que moleza seria! Contratar um barco na costa de Nova York ou Connecticut; um barco a motor... Tenho dois homens seguindo essa pista neste exato momento.

Ellery abriu um sorrisinho.

— *Quod fugit, usque sequor...* hein, inspetor?

— Hã?

Isham se levantou e interrompeu:

— Vamos dar o fora daqui. Há trabalho a ser feito.

7. FOX E O INGLÊS

Eles adentraram mais profundamente o nevoeiro. Nenhuma luz brotava em lugar algum.

Não era esperado que a sra. Baxter, a governanta, por exemplo, tivesse qualquer contribuição importante. Ainda assim era necessário, por uma questão de meticulosidade, questioná-la. Eles retornaram à sala de estar e seguiram com a tediosa tarefa. A sra. Baxter, agitada, apenas confirmou a história de Stallings sobre a excursão da noite anterior. Não, o sr. Brad não lhe dissera nada sobre visitantes. Não, quando ela serviu o jantar para o sr. Brad, sozinho na sala de jantar, ele não parecia particularmente aborrecido ou nervoso. Só um pouco distraído, talvez. Sim, Fox os deixara no Roxy. Sim, ela e Stallings haviam voltado a Bradwood de trem e táxi, chegando pouco depois da meia-noite. Não, ela não achava que a sra. Brad ou os outros já haviam chegado em casa, mas não tinha certeza. A casa estava escura. Sim, senhor. Algo parecia errado? Não, senhor.

Muito bem, sra. Baxter... A governanta idosa se retirou sem perder tempo e o inspetor xingou com fluência.

Ellery olhava à frente, se ocupando com uma mancha na base da unha de tempos em tempos. O nome Andrew Van não parava de brotar na sua cabeça.

— Vamos lá — disse Isham. — Vamos falar com o chofer, Fox.

Ele saiu da casa com Vaughn a passos largos, e Ellery perambulou atrás, sentindo o aroma das rosas de junho e se perguntando quando os colegas parariam de correr atrás do próprio rabo e embarcariam em direção àquele pedaço de terra e árvores muito interessante no estuário, a ilha Oyster.

Isham guiou o grupo ao redor da ala esquerda da casa principal, seguindo por um caminho de cascalho estreito que logo adentrou um bosque cuidadosamente silvestre. Depois de uma curta caminhada, eles emergiram de debaixo das árvores em uma clareira, no centro da qual havia uma cabaninha simpática construída com troncos raspados. Um soldado do condado descansava ao sol em plena vista diante da choupana.

Isham bateu à porta robusta, e uma voz masculina grave exclamou:

— Pode entrar!

Quando eles entraram, o homem estava de pé, plantado como um carvalho, punhos cerrados, o rosto curiosamente salpicado de manchas pálidas. Era um homem alto e aprumado, esguio e forte como um broto de bambu. Quando viu quem eram os visitantes, os punhos relaxaram, os ombros murcharam e ele agarrou as costas da cadeira artesanal diante da qual se encontrava.

— Fox — começou Isham —, não tive muita oportunidade de falar com você hoje de manhã.

— Não, senhor — respondeu Fox.

A palidez, notou Ellery com certa surpresa, não era temporária; fazia parte da compleição natural do homem.

— Sabemos que encontrou o corpo — contribuiu o promotor de justiça, sentando-se na única cadeira da choupana.

— Sim, senhor — murmurou Fox. — Foi uma experiência terrí...

— O que queremos saber — interrompeu Isham — é por que abandonou Stallings e a sra. Baxter ontem à noite, aonde foi e quando chegou em casa.

Curiosamente, o homem não empalideceu nem se encolheu; a expressão no seu rosto manchado não se alterou.

— Eu só dirigi pela cidade — respondeu ele. — Voltei a Bradwood um pouco depois da meia-noite.

O inspetor Vaughn avançou deliberadamente e segurou o braço frouxo de Fox.

— Olhe aqui — disse ele de forma quase agradável. — Não estamos tentando machucá-lo ou incriminá-lo, entende? Se for honesto, o deixaremos em paz.

— Eu sou honesto — afirmou Fox.

Ellery pensou detectar traços de erudição na pronúncia e entonação do homem. Observou-o com interesse crescente.

— Certo — falou Vaughn. — Tudo bem. Agora esqueça essa baboseira de só ter dirigido pela cidade. Fale a verdade. Aonde foi?

— Estou falando a verdade — respondeu Fox em uma voz monótona, inexpressiva. — Dirigi pela Quinta Avenida, passando pelo Park e passeando pela Riverside por um bom tempo. O tempo estava agradável, e eu aproveitei o ar fresco.

O inspetor soltou o braço do homem de repente e abriu um sorrisinho para Isham.

— Ele aproveitou o ar fresco. Por que não foi buscar Stallings e a sra. Baxter depois que eles saíram do cinema?

Os ombros largos de Fox se contraíram de leve.

— Ninguém me disse para fazer isso.

Isham olhou para Vaughn, que retribuiu o olhar. Ellery, no entanto, olhou para Fox; e ficou surpreso ao ver os olhos do homem (parecia impossível) se encherem de lágrimas.

— Muito bem — falou Isham. — Se esta é a sua história, você está preso a ela, e que Deus o ajude se descobrirmos algo diferente. Há quanto tempo trabalha aqui?

— Desde o começo do ano, senhor.

— Referências?

— Sim, senhor.

Em silêncio, ele se virou e foi até um aparador antigo. Remexeu em uma gaveta e tirou dela um envelope limpo e conservado com esmero.

O promotor de justiça abriu-o com um rasgo, relanceou para a carta no interior e entregou-a a Vaughn. O inspetor leu-a com cuidado, então, virando-a na mesa, saiu da choupana sem explicação.

— Parece correto — disse Isham, se levantando. — Por sinal, você, Stallings e a sra. Baxter são os únicos empregados, não são?

— Sim, senhor — confirmou Fox sem erguer os olhos. Ele pegou as referências e ficou virando o envelope e o papel entre os dedos.

— Hã... Fox — falou Ellery. — Quando chegou em casa ontem à noite, você viu ou ouviu algo incomum?

— Não, senhor.

— Fique aqui — disse Isham, e saiu da choupana.

Do lado de fora, o inspetor Vaughn se juntou a ele, e Ellery parou na porta. Fox, do lado de dentro, não se mexera.

— Ele está mentindo descaradamente sobre a noite de ontem — declarou Vaughn em voz alta; Fox não pôde deixar de ouvir. — Vamos averiguar de imediato.

Ellery se retraiu. Havia algo de cruel na tática dos dois homens, e ele não conseguia se esquecer das lágrimas nos olhos de Fox.

Em silêncio, eles seguiram na direção oeste. A choupana de Fox não ficava longe das águas da enseada de Ketcham, e eles conseguiam ver o brilho azul ensolarado por entre as árvores ao avançarem. A uma curta distância da choupana, eles chegaram a uma estrada estreita, sem cercas.

— Propriedade de Brad — resmungou Isham. — Ele não a cercaria. A casa alugada por aqueles Lynn deve ficar naquela extensão depois da estrada.

Eles atravessaram a estrada e mergulharam em uma mata imponente. Passaram-se cinco minutos até que Vaughn encontrasse a trilha que cruzava a densa vegetação rasteira na direção oeste. Logo depois de o caminho se alargar, a mata tornou-se mais espaçada, e eles viram uma casa de pedra baixa e ampla no coração da mata. Um homem e uma mulher estavam sentados na varanda aberta. O primeiro se levantou com pressa quando os três visitantes apareceram.

— Sr. e sra. Lynn? — perguntou o promotor de justiça ao pararem na base da varanda.

— Em pessoa — respondeu o homem. — Sou Percy Lynn. Esta é minha esposa... Os cavalheiros são de Bradwood?

Lynn era um inglês alto, de pele escura e feições angulosas com cabelo oleoso cortado curto e olhos astutos. Elizabeth Lynn era loira e gorda; o sorriso parecia fixo no rosto.

Isham fez que sim, e Lynn disse:

— Bem... por que não entram?

— Não se preocupe — respondeu o inspetor Vaughn com um tom agradável. — Só ficaremos um minuto. Souberam da notícia?

O inglês assentiu solenemente; o sorriso da esposa, no entanto, não desvaneceu.

— Chocante, de fato — concordou Lynn. — Ficamos sabendo quando eu estava caminhando pela estrada e esbarrei com um policial. Ele me contou a tragédia.

— Naturalmente — adicionou a sra. Lynn com uma voz estridente —, nós nem sonharíamos em ir lá *depois disso*.

— Não, claro que não — concordou o marido.

Fez-se um breve silêncio, durante o qual Isham e Vaughn conversaram na linguagem do olhar. Os Lynn permaneceram imóveis; havia um cachimbo na mão do homem alto, e uma pequena espiral de fumaça se erguia sem estremecer até o rosto dele.

O MISTÉRIO DA CRUZ EGÍPCIA 109

De repente, ele gesticulou com o cachimbo e disse:

— Vamos lá. Tenho plena noção de como isso está constrangedor pra burro, cavalheiros. Os senhores são da polícia, presumo.

— Isso mesmo — disse Isham.

Ele pareceu satisfeito em permitir que Lynn tomasse a dianteira, e Vaughn permaneceu em segundo plano. Quanto a Ellery, estava fascinado por aquele sorriso terrível no rosto da mulher. Então ele próprio sorriu; agora sabia por que a expressão era tão rígida. A sra. Lynn tinha dentes falsos.

— Imagino que queiram ver nossos passaportes — continuou Lynn. — Averiguar os vizinhos e amigos e todo esse tipo de coisa. Não é?

Os documentos se mostraram regularizados.

— Imagino que também queiram saber exatamente como passamos... eu e a sra. Lynn... a morar aqui... — começou o inglês quando Isham devolveu os passaportes.

— Já soubemos tudo pela srta. Brad — disse Isham. Ele subiu dois degraus subitamente, e os Lynn ficaram tensos. — Onde vocês estavam ontem à noite?

Lynn pigarreou em alto e bom som.

— Ah... sim. É claro. Na verdade, estávamos na cidade...

— Nova York?

— Isso mesmo. Fomos à cidade jantar e assistir a uma peça... um negócio xexelento.

— Que horas vocês voltaram?

Inesperadamente, a sra. Lynn interveio com uma voz esganiçada:

— Ah, nós não voltamos. Passamos a noite em um hotel. Estava tarde demais para...

— Qual hotel? — perguntou o inspetor.

— O Roosevelt.

Isham abriu um sorrisinho.

— Diga, que horas eram, afinal?

— Ah, depois da meia-noite — respondeu o inglês. — Fizemos um lanche depois da peça, e...

— Certo — disse o inspetor. — Conhecem muita gente por aqui?

Eles fizeram que não ao mesmo tempo.

— Praticamente ninguém — disse Lynn. — Exceto pelos Brad e por aquele camarada muito interessante, o professor Yardley, e o dr. Temple. Só eles mesmo.

Ellery abriu um sorriso insinuante.

— Algum de vocês por acaso já visitou a ilha Oyster?

O inglês deu um breve sorriso em resposta.

— Sossega aí, camarada. Nudismo não é algo novo para nós. Vimos o bastante na Alemanha.

— Além disso — acrescentou a sra. Lynn —, as pessoas naquela ilha... — Ela estremeceu. — Eu bem concordo com o pobre sr. Brad que eles deveriam ser expulsos.

— Humm — disse Isham. — Alguma explicação a oferecer pela tragédia?

— Estamos deveras perplexos, senhor. Deveras. Mas é amedrontador. Selvagem. — Lynn soltou um muxoxo. — O tipo de coisa que dá um olho roxo ao seu esplêndido país, na visão da Europa.

— Sim, de fato — concordou Isham, seco. — Obrigado... Vamos lá.

O MISTÉRIO DA CRUZ EGÍPCIA

8. ILHA OYSTER

A enseada de Ketcham era um semicírculo tosco recortado na costa da propriedade de Thomas Brad. No centro do arco de praia, oscilava um grande píer, onde vários barcos motorizados e uma lancha estavam atracados. Ellery, que voltara com os dois parceiros para a estrada a oeste e seguira por ela em direção à água, se encontrava em um píer menor a várias centenas de metros dos ancoradouros principais. A pouco mais de um quilômetro sobre a água, se estendia a ilha Oyster. O litoral fazia parecer que a ilha fora arrancada do continente, ficando ligeiramente distendida no processo. Ellery não conseguia ver o outro lado da ilha, mas julgava que o contorno houvesse inspirado o nome.

Ilha Oyster, ou "ilha ostra", instalada como uma pedra preciosa verde no plano de fundo turquesa do estuário Long Island, estava tão distante que a sua aparência externa indicava um emaranhado intocado de floresta nativa. As árvores e os arbustos selvagens se estendiam quase até a linha da água. Não... *havia* uma pequena doca. Ao estreitar os olhos, era possível enxergar a silhueta cinza instável. Mas não havia qualquer outra estrutura construída pelo homem à vista.

Isham avançou pelo píer e gritou "Oi!" para uma lancha policial que navegava sem rumo de um lado para o outro entre o continente e a ilha Oyster. Pelo pequeno estreito a oeste, Ellery viu a popa de outra lancha policial; ela patrulhava perto da costa, percebeu, ao vê-la desaparecer atrás da ilha.

A primeira lancha avançou em direção à terra e chegou depressa ao píer.

— Bem, lá vamos nós — disse Vaughn, ao entrar na lancha, em uma voz um tanto tensa. — Vamos, sr. Queen. Este pode ser o fim.

Ellery e Isham saltaram para dentro, e a lancha fez um desvio acentuado, avançando diretamente para o centro da ostra.

Eles cortaram caminho pela enseada. Aos poucos, a vista da ilha e do continente se tornava mais nítida. Não muito distante do píer onde haviam embarcado, notavam agora, havia um píer similar a oeste; evidentemente para uso dos Lynn. Uma canoa, amarrada em um dos postes, desbotava ao sol. No ponto correspondente a leste, do outro lado da enseada, uma réplica do píer dos Lynn era visível.

— O dr. Temple mora ali, não é? — perguntou Ellery.

— Sim. Aquela deve ser a doca dele. — O píer leste estava vazio.

A lancha rasgava a água. Ao se aproximarem da pequena doca da ilha Oyster, os detalhes tornaram-se visíveis. Eles ficaram em silêncio, observando-a aumentar.

De repente, o inspetor Vaughn se levantou de um salto, o rosto tomado de empolgação, e gritou:

— Tem algo acontecendo ali!

Eles encararam a doca. A silhueta de um homem carregando nos braços uma mulher que se debatia e soltava gritos fracos disparou para fora dos arbustos, saltou com dificuldade para dentro de um minúsculo barco com motor externo, que eles agora viam estar amarrado ao lado oeste da doca. O homem jogou a mulher de qualquer jeito na bancada do barco, ligou o motor e, com pressa, guiou a embarcação para longe da doca, avançando na direção da lancha policial. A mulher estava imóvel, como se atordoada; eles viram o rosto escuro do homem quando ele se virou rapidamente para olhar de volta para a ilha.

O MISTÉRIO DA CRUZ EGÍPCIA

Menos de dez minutos depois da fuga — se é que era uma fuga —, uma aparição assombrosa surgiu do meio da mata, seguindo o mesmo caminho dos fugitivos.

Era um homem nu. Um sujeito alto, grande, de pele escura e músculos abundantes, com o cabelo preto voando ao vento. *Tarzan*, pensou Ellery; ele estava quase pronto para ver a tromba do companheiro elefantino e improvável de Tarzan surgir do arbusto às suas costas. Mas onde estava a tanga...? Eles conseguiram ver a expressão de decepção dele ao parar bruscamente na doca, olhando feio para o barco que se afastava. O homem ficou parado por um momento, braços definidos relaxados ao lado do corpo, inconsciente da própria nudez. Ele só tinha olhos para o motor de popa, e o homem no barco retribuía com um olhar tenso, aparentando ignorância ao que estava no caminho da embarcação.

Então, tão de repente que Ellery até piscou, o homem nu desapareceu. Ele executara um mergulho rápido da beira da doca, rasgando a água como um arpão. Reapareceu quase imediatamente e se lançou em um nado veloz na direção dos fugitivos.

— Que tolo maldito! — exclamou Isham. — Ele espera ultrapassar um barco a motor?

— O barco parou — observou Ellery, seco.

Isham lançou um olhar aguçado para o barco, sobressaltado. Estava inerte na água a cem metros da praia, e o seu piloto tentava ligar o motor de popa freneticamente.

— Acelere! — gritou o inspetor Vaughn para o piloto da polícia. — Aquele cara está com um olhar assassino!

A lancha rugiu, e a sirene soltou um grunhido grosso que ecoou atrás da ilha. Como se consciente da presença da lancha pela primeira vez, o homem no barco e o homem na água paralisaram em busca da fonte do alarme. O nadador, avançando pela água, encarou por um segundo, então sacudiu o cabelo de maneira feroz e mergulhou. Ele reapareceu um momento depois e retomou o nado rápido, mas daquela vez voltando para a ilha como se todos os demônios do inferno estivessem na sua cola.

A garota na bancada se sentou e encarou. O homem afundou sem forças no centro do barco e acenou para a lancha.

Eles emparelharam com o barco no momento em que o homem nu subia da água para a costa. Sem olhar para trás, ele se jogou para a proteção da mata e desapareceu.

Surpreendentemente, quando a embarcação da polícia se enganchou no barco a motor inerte, o homem jogou a cabeça para trás e riu; uma risada grossa e calorosa de puro alívio e satisfação.

Era um indivíduo magro e definido de idade indeterminada, com cabelo castanho e rosto quase roxo de tão queimado; uma tez que só podia ser o resultado de longos anos sob o sol equatorial. Os olhos também pareciam desbotados; eram de um cinza aguado, quase sem cor. A boca era como uma armadilha; os músculos da mandíbula sustentavam a bochecha roxa feito vigas de aço. Ellery o julgou uma figura formidável de maneira geral, apesar da sua fuga, ao observar o homem rolar dentro do barco em total êxtase de alegria.

A mulher que esse homem notável sequestrara só poderia ser, pela semelhança com Jonah Lincoln, a rebelde Hester. Era uma moça comum, mas de boa compleição. De ótima compleição, como os constrangidos homens da lancha policial não tiveram dificuldade de notar; por mais que houvesse um casaco masculino ao redor dos ombros — o homem risonho, notou Ellery, estava sem casaco —, por baixo ela estava escassamente coberta por um pedaço sujo de lona, como se alguém tivesse coberto a nudez à força com o primeiro trapo que arranjou.

Ela retribuiu os olhares com olhos azuis preocupados, então corou e tremeu, baixando a cabeça. As mãos deslizaram discretamente para o colo.

O MISTÉRIO ᴰᴬ CRUZ EGÍPCIA

— Do que você está rindo? — perguntou o inspetor, exigente. — E quem é você? Por que está sequestrando essa mulher?

O homem sem casaco secou uma lágrima.

— Não o culpo — arquejou ele. — Meu Deus, isso foi engraçado! — Ele expulsou o resquício de júbilo do rosto sério e se levantou. — Desculpe. Meu nome é Temple. Esta é a srta. Hester Lincoln. Obrigado pelo resgate.

— Entre a bordo — grunhiu Vaughn.

Isham e Ellery ajudaram a mulher silenciosa a entrar na lancha.

— Ora, espera aí — interveio o dr. Temple, brusco. Não havia mais humor na expressão dele; estava sombria de desconfiança. — Quem são vocês, afinal?

— Polícia. Venha, venha!

— Polícia! — O homem estreitou os olhos e subiu lentamente na lancha. Um detetive amarrou o barco à proa da embarcação maior. O dr. Temple olhou de Vaughn para Isham para Ellery. A garota se jogara em um assento e olhava para o chão. — Ora, que estranho. O que houve?

O promotor de justiça Isham contou a ele. O rosto do homem ficou lívido, e Hester Lincoln ergueu a cabeça com os olhos cheios de horror.

— Brad! — murmurou dr. Temple. — Assassinado... Não parece possível! Ora, ontem de manhã mesmo eu o vi, e...

— Jonah — começou Hester, tremendo. — Ele está... está bem?

Ninguém respondeu. O dr. Temple mordia o lábio inferior; uma expressão muito pensativa tomara os seus olhos pálidos.

— Os senhores viram... os Lynn? — perguntou ele em uma voz peculiar.

— Por quê?

Temple ficou quieto; então sorriu e deu de ombros.

— Ah, nada. Só uma pergunta amigável... Pobre Tom. — Ele se sentou e olhou por cima da água para a ilha Oyster.

— Volte para a propriedade de Brad — ordenou Vaughn.

A lancha agitou a água e começou a avançar de volta para o continente.

Ellery notou a silhueta alta e estranha do professor Yardley parado no grande píer e acenou. Yardley acenou de volta com um braço desengonçado.

— Agora, dr. Temple — disse o promotor de justiça Isham em tom sombrio —, suponho que vá começar a enrolação. O que foi aquela grande cena de sequestro e quem, em nome de Deus, era aquele lunático pelado seguindo vocês?

— É lamentável... Imagino que seja melhor eu contar a verdade. Hester... me perdoe.

A garota não respondeu; parecia aturdida pela notícia da morte de Thomas Brad.

— A srta. Lincoln foi... — prosseguiu o homem queimado de sol. — Bom, digamos que um pouco impulsiva. Ela é jovem, e certas coisas fazem os jovens perderem a cabeça.

— Ah, Victor — disse Hester em uma voz cansada.

— Jonah Lincoln — continuou o dr. Temple com uma careta — não tomou... como dizer? Ele não cumpriu o seu dever, na minha opinião, em relação à irmã.

— Na *sua* opinião — retrucou a garota, cheia de amargura.

— Sim, Hester, porque eu sinto... — Ele mordeu o lábio de novo. — De qualquer forma, quando uma semana se passou e Hester não havia voltado daquela maldita ilha, achei que já passara da hora de alguém trazê-la de volta à razão. Já que parecia que ninguém conseguia fazê-lo, eu assumi a tarefa. Nudismo! — Ele bufou. — Perversão, é o que essas pessoas praticam. Eu não sou médico à toa. Eles são um bando de impostores tirando vantagem das inibições de pessoas decentes.

A garota arquejou.

— Victor Temple! Você tem noção do que está dizendo?

— Perdoe-me a intromissão — interveio o inspetor suavemente —, mas posso perguntar por que é da sua conta que

O MISTÉRIO DA CRUZ EGÍPCIA

a srta. Lincoln queira passear por aí sem roupas? Ela parece maior de idade.

O dr. Temple trincou a mandíbula com força.

— Se precisa saber — respondeu com irritação —, sinto que tenho o direito de interferir. Emocionalmente, ela é apenas uma criança, uma adolescente. Deixou-se levar por um belo físico e um papinho sedutor.

— Está falando de Paul Romaine, imagino — comentou Ellery com um sorriso cínico.

O médico assentiu.

— Sim, aquele canalha pérfido! Ele é o símbolo vivo daquele culto maluco ao sol. O sol está bem onde deveria estar... Fui lá essa manhã fazer uma ronda. Eu e Romaine tivemos uma pequena briga. Como homens da caverna! Foi ridículo, e é por isso que eu ri agora há pouco. Mas foi sério na hora, e ele é bem mais forte do que eu. Notei que ia me ferrar, peguei a srta. Lincoln da forma apropriada e saí correndo. — Ele sorriu com ironia. — Se não fosse pelo fato de que Romaine tropeçou e bateu a cabeça dura em uma pedra, temo dizer que eu levaria uma bela surra. E eis a história do grande rapto.

Hester encarou-o inexpressivamente; tremia com toda aquela agitação.

— Mas ainda não vejo que direito o senhor tinha... — começou Isham.

O dr. Temple se levantou, o rosto tomado por uma expressão feroz.

— Realmente não é da sua conta, maldição, seja lá quem você seja. Mas espero tornar esta jovem minha esposa um dia. *Esse* é o direito que tenho... Ela está apaixonada por mim, mas não sabe. E, por Deus, eu vou *fazer* com que saiba!

Ele olhou com raiva para ela e, por um momento, os olhos dela brilharam com uma fúria correspondente.

— Esse — murmurou Ellery para Isham — é o puro êxtase do amor.

— Hã? — disse Isham.

Um soldado segurou a corda no píer principal. O professor Yardley disse:

— Olá, Queen! Voltei para ver como estava indo... Olá, Temple! Novidades?

O dr. Temple fez que sim com a cabeça.

— Acabei de sequestrar Hester, e esses cavalheiros querem me enforcar.

O sorriso de Yardley desvaneceu.

— Sinto muito...

— Hã... venha conosco, professor — disse Ellery. — Acho que precisaremos de você na ilha.

— Boa ideia. Dr. Temple, o senhor disse que viu Brad ontem de manhã? — adicionou o inspetor Vaughn.

— Só por um momento. Quando ele estava de saída para a cidade. Eu o vi na segunda-feira à noite também... anteontem. Parecia perfeitamente normal. Não consigo entender, não consigo mesmo. Alguma suspeita?

— Estou perguntando — disse Vaughn. — Como passou a noite de ontem, doutor?

Temple abriu um sorrisinho.

— Não vai começar comigo, vai? Eu passei a noite toda em casa... moro sozinho, sabe. Uma mulher vem todo dia para cozinhar e limpar.

— Só por formalidade — explicou Isham. — Nós gostaríamos de saber um pouco mais sobre o senhor.

Temple fez um gesto desanimado.

— O que quiser.

— Há quanto tempo mora aqui?

— Desde 1921. Sou oficial aposentado do Exército, sabe... médico. Estava na Itália quando a guerra estourou e entrei para o corpo médico italiano de forma bem impulsiva; eu era um garoto recém-saído das fraldas e da faculdade de Medicina. Posto de major, baleado uma ou duas vezes... eu estava na Campanha dos Bálcãs e fui capturado como prisioneiro. Não foi muito divertido. — Ele abriu um breve sorriso. — Isso acabou com a minha carreira militar. Fui aprisionado pelos austríacos em Graz por toda a duração da guerra.

— Então veio para os Estados Unidos?

— Viajei por aí por vários anos... recebi uma herança considerável durante a guerra... então voltei para casa. Bem, sabe como as coisas foram para muitos de nós. Velhos amigos perdidos, nenhuma família... o de sempre. Eu me acomodei aqui, e aqui estou desde então, vivendo como um senhor de terras.

— Obrigado, doutor — disse Isham com mais cordialidade. — Vamos deixá-lo aqui e... — Um pensamento lhe ocorreu. — É melhor voltar para a casa dos Brad, srta. Lincoln. Pode haver alvoroço lá na ilha. Vou providenciar que as suas coisas sejam enviadas de volta.

Hester Lincoln não ergueu o rosto. Mas havia uma dureza teimosa no seu tom ao dizer:

— Eu *não* vou ficar aqui. Vou voltar.

O sorriso do dr. Temple murchou.

— Voltar! — exclamou ele. — Está louca, Hester? Depois de tudo o que aconte...

Ela tirou bruscamente o casaco dos ombros; o sol reluziu em sua pele bronzeada e os olhos brilharam em harmonia.

— Não receberei ordens do senhor ou de mais ninguém, dr. Temple! Vou voltar, e o senhor não pode me impedir. Não *ouse*.

Vaughn lançou um olhar desanimado para Isham, que começou a resmungar de raiva.

Ellery disse, com a voz arrastada:

— Ah, vamos lá. Vamos todos voltar. Acho que pode acabar se provando uma aventura.

E novamente a lancha cruzou as águas da enseada de Ketcham, daquela vez chegando à pequena doca de desembarque sem problemas. Ao subirem no píer, com uma Hester séria e recusando qualquer ajuda, eles se sobressaltaram com a aparição do que, ao primeiro olhar, parecia ser um fantasma.

Era um velhinho desgrenhado e de barba castanha, com olhos fanáticos. Estava coberto por uma túnica branquíssima. Usava sandálias curiosas. Na mão direita segurava um bastão tosco e peculiar com a representação de uma cobra mal entalhada no topo... Ele saiu calmamente dos arbustos, estufou o peito magrelo e encarou-os, altivo.

Atrás dele assomava o nadador pelado; exceto que ele tinha, no ínterim, se vestido com uma calça de lona branca e uma regata. Os pés estavam descalços.

Os dois grupos se encararam por um instante, então Ellery disse, com simpatia calorosa:

— Ora, se não é Harakht em pessoa!

O professor Yardley sorriu em meio à barba.

O homenzinho fantasma se sobressaltou, olhando na direção de Ellery. Mas o brilho neles não refletia um pingo de reconhecimento.

— Esse é meu nome — anunciou ele com a voz límpida e estridente. — Vocês são adoradores do santuário?

— Vou adorar no *seu* santuário, seu serzinho desprezível — rosnou o inspetor Vaughn, avançando e agarrando o braço de Harakht. — Você é o golpista chefe desse carnaval, não é? Onde fica o seu barraco? Queremos falar com você.

Harakht, desamparado, se virou para o acompanhante.

— Paul, está vendo? Paul!

— Ele deve ter gostado do nome — murmurou o professor Yardley. — Um raro discípulo!

Paul Romaine não desviou o olhar; ele encarava o dr. Temple, que retribuía o olhar com interesse. Hester, notou Ellery, havia se esgueirado para dentro do mato.

Harakht voltou a olhar para a frente.

— Quem são vocês? Qual é a sua missão? Somos um povo pacífico.

Isham bufou, e Vaughn resmungou:

— O Moisés em pessoa. Olha só, vovô. Somos a polícia, entende, e estamos procurando um assassino!

O velho homenzinho se encolheu como se Vaughn o tivesse golpeado; os lábios acinzentados tremeram e ele arquejou:

— De novo! De novo! De novo!

Paul Romaine ganhou vida. Ele afastou Harakht para o lado de um jeito brusco e avançou um passo para confrontar o inspetor.

— Fale comigo, seja lá quem seja. O velho é meio doido. Está procurando um assassino? Vá em frente e procure. Mas o que isso tem a ver conosco?

Ellery o admirou; o homem era um espécime animal esplêndido, bonito e com uma masculinidade magnética que tornava fácil entender por que mulheres de natureza reprimida ou sentimental morreriam de amores por ele.

Isham perguntou em voz baixa:

— Onde você e esse lunático estavam ontem à noite?

— Bem aqui na ilha. Quem foi morto?

— Você não sabe?

— Não! Quem?

— Thomas Brad.

Romaine piscou.

— Brad! Bem, estava provavelmente chegando a hora dele... E daí? Estamos livres de suspeita. Não temos nada a ver com aquelas velhas lamuriosas no continente. Só queremos ser deixados em paz!

O inspetor Vaughn afastou Isham com gentileza; o próprio inspetor não era nenhum fracote, e os seus olhos ficavam bem alinhados com os de Romaine ao se encararem.

— Vamos lá — disse Vaughn, cravando os dedos no pulso do homem —, mantenha a civilidade no linguajar. Está falando com o promotor de justiça deste país, e o inspetor da polícia. Responda às perguntas como um bom menino, ouviu?

Romaine contorceu o braço, mas os dedos de Vaughn eram de ferro e permaneceram fechados em torno do pulso grosso.

— Ah, tudo bem — balbuciou ele —, se é assim que você quer. É só que ninguém nos deixa em paz. O que querem saber?

— Quando foi a última vez que você e o Chefe Baboseira aí atrás saíram da ilha?

Harakht começou, estridente:

— Paul, vamos embora! Eles são infiéis!

— Fique quieto! O velho não saiu daqui desde que chegamos. Eu fui ao vilarejo há uma semana para buscar suprimentos.

— Agora sim. — O inspetor soltou o braço de Romaine. — Vamos lá. Queremos ver a sua sede, ou templo, ou seja lá como vocês chamam.

Em fila única, eles seguiram a incongruente figura de Harakht por uma trilha que levava da costa até o coração da ilha, passando pelo meio da mata. A ilha era de uma quietude curiosa naquele momento; parecia haver poucos pássaros e insetos, e nenhum ser humano. Romaine marchava à frente, mostrando-se indiferente; aparentava ter se esquecido da presença do dr. Temple, que seguia os seus passos, observando as costas musculosas com olhos atentos.

Era evidente que Romaine havia soado um alarme antes da chegada do grupo investigativo, pois quando eles emergiram da mata em uma grande clareira, onde ficava a casa — uma enorme estrutura de madeira com ripas esparsas construída de forma rústica —, os membros do culto de Harakht esperavam por eles, todos vestidos. Fora um alerta apressado, pois os neófitos, somando uns vinte homens e mulheres de todas as idades e descrições, estavam trajados em trapos. Romaine rosnou algo indistinguível, e, como uma comunidade de trogloditas, eles se dispersaram de volta para várias alas da casa.

O inspetor não fez qualquer comentário; não estava interessado em infrações da lei de decência pública naquele momento.

Harakht seguiu em frente, alheio; segurava o ureu caseiro erguido à frente e movia os lábios no que se presumia ser uma reza. Ele guiou o caminho pelos degraus da construção central até o que era aparentemente o "santuário" — um cômodo impressionante, extenso, adornado com mapas astronômicos, estátuas de gesso de Hórus, o deus egípcio com cabeça de falcão, chifres de vaca, um sistro, um disco emblemático sustentando um trono, e um tipo curioso de púlpito cercado de tábuas de madeira crua cujo uso era, ao menos para Ellery, obscuro. O cômodo não tinha teto, e o sol de fim de tarde lançava longas sombras nas paredes.

Harakht foi diretamente para o altar, como se ali encontrasse segurança, e, ignorando os visitantes, ergueu os braços finos e ossudos para o céu e começou a murmurar em uma língua estranha.

Ellery olhou inquisitivamente para o professor Yardley, que estava imóvel, alto e feio, escutando com atenção.

— Extraordinário — murmurou o professor. — Esse homem é um anacronismo. Escutar um ser humano do século XX falar egípcio antigo...

Ellery ficou perplexo.

— Quer dizer que esse homem realmente sabe do que está falando?

Yardley sorriu com tristeza e sussurrou:

— Esse homem é louco. Mas teve um bom motivo para enlouquecer, e quanto à autenticidade do seu discurso... Ele se autodenomina Ra-Harakht. Na verdade, ele é, ou era, um dos maiores egiptólogos do mundo!

As palavras sonoras continuaram. Ellery balançou a cabeça.

— Eu pretendia lhe contar — sussurrou o professor —, mas não tivemos um momento a sós. Reconheci-o no instante em que o vi, há algumas semanas, quando remei até a ilha em uma exploração cujo único propósito era satisfazer a minha curiosidade... História interessante. O nome dele é Stryker. Sofreu uma insolação terrível enquanto escavava no Vale dos Reis anos atrás, e nunca se recuperou. Pobre sujeito.

— Mas... falando egípcio antigo! — protestou Ellery.

— Ele está entoando uma reza sacerdotal para Hórus; na linguagem hierática. Esse homem — disse Yardley, sério —, era autêntico, que fique claro. Naturalmente, está confuso agora, e a memória não funciona como deveria. A insolação distorceu tudo o que ele já soube. Não existe algo como esse cômodo, por exemplo, em um senso egiptológico. É um conglomerado... O sistro e os chifres de vaca são sagrados para Ísis, o ureu é o símbolo da divindade, e tem um quê de Hórus. Quanto aos acessórios, as placas de madeira onde, suponho, os adoradores se reclinam durante cerimônias, uma apropriação bíblica... — O professor deu de ombros. — Foi tudo misturado pela sua imaginação e pelos destroços do seu cérebro.

Harakht abaixou os braços, pegou um incensário de um recuo no altar, salpicou as pálpebras, então desceu do púlpito em silêncio. Até mesmo sorria, e parecia mais racional.

Ellery o analisou com um novo olhar. Louco ou não, o homem como uma figura autêntica tornou-se um problema totalmente diferente. O nome Stryker, agora que ele o ruminara na memória, emanava um leve sabor de familiaridade. Anos atrás, quando estava na escola preparatória particular... Sim, era o mesmo homem sobre o qual ele lera. Stryker, o egiptólogo! Murmurando uma linguagem morta havia séculos...

Ellery se virou e encontrou Hester Lincoln, vestindo uma saia curta e um suéter, encarando-os de um batente baixo do lado oposto do cômodo. O rosto comum, apesar de pálido, exibia uma determinação ferrenha. Ela não olhou para o dr. Temple, mas atravessou o cômodo para se pôr abertamente ao lado de Paul Romaine. Segurou a mão dele. Para a surpresa de todos, ele ficou vermelho-beterraba e afastou-se um pouco.

O dr. Temple sorriu. O inspetor Vaughn não seria dissuadido por frivolidades. Caminhou até Stryker, que observava os seus inquisidores tranquilamente, e disse:

— Pode responder algumas perguntas simples?

O louco inclinou a cabeça.

— Pergunte.

— Quando você saiu de Weirton, Virgínia Ocidental?

Seus olhos brilharam.

— Depois do rito de *kuphi*, há cinco luas.

— *Quando?* — guinchou Vaughn.

O professor Yardley tossiu.

— Acho que sei o que ele está tentando dizer, inspetor. O rito de *kuphi*, como ele o chama, era praticado pelos antigos sacerdotes egípcios ao pôr do sol. Consistia em uma cerimônia elaborada durante a qual o *kuphi*, uma preparação feita com uns dezesseis ingredientes (mel, vinho, resina, mirra e assim vai), era misturado em um incensário enquanto as escrituras sagradas eram lidas. Naturalmente, ele está se referindo a uma cerimônia similar realizada há cinco luas no pôr do sol; janeiro, é claro.

Foi enquanto o inspetor Vaughn assentia e Stryker sorria de modo solene para o professor que Ellery soltou um urro ressonante que fez todos pularem:

— *Krosac!*

Seus olhos se iluminaram ao observar o deus do sol e o gerente de negócios.

O sorriso de Stryker desapareceu, e os músculos ao redor da sua boca começaram a se contrair. Ele se encolheu em direção ao altar. Romaine ficou imóvel; um tanto perplexo, pela expressão.

— Perdão — disse Ellery. — Eu faço isso às vezes. Prossiga, inspetor.

— Não foi tão estúpido assim. — Vaughn deu um sorrisinho. — Harakht, onde está Velja Krosac?

Stryker umedeceu os lábios.

— Krosac... Não, não! Eu não sei. Ele abandonou o santuário. Fugiu.

— Quando foi que *você* se juntou a esse tonto? — perguntou Isham, apontando o indicador para Romaine.

— Que história é essa de Krosac? — rosnou Romaine. — Só o que sei é que eu me juntei ao velho em fevereiro. Achei que ele tinha uma boa ideia.

— Onde foi isso?

— Pittsburgh. Pareceu uma ótima oportunidade para mim — continuou Romaine, encolhendo os ombros largos. — É claro que toda essa... — ele abaixou a voz — essa tolice sobre deuses do sol... É bom para os caipiras, mas meu único interesse é fazer as pessoas tirarem as roupas fedidas e pegarem sol. Olhe para mim! — Ele inalou profundamente, e o seu tórax magnífico se inflou como um balão. — Não estou doente, estou? Isso é porque eu permito que os benéficos raios de sol cheguem à minha pele e abaixo dela...

— Ah, cale a boca — disse o inspetor. — Já sei o roteiro, o papo de vendedor de sempre. Eu uso roupas desde que saí do berço, e poderia torcer você com meu mindinho. Como foi que veio parar aqui, na ilha Oyster?

— Poderia, é? — As costas de Romaine se endireitaram. — Ora, policial ou não, imagino que você poderia tentar um dia! Eu ado...

— Foi arranjada — guinchou Stryker, ansioso.

— Arranjada? — Isham franziu a testa. — Por quem?

Stryker recuou.

— Foi arranjada.

O MISTÉRIO DA CRUZ EGÍPCIA 127

— Ah, não dê ouvidos a ele! — desdenhou Romaine. — Quando fica teimoso, não dá para tirar uma palavra sensata dele. Quando me juntei a ele, disse a mesma coisa. Foi arranjada... a vinda para a ilha Oyster.

— Antes que você se tornasse a... divindade parceira dele, é isso? — perguntou Ellery.

— Isso mesmo.

Eles pareciam ter chegado a um beco sem saída. Era evidente que, louco ou não, o egiptólogo vítima de insolação não poderia ser persuadido a proferir outro pensamento coerente. Romaine não sabia, ou professava não saber, sobre os acontecimentos de seis meses atrás.

Uma consulta revelou a informação de que havia 23 nudistas morando na ilha, a maioria da cidade de Nova York, que foram atraídos para essa Arcádia duvidosa por propagandas de jornal ardilosas e o trabalho pessoal de Romaine como missionário. O transporte foi providenciado a partir da estação ferroviária local; táxis os trouxeram para uma doca de desembarque pública na margem mais distante da propriedade de dr. Temple; e Ketcham, o dono da ilha, fez a travessia deles a canoa por um valor simbólico.

O velho Ketcham, ao que parecia, morava com a esposa do lado leste da ilha.

O inspetor Vaughn reuniu os 23 subjugados neófitos da adoração do sol e do nudismo do deus do sol; um grupo terrivelmente assustado. A maioria, agora que a excursão aos prazeres proibidos da nudez fora exposta à investigação pública, parecia profundamente constrangida; e vários apareceram em traje completo, arrastando bolsas de mãos. Mas o inspetor balançou a cabeça, firme; ninguém sairia da ilha até que desse permissão. Ele pegou o nome e o endereço deles, sorrindo cheio de sarcasmo para a coleção de Smith, Jones e Brown que as páginas do seu caderno começaram a exibir.

— Algum de vocês saiu da ilha ontem? — perguntou Isham.

Um rápido balanço negativo de cabeça; ninguém, ao que parecia, pisava no continente havia vários dias.

O grupo de investigação se virou para ir embora. Hester Lincoln continuava ao lado de Romaine. O dr. Temple, que até aquele momento esperara pacientemente sem proferir uma palavra, disse:

— Hester, vamos.

Ela balançou a cabeça.

— Você só está sendo teimosa — disse Temple. — Eu a conheço, Hester. Seja sensata; não fique aqui com esse bando de impostores, trapaceiros e idiotas enrustidos.

Romaine saltou à frente.

— O que você disse? — grunhiu ele. — Do que você me chamou?

— Você me ouviu, seu picareta idiota!

Todo o veneno e raiva frustrada na alma do bom médico efervesceu; ele lançou o braço direito à frente e acertou o punho na mandíbula de Romaine com um estalo surdo.

Hester ficou paralisada por um momento, então os seus lábios tremeram. Ela se virou e correu para a mata, soluçando convulsivamente.

O inspetor Vaughn se sobressaltou; mas Romaine, depois de um único instante de estupefação, jogou os ombros para trás e riu.

— Se isso é o melhor que consegue fazer, seu homenzinho traiçoeiro... — As orelhas dele estavam vermelho-fogo. — Estou avisando, Temple; fique longe daqui. Se eu o pegar de novo nesta ilha, vou quebrar todos os ossos do seu maldito corpo enxerido! Agora chispa.

Ellery suspirou.

O MISTÉRIO DA CRUZ EGÍPCIA 129

9. O DEPÓSITO DE CEM DÓLARES

A neblina estava cada vez mais densa. A visita "importante" tinha acabado.

Eles deixaram a ilha com humores sorumbáticos. Um maníaco com a quantidade habitual de astúcia e incoerência; uma pista vazia que levou a um homem desaparecido... o mistério estava mais complicado do que nunca. Todos sentiam que, de alguma forma, a presença do homem autodenominado Harakht nas proximidades de Bradwood era significativa. Não podia ser coincidência. Ainda assim, que ligação poderia haver entre o assassinato de um professor de uma cidade rural e o assassinato de um milionário a centenas de quilômetros de distância?

A lancha da polícia arrancou da doca de desembarque e seguiu para leste ao longo da costa da ilha Oyster, contornando a faixa verde da praia. Na extremidade oriental da ilha, eles viram uma estrutura similar na água.

— Esse deve ser o píer particular de Ketcham — disse Vaughn. — Siga para lá.

Naquela região, a ilha estava ainda mais deserta do que o lado ocidental. Da plataforma de madeira onde chegaram, eles tinham uma visão desobstruída do estuário e do litoral de Nova York a norte. Era um local com vento e maresia.

O dr. Temple, deveras subjugado, e o professor Yardley permaneceram na lancha. O promotor de justiça Isham, Vaughn e Ellery saltaram no píer decrépito e seguiram uma trilha tortuosa pela mata. Estava fresco ali, e, não fosse pela trilha — que parecia ter sido percorrida pela última vez por pés indígenas —, eles poderiam estar em uma floresta virgem. Em 140 metros, no entanto, o grupo se deparou com uma bruta evidência de civilização, uma cabana construída com troncos desgastados pelo tempo e talhados de forma rústica. Sentado no degrau de entrada, fumando um cachimbo de sabugo de milho com tranquilidade, havia um grande e velho homem queimado de sol. Ele se levantou de imediato ao avistar os visitantes, e as suas sobrancelhas brancas espessas se franziram sobre olhos impressionantes de tão claros.

— O que cês tão fazendo aqui? — perguntou ele em uma voz hostil e arrastada. — Cês não sabem que isso aqui é privado, a ilha toda?

— Polícia — disse o inspetor Vaughn de forma sucinta. — Sr. Ketcham?

O velho assentiu.

— *Poliça*, é? Atrás dos nudistas, garanto. Ora, cês não vão achar nada comigo ou com a sra. Ketcham, cavalheiros. Eu só sô dono desse pedaço de terra aqui. Se meus inquilinos tão fazendo besteira, problema deles. Não sô respon...

— Ninguém está culpando o senhor — retrucou Isham com aspereza. — Não sabe que um crime foi cometido no continente... em Bradwood?

— Cê tá brincando! — O queixo de Ketcham caiu, e o cachimbo balançou entre dois dentes escurecidos. — Ouviu isso, mulher? — Ele virou a cabeça para a cabana, e eles conseguiram distinguir o rosto franzido de uma velhota entre o braço estendido dele e o batente da porta. — Teve um crime em Bradwood... Ora, ora, mas que pena. O que a gente tem a ver com isso?

— Nada... eu espero — respondeu Isham com severidade. — Thomas Brad foi assassinado.

O MISTÉRIO DA CRUZ EGÍPCIA 131

— Não o sr. Brad! — gritou uma voz velha e feminina, e a sra. Ketcham enfiou a cabeça para fora. — Mas que *terrível*! Ah, eu sempre disse...

— Tu volta lá pra dentro, mulher — falou o velho Ketcham com os olhos gélidos. A cabeça da velha desapareceu. — Ora, cavalheiros, num posso dizer que tô surpreso com a notícia.

— Que bom! — disse Vaughn. — Por quê?

— Ora, têm acontecido umas coisas.

— Como assim? Que tipo de coisas?

O velho Ketcham deu uma piscadela.

— Ora, o sr. Brad e o lunático... — Ele balançou o dedão com uma crosta de sujeira por cima do ombro. — Eles vêm tendo umas brigas desde que aquele pessoal alugou a ilha Oyster de mim pro verão. Eu sou dono da ilha, sabe? Minha família tá aqui tem mais de quatro gerações. Desde a época dos índios, eu acho.

— Sim, sabemos disso — falou Vaughn com impaciência. — Então o sr. Brad não gostou da ideia de Harakht e o seu bando tão perto dele, é isso? O senhor...?

— Um momento, inspetor — disse Ellery; o olhar estava brilhante. — Sr. Ketcham, quem alugou a ilha do senhor?

O cachimbo de sabugo de Ketcham vomitou fumaça amarela.

— Num foi o camarada doido. Um homem com um nome engraçado pra diabo. Um tipo meio estrangeiro. Kro-sac — pronunciou com dificuldade.

Os três homens trocaram olhares. Krosac... uma pista, enfim. O misterioso manco do assassinato de Arroyo...

— Ele mancava? — perguntou Ellery, ansioso.

— Considerando — respondeu Ketcham com a voz arrastada — que eu nunca vi ele, num sei dizer. Calma aí; tenho um negócio que cês podem se interessar. — Ele se virou e desapareceu na escuridão da cabana.

— Ora, sr. Queen — disse o promotor de justiça —, parece que o seu palpite estava certo. Krosac... sendo Van armênio, e Brad romeno... bem, talvez não, mas certamente da Europa Central... e Krosac perambulando por aí depois de ser visto pela última vez na cena do primeiro crime... Estamos perto, Vaughn.

— É o que parece — murmurou o inspetor. — Vamos precisar tomar uma atitude agora mesmo... Aí vem ele.

O velho Ketcham reapareceu, o rosto vermelho de suor, balançando uma folha de papel suja e cheia de marcas de dedos, triunfante.

— Esta carta aqui — anunciou — veio do tal Krosac. Cês podem ver por conta própria.

Vaughn arrancou-a dele; Ellery e Isham a examinaram por cima do ombro dele. Era uma comunicação datilografada em um papel de carta genérico, datada de 13 de outubro do ano anterior. Era uma resposta, informava a carta, a um anúncio de um jornal de Nova York oferecendo a ilha Oyster para alugar durante o verão. O remetente anexava, segundo a carta, uma ordem de pagamento de cem dólares como garantia até a ocupação acontecer, no dia 1º de março. A carta era assinada à máquina: Velja Krosac.

— A ordem de pagamento estava anexada, sr. Ketcham? — perguntou Vaughn rapidamente.

— Estava, sim.

— Que bom! — exclamou Isham, esfregando as mãos. — Vamos rastreá-lo e conseguir o canhoto que ele deve ter preenchido na agência de correio da qual ele a enviou. Conterá a assinatura dele, e isso já bastará.

— Sinto dizer — respondeu Ellery —, que se o sr. Velja Krosac, nosso estimado e escorregadio procurado, for tão astuto quanto as atitudes dele até agora indicam, o senhor descobrirá que o canhoto foi preenchido pelo seu amigo Harakht. Não havia amostras da letra de Krosac na investigação de Van, lembre-se.

O MISTÉRIO DA CRUZ EGÍPCIA

— Esse tal Krosac apareceu pessoalmente no dia 1º de março? — perguntou o promotor de justiça.

— Não, *sinhô*. Ninguém com esse nome apareceu, mas aquele demônio velho... Har... é Harakht o nome dele...? Ele veio, e o sujeito que veio com ele, Romaine, eles pagaram o aluguel em dinheiro e ocuparam a ilha.

Por mútuo consenso, Vaughn e Isham desistiram de perguntar sobre Krosac. Obviamente o velho sujeito não poderia ajudar com mais nada naquela direção. O inspetor guardou a carta no bolso e passou a questioná-lo sobre o desentendimento entre Brad e Harakht. Ele descobriu que, desde o começo, quando ficou evidente que o culto era na verdade uma colônia nudista, Brad fora à ilha em pessoa para verbalizar a oposição conjunta da comunidade do continente. Harakht, ao que parecia, mostrara-se impassível a bajulações ou ameaças; e Romaine mostrara os dentes. Brad, em desespero, se oferecera várias vezes para reembolsá-los; ele oferecera uma quantia absurda pelo aluguel.

— Quem assinou o contrato de aluguel, por sinal? — perguntou Isham.

— O velho salafrário — respondeu Ketcham.

Harakht e Romaine haviam recusado a oferta de Brad. Então ele ameaçara tomar medidas legais alegando que os dois estavam criando um incômodo público. Romaine retrucara que não estavam prejudicando ninguém, que a ilha ficava afastada de autoestradas públicas, e que pela duração do aluguel ela basicamente pertencia a eles. Então Brad tentara convencer Ketcham a expulsá-los por medidas legais sob o mesmo pretexto.

— Mas eles não estavam fazendo mal nenhum pra mim e pra sra. Ketcham — explicou o velho. — O sr. Brad me ofereceu mil dólares pra expulsar eles. Não, *sinhô*, falei, não pro velho Ketcham; nenhum processo pro velho Ketcham.

A última briga, mais violenta, acontecera havia apenas três dias, revelou Ketcham... no domingo. Brad velejara pelas águas da enseada como um Menelau a caminho de Troia, encontrara Stryker na mata, então os dois tiveram um embate verbal ferrenho, durante o qual o homenzinho de barba castanha entrara em um frenesi.

— Achei que ele fosse ter um troço, achei mesmo — comentou Ketcham placidamente. — O tal sujeito Romaine... um brutamontes poderoso, ele é... se mete e manda o sr. Brad dar o fora da ilha. Eu tava assistindo da mata; nada da minha conta, não mesmo. Então o sr. Brad... ele num quis sair, e Romaine, ele pegou o sr. Brad pelo pescoço e disse: "Vai agora, desgraçado, ou eu vou acabar com a tua cara até tua mãe não te reconhecer!", e o sr. Brad foi, gritando que ia dar o troco, nem que gastasse todos os centavos que tinha.

Isham voltou a esfregar as mãos.

— Excelente, sr. Ketcham. Queria que houvesse mais pessoas como o senhor por aqui. Diga-me... mais alguém do continente teve alguma desavença com Harakht e Romaine?

— Pode apostar. — O velho Ketcham pareceu satisfeito e abriu um sorriso ardiloso. — Aquele sujeito Jonah Lincoln... mora em Bradwood. Ele saiu no soco com Romaine semana passada, bem aqui na ilha. — Ele estalou os lábios ressecados. — Rapaz, mas *que* disputa! Digna de campeonato profissional. Lincoln, ele tinha vindo pra pegar a irmã Hester, que tinha acabado de chegar.

— É mesmo?

O velho Ketcham tagarelava eloquentemente, os olhos brilhando.

— Bem bonita, aquela garota. Ela saiu arrancando as roupa, pode acreditar, bem na frente dos dois! Tava brava com o irmão por se meter. Disse que ele mandava na vida dela desde que ela era miúda, e que ela podia fazer o que bem entendesse agora... Vou te dizer, foi uma cena e *tanto*. Eu tava olhando do meio das árvores...

— Ketcham, seu velho safado! — guinchou a voz feminina do interior da cabana. — Cê devia ter vergonha docê mesmo!

— Humm — disse Ketcham, controlando-se. — Enfim, quando Lincoln soube que a irmã num ia voltar e viu ela parada ali, pelada que nem um neném, e ainda mais, vê só, na frente de Romaine... Ele não gostou! Avançou e deu um murro nele, e os dois tiveram a briguinha deles. Lincoln levou uma bela surra, mas é valente, é mesmo... enfrentou que nem homem. Romaine tacou ele dentro da enseada, maldição. Sujeito forte, o Romaine.

Não havia mais a ser descoberto com o velho tagarela. Eles voltaram para a lancha. O professor Yardley fumava em silêncio e o dr. Temple andava de um lado para o outro da doca, o rosto roxo atormentado.

— Descobriu alguma coisa? — perguntou Yardley.

— Um pouco.

Estavam todos pensativos enquanto a lancha acelerava e balançava em direção ao continente.

10. A AVENTURA DO DR. TEMPLE

A tarde se prolongava. O promotor de justiça Isham havia ido embora. O inspetor Vaughn emitia ordens e recebia relatórios em um fluxo interminável e inconsequente. A ilha Oyster estava tranquila. A sra. Brad estava enfurnada no quarto — doente, foi relatado —, e a filha Helene cuidava dela. Jonah Lincoln andava de um lado para o outro do terreno, inquieto. Soldados e detetives bocejavam por toda Bradwood. Repórteres iam e vinham, e o ar do fim de tarde estava espesso com o pó do flash.

Ellery, nem um pouco cansado, seguiu o professor Yardley pela rua principal, passando pelo portão de uma cerca alta de pedra e seguindo pelo caminho de cascalho até a casa de Yardley. Ambos os homens estavam desanimados e voltados aos próprios pensamentos.

O crepúsculo chegou, seguido por um céu noturno sem estrelas. Com o cair da noite, a ilha Oyster parecia mergulhar no estuário.

Por consenso tácito, nem Ellery nem o seu anfitrião discutiram o estranho problema que enfrentavam. Conversaram sobre assuntos antigos e mais agradáveis: a época da universidade, o velho e encarquilhado chanceler, as primeiras excursões de Ellery na investigação criminal, a carreira plácida de Yardley nos anos em que eles ficaram afastados. Às onze horas, Ellery cobriu as ancas com um pijama de algodão texturizado, deu um sorrisinho e foi dormir. O professor fumou serenamente no escritório por uma hora, escreveu várias cartas e se recolheu.

Era quase meia-noite quando houve um movimento na varanda da casa de pedra do dr. Temple, e o médico, vestido em calça, suéter e mocassins pretos, apagou o cachimbo e saiu silenciosamente da varanda, desaparecendo em meio às árvores escuras entre a casa dele e a fronteira leste de Bradwood.

O campo, exceto pelo cricrilar dos grilos, estava adormecido.

Ele se tornava invisível no cenário escuro da mata e dos arbustos; um borrão furtivo que não podia ser distinguido nem pela cor da pele. A alguns metros da lateral da estrada leste, ele parou atrás da proteção de uma árvore. Alguém marchava pela estrada, avançando na sua direção. Pela silhueta, o dr. Temple identificou a figura de um soldado do condado uniformizado, evidentemente fazendo patrulha. O homem passou direto, seguindo em direção à enseada de Ketcham.

Quando os passos do guarda se tornaram inaudíveis, dr. Temple atravessou a rua em uma corrida suave até a cobertura das árvores de Bradwood e começou a caminhar silenciosamente na direção oeste. Levou meia hora para atravessar a propriedade sem levantar suspeitas das ocasionais figuras escuras de passagem. Ele transpôs a edícula e o totem, transpôs a alta cerca de arame que demarcava uma quadra de tênis, transpôs a casa principal e a trilha principal para a doca de desembarque de Bradwood, transpôs a choupaninha de Fox na estrada leste que separava o terreno da propriedade dos Lynn.

Ali, com o corpo definido tenso, o dr. Temple redobrou a cautela, se esgueirando por entre as árvores da mata dos Lynn como um fantasma até que a silhueta grande e escura da casa assomasse à frente. Ele se aproximara pela frente até então;

naquele momento, tateou em direção à face norte, onde as árvores cresciam aglomeradas até quase o muro da casa.

Uma luz brilhava na janela mais perto dele, a menos de um metro e meio de onde estava, agachado atrás do tronco de um velho plátano. A persiana estava totalmente fechada.

Ele conseguia ouvir passos arrastados vindo do cômodo; um dormitório. Uma vez, a silhueta gorda da sra. Lynn passou pela janela. O dr. Temple avançou de quatro, sentindo cada centímetro da terra diante de si, até que estivesse diretamente abaixo da janela.

Quase ao mesmo tempo, ele escutou o som de uma porta se fechando e a voz esganiçada da sra. Lynn, mais aguda do que o normal, dizer:

— Percy! *Você a enterrou?*

O dr. Temple cerrou os dentes, o suor escorrendo pelas bochechas. Mas não emitiu som algum.

— Sim, sim. Pelo amor de Deus, Beth, não fale tão alto! — A voz de Percy saiu tensa. — Este maldito lugar está lotado de policiais!

Passos perto da janela; o dr. Temple abraçou a base da parede, prendendo a respiração. A persiana deslizou para cima, e Lynn espiou para fora. Então ouviu o som da persiana sendo fechada de novo.

— Onde? — sussurrou Elizabeth Lynn.

O dr. Temple tensionou todos os músculos, aguçando os ouvidos com uma dificuldade que o fez estremecer. Mas, por mais que tentasse, não conseguiu captar as palavras que Lynn sussurrou em resposta...

Então...

— Eles nunca vão encontrar — disse Lynn em um tom mais calmo. — Ficaremos seguros se formos discretos.

— Mas o dr. Temple... estou com medo, Percy!

Lynn xingou com crueldade.

O MISTÉRIO DA CRUZ EGÍPCIA   139

— Eu me lembro muito bem. Foi em Budapeste, depois da guerra. O caso de Bundelein... Malditos olhos! É o mesmo homem, posso jurar.

— Ele não disse nada — sussurrou a sra. Lynn. — Talvez tenha esquecido.

— Não mesmo! Semana passada, na casa dos Brad... ele não parava de me olhar. Tome cuidado, Beth. Estamos em uma situação periclitante...

A luz se apagou; uma mola de colchão rangeu; as vozes baixaram para um murmúrio indistinguível.

O dr. Temple ficou agachado ali por muito tempo, mas não escutou mais nada. Os Lynn haviam se recolhido.

Ele se levantou, escutou atentamente por alguns segundos, então voltou a se embrenhar entre as árvores. Uma sombra deslizando de árvore em árvore... Ao se esgueirar pela mata que margeava o semicírculo da enseada de Ketcham, ele ouvia o bater da água contra a doca de Bradwood.

Então voltou a se esconder atrás de uma árvore; vozes fracas vinham da direção geral da doca. Ele se esgueirou com imenso cuidado para mais perto da costa. Subitamente, as águas escuras gorgolejaram quase aos seus pés. Ele estreitou os olhos: a três metros da costa, a uma curta distância do píer lamacento, um barco a remo se aproximava. Duas figuras difusas estavam visíveis, sentadas no meio do barco. Um homem e uma mulher. A mulher envolvia o homem com os braços e suplicava com fervor.

— Por que você está tão gelado? Leve-me para a ilha. Ficaremos mais seguros lá... sob as árvores...

A voz do homem, baixa e resguardada, respondeu:

— Está agindo como uma tola. É perigoso, estou dizendo. Justo essa noite! Está louca? Alguém vai dar falta de você, e será um inferno. Eu disse que deveríamos nos manter afastados, pelo menos até essa história passar!

A mulher afastou os braços do pescoço do homem e lamuriou em um tom agudo e desesperado:

— Eu sabia! Você não me ama mais. Ah, é...

Ele espalmou a mão sobre a boca da mulher, sussurrando com ferocidade:

— Cale a boca! Tem soldados por aí!

Ela relaxou nos braços dele. Então o afastou com as mãos e ergueu as costas lentamente.

— Não. Você não a terá. Eu me certificarei disso.

O homem ficou quieto. Pegou um remo e levou o barco até a costa. Quando a mulher se levantou, ele empurrou-a sem cortesia para fora do barco. Então se afastou com pressa e começou a remar... em direção à ilha Oyster.

A lua apareceu naquele momento, e o dr. Temple viu que o homem no barco era Paul Romaine.

E a mulher parada na costa, trêmula e pálida, era a sra. Brad. O sr. Temple franziu a testa e desapareceu entre as árvores.

11. PEGA!

Quando Ellery subiu o caminho de cascalho de Bradwood na manhã seguinte, encontrou o carro do promotor de justiça Isham estacionado na entrada da garagem. Havia uma expectativa insensível no rosto dos detetives ao redor. Com a suspeita de que algo importante estivesse ocorrendo, ele se apressou pelos degraus da varanda colonial e entrou na casa.

Passou raspando por um pálido Stallings e seguiu para a sala de estar. Lá dentro encontrou Isham, de sorriso lupino, e o inspetor Vaughn, deveras ameaçador, confrontando Fox, o jardineiro e chofer. Fox estava parado diante de Isham, uma figura silenciosa, as mãos fechadas com força; apenas o seu olhar entregava a perturbação. A sra. Brad, Helene e Jonah Lincoln estavam postados ao lado, como as três moiras.

— Entre, sr. Queen — disse Isham em uma voz agradável. — Chegou bem na hora. Fox, você foi pego com as calças curtas. Por que não se pronuncia?

Ellery entrou com cuidado no cômodo. Fox não se mexeu. Até os lábios estavam retesados.

— Não entendo — falou ele, mas estava aparente que entendia, sim, e estava se preparando para um golpe.

Vaughn mostrou os dentes.

— Pare de enrolar. Você visitou Patsy Malone na terça à noite; a noite em que Brad foi assassinado!

— A noite — adicionou Isham com ênfase — em que você deixou Stallings e a sra. Baxter no Roxy. Às oito horas, Fox.

Fox estava imóvel como uma pedra. Os lábios ficaram brancos.

— Pois bem? — rosnou o inspetor. — O que tem a dizer na sua defesa, seu bandido? Por que um chofer inocente visitaria a sede da máfia de um gângster nova-iorquino?

Fox piscou uma vez, mas não respondeu.

— Não quer falar, é? — O inspetor foi até a porta. — Mike, traga aquela almofada de tinta aqui!

Um policial à paisana apareceu na mesma hora carregando uma almofada de tinta e papel. Fox soltou um grito estrangulado e se lançou para a porta. O policial soltou os itens e segurou os braços de Fox, e o inspetor agarrou com brutalidade as pernas do homem e o derrubou, lutando ferozmente, no chão. Subjugado, ele parou de resistir e permitiu que Vaughn o pusesse de pé.

Helene Brad observava com um olhar horrorizado. A sra. Brad estava imóvel. Lincoln se levantou e virou de costas.

— Colete as impressões digitais dele — ordenou o inspetor.

O policial à paisana segurou a mão direta de Fox, pressionou os dedos na almofada e depois no papel, habilmente, e repetiu o procedimento com a mão esquerda. Fox estava com uma expressão de sofrimento.

— Averigue as digitais agora mesmo. — O homem responsável saiu correndo. — Agora, Fox, meu camarada... se esse for o seu maldito nome, que eu sei muito bem que não é... sugiro que tenha bom senso e responda às minhas perguntas. Por que visitou Malone?

Silêncio.

— Qual é o seu nome verdadeiro? De onde você é?

Silêncio. O inspetor voltou à porta e chamou dois detetives que esperavam no corredor.

— Levem-no de volta à choupana e o mantenham trancado lá dentro. Lidaremos com ele mais tarde.

Os olhos de Fox faiscaram enquanto ele saía cambaleando entre os dois detetives. Ele evitou o olhar da sra. Brad e de Helene.

— Muito bem! — O inspetor enxugou a testa. — Desculpe-me, sra. Brad, por criar uma cena dessas na sua sala de estar. Mas o homem é evidentemente um meliante.

A sra. Brad balançou a cabeça.

— Não entendo. Ele sempre foi um rapaz tão gentil. Tão educado. Tão eficiente. O senhor não acha que foi ele que...

— Se foi ele, que Deus o ajude.

— Tenho certeza de que não foi — interveio Helene com rispidez; os olhos cheios de piedade. — Fox não poderia ser um assassino ou um gângster. Tenho certeza. Ele sempre foi reservado, é verdade, mas nunca ficou bêbado ou foi desordeiro de nenhuma maneira condenável. Ele é culto, também. Já o flagrei diversas vezes lendo bons livros e poemas.

— Esses sujeitos são muito cuidadosos, srta. Brad — disse Isham. — Até onde sabemos, ele poderia estar desempenhando um papel desde que arrumou o emprego aqui. Verificamos a referência e ela era genuína... mas ele só trabalhou para o homem por alguns meses.

— Pode ter aceitado o trabalho só pela referência — adicionou Vaughn. — Essas pessoas fazem todo tipo de coisa. — Ele se virou para Ellery. — Pode dar esse crédito para o seu pai, sr. Queen. Conseguimos a dica com o inspetor Queen, que tem acesso a mais infiltrados e informantes do que qualquer policial de Nova York.

— Eu sabia que meu pai não conseguiria deixar de meter o bedelho — murmurou Ellery. — A informação foi muito específica?

— O informante viu Fox entrando na sede de Malone, só isso. Mas é o bastante.

Ellery deu de ombros. Helene disse:

— O problema com vocês é que estão sempre prontos para pensar o pior de todo mundo.

Lincoln sentou-se e acendeu um cigarro.

— Talvez, Helene, nós devêssemos ficar fora disso.

— Talvez, Jonah, seja melhor você cuidar da própria vida!

— Crianças — começou a sra. Brad, sem forças.

Ellery suspirou.

— Alguma novidade, sr. Isham? Estou sedento por informação.

O inspetor abriu um sorrisinho.

— Engula essa, então. — Ele pegou um maço de papéis datilografados do bolso e entregou-o a Ellery. — Se conseguir encontrar qualquer coisa neles, você é um gênio. *Mas...* — acrescentou, com ênfase, virando-se para Lincoln, que se levantara e estava prestes a sair do cômodo. — Não vá embora ainda, sr. Lincoln. Tem algo que... eu... quero lhe perguntar.

O momento foi bem escolhido, e Ellery aprovou a estratégia astuta e deliberada do inspetor. Lincoln parou de pronto, ruborizando. As duas mulheres tensionaram na cadeira. De uma hora para a outra, o ambiente anteriormente tranquilo passou a faiscar de tensão.

— O quê? — perguntou Lincoln com dificuldade.

— Por que — inquiriu Vaughn — o senhor mentiu para mim ontem quando falou que o senhor, a srta. Brad e a mãe dela tinham vindo para casa juntos na segunda-feira à noite?

— Eu... Ora, como assim?

Isham explicou:

— Parece que vocês estão tentando ao máximo atrapalhar, em vez de ajudar a investigação do assassinato do seu marido, sra. Brad. Os homens do inspetor descobriram pelo taxista que trouxe dois de vocês da estação para Bradwood na segunda à noite...

— Dois? — perguntou Ellery com a voz arrastada.

O MISTÉRIO DA CRUZ EGÍPCIA

— ...que só o sr. Lincoln e a srta. Brad estavam no táxi, sra. Brad!

Helene se levantou de um pulo; a sra. Brad estava sem palavras.

— Não responda, mãe. Isso é abominável! O senhor está sugerindo que um de *nós* está envolvido no assassinato, sr. Isham?

Lincoln murmurou:

— Veja bem, Helene, talvez seja melhor nós...

— Jonah! — Ela o encarou, tremendo. — Se você ousar abrir a boca, eu... eu nunca mais falo com você!

Ele mordeu os lábios, evitando o olhar dela, e saiu do cômodo. A sra. Brad soltou um gritinho de lamúria, e Helene se pôs diante dela, como se para protegê-la do mal.

— Bem — disse Isham, jogando as mãos para o alto —, aí está, sr. Queen. É com isso que investigadores *oficiais* precisam lidar. Muito bem, srta. Brad. Quero que saiba, no entanto, que a partir desse momento, todo mundo... e eu quero dizer *todo mundo*... está sob suspeita do assassinato de Thomas Brad!

12. O PROFESSOR FALA

Com o entusiasmo de um cachorro carregando um osso, o sr. Ellery Queen, o ligeiramente maravilhado investigador, voltou no mesmo instante para a casa do seu anfitrião do outro lado da estrada, levando os relatórios sobre o trabalho em desenvolvimento. O sol de meio-dia estava quente, quente demais para tantas roupas, e Ellery buscou o interior fresco com um arquejo de alívio. Encontrou o professor Yardley em um cômodo que poderia ter saído diretamente de *As mil e uma noites*, algo com um pátio de mosaico de mármore e arabescos turcos. Parecia o paço interno de uma *zenana*; a sua obra-prima era uma piscina de mosaico com água até a borda. O professor estava vestido com calções curtos e colados e balançava as longas pernas na água enquanto fumava um cachimbo com tranquilidade.

— Ufa! — disse Ellery. — Estou deveras grato pelo seu pequeno harém, professor.

— Como de costume — falou o professor com severidade —, a sua escolha de termos é desleixada. Não sabe que os aposentos dos homens são chamados de *selamlik*? Tire essas roupas, Queen, e junte-se a mim aqui. O que é isso na sua mão?

— Uma mensagem de Garcia. Não saia daí. Olharemos isso juntos. Volto já.

Ele reapareceu pouco tempo depois de sunga, a parte superior do corpo lisa e brilhando de perspiração. Mergulhou de barriga na piscina, jogando uma onda que encharcou o professor e apagou o cachimbo, e continuou espirrando água ao redor com entusiasmo.

— Mais uma das suas conquistas — grunhiu Yardley. — Você sempre foi um péssimo nadador. Saia daí antes que me afogue.

Ellery deu um sorrisinho, escalou a borda da piscina, se estirou sobre o mármore e estendeu a mão para o maço de relatórios do inspetor Vaughn.

— O que temos aqui? — Ele correu os olhos pela primeira folha. — Humm. Não parece muita coisa. O admirável inspetor não foi preguiçoso. É uma verificação com os oficiais do condado de Hancock.

— Ah — disse o professor, tentando acender o cachimbo com dificuldade. — Então eles fizeram isso, foi? O que vem acontecendo por lá?

Ellery suspirou.

— Primeiro, as descobertas da autópsia do corpo de Andrew Van. Absolutamente desprovido da menor partícula de interesse. Se lesse tantos relatos de autópsia quanto eu, você apreciaria... E uma sinopse completa da investigação original. Nada que eu já não soubesse ou que eu não tenha lido em jornais contemporâneos... Rá! O que é isso? "Consoante..." Ouça isso, por favor; parece saído da boca daquele sujeito Crumit... "Consoante o inquérito do promotor de justiça referente à possível relação entre Andrew Van, o professor de Arroyo, e Thomas Brad, milionário de Long Island recentemente assassinado, sentimos muito em informar que tal relação não existe; ao menos na extensão do que conseguimos determinar com um estudo cuidadoso das antigas correspondências do falecido Van etc." Um capricho, não é?

— Um modelo de retórica — concordou o professor, sorrindo.

— Mas é só isso. *Alors*, saímos de Arroyo e voltamos ao bosque de Ketcham. — Ellery estreitou os olhos para a quarta página. — O relatório da autópsia de Thomas Brad. Nada que não saibamos, na verdade. Nenhuma marca de violência no corpo em si, nenhum indício de envenenamento em órgãos internos e assim vai, *ad nauseam*. As trivialidades de sempre.

— Eu lembro que você perguntou ao dr. Rumsen no outro dia se Brad poderia ter sido estrangulado. Ele respondeu alguma coisa?

— Sim. Os pulmões não mostram qualquer sinal de sufocamento. *Ergo*, ele não foi estrangulado.

— Mas por que você fez essa pergunta para começo de conversa?

Ellery balançou o braço molhado.

— Nada de outro mundo. Mas já que não havia marca de violência no resto do corpo, talvez fosse importante saber exatamente como ele foi morto. Só sobraria a cabeça, entende, para receber o impacto do ataque; o que sugeria estrangulamento. Mas Rumsen informou no seu relatório que só pode ter sido um golpe com um instrumento cego no crânio, ou é possível que tenha sido um tiro de revólver na cabeça. Eu diria o primeiro, levando tudo em consideração.

O professor chutou a água, formando uma coluna de água.

— Imagino que sim. Algo mais?

— Uma investigação para descobrir a rota feita pelo assassino. Inútil, muito inútil. — Ellery balançou a cabeça. — Impossível encontrar uma lista de pessoas que entraram ou saíram de trens nos arredores da enseada durante o período do crime. Soldados nas autoestradas, residentes nas ruas ou perto delas... ninguém ofereceu informações. Uma tentativa de encontrar pessoas que estivessem nos arredores da enseada de Ketcham na terça à noite foi improdutiva... E iatistas e outros que velejavam pelo estuário na tarde e noite de terça não relataram qualquer atividade misteriosa ou suspeita, nenhum barco estranho que pode ter levado o assassino até a enseada por uma rota aquática.

— Como você diz, um negócio inútil. — O professor suspirou. — Ele pode ter vindo de trem, automóvel ou barco, e imagino que nunca saberemos com exatidão. Pode até ter vindo por hidroavião, se quiser ser absurdo.

— É uma ideia. — Ellery sorriu. — E não caia no erro de chamar improbabilidades de absurdos, professor. Já vi coisas absurdas acontecerem... Vamos seguir em frente. — Ele passou os olhos rapidamente pela folha seguinte. — Mais nada. Descobriram que a corda usada para amarrar os braços e pernas de Brad ao totem...

— Imagino que também seja inútil — grunhiu Yardley — esperar que você diga tóteme.

— Tóteme — continuou Ellery, obediente. — É do tipo barato usada em varais, que pode ser comprada em qualquer loja de construção ou mercado. Nenhum comerciante em um raio de dezesseis quilômetros de Bradwood pode oferecer uma pista promissora. No entanto, Isham relata que os homens de Vaughn continuarão a busca em um raio mais amplo.

— Meticulosas, essas pessoas — comentou o professor.

— Por mais que eu esteja relutante em admitir — disse Ellery com um sorrisinho —, é apenas essa meticulosidade rotineira que soluciona uma série de crimes... O nó, a ideia cativa de Vaughn. Resultado: *zero*. Um negócio desajeitado e amador, mas eficiente o bastante, de acordo com o especialista de Vaughn. Apenas o tipo de nó que eu e você poderíamos fazer.

— Eu não — retrucou Yardley. — Sou um velho marinheiro, sabe? Lais de guia, nó simples e a nozada toda.

— Você está mais perto do que nunca da H_2O agora; quero dizer em uma capacidade náutica... Ah, Paul Romaine. Um personagem interessante. Homem assertivo com uma boa dose de praticidade.

— O seu hábito — interveio o professor — de fazer mal uso das palavras é realmente deplorável.

— O histórico, diz o relatoriozinho do inspetor, é obscuro. Além do fato de ele ter visitado nosso avatar egiptológico em Pittsburgh em fevereiro, como ele mesmo disse, nada foi descoberto sobre ele. O rastro dele antes disso é uma lacuna.

— Os Lynn?

Ellery baixou o papel por um momento.

— Sim, os Lynn — murmurou ele. — O que sabe sobre eles?

O professor acariciou a barba.

— Desconfiado, meu garoto? Eu poderia ter imaginado que não ia lhe escapar. *Há* algo levemente espúrio ao redor deles. Por mais que venham sendo deveras respeitáveis. Dentro dos conformes, até onde sei.

Ellery pegou o papel.

— Ora, a Scotland Yard, por mais que não diga com todas as letras, não pensa o mesmo, eu garanto. Isham mandou um telegrama para a Yard, que respondeu, de acordo com esse relatório, informando que não encontraram informações sobre um casal chamado Percy e Elizabeth Lynn, como descrito. Os passaportes também foram investigados, mas é claro que estão em ordem, como seria de esperar. Talvez tenhamos sido hostis... A Scotland Yard declara que continuará uma busca por registros civis, e criminais também, na esperança de desenterrar qualquer informação pertinente sobre as atividades dos Lynn em território inglês, visto que eles alegam ser ingleses.

— Deus, que bagunça!

Ellery franziu a testa.

— Está achando? Já trabalhei em casos complicados na minha breve e brilhante carreira, mas nunca em um tão confuso quanto este... Você não ficou sabendo, é claro, dos últimos acontecimentos em relação a Fox, o chofer, e a sra. Brad.

— O professor ergueu as sobrancelhas. Ellery relatou o que ocorrera uma hora antes na sala de estar de Bradwood. — Claro, não é?

O MISTÉRIO DA CRUZ EGÍPCIA   151

— Como as águas do Ganges — grunhiu Yardley. — Estou começando a me perguntar.

— O quê?

O professor deu de ombros.

— Não tirarei conclusões precipitadas. O que mais essa enciclopédia na sua mão revela?

— Um trabalho ágil da parte de Vaughn. O porteiro do teatro Park atestou que uma mulher da descrição da sra. Brad saiu do teatro na noite de terça no meio do primeiro ato... por volta das nove horas.

— Sozinha?

— Sim... Outra coisa. As fontes de Vaughn encontraram o canhoto da ordem de pagamento de cem dólares enviada para Ketcham como depósito do aluguel da ilha Oyster. Ela foi enviada da agência de correio de Peoria, Illinois, em nome de Velja Krosac.

— Não! — O professor arregalou os olhos. — Então eles têm uma amostra da letra dele!

Ellery suspirou.

— Tirando conclusões precipitadas? Achei que estivesse sendo cauteloso. O nome estava escrito em letras de forma. O endereço era apenas Peoria; evidentemente o distribuidor de maná ambulante de Stryker parou ali para fazer um trabalhinho entre os nativos... Uma coisa mais de interesse local. Contadores dedicados estão averiguando os livros razão de Brad & Megara. Uma linha de investigação natural, é claro. Mas até agora tudo parece correto: a empresa é bem-conhecida e de prosperidade excepcional; as finanças estão em ordem... Por sinal, nosso amigo peregrino, Stephen Megara, que está vagando em algum lugar do alto-mar, não é ativo no negócio.... não o é há cinco anos. Brad fica de olho, mas o jovem Jonah Lincoln gerencia quase sozinho. Eu me pergunto o que deve estar entalado na garganta *dele*.

— Problemas com a futura sogra, eu diria — comentou o professor.

Ellery jogou o calhamaço no chão de mármore do *selamlik*, como Yardley o chamara, então se inclinou para a frente rapidamente para recuperá-lo. Uma folha adicional havia caído do maço.

— O que é isso? — Ele a analisou com olhos sedentos. — Minha nossa, olhe isso!

O cachimbo de Yardley permaneceu suspenso no ar.

— O quê?

Ellery estava empolgado.

— Informações de verdade sobre Krosac! Um relatório posterior, pela data. É evidente que o promotor de justiça Crumit o manteve para si na sua primeira resposta, então decidiu lavar as mãos em relação ao negócio todo e jogar tudo no coitado do Isham... Seis meses de investigação. Abundância de dados... Velja Krosac é montenegrino!

— Montenegrino? De nascença? Porque Montenegro não é mais um país, sabe — disse Yardley com interesse. — Tornou-se uma das divisões políticas da Iugoslávia... Os sérvios, croatas e eslovenos se fundiram oficialmente em 1922.

— Humm. A investigação de Crumit revelou que Krosac foi um dos primeiros imigrantes de Montenegro depois que a paz foi declarada em 1918. O passaporte que ele usou para entrar nos Estados Unidos indicava que era montenegrino de nascença, mas mais nada de valor. Pelo sarcófago de Tutancâmon, o homem emergiu!

— Crumit descobriu mais alguma coisa sobre a carreira americana dele?

— O suficiente, mas de forma superficial. Ele parece ter viajado de cidade em cidade, presumo que para ganhar familiaridade com o país adotado e aprender a língua. Ele se envolveu em um pequeno negócio de mascate por vários anos,

O MISTÉRIO DA CRUZ EGÍPCIA   153

aparentemente legítimo. Vendia bordados sofisticados, pequenos tapetes trançados, esse tipo de coisa.

— Todos eles o fazem — comentou o professor.

Ellery leu o parágrafo seguinte.

— Ele conheceu o amigo Harakht, ou Stryker, há quatro anos em Chattanooga, Tennessee, e os dois homens uniram forças. Na época, Stryker vendia um "remédio solar"; óleo de fígado de bacalhau com um rótulo caseiro. Krosac tornou-se o gerente de negócios dele e, para benefício do público, "discípulo" dele, ajudando o pobre e velho lunático a criar o culto ao sol e a pregação à saúde durante a sua existência nômade na estrada.

— Alguma coisa sobre Krosac depois do assassinato em Arroyo?

Ellery se mostrou desanimado.

— Não. Ele simplesmente desapareceu. Foi bem habilidoso nisso.

— E Kling, o criado de Van?

— Nem sinal dele. É como se a terra tivesse engolido os dois. Essa complicação com Kling me perturba. Onde ele está? Se Krosac despachou a alma dele, o que aconteceu com o corpo? Onde Krosac o enterrou? Vou lhe dizer, professor, até descobrirmos o verdadeiro destino de Kling, não solucionaremos este caso... Crumit fez esforços exemplares para encontrar uma ligação entre Kling e Krosac, provavelmente sob a suspeita de que eles podem ter sido cúmplices. Mas não encontrou coisa alguma.

— O que não necessariamente significa que não existe ligação — observou o professor.

— Exato. E, é claro, até onde sabemos sobre Krosac, não temos como determinar se ele esteve em contato com Stryker ou não.

— Stryker... Eis um exemplo da ira de Deus — murmurou Yardley. — Pobre coitado!

Ellery abriu um sorrisinho.

— Não seja mole, meu senhor; estamos falando de assassinato. Além do mais, pelo seu último relatório, o pessoal da Virgínia Ocidental rastreou Harakht até o covil dele. Com isso, descobriram que ele é o próprio Alva Stryker, de acordo com Crumit, um egiptólogo muito conhecido, que ficou louco em consequência de uma insolação, como você disse, há muitos anos no Vale dos Reis. Ele não tem família, até onde pôde ser determinado, e sempre pareceu um lunático perfeitamente inofensivo. Escute só a anotação de Crumit: "É da crença do promotor de justiça do condado de Hancock que o homem Alva Stryker, que se autodenomina Harakht ou Ra-Harakht, é inocente do assassinato de Andrew Van, mas tem sido há anos presa de oportunistas inescrupulosos que se aproveitaram da sua estranha aparência, leve loucura e obsessão por uma adoração a cultos distorcida em um tipo de fraude incomum, mas mesmo assim perversa. Também é de nossa opinião que um homem deste tipo, com um motivo oculto para o assassinato de Van, foi responsável pela morte da vítima. Todos os fatos apontam para Velja Krosac como sendo este homem". Bem escrito, não é?

— Uma hipótese bem circunstancial contra Krosac, não? — perguntou o professor.

Ellery balançou a cabeça.

— Circunstancial ou não, ao determinar Krosac como o provável assassino de Van, Crumit acertou um ponto essencial.

— O que o faz pensar isso?

— Os fatos. Mas o fato de que Krosac matou Andrew Van não é a peça-chave da hipótese que estamos tentando construir. O problema fundamental é... — Ellery se inclinou para a frente. — *Quem é Krosac?*

— O que quer dizer? — perguntou o professor Yardley.

— Quero dizer que Velja Krosac é conhecido na sua verdadeira forma apenas por uma pessoa envolvida no caso —

respondeu Ellery com determinação. — Essa pessoa é Stryker, com quem não podemos contar para dar um testemunho confiável. Então eu repito: quem é Krosac? Quem é Krosac *agora*? Ele pode ser qualquer um ao nosso redor!

— Besteira — argumentou o professor com desconforto. — Um montenegrino, provavelmente com sotaque croata, além disso, o homem manca com a perna esquerda...

— Não é bem besteira, professor. Nacionalistas se misturam com facilidade nesse país, e por certo, quando Krosac conversou com Croker, o garagista de Weirton, ele falou um inglês coloquial, sem sotaque. Quanto ao fato de que Krosac pode estar em nosso meio... não acho que você tenha analisado completamente os elementos do crime contra Brad.

— Ah, não? — retrucou Yardley com rispidez. — Talvez não. Mas ouça bem, meu jovem... você está sendo precipitado.

— Já fiz isso antes. — Ellery se levantou e mergulhou mais uma vez na piscina. Quando a sua cabeça emergiu pingando água, abriu um sorriso zombeteiro para o professor. — Não mencionarei o fato de que foi Krosac que providenciou a proximidade do culto ao sol a Bradwood! Antes do assassinato de Van, veja bem. Significativo? Então ele pode estar aqui em algum lugar... Vamos lá! — disse abruptamente, saindo da piscina e se deitando com as mãos atrás da cabeça. — Vamos trabalhar juntos. Comecemos com Krosac. Um montenegrino. Que, digamos, matou um homem da Europa Central com uma nacionalidade armênia que aparenta ser falsa. Três homens da Europa Central, então, possivelmente todos do mesmo país; pois estou convencido de que, como as coisas estão, Van e Brad não vieram da Armênia e da Romênia.

O professor grunhiu e levou dois fósforos ao cachimbo. Ellery, esparramado no mármore quente, acendeu um cigarro e fechou os olhos.

— Agora pense nesta situação em termos de motivo. Europa Central? Os Bálcãs? O coração da superstição e da violência; quase um lugar-comum. Isso lhe sugere algo?

— É uma ocorrência rara, mas sou ignorante sobre os Bálcãs — respondeu o professor, indiferente. — A única associação que me vem à mente quando menciona a palavra é o fato de que por séculos aquela parte do mundo foi a fonte de folclores estranhos e fantásticos. Imagino que seja resultado do, em geral, baixo nível de inteligência e do terreno desolado e montanhoso.

— Rá! Eis uma ideia. — Ellery deu uma risadinha. — Vampirismo! Lembra de *Drácula*, a imortal contribuição de Bram Stoker aos pesadelos de burgueses inocentes? A história de um vampiro humano, passada na Europa Central. E cabeças decepadas também!

— Baboseira — disse Yardley com um olhar inquieto.

— Certo — respondeu Ellery de pronto. — Baboseira apenas pelo fato de que nenhuma estaca foi cravada nos corações de Van e Brad. Nenhum vampirista de respeito omitiria essa cerimoniazinha agradável. Se tivéssemos encontrado estacas eu estaria quase convencido de que estamos lidando com um homem louco e supersticioso aniquilando o que ele considerava serem vampiros humanos.

— Você não pode estar falando sério — protestou Yardley.

Ellery fumou por um momento.

— Só Deus sabe se estou ou não. Sabe, professor, nós podemos, em nosso esclarecimento divino, fazer pouco caso dessas historinhas de terror infantis como o vampirismo, mas, no fim das contas, se o sr. Krosac acredita em vampiros e sai por aí decapitando pessoas, você não pode exatamente fechar os olhos para a realidade da crença dele. É quase uma declaração da filosofia pragmática. Se existe para ele...

— E quanto a essa sua história da cruz egípcia? — perguntou o professor com seriedade; ele esticou as costas, se remexendo em busca de uma posição mais confortável, como se antecipasse uma longa discussão.

Ellery se sentou e abraçou os joelhos bronzeados.

— Ora, o que tem ela? Você tem algo na manga; deu uma pista disso ontem. Por acaso eu, na linguagem dos clássicos, cometi uma gafe?

O professor apagou o cachimbo deliberadamente, colocou-o na beira da piscina ao seu lado, bagunçou a barba preta e assumiu um ar professoral.

— Meu filho — disse ele com ar solene —, você fez papel de imbecil.

Ellery franziu a testa.

— Quer dizer que a cruz *tau* não é uma cruz egípcia?

— Quero dizer precisamente isso.

Ellery se balançou de leve.

— A voz da autoridade... Humm. Você não gostaria de fazer uma pequena aposta, então, gostaria, professor?

— Não sou um homem de apostar; não tenho os meios... De onde você tirou a ideia de que a *crux commissa* é chamada de cruz egípcia?

— *Encyclopaedia Britannica.* Há mais ou menos um ano eu tive a oportunidade de pesquisar um pouco sobre cruzes de maneira geral; estava escrevendo um livro na época. Como me lembro agora, a cruz *tau*, ou T, era descrita como um instrumento egípcio comum, frequentemente chamado de cruz egípcia, ou algo do tipo. De qualquer forma, a minha lembrança é que o artigo ligava de maneira definitiva as palavras *tau* e egípcio com a cruz. Gostaria de confirmar?

O professor deu uma risadinha.

— Vou confiar na sua palavra. Não sei quem escreveu esse artigo... até onde sei pode ter sido alguém de erudição avassaladora. Mas a *Encyclopaedia Britannica* é tão falível quanto qualquer outra instituição criada pelo homem, e nem sempre representa a autoridade final. Eu mesmo não sou uma autoridade na arte egípcia, por favor, entenda, mas é uma fase de meu trabalho, e lhe digo.sem equívoco que nunca me deparei com a expressão "cruz egípcia"; tenho certeza de que é um termo errôneo. Sim, existe algo egípcio com formato de T...

Ellery pareceu confuso.

— Então por que disse que o *tau* não é...

— Porque não é. — Yardley sorriu. — Um certo instrumento sagrado usado pelos egípcios antigos possuía o formato do T grego. Aparece com frequência na literatura hieroglífica. Mas isso não o torna uma cruz *tau*, que é um antigo símbolo da religião cristã. Há muitas coincidências assim. A cruz de Santo Antônio, por exemplo, é um nome que também se aplica à cruz *tau*, apenas porque se assemelha à muleta com a qual Santo Antônio costuma ser representado. A cruz não pertence mais a Santo Antônio, rigorosamente falando, do que a mim ou a você.

— Então o T não é uma cruz egípcia coisa nenhuma — murmurou Ellery. — Maldição, eu ia arruinar tudo.

— Se quiser chamar assim — disse o professor —, não posso impedi-lo. É verdade que a cruz parece ser um símbolo bem familiar há séculos; o seu uso tem sido variegado e universal desde os primórdios. Eu poderia lhe dar numerosos exemplos de variações no símbolo cruciforme; pelos povos originários do hemisfério ocidental antes da chegada dos espanhóis, por exemplo. Mas isso é irrelevante. O ponto essencial é esse. — O professor fechou os olhos com força. — Se há um símbolo cruciforme que você pode, forçando a barra, chamar de cruz egípcia, é o *ankh*.

— O *ankh*? — Ellery pareceu pensativo. — Talvez fosse nisso que eu estivesse pensando, na verdade. Não é aquela cruz em T com um círculo no topo?

Yardley balançou a cabeça.

— Um círculo não, meu garoto, mas um simbolozinho em forma de gota ou pera. O *ankh* na essência lembra um pouco

O MISTÉRIO DA CRUZ EGÍPCIA

uma chave. É chamado de *crux ansata*, e aparece com extrema frequência nas inscrições egípcias. Conotava divindade, ou realeza, e peculiarmente caracterizava o portador como um gerador de vida.

— Gerador de vida? — Algo fervilhava nos olhos de Ellery.

— Minha nossa! — exclamou ele. — É isso! A cruz egípcia, afinal! Algo me diz que estamos no caminho certo agora!

— Elucide, meu jovem.

— Não vê? Ora, está claro como Heródoto! — gritou Ellery. — O *ankh*; símbolo da vida. A barra transversal do T; os braços. A barra vertical; o corpo. O troço em forma de pera no topo; a cabeça. E a cabeça foi decepada! Isso significa algo, estou dizendo.... Krosac deliberadamente transformou o símbolo da vida no símbolo da morte!

O professor o encarou por um momento, então soltou uma risadinha longa e zombeteira.

— Engenhoso, meu garoto, engenhoso como o diabo, mas a um milhão de parasangas da verdade.

A empolgação de Ellery se mitigou.

— Qual é o problema agora?

— A sua interpretação inspirada do motivo do sr. Krosac para decapitar as vítimas dele poderia ser plausível se o *ankh*, ou *crux ansata*, fosse um símbolo da figura *humana*. Mas não é, Queen. Ele tem uma origem muito mais prosaica. — O professor suspirou. — Lembra das sandálias que Stryker usa? São imitações dos calçados típicos do Egito Antigo... Veja bem, eu não gostaria de ser creditado por essa declaração, afinal, não sou antropólogo nem egiptólogo, mas o *ankh* é geralmente considerado pelos especialistas como uma representação de uma sandália de tiras como a que Stryker usa... o laço no topo sendo a parte que passa ao redor do tornozelo. A linha perpendicular abaixo do laço era aquela parte da tira que descia pelo peito do pé e conectava com a sola da sandália entre o dedão e os outros dedos. As partes mais curtas e horizontais desciam pelas laterais do pé até a sola da sandália.

Ellery estava arrasado.

— Mas ainda não entendo como aquele símbolo, se a sua origem era uma sandália, poderia vir a representar a criação da vida, mesmo em sentido figurativo.

O professor deu de ombros.

— Origens de palavras ou ideias às vezes são incompreensíveis para a mente moderna. O processo todo é obscuro de um ponto de vista científico. Mas já que o símbolo *ankh* foi muitas vezes usado na escrita de várias palavras a partir da raiz que significa "viver", ele acabou virando um símbolo do viver, da vida. Tanto que, apesar do material da origem verdadeira ser flexível... era comum que a sandália fosse feita de papiro tratado, é claro... em certo momento os egípcios empregaram o símbolo em formas rígidas; amuletos de madeira, faiança e outros. Mas, certamente, o símbolo em si nunca representou uma figura humana.

Ellery poliu as lentes úmidas do pincenê, estreitando os olhos em reflexão, enquanto observava a água ensolarada.

— Muito bem — disse com desespero. — Abandonemos a teoria do *ankh*... Diga-me, professor. Os egípcios antigos praticavam a crucificação?

O professor sorriu.

— Você se recusa a se entregar, hein? Não, não que eu saiba.

Ellery pôs os óculos firmemente sobre o nariz.

— Então abandonemos por completo a teoria egiptológica! Ao menos *eu* abandonarei. Fui precipitado; um sintoma alarmante dos últimos tempos. Devo estar ficando enferrujado.

— Um pouco de aprendizado, meu garoto — observou o professor —, como disse o Papa, é uma coisa perigosa.

— Da mesma forma — retrucou Ellery —, *faciunt nae intelligendo, ut nihil intelligant*... conhecimento demais faz com que eles nada saibam. Não é pessoal, é claro...

— É claro que não — respondeu Yardley. — E Terence não quis dizer isso também, quis? Enfim, achei que você estivesse se virando do avesso para interpretar os fatos do ponto de vista egiptológico. Você sempre teve uma tendência à romantização, como me lembro, mesmo na sala de aula. Uma vez, quando estávamos discutindo a origem da lenda de Atlantis como ela foi transmitida por Platão, Heródoto e...

— Se me permite interromper o cavalheiro — disse Ellery com certa irritação —, estou tentando me arrastar para fora de um monte de lama, e você está sujando o terreno com classicismo irrelevante. Com licença... Se Krosac, ao decepar as cabeças das vítimas e distribuir símbolos T pelas cenas dos crimes, pretendia deixar o símbolo de uma cruz, certamente não era uma cruz *ankh* e sim a cruz *tau*. E visto que a existência da cruz *tau* no Egito Faraônico parece ter pouca ou nenhuma importância, é provável que Krosac não tivesse tal objetivo em mente, apesar de ele ser associado com um louco com obsessão por coisas religiosas no senso egiptológico... Confirmação? Sim. Thomas Brad estava pendurado em um totem... perdão, tóteme. Outro símbolo religioso a um mundo de distância do hieratismo. Outra confirmação: se Krosac quisesse fazer uma cruz *ankh* ele teria deixado as cabeças em vez de tirá-las... Então lançamos dúvida sobre a teoria egípcia, não temos qualquer evidência para a teoria do totem americano exceto pelo único fato fortuito do local de crucificação de Brad... e pelo que me parece ele foi mais escolhido pela importância do seu formato de T do que por qualquer importância religiosa... e não podemos persistir em absoluto na teoria cruciforme, a cruz *tau* no credo cristão, visto que, até onde sei, a decapitação nunca esteve presente no assassinato de mártires. *Portanto*, abandonemos todas as teorias religiosas...

— Seu credo — disse o professor com uma risadinha — parece ser como a religião de Rabelais: um grande Talvez.

— ...e voltemos ao que eu estava tendendo a pensar desde o começo — concluiu Ellery com um sorriso pesaroso.

— O quê?

— O fato de que o T provavelmente significa T, e nada além disso. T no seu sentido alfabético. T, T... — Ele se calou subitamente, e o professor o analisou com curiosidade.

Ellery encarava a piscina com olhos de quem não vê coisas tão inocentes quanto água azul e luz do sol.

— O que houve? — perguntou Yardley em tom exigente.

— É possível? — murmurou Ellery. — Não... óbvio demais. E nada para confirmar. Já me ocorreu uma vez... — Ele se interrompeu; não havia nem ouvido a pergunta de Yardley.

O professor suspirou e voltou a pegar o cachimbo. Nenhum dos dois disse nada por um longo tempo.

Eles estavam assim, duas figuras quase nuas no pátio pacífico, quando uma mulher negra idosa entrou depressa com uma expressão enojada no rosto brilhante.

— Senhor Yardley — disse ela em uma voz baixa e queixosa —, tem um *homi* quase derrubando a porta pra *entrá* aqui.

— Hein? — O professor se sobressaltou e despertou do devaneio. — Quem?

— Aquele *inspetô*. Ele tá agitado à beça, parece, senhor.

— Tudo bem, Nanny. Mande-o entrar.

Vaughn entrou de supetão, um momento depois, balançando um pedacinho de papel, o rosto tomado de empolgação.

— Queen! — gritou ele. — Ótimas notícias!

Ellery se remexeu com olhos distraídos.

— Hein? Ah, olá, inspetor. Que notícia é essa?

— Leia isto.

O inspetor jogou o pedaço de papel no chão de mármore e se afundou na beira da piscina, arquejando como um invasor esperançoso em um *seraglio*.

Ellery e o professor se entreolharam, então encararam o papel. Era um radiograma da ilha de Jamaica.

APORTEI AQUI HOJE SOUBE DA MORTE DE BRAD VELEJANDO NOVA YORK IMEDIATAMENTE.

A mensagem era assinada: *Stephen Megara*.

PARTE TRÊS

Crucificação de um cavalheiro

"J'ai découvert comme Officier Judiciaire Principale près le Parquet de Bruxelles que l'opération du cerveau criminel est dirigée par motifs souvent incompréhensibles au citoyen qui observe la loi."
— Félix Brouwage

13. O SEGREDO DE NETUNO

O iate de Stephen Megara, *Helene*, fez uma viagem recorde do norte da Jamaica pelas ilhas salpicadas das Bahamas, mas, ao se aproximar da ilha de Nova Providência, desenvolveu problemas sérios no motor e o seu mestre, o capitão Swift, foi forçado a levá-lo ao porto de Nassau para reparos. Ele só conseguiu retornar ao mar vários dias depois.

Então foi apenas no dia 1º de julho, oito dias depois de o inspetor Vaughn receber o radiograma de Megara, que o *Helene* apareceu no horizonte do litoral de Long Island. Foram feitos arranjos com as autoridades do porto para acelerar a liberação de Megara pelo ancoradouro de Nova York e, depois de um breve atraso, o *Helene* entrou a todo vapor no estuário de Long Island, acompanhado de um barco da polícia e uma congregação de pequenas embarcações contratadas por jornalistas intrépidos que foram mantidos afastados dos deques de arenito do *Helene* com muita dificuldade.

Oito dias... Oito dias de singular tranquilidade. Com a exceção do funeral. E mesmo aquilo foi um evento calmo. Brad fora enterrado em um cemitério de Long Island sem pompa ou cerimônia desagradável; a sra. Brad, como foi observado pelos cavalheiros da imprensa, suportou a provação com bravura notável. Mesmo a sua filha, que não tinha parentesco sanguíneo com o falecido, ficou mais afetada pelo enterro do que a viúva.

A busca por Velja Krosac assumira as proporções de uma caçada nacional. A descrição fora enviada para sedes da polícia e gabinetes de xerifes por todos os Estados Unidos, além de para todos os portos; ele estava sendo observado pela polícia dos 48 estados, Canadá e México. Apesar da ampliação da rede, no entanto, nenhum peixe montenegrino foi capturado; o homem desaparecera com tanta eficiência como se tivesse saído voando da Terra para o espaço. De Kling também, nenhum sinal.

O chofer Fox, continuava sob guarda na sua choupana; não preso formalmente, mas tão prisioneiro quanto se estivesse atrás das grades de Sing Sing. A investigação se alastrou sem alarde ao redor dele; mas até a chegada de Megara as suas impressões digitais ainda não tinham sido identificadas em nenhuma lista de criminosos da Costa Leste. O inspetor, obstinado, enviara cópias das digitais mais para o oeste. O próprio Fox se mantinha em um silêncio ferrenho. Não reclamava do confinamento não oficial, mas havia um brilho de desespero no olhar, e o rigoroso inspetor dobrou a guarda. Era parte do gênio de Vaughn ignorar por completo o homem, exceto pelos guardas silenciosos; Fox não foi questionado ou intimidado; foi deixado totalmente sozinho. Apesar da tensão, no entanto, não cedeu. O homem permaneceu em silêncio na sua choupana, dia após dia, mal tocando a comida levada a ele da cozinha da sra. Baxter, mal se mexendo, mal respirando.

Tudo estava pronto na sexta-feira, 1º de julho, quando o *Helene* avançou pelo estuário de Long Island e pelos estreitos a oeste da enseada de Ketcham, ancorando nas águas profundas entre a ilha Oyster e o continente. A doca de desembarque de Bradwood estava apinhada de pessoas; detetives, policiais, soldados. Todos observaram as lentas manobras do iate. Era uma embarcação de um branco reluzente, baixa e curvilínea. No ar matinal límpido, o belo brilho dos detalhes em bronze e as figuras minúsculas no deque ficavam claramente visíveis. Barquinhos oscilavam ao redor do ventre estreito.

O inspetor Vaughn, o promotor de justiça Isham, Ellery Queen e o professor Yardley esperavam em silêncio na doca. Uma lancha encostou na lateral, golpeada pelas águas da enseada. Várias figuras podiam ser vistas descendo a escada de ferro e entrando na lancha. Imediatamente, um barco de polícia avançou, e a lancha seguiu, submissa. Ambos seguiram para a doca de desembarque. A multidão se agitou.

Stephen Megara era um homem alto e bronzeado de físico imponente, com um bigode preto e um nariz que, pela sua aparência, fora irremediavelmente golpeado em uma briga. Ele era, de modo geral, uma figura vigorosa e sinistra. O salto da lancha para a doca foi rápido, certeiro, ágil; todos os movimentos eram decididos. Ali, sentiu Ellery ao analisá-lo com profundo interesse, estava um homem de ação; uma pessoa muito diferente do homem barrigudo, superalimentado e prematuramente envelhecido que deve ter sido Thomas Brad.

— Sou Stephen Megara — disse ele, de súbito, em um inglês com um leve sotaque de Eton. — Um comitê de recepção e tanto. Helene!

Ele a destacou da multidão; os protagonistas, acanhados no fundo — Helene, a mãe dela, Jonah, dr. Temple... Megara pegou as mãos de Helene, ignorando os outros, e olhou-a nos olhos com uma ternura feroz. Ela corou e retraiu lentamente as mãos. Megara abriu um breve sorriso que ergueu o bigode, murmurou algo no ouvido imóvel da sra. Brad, fez um breve aceno com a cabeça para o dr. Temple e se virou.

— Então Tom foi assassinado? Estou a serviço de qualquer um disposto a se apresentar.

O promotor de justiça resmungou:

— É mesmo? — Então continuou: — Sou Isham, promotor de justiça do condado. Esse é o inspetor Vaughn do departa-

O MISTÉRIO DA CRUZ EGÍPCIA

mento investigativo do condado de Nassau. Sr. Ellery Queen, investigador especial. Professor Yardley, o seu novo vizinho.

Megara trocou apertos de mãos com indiferença. Então se virou e curvou um dedo bronzeado para um velho de rosto fechado e antipático de uniforme azul que o acompanhara na lancha.

— Capitão Swift, meu marinheiro — disse Megara.

Swift tinha mandíbulas fortes e olhos como as lentes de um telescópio; límpidos como cristal em um rosto tão castigado pelo tempo quanto o do Judeu Errante.

— Prazer — disse o capitão Swift para ninguém em particular, e levou a mão esquerda ao quepe. Faltavam três dedos, observou Ellery.

E quando todos, por consenso tácito, começaram a se encaminhar da doca para o caminho que levava à casa, Ellery viu que o capitão caminhava com o balanço dos homens de águas profundas.

— Que pena que não recebi a notícia antes — falou Megara, sem enrolação, para Isham enquanto caminhavam. Os Brad, Lincoln e o dr. Temple vinham atrás com rostos inexpressivos. — Venho vagando em alto-mar há meses; não se recebe notícias desse jeito. Foi um baque descobrir sobre Tom.

Ainda assim, ao dizer isso, ele não parecia baqueado; discutia o assassinato do sócio com a mesma ausência de emoção que talvez ponderasse a compra de uma nova remessa de tapetes.

— Eu estava lhe esperando, sr. Megara — afirmou o inspetor Vaughn. — No seu conhecimento, quem poderia ter motivo para matar o sr. Brad?

— Humm. — Megara virou a cabeça por um momento para olhar para a sra. Brad e para Helene às costas dele. — Prefiro não responder no momento. Deixe-me saber exatamente o que aconteceu.

Quando Isham abriu a boca para responder, Ellery perguntou em uma voz mansa:

— Já ouviu falar de um homem chamado Andrew Van?

Por uma fração de segundo, as passadas ritmadas de Megara vacilaram, mas o rosto permaneceu inescrutável ao continuar.

— Andrew Van? O que ele tem a ver com isso?

— Então o senhor o conhece! — exclamou Isham.

— Ele foi assassinado em circunstâncias parecidas com as que envolveram a morte do seu sócio, sr. Megara — disse Ellery.

— Van também foi assassinado! — O iatista perdeu parte da pose, e uma faísca de inquietude piscou nos olhos audazes.

— Cabeça decepada e corpo crucificado em forma de T — continuou Ellery.

Megara parou de repente daquela vez, e a procissão inteira que o seguia também. O rosto dele ficou violeta sob a camada queimada de sol.

— T! — murmurou ele. — Ora... Vamos entrar na casa, cavalheiros.

Ele estremeceu ao dizer isso, e os ombros murcharam; a compleição cor de mogno estava lívida. Naquele momento, ele pareceu ter envelhecido alguns anos.

— Sabe explicar os Ts? — perguntou Ellery com urgência.

— Tenho uma ideia... — Megara bateu os dentes e seguiu em frente.

Eles percorreram o resto da distância até a casa em silêncio.

Stallings abriu a porta da frente, e o seu rosto desinteressado se abriu na mesma hora em um sorriso convidativo.

— Sr. Megara! Que felicidade receb...

Megara passou direto por ele, sem um olhar de relance. Ele passou para a sala de estar, seguido pelos outros, então começou a andar de um lado para o outro com passos longos. Parecia revirar algo na mente. A sra. Brad se aproximou suavemente e repousou a mão gorducha no braço dele.

— Stephen... se você pudesse esclarecer esse terrível...

O MISTÉRIO DA CRUZ EGÍPCIA

— Stephen, você *sabe*! — exclamou Helene.

— Se você sabe, Megara, pelo amor de Deus, desembuche e acabe com esse suspense execrável! — disse Lincoln com a voz áspera. — Tem sido um pesadelo para todos nós.

Megara suspirou e enfiou as mãos nos bolsos.

— Fiquem tranquilos. Sente-se, capitão. Desculpe por arrastá-lo para um negócio sórdido como esse. — O capitão Swift piscou e não se sentou; parecia desconfortável, e se aproximou da porta. — Cavalheiros — anunciou Megara —, acredito saber quem assassinou meu... quem assassinou Brad.

— Sabe, é? — perguntou Vaughn sem qualquer animação.

— Quem? — indagou Isham.

Megara jogou os ombros largos para trás.

— Um homem chamado Velja Krosac. Krosac... não tenho dúvidas. O senhor disse T? Se significa o que eu penso, ele é o único homem no mundo que poderia o ter deixado. T, não é? De certo modo, é um sinal claro de que... Apenas me conte o que aconteceu. Tanto no assassinato de Van quanto no de Brad.

Vaughn olhou para Isham, que assentiu. Imediatamente, o inspetor se lançou em um resumo conciso do que ocorrera em ambos os crimes, começando com a descoberta de Velho Pete e Michael Orkins do corpo do professor no cruzamento da ponta de Arroyo com a autoestrada de New Cumberland--Pughtown. Quando Vaughn relatou o testemunho de Croker, o garagista, sobre o homem manco que contratara Croker para levá-lo até o cruzamento, Megara assentiu com lentidão e disse, como se dispensando a sua última dúvida:

— Ele mesmo, ele mesmo.

Quando a história se concluiu, Megara sorriu sem humor.

— Já entendi tudo. — Ele recuperara a pose; havia propósito e coragem na postura dele. — Agora me conte exatamente o que os senhores encontraram na cabana do jardim. Há algo um pouco estranho...

— Mas sr. Megara — protestou Isham. — Não vejo...

— Leve-me lá agora mesmo — disse Megara, brusco, e caminhou para a porta.

Isham pareceu hesitante, mas Ellery o olhou e assentiu. Todos saíram atrás do iatista.

Ao pegarem o caminho até o totem e a edícula, o professor Yardley murmurou:

— Ora, Queen, parece que chegamos ao *finale*, hein?

Ellery deu de ombros.

— Não vejo por quê. O que falei sobre Krosac ainda se aplica. Onde ele está? A não ser que Megara possa identificá-lo na personalidade atual...

— É querer demais — disse o professor. — Como sabe que ele está por perto?

— Eu não sei! Mas é certamente possível.

A edícula fora envolvida por lona, e um soldado estava de guarda. Vaughn afastou a lona e, sem pestanejar, Megara entrou. O interior da cabana aparentava estar exatamente como os investigadores a encontraram na manhã seguinte ao crime; uma pequena precaução por parte do inspetor que, ao que parecia, renderia frutos.

Megara só tinha olhos para uma coisa — ele ignorou o T, a mancha de sangue, os sinais de uma luta e de um massacre —, só encarava o cachimbo cujo fornilho era entalhado como uma cabeça e um tridente de Netuno...

— Foi o que pensei — falou em voz baixa, se abaixando e pegando o cachimbo. — No momento em que mencionou o cachimbo de cabeça de Netuno, inspetor Vaughn, eu soube que havia algo errado.

— Errado? — Vaughn estava perturbado; os olhos de Ellery estavam brilhantes e questionadores. — O que há de errado, sr. Megara?

— Tudo. — Megara olhou para o cachimbo com resignação amarga. — Os senhores acham que esse cachimbo era de Tom? Ora, não era!

— Não quer dizer — começou o inspetor — que o cachimbo pertence a Krosac!

— Bem que eu gostaria — respondeu Megara. — Não. Ele pertence a mim.

Os homens digeriram a revelação por um instante, revirando-a na mente como se para extrair tudo dela. Vaughn estava perplexo.

— Afinal — disse ele —, mesmo se *for*...

— Espere um minuto, Vaughn — interrompeu o promotor de justiça. — Acho que há mais por trás disso. Sr. Megara, tínhamos a impressão de que o cachimbo pertencia a Brad. Stallings nos transmitiu certeza disso, por mais que, pensando agora, seja fácil cometer tal erro. Mas o cachimbo tem as digitais de Brad, e foi fumado na noite do assassinato com a marca de tabaco dele. Agora o senhor diz que é seu. O que eu não entendo...

Megara estreitou os olhos; o seu tom era teimoso:

— Há algo errado aqui, sr. Isham. Esse cachimbo é meu. Se Stallings disse que era de Tom, ou ele mentiu ou presumiu que fosse de Tom só porque o notara na casa antes de eu ir embora no ano passado. Eu o deixei aqui sem querer quando zarpei há mais ou menos um ano.

— O que você não consegue entender — disse Ellery suavemente para Isham — é por que um homem fumaria o cachimbo de outro.

— Isso mesmo.

— Ridículo! — explodiu Megara. — Tom não fumaria meu cachimbo, ou de mais ninguém. Ele próprio tinha vários, como pode ver se abrir a gaveta do escritório. E homem nenhum coloca a piteira de outro na boca. Especialmente Tom; era obcecado por higiene. — Ele virou a cabeça de Netuno nos dedos com afeto distraído. — Senti falta do velho Netuno... Já o tenho há quinze anos. Tom... ele sabia como eu prezava por ele. — O homem ficou em silêncio por um momento. — Ele não fumaria esse cachimbo tanto quanto não colocaria os dentes falsos de Stallings na boca.

Ninguém riu. Ellery interveio rapidamente:

— Enfrentamos uma situação interessante, cavalheiros. O primeiro raio de luz. Não veem a importância da identificação desse cachimbo como sendo do sr. Megara?

— Importância o caramba — resmungou Vaughn. — Só significa uma coisa: Krosac está tentando incriminar o sr. Megara.

— Bobagem, inspetor — respondeu Ellery com simpatia. — Não significa nada do tipo. Krosac não poderia esperar nos fazer acreditar que o sr. Megara assassinara Brad. Todo mundo sabia que o sr. Megara estava em outro canto, há milhares de quilômetros de distância, alongando as pernas em um dos seus passeios marítimos periódicos. Então os Ts e a ligação com o assassinato de Van... tão bons quanto uma assinatura. Não. — Ele se virou para o iatista, que ainda estudava o cachimbo com uma carranca. — Onde você estava, senhor... o iate, o senhor, a tripulação... no dia 22 de junho?

Megara virou-se para o capitão.

— Já esperávamos isso, não é, capitão? — O bigode dele se ergueu em um breve sorriso. — Onde estávamos?

O capitão Swift ruborizou e tirou uma folha de papel de um dos bolsos azuis salientes.

— Meu diário de bordo — disse ele — deve ter as respostas, senhor.

Eles examinaram o diário. Atestava que no dia 22 de junho o *Helene* passara pelo lago Gatún no Canal do Panamá, a caminho das Índias Ocidentais. Anexo ao diário havia um canhoto de aparência oficial que confirmava o pagamento pela passagem às autoridades do canal.

— A tripulação toda a bordo — afirmou o capitão Swift com a voz rouca. — Meu diário de bordo tá aberto pra inspeção. Távamos navegando pelo leste do Pacífico. Fomos até a Austrália na passagem pro oeste.

Vaughn assentiu com a cabeça.

— Ninguém está duvidando de vocês. Mas vamos dar uma olhada no diário de bordo mesmo assim.

Megara afastou as pernas e oscilou para a frente e para trás; era fácil imaginá-lo em uma ponte de comando, balançando ao subir e descer de uma embarcação de águas profundas.

— Ninguém está duvidando de nós. De fato! Não que eu dê a mínima se vocês duvidarem, entende... O mais perto que chegamos da morte nessa viagem toda foi uma dor na virilha que desenvolvi perto de Suva.

Isham pareceu desconfortável, e o inspetor se virou para Ellery.

— Ora, sr. Queen, o que está passando pela sua mente? O senhor está com alguma ideia, dá para ver.

— Temo dizer, inspetor, a partir dessa evidência material — disse Ellery, apontando para o diário de bordo e para o canhoto —, que não podemos muito bem acreditar que Krosac queria que pensássemos que o sr. Megara assassinara o sócio. — Ele tragou o cigarro antes de continuar. — O cachimbo... — Ele bateu as cinzas do cigarro na direção do estranho cachimbo de madeira *briar* na mão de Megara. — Krosac deve ter sabido que o sr. Megara teria um álibi incontestável para o momento do assassinato. Desconsideremos qualquer suposição, portanto, nessa direção. *Mas*, a partir do conhecimento de que este cachimbo é do sr. Megara e Brad não o teria fumado, podemos estabelecer uma teoria viável.

— Esperto — comentou o professor Yardley —, se for verdade. Como?

— Brad não teria fumado esse cachimbo de cabeça de Netuno, propriedade do sócio dele. Ainda assim ele foi fumado; manuseado, aparentemente, pela própria vítima. Mas se Brad não teria fumado o cachimbo e ainda assim há evidências de que ele o fez, o que temos?

— Engenhoso — murmurou o professor. — O cachimbo foi preparado para *parecer* fumado por Brad. Seria muito fácil implantar as digitais do morto na haste.

— Precisamente! — exclamou Ellery. — E a tarefa de fazer o cachimbo parecer usado seria simples. Talvez o próprio assassino o tenha abastecido, acendido e dado um trago. Uma pena que o método Bertillon não leva em consideração as variações entre bactérias individuais; eis uma ideia! Agora, quem poderia querer fazer parecer que Brad havia fumado esse cachimbo? Apenas o assassino. Por quê? Para confirmar a impressão de que Brad saíra andando e fumando o cachimbo, em um paletó para fumar, até a edícula e fora atacado e morto lá.

— Parece provável — confessou Isham. — Mas por que Krosac faria isso com o cachimbo do sr. Megara? Por que ele não escolheu um de Brad?

Ellery deu de ombros.

— Há uma resposta simples para isso, se parar para pensar. Krosac pegou o cachimbo... onde? Na gaveta da mesinha de leitura da biblioteca. Correto, sr. Megara?

— Provavelmente — disse Megara. — Tom guardava todos os cachimbos lá. Quando encontrou o meu depois que fui embora, deve tê-lo guardado na mesma gaveta até meu retorno.

— Obrigado. Agora, ao ir até a gaveta, Krosac vê uma série de cachimbos. Sem dúvida, presume que todos pertençam a Brad. Ele quer deixar um cachimbo para fazer parecer que Brad estava fumando na edícula. Então escolhe o de aparência mais distinta, seguindo a excelente teoria de que será o mais fácil de identificar. *Logo*... Netuno. Felizmente para nós, no entanto, Netuno era propriedade do sr. Megara, não de Brad.

"Ah, mas aqui chegamos a uma dedução interessante. Nosso amigo Krosac teve bastante trabalho, não teve, para fazer parecer que Brad foi atacado e morto enquanto fumava na *edícula*? Porque, veja bem, se não houvesse cachimbo ou qualquer evidência de fumo, nós teríamos questionado a presença de Brad na edícula, especialmente visto que ele estava usando um paletó de fumar; ele poderia ter sido arrastado até lá. Mas, quando sabemos que um homem estava fumando em certo lugar, sabemos que, até certo ponto ao menos, ele estava lá por livre arbítrio... Agora descobrimos, no entanto, que ele *não* estava fumando lá, e sabemos que o assassino quer que acreditemos que ele estava. A única dedução sã é que a edícula *não foi* a cena do crime, mas o assassino queria muito que acreditássemos que foi."

Megara observava Ellery com um brilho especulativo e um tanto cínico nos olhos. Os outros permaneceram em silêncio.

Ellery jogou o cigarro porta afora.

— O próximo passo está claro. Se essa não é a cena do crime, algum outro lugar é. Precisamos encontrar tal lugar e examiná-lo. Encontrá-lo, creio eu, não será nada difícil. A biblioteca, é claro. Brad foi visto vivo pela última vez lá, jogando damas sozinho. Ele esperava alguém, visto que esvaziara cuidadosamente a casa de possíveis testemunhas ou interrupções.

— Só um minuto. — A boca de Megara estava tensa. — Foi um belo discurso e agradável aos ouvidos, sr. Queen, mas parece totalmente errado.

O sorriso de Ellery murchou.

— Hein? Não entendo. De que forma a análise é falha?

— Ela está errada na suposição de que Krosac não sabia que o cachimbo era meu.

Ellery tirou o pincenê e começou a esfregar as lentes com o lenço; um sinal infalível de perturbação, satisfação ou empolgação.

— Uma declaração extraordinária, se verdadeira, sr. Megara. Como Krosac saberia que o cachimbo pertence ao senhor?

— Porque o cachimbo estava em um *estojo*. Vocês encontraram o estojo na gaveta?

— Não. — Os olhos de Ellery brilharam. — Não me diga que o estojo tinha as suas iniciais, senhor!

— Melhor do que isso — retrucou Megara. — O meu nome completo em letras douradas estava impresso na capa de couro marroquino. O cachimbo estava no estojo da última vez que o vi. O estojo naturalmente tem um formato tão estranho quanto o do cachimbo, e não poderia ser usado para outro, a não ser que fosse uma réplica deste.

— Ah, esplêndido! — exclamou Ellery com um sorriso amplo. — Retiro tudo o que disse. O senhor nos deu um novo sopro de vida, sr. Megara. Isso traz uma perspectiva totalmente diferente à questão. Oferece-nos mais com o que trabalhar... Então Krosac sabia que o cachimbo era seu. Mesmo assim, de maneira deliberada, o escolheu para deixar na edícula. O estojo ele levou embora, é óbvio, já que sumiu. Por que levá-lo embora? Porque, se ele o tivesse deixado, nós o teríamos encontrado, visto a semelhança entre o formato do estojo de Stephen Megara e o formato do suposto cachimbo de Brad, e concluído no mesmo instante que o cachimbo não era de Brad. Ao levar o estojo embora, Krosac nos fez acreditar *temporariamente* que o cachimbo era de Brad. Entende a inferência?

— Por que temporariamente? — perguntou Vaughn.

— Porque — respondeu Ellery, triunfante — o sr. Megara *de fato* voltou, *de fato* identificou o cachimbo, *de fato* nos contou sobre o estojo desaparecido! Certamente Krosac sabia que o sr. Megara acabaria fazendo isso. Conclusão: *até o sr. Megara chegar*, Krosac queria que acreditássemos que o cachimbo pertencia a Brad e, portanto, que a edícula era a cena do crime. *Depois de o sr. Megara chegar*, Krosac almejava que soubéssemos que a edícula *não* fora a cena do crime; almejava, ademais, visto que seria inevitável, que nós procurássemos a *verdadeira* cena do crime. Por que digo "almejava"? Porque Krosac poderia ter evitado tudo isso se tivesse escolhido outra forma de fazer a edícula parecer a cena do crime; na verdade, se tivesse escolhido um dos próprio cachimbos de Brad!

— Você pensa, então — interveio o professor —, que o assassino deliberadamente deseja que voltemos à verdadeira cena do crime. Não consigo entender por quê.

— Parece-me curioso — disse Isham, balançando a cabeça.

— É tão absurdamente simples. — Ellery deu um sorrisinho. — Não veem? Krosac queria que nós olhássemos a cena do crime *agora*; não há uma semana, veja bem, mas *agora*.

— Mas por quê, homem? — perguntou Megara com impaciência. — Não faz sentido.

Ellery deu de ombros.

— Não sei dizer especificamente, mas estou convencido de que faz bastante sentido, sr. Megara. Krosac quer que nós *encontremos* algo agora... *enquanto o senhor está em Bradwood*... que ele não queria que encontrássemos enquanto o senhor estava em algum lugar do Pacífico.

— Maluquice! — exclamou o inspetor Vaughn com uma carranca.

— Seja lá o que for — falou Isham —, estou disposto a duvidar.

— Sugiro — declarou Ellery — que sigamos as pistas do bagunceiro Krosac. Se ele queria que encontrássemos algo, façamos esse favor. Vamos à biblioteca?

14. A CHAVE DE MARFIM

A biblioteca estivera lacrada desde a manhã seguinte à descoberta do corpo mutilado de Brad. Isham, Vaughn, Megara, o professor Yardley e Ellery entraram no cômodo; o capitão Swift voltara à doca, e as Brad e Lincoln estavam nos próprios aposentos. O dr. Temple desaparecera havia algum tempo.

Megara ficou em um canto enquanto a busca era realizada; daquela vez, não foi uma inspeção superficial, mas uma expedição que explorou cada rachadura e que não deixou nenhuma partícula de poeira intacta. Isham transformou a escrivaninha em uma cena de massacre, cobrindo-a de corpos destroçados de papéis perdidos. Vaughn assumiu a tarefa de revistar o móvel, cantinho por cantinho. O professor Yardley, por conta própria, se retirou para a alcova onde estava o piano de cauda e se divertiu explorando o armário de partituras.

A descoberta foi feita quase de imediato; ou ao menos uma descoberta, não fazendo diferença se fosse a que Velja Krosac pretendera ou não naquele momento. Foi uma descoberta de enorme importância; e feita por Ellery, enquanto perambulava ao lado do inspetor. Quase por acidente, ou por uma afeição pela meticulosidade, Ellery segurou um canto do divã e afastou-o da parede coberta de livros de forma que ficasse totalmente sobre o tapete chinês, quando antes as pernas traseiras repousavam sobre o chão exposto. Ao fazê-lo, exclamou em voz alta e se abaixou para examinar algo na parte do tapete que estivera escondida sob o divã. Isham,

Vaughn e Yardley correram para o lado dele; Megara esticou o pescoço, mas não se mexeu.

— O que foi?

— Minha nossa — murmurou o inspetor. — Entre todos os lugares óbvios. Uma mancha!

— Uma mancha de sangue — disse Ellery, baixinho. — A não ser que a experiência, como o meu venerável professor aqui, seja uma mentora ruim.

Era uma mancha seca escura, destacando-se com a crueza de um selo de cera nos tons dourados do tapete. Próximo a ela — a poucos centímetros de distância — havia uma depressão quadrada no tecido do tapete, o tipo de marca deixada pelo peso da perna de uma cadeira ou mesa que passou muito tempo no mesmo lugar. O formato da depressão não se encaixava com o pé do divã, que tinha a base redonda.

Ellery, se ajoelhando, olhou ao redor. O olhar vagou por um momento, então foram para a escrivaninha, na parede oposta.

— Deveria haver... — começou ele, e empurrou o divã em direção ao centro do cômodo.

Ele assentiu de imediato: a um metro da primeira depressão estava o par dela nas fibras amassadas.

— Mas a mancha... — Isham franziu a testa. — Como ela foi parar embaixo do divã? Quando o interroguei, Stallings me disse que nada fora movido de lugar no cômodo.

— Isso não exige explicação, exige? — observou Ellery ao se levantar. — Nada foi movido... exceto pelo próprio tapete, e seria difícil esperar que Stallings tivesse notado *isso*.

Seus olhos brilharam ao analisar a biblioteca. Ele estivera certo sobre a escrivaninha; era o único móvel do cômodo que poderia ter deixado marcas no exato formato e tamanho das duas sob o divã. Ele atravessou o cômodo e ergueu uma das pernas de pontas quadradas da escrivaninha. No tapete diretamente abaixo havia uma depressão, bem nítida, como as duas do outro lado do cômodo, com a exceção de que não era tão profunda ou definida.

— Podemos conduzir um experimentozinho interessante — disse Ellery, se empertigando. — Vamos girar esse tapete.

— Girar? — perguntou Isham. — Para quê?

— Para que ele fique como estava na terça à noite, antes de Krosac mudar a posição dele.

O rosto do inspetor Vaughn se iluminou e ele exclamou:

— Meu Deus! Agora entendi. Ele não queria que encontrássemos a mancha de sangue, e não conseguiu se livrar dela!

— Essa é só metade da história, inspetor — observou o professor Yardley —, se entendi a sugestão de Queen.

— Você entendeu — respondeu Ellery. — É apenas uma questão de tirar essa mesa do caminho. O resto é fácil.

Stephen Megara continuava parado em um canto, escutando em silêncio; ele não se mexeu para ajudar os quatro homens. Vaughn ergueu a mesa redonda sem esforço e carregou-a para o corredor. Em poucos minutos, ao posicionar um homem em cada canto do tapete, eles conseguiram puxá-lo de debaixo de todos os móveis pequenos e girá-lo, de forma que a parte que estivera escondida embaixo do divã agora ficasse onde devia estar na noite do assassinato de Brad; do lado oposto do cômodo. As duas depressões, eles viram na mesma hora, se encaixavam com precisão sob as duas pernas dianteiras da escrivaninha. E a mancha de sangue seca...

Isham encarou.

— Atrás da mesa do tabuleiro de damas!

— Humm. A cena começa a se materializar — falou Ellery.

A mancha de sangue ficava sessenta centímetros atrás da cadeira embutida na parede do tabuleiro de damas ao lado da escrivaninha.

— Golpeado por trás — murmurou o professor Yardley —, enquanto praticava o maldito jogo de damas. Talvez soubesse que essa obsessão o meteria em apuros algum dia.

— O que acha, sr. Megara? — perguntou Ellery subitamente, virando-se para o iatista silencioso.

Megara deu de ombros.

— Esse é o seu trabalho, cavalheiro.

— Eu acho — disse Ellery, sentando-se em uma poltrona acolchoada e acendendo um cigarro — que vamos economizar tempo com uma pequena análise improvisada. Alguma objeção, inspetor?

— Eu ainda não entendo — reclamou Vaughn — por que ele giraria o tapete. Quem estava tentando enganar? Nem teríamos descoberto isso se ele não tivesse, como o senhor apontou, deliberadamente deixado uma trilha de volta a esse cômodo por meio daquele cachimbo do sr. Megara.

— Calma, inspetor. Deixe-me pensar por um momento. Está aparente agora... não tem como haver qualquer discordância neste ponto... que Krosac nunca intencionara ocultar *permanentemente* o fato de que este cômodo foi a cena do crime. Não só ele não queria ocultar esse fato permanentemente, como organizou as coisas de um jeito esperto como o diabo para nos guiar de volta a esse cômodo, no tempo dele, quando sabia que uma inspeção mais cuidadosa do cômodo revelaria a mancha de sangue. Se quisesse ocultar esse fato de modo permanente, ele não teria, para começo de conversa, deixado a trilha do cachimbo de volta para a biblioteca nem deixado a mancha de sangue como está. Pois observe. — Ellery apontou para a tampa aberta da escrivaninha. — Bem à mão, quase acima da mancha de sangue, havia dois frascos de tinta. Suponha que Krosac houvesse deixado o tapete na posição original e virado um desses frascos de tinta de propósito. A polícia teria encontrado o frasco e a mancha, presumido a verdade superficial, de que a tinta fora derramada, por Brad ou outra pessoa, e nunca teria pensado em procurar por uma mancha de sangue embaixo da tinta... Em vez de adotar esse procedimento perfeitamente simples, Krosac se deu ao grande trabalho de girar o tapete, arrumando o cômodo de modo que deixássemos a mancha de sangue passar despercebida na primeira inspeção, fôssemos trazidos de volta a ela pela identificação do cachimbo pelo sr. Megara, e então a encontrássemos em uma segunda inspeção. O ponto essencial é que Krosac não ganhou nada com essas manobras complexas exceto... *tempo*.

— Tudo muito engenhoso — disse o professor, aborrecido —, mas nem morto que eu entendo por que ele sequer queria que descobríssemos isso tudo.

— Caro professor — respondeu Ellery —, não se precipite. Esta é a minha área. Você é excelente em história antiga, mas o meu forte é a lógica, e eu não baixo a cabeça para ninguém no meu domínio. Rá, rá! Bem, deixe para lá. — Ele ficou sério. — Krosac não queria o encobrimento permanente da cena do crime, mas o atraso da descoberta. Por quê? Três possíveis motivos. Prestem atenção... o sr. Megara em especial; o senhor talvez possa nos ajudar.

Megara fez que sim e se sentou no divã, que fora devolvido à posição anterior contra a parede.

— Um: havia neste cômodo algo perigoso para Krosac que ele queria levar embora mais tarde, visto que, por algum motivo peculiar, não pôde levá-lo embora na noite do assassinato... Dois: havia algo que Krosac queria adicionar ou devolver mais tarde, que ele não conseguiu adicionar ou devolver na noite do assassinato...

— Segure as pontas um minuto — disse o promotor de justiça, que até o momento franzia as sobrancelhas com afinco. — Ambos os motivos parecem razoáveis, pois, nos dois casos, fazer a edícula parecer a cena do crime atrairia a atenção para longe da biblioteca, talvez a deixando acessível ao assassino durante aquele período.

— Contradição presente. Errado, sr. Isham — respondeu Ellery. — Krosac de certo esperava, mesmo que a mancha tivesse passado despercebida na primeira busca, como ele planejara, e a edícula aceita como a cena do crime... Krosac de certo esperava, repito, que a casa estaria sendo vigiada e que ele seria impedido por medidas policiais meramente preventivas de levar embora ou trazer algo mais tarde. Mas há uma objeção ainda mais importante às duas primeiras possibilidades, cavalheiros.

"Se Krosac quisesse voltar aqui e, dessa forma, deliberadamente fez com que a edícula parecesse ser a cena do crime, com certeza seria vantajoso para ele fazê-la parecer ser a cena do crime definitiva. Isso lhe daria oportunidades e tempo ilimitados para conseguir acesso à biblioteca. Mas não o fez... ele, de maneira deliberada, deixou uma trilha de volta a esse cômodo, o que, se a conjectura que mencionei estiver correta, seria a última coisa que ele faria. Então eu digo: nenhuma das duas primeira teorias é plausível."

— Estou perdido — afirmou Vaughn, com desprezo. — Tem invenção de moda demais para mim.

— Cale a boca, camarada — retrucou Isham, áspero. — Esse não é um dos métodos grosseiros da polícia, Vaughn. Admito que não é uma forma ortodoxa de solucionar um crime, mas parece fazer sentido. Vá em frente, sr. Queen. Estamos escutando.

— Inspetor, considere-se publicamente repreendido — disse Ellery. — Terceira possibilidade: que haja algo agora na biblioteca que também estava lá na noite do assassinato, que (uma abundância de "quês") não seja perigoso para o criminoso, que ele não planejava levar embora mais tarde, que queria que a polícia encontrasse, mas que não queria que fosse encontrado pela polícia até o retorno do sr. Megara.

— Nossa! — exclamou Vaughn, jogando as mãos para o alto. — Tirem-me daqui.

— Não dê ouvidos a ele, sr. Queen — falou Isham.

Megara semicerrou os olhos para Ellery e disse:

— Vá em frente, sr. Queen.

— Visto que somos almas prestativas — continuou Ellery —, é claro que devemos procurar e encontrar o que Krosac planejava que encontrássemos apenas quando o sr. Megara estivesse em cena... Sabe — adicionou ele, pensativo —, eu sempre tive a impressão... e acho que vai concordar, inspetor... de que quanto mais o assassino se envolve, mais erros ele está apto a cometer. Chamemos o nosso amigo Stallings aqui por um momento.

O detetive à porta gritou:

— Stallings!

O mordomo apareceu com uma pressa contida.

— Stallings — começou Ellery —, você conhece esse cômodo muito bem, não conhece?

Ele tossiu.

— Modéstia à parte, senhor, eu o conheço tão bem quanto o próprio sr. Brad o conhecia.

— Fico arrebatado em ouvir isso. Dê uma olhada ao redor. — Stallings, obediente, deu uma olhada ao redor. — Está tudo em ordem? Alguma coisa foi adicionada? Tem alguma coisa aqui que não deveria estar aqui?

Stallings deu um breve sorriso e começou a caminhar com pompa pela biblioteca. Ele espiou em cantinhos, abriu gavetas, investigou o interior da escrivaninha... Levou dez minutos, mas, ao concluir a inspeção, afirmou:

— Este cômodo está exatamente como da última vez que o vi, senhor... Quero dizer antes de o sr. Brad ser morto... exceto, senhor, pela mesa retirada.

Todos sentiram que não havia mais o que perguntar. Mas Ellery foi persistente.

— Mais nada foi tirado do lugar ou levado embora?

O mordomo balançou a cabeça, enfático.

— Não, senhor. A única coisa que está realmente diferente é aquela mancha, senhor — afirmou ele, apontando para o tapete. — Ela não estava ali na noite de terça, quando eu saí da casa. E o tabuleiro de damas...

— O que tem o tabuleiro? — perguntou Ellery.

Stallings deu de ombros com decoro.

— As peças. É claro, a posição delas está diferente. O sr. Brad naturalmente continuou jogando depois que eu saí.

— Ah — disse Ellery, aliviado. — Excelente, Stallings. Você tem em si as delicadas aptidões de um Sherlock, uma memória fotográfica... Isso é tudo.

Stallings lançou um olhar reprovador para Stephen Megara, que encarava a parede de mau humor e tragava um charuto das Índias Ocidentais, e saiu do cômodo.

— Agora — recomeçou Ellery, cheio de energia —, vamos nos espalhar.

— Mas o que diabos estamos procurando? — resmungou Vaughn.

— Céus, inspetor, se eu soubesse, não precisaríamos fazer uma busca!

A cena que se sucedeu teria sido ridícula a qualquer observador além de Stephen Megara; aquele homem, ao que parecia, carecia da habilidade da risada. O espetáculo de quatro homens adultos engatinhando por um cômodo, dando o seu melhor para escalar paredes e dar pancadinhas em gesso e madeira, revirando o recheio das almofadas do divã, puxando com cuidado pernas e braços de cadeiras, divã, escrivaninha, tabuleiro de damas... uma situação à la *Alice no País das Maravilhas*. Depois de quinze minutos de busca infrutífera, Ellery, amarrotado, acalorado e muito aborrecido, se ergueu e se sentou ao lado de Megara, mergulhando em um devaneio. Pela expressão do rosto dele, o sonho acordado tinha mais a natureza de um pesadelo. O professor, nem um pouco desencorajado, perseverou; divertia-se bastante ao engatinhar, com a sua altura desajeitada curvada, pelo tapete. Em um momento, ele se empertigou e ergueu o olhar para o lustre antiquado.

— Ora, esse seria um esconderijo incomum — murmurou ele, e no mesmo instante se pôs a subir em uma cadeira e remexer os ornamentos de cristal do lustre.

Havia um fio defeituoso ou exposto em algum lugar, pois ele subitamente gritou e desabou no chão. Vaughn resmungou e ergueu outro pedaço de papel contra a luz; o inspetor se dedicava à teoria, pelo que parecia, de que uma mensagem fora escrita em tinta invisível. Isham sacudia as cortinas; ele já havia desenrolado as persianas das janelas e procurado interiores ocos nas luminárias. Era tudo satisfatório, surreal e inútil.

Todos eles, em algum momento, lançaram olhares especulativos para os livros que enchiam as estantes embutidas, mas ninguém tomara a iniciativa de examiná-los. A enormidade da tarefa de inspecionar aquela miríade de volumes um por um parecia desencorajar até mesmo um começo.

Ellery se reclinou para trás subitamente e disse:

— Que bando de grandes tolos nós somos! Correndo atrás dos próprios rabos como cachorrinhos... Krosac queria que voltássemos e procurássemos uma pista neste cômodo. Então queria que a encontrássemos. Ele não a colocaria em um lugar que exigiria o talento combinado de um Houdini e um cão de caça para ser encontrado. Por outro lado, a esconderia em um lugar não tão óbvio a ponto de ser encontrada em uma busca superficial, mas ainda assim não tão obscuro a ponto de nunca ser encontrada, mesmo com uma busca minuciosa. Quanto a você, professor, por favor lembre-se, quando tentar explorar lustres de novo, de que Krosac provavelmente não tem tanta familiaridade com este cômodo a ponto de saber onde haveria espaços ocos em pernas de móveis ou luminárias... Não, o esconderijo é um lugar perspicaz, mas acessível.

— Belo discurso — disse Vaughn, sarcástico —, mas onde? — Ele estava cansado e pingando suor. — Conhece algum esconderijo, sr. Megara?

O MISTÉRIO DA CRUZ EGÍPCIA 189

O cavanhaque do professor Yardley se projetou como a barba falsa de um faraó egípcio quando Megara fez que não com a cabeça.

Ellery falou:

— Isso me lembra uma busca bem familiar que o meu pai, o promotor de justiça assistente Cronin e eu fizemos há não muito tempo enquanto investigávamos o assassinato daquele advogado desonesto, Monte Field, que foi envenenado (lembram?) no teatro romano durante uma apresentação de *Gunplay*. Nós encontramos a pista em um...

Os olhos do professor reluziram, e ele atravessou o cômodo correndo até a alcova que abrigava o piano de cauda. Isham revistara a alcova havia alguns minutos. Mas Yardley não deu atenção ao corpo do instrumento nem à cadeira do piano ou ao armário de partituras. Ele apenas se sentou na cadeira e, com toda a seriedade que Ellery se lembrava das aulas do professor na universidade, começou na primeira nota grave do piano e avançou com o indicador em direção ao agudo, uma nota por vez, pressionando cada tecla lentamente.

— Uma análise astuta, Queen — disse ele ao tocar uma nota depois da outra. — Deu-me uma inspiração positiva... Imagine que eu fosse Krosac. Quero esconder algo... pequeno, digamos, fino. Tenho apenas tempo e conhecimento limitados do local. O que faria? Aonde iria... — Ele parou por um momento; a nota que tocava estava desafinada. Ele apertou-a diversas vezes, mas quando ficou aparente que a nota estava meramente fora do tom, continuou a exploração ascendente. — Krosac quer um lugar que não seja descoberto até que ele esteja pronto; que não seja descoberto nem por acidente. Ele olha ao redor... e ali está o piano. Agora se atentem a isso: Brad está morto; esse cômodo é de Brad. É certo, pensa ele, que ninguém vai tocar um piano no escritório particular de um homem morto... não por agora, pelo menos. E dessa forma...

— Um verdadeiro triunfo do intelecto, professor! — exclamou Ellery. — Eu mesmo não faria melhor!

E, bem como se o concerto tivesse sido programado para começar na conclusão imediata daquele modesto programa, o professor fez a sua descoberta. A onda uniforme da escala fora interrompida; ele chegara a uma tecla teimosa que se recusava a ceder.

— Eureca — disse Yardley, com uma expressão de profunda incredulidade no rosto.

Ele parecia um homem que aprendera um truque de mágica e ficara atônito ao descobrir, na primeira tentativa, que o truque funcionava.

Eles se aglomeraram, Megara tão ansioso quanto o resto. A tecla se recusava a descer mais do que seis milímetros, apesar de todos os esforços do professor. E, de repente, ela emperrou por completo, se recusando até mesmo a se erguer de novo.

Ellery disse com perspicácia:

— Só um segundo.

E tirou do bolso o pequeno kit que sempre carregava a despeito do escárnio do pai. Selecionou uma agulha longa do kit e começou a cutucar as frestas entre a tecla teimosa e as vizinhas. Após um momento de trabalho, a pontinha de um chumaço de papel apareceu entre duas teclas de marfim.

Todos se empertigaram, suspirando. Ellery puxou o chumaço delicadamente para fora. Em silêncio, eles o cercaram e recuaram de volta para a biblioteca. O papel fora achatado e amassado; Ellery o desdobrou com cuidado e esticou-o na mesa.

O rosto de Megara estava inescrutável. Quanto aos outros, nenhum deles, inclusive o próprio Ellery, poderia ter profetizado a extraordinária mensagem transmitida pelo texto rabiscado com força no papel.

O MISTÉRIO DA CRUZ EGÍPCIA

À polícia:

Se eu for assassinado — e tenho boa razão para acreditar que um atentado será feito contra a minha vida —, investiguem imediatamente o assassinato do professor de Arroyo (Virgínia Ocidental), Andrew Van, que foi encontrado crucificado e decapitado no último Natal.

Concomitantemente, notifiquem Stephen Megara, seja lá onde ele esteja, para que volte de imediato a Bradwood.

Diga a ele para não acreditar que Andrew Van está morto. Só Stephen Megara saberá onde encontrá-lo.

Por favor, se prezam pela vida de pessoas inocentes, mantenham isso em absoluto segredo. Não façam qualquer movimento até que Megara os aconselhe sobre o que fazer. Van, assim como Megara, precisará de proteção.

Isso é tão importante que preciso repetir o meu aviso para deixar Megara guiar o caminho. Vocês estão lidando com um monomaníaco que não parará por nada.

O bilhete estava assinado — era inegavelmente genuíno, como comprovado por uma imediata comparação com outras amostras da letra do homem na escrivaninha — por *Thomas Brad*.

15. LÁZARO

O rosto de Stephen Megara era a definição de uma expressão furiosa. A metamorfose do homem vigoroso e composto foi assustadora. A pressão do desconhecido havia enfim arrancado a máscara de determinação do seu rosto. Os olhos brilhavam com uma inquietação gélida. Ele olhou rapidamente ao redor do cômodo: para as janelas, como se antecipasse o fenômeno de um Velja Krosac fantasmagórico saltando sobre ele; para a porta, onde o detetive estava recostado com indiferença. Tirou uma pistola automática diminuta do bolso do quadril e examinou o mecanismo com dedos ágeis. Então se sacudiu e caminhou a passos largos até a porta, fechando-a no rosto do detetive. Ele foi até as janelas e espiou com olhos severos. Ficou parado em silêncio por um momento, soltou uma risada curta e guardou a pistola no bolso do casaco.

Isham grunhiu:

— Sr. Megara.

O iatista se virou depressa, o rosto tenso.

— Tom era um fracote — disse abruptamente. — Ele não vai me pegar... desse jeito.

— Onde está Van? Como ele está vivo? O que esse bilhete significa? Por que...?

— Só um minuto — interrompeu Ellery. — Não tão rápido, sr. Isham. Temos muito a digerir antes de servirmos outra porção... Está aparente agora que Brad guardou esse bilhete em um lugar facilmente acessível, a escrivaninha ou a gaveta da mesa redonda, com a intenção de ser encontrado de imediato caso fosse assassinado. Mas ele não contava com a meticulosidade de Krosac, que ganha mais a minha admiração a cada passo da investigação.

"Depois de assassinar Brad, Krosac não deixou de inspecionar o cômodo. Talvez tivesse um pressentimento de que tal bilhete, ou alerta, existisse. De qualquer forma, ele encontrou o bilhete e, ao ver que não representava qualquer perigo para ele..."

— Por que acha isso? — perguntou Vaughn. — Parece-me a última coisa que qualquer assassino faria: deixar o bilhete da vítima para ser encontrado!

— Não é preciso um raciocínio gigantesco, inspetor — retrucou Ellery em tom seco —, para entender o motivo desse homem incrível para um ato aparentemente tolo. Se Krosac tivesse considerado o bilhete perigoso à sua segurança, com certeza ele o teria destruído. Ou, no mínimo, o levado embora. Mas não só ele não o destruiu, como na verdade... a despeito de qualquer suposta lógica, como o senhor disse... deixou-o na cena do crime, anuindo aos últimos desejos da vítima.

— Por quê? — perguntou Isham.

— Por quê? — As narinas finas de Ellery se expandiram com ferocidade. — Porque ele considerou a descoberta do bilhete pela polícia, longe de um perigo para a segurança dele, algo *vantajoso*! Ah, mas aqui nós identificamos o ponto crucial da situação. O que o bilhete diz? — Os ombros de Megara se contraíram, e uma determinação sinistra dominou as feições vitais dele. — O bilhete diz que *Andrew Van ainda está vivo, e que apenas Stephen Megara saberá onde encontrá-lo!*

O professor Yardley arregalou os olhos.

— Esperto como o diabo. Ele não sabe onde Van está!

— Exato. Krosac, e isso é uma certeza agora, de alguma forma matou *o homem errado* em Arroyo. Ele pensou ter assassinado Andrew Van; Thomas Brad era o próximo da lista e, quando encontrou e matou Brad, ele descobriu esse bilhete. Isso lhe informou que Van ainda estava vivo. Mas, se tinha motivo para tomar a vida de Van há seis meses, ele decerto ainda tem motivos, e o desejo, para cometer o crime. Van está vivo e, deixando de lado a pequena consideração do pobre coitado que Krosac matou por engano — interpolou Ellery, sério —, deve ser mais uma vez procurado e exterminado. Mas onde estava Van? Que ele desapareceu, deu o fora quando soube que Krosac estava atrás dele e que chegou até a matar outro homem por engano, é evidente. — Ellery brandiu o indicador. — Agora considere o problema que o nosso brilhante Krosac enfrenta. O bilhete não diz onde Van está. Ele diz que apenas um homem, Megara, sabe onde Van está...

— Calma aí — interveio Isham. — Entendo aonde está indo. Mas por que Krosac simplesmente não destruiu o bilhete e esperou que Megara retornasse? Então Megara nos revelaria onde Van está, e Krosac, como imagino que o senhor diria, de alguma forma também descobriria, através de nós.

— Uma pergunta excelente, na superfície. Na realidade, desnecessária. — Ellery acendeu um cigarro com dedos um tanto trêmulos. — Veja que, se nenhum bilhete houvesse sido deixado e Megara retornasse, ele não teria razão alguma para *duvidar* da morte de Van! Teria, sr. Megara?

— Sim. Mas Krosac não teria como saber. — A austeridade de Megara, a força de vontade ferrenha do homem, dominava até o tom da sua voz.

Ellery foi pego de surpresa.

— Não entendo... Krosac não saberia? Ao menos isso confirma o meu argumento. Ao deixar o bilhete aqui para ser encontrado pela polícia... de imediato, quero dizer, com a polícia sabendo logo após a descoberta do corpo que a biblioteca era a cena do crime... a polícia organizaria uma busca por Van no mesmo instante. Mas o próprio Krosac quer procurá-lo, e uma busca policial simultânea atrapalharia a investigação dele...

naturalmente! Ao *atrasar* a descoberta do bilhete, Krosac alcança dois objetivos: um, no ínterim entre o assassinato de Brad e a chegada do sr. Megara, ele próprio pode procurar por Van desimpedido da polícia; que, ainda não tendo encontrado o bilhete, não saberia que o homem ainda estava vivo. Dois: se, nesse meio-tempo, Krosac não tivesse êxito em encontrar Van, ele não teria perdido nada; pois quando o sr. Megara adentrasse a cena, ele identificaria o cachimbo, que daria cabo a uma nova investigação, como fez, levando em última análise à descoberta da biblioteca como a verdadeira cena do crime. O cômodo seria meticulosamente revistado, o bilhete então encontrado, Megara saberia que Van não estava morto, o que exporia o paradeiro de Van à polícia... e Krosac precisaria apenas nos seguir para descobrir exatamente onde ele está escondido!

Megara murmurou com violência:

— Talvez tudo já esteja acabado!

Ellery se virou.

— Quer dizer que acha que Krosac já encontrou Van?

Megara abriu os braços e deu de ombros; um gesto continental, incongruente com a sua aparência viril de americano.

— É possível. Inferno, tudo é possível.

— Escute — falou o inspetor com rispidez. — Estamos perdendo um tempo valioso tagarelando enquanto podíamos estar conseguindo informações verdadeiras. Só um minuto, sr. Queen, isso não é um *kaffeeklatsch*; o senhor já ficou com a palavra por tempo o suficiente... Desembuche, sr. Megara. Qual é a maldita ligação entre Van, o seu sócio Brad e o senhor?

O iatista hesitou.

— Nós somos... nós éramos... — Instintivamente, a mão dele disparou para o bolso protuberante.

— Pois bem? — insistiu o promotor de justiça.

— Irmãos.

— Irmãos!

Os olhos de Ellery estavam fixos nos lábios do homem alto. Isham disse, com empolgação:

— Então o senhor tinha razão, sr. Queen! Esses não são os nomes verdadeiros deles. Não podem ser Brad, Megara ou Van. Quais são...

Megara sentou-se abruptamente.

— Não. Nenhum deles. Quando eu lhes contar... — O olhar ficou turvo; ele encarava algo muito além dos limites da biblioteca.

— O que foi? — perguntou o inspetor, com calma.

— Quando eu lhes contar, os senhores entenderão o que, até este momento, provavelmente consideraram um mistério. No instante em que me contaram sobre os Ts... aquela história maluca com os Ts... os corpos decapitados e configurações rígidas dos braços e pernas, os Ts em sangue na porta e no chão da edícula, o cruzamento, o totem...

— Não me diga — interrompeu Ellery — que *o seu nome verdadeiro começa com T*!

Megara assentiu como se a cabeça pesasse uma tonelada.

— Sim — confirmou em voz baixa. — O nosso sobrenome é Tvar. T-v-a-r... Daí vem o T, entende.

Eles ficaram em silêncio por um momento. Então o professor observou:

— Você estava certo, Queen, como de costume. Um significado literal, nada mais. Um mero T... nenhuma cruz, nenhuma egiptologia, nenhuma implicação religiosa confusa... Estranho. Incrível, na realidade.

Uma sombra de decepção tingiu o rosto de Ellery; ele observava Megara com olhos inabaláveis.

— Eu não acredito — afirmou Vaughn com profundo desgosto. — Nunca ouvi falar de algo do tipo.

— Entalhar um homem no formato da inicial do nome dele! — murmurou Isham. — Ora, nós seríamos motivo de chacota no leste, Vaughn, se deixássemos isso escapar.

O MISTÉRIO DA CRUZ EGÍPCIA

Megara se levantou de um salto, o corpo tomado pela raiva.

— Vocês não conhecem a Europa Central! — rosnou ele. — Seus tolos, ele está esfregando esses Ts... o símbolo do nosso odiado nome... na nossa cara! O homem é louco, estou dizendo! Droga, é tão claro... — A raiva escapou do homem, que afundou em uma cadeira. — Difícil acreditar — murmurou. — Sim, mas não o que os está perturbando. É difícil acreditar que ele vem nos caçando por todos esses anos. Como em um filme. Mas que ele mutilaria os corpos... — A voz dele voltou a endurecer. — Andreja sabia!

— Tvar — disse Ellery baixinho. — Um pseudônimo triplo por anos. Obviamente por motivos graves. E a Europa Central... Imagino que seja uma vingança, sr. Megara.

Megara concordou com a cabeça; a voz se tornava fraca.

— Sim, isso mesmo. Mas como ele nos encontrou? Não entendo. Quando Andreja, Tomislav e eu concordamos... meu Deus, há quantos anos... em disfarçar as nossas identidades, também concordamos que ninguém... ninguém, entende... poderia descobrir o nosso antigo sobrenome. Deveria ser um segredo, e o segredo foi guardado, eu poderia jurar. Nem mesmo a esposa de Tom, Margaret, ou a filha dela, Helene, sabe que o nosso sobrenome é Tvar.

— O senhor quer dizer — afirmou Ellery — que Krosac é a *única* pessoa que sabe?

— Sim. É por isso que não consigo nem imaginar como ele conseguiu nos rastrear. Os nomes que escolhemos...

— Vamos lá — rosnou Vaughn. — Continue. Quero informações. Primeiro: quem diabos *é* esse Krosac? O que ele tem contra vocês? Segundo...

— Não seja precipitado, Vaughn — interrompeu Isham, irritado. — Quero digerir essa história do T por um minuto. Não entendo direito. Por que ele destacaria a inicial do sobrenome deles?

— Para mostrar — respondeu Megara em uma voz cavernosa — que os Tvar estão condenados. Bobo, não é? — A risada enlouquecida dele chiou nos ouvidos dos presentes.

— O senhor reconheceria Krosac se o visse? — perguntou Ellery, refletindo.

O iatista comprimiu os lábios.

— Essa é a parte execrável! Nenhum de nós vira Krosac há vinte anos e, naquela época, ele era tão jovem que seria impossível identificá-lo ou reconhecê-lo hoje. Pode ser qualquer um. Estamos enfrentando um homem... que é quase invisível, droga!

— Ele manca com a perna esquerda, certo?

— Mancava de leve quando criança.

— Não necessariamente algo permanente — murmurou o professor Yardley. — Pode ser um ardil. A apropriação deliberada de uma deficiência física superada para deixar um rastro confuso. Seria consistente com a esperteza diabólica de Krosac.

Vaughn avançou de repente e crispou os lábios, mostrando os dentes.

— *Vocês* podem ficar papeando aqui o dia todo, mas eu vou correr atrás disso! Olhe aqui, sr. Megara... Tvar ou seja lá qual for o seu nome... por que Krosac não fica na dele? Por que diabos ele quer matar vocês? Qual é a história?

— Isso pode esperar — interveio Ellery. — Tem uma coisa mais importante do que qualquer outra no momento. Sr. Tvar, esse bilhete deixado pelo seu irmão diz que o senhor sabe onde encontrar Van. Como pode saber? Está sem comunicação com o mundo há um ano, e o assassinato de Arroyo aconteceu há apenas seis meses, no Natal passado.

— Preparado, tudo preparado — murmurou Megara. — Por muito tempo, por anos... Eu disse mais cedo que saberia, mesmo sem o bilhete, que Andreja estava vivo. O motivo é... algo que os senhores me contaram durante o relato dos fatos

O MISTÉRIO DA CRUZ EGÍPCIA

em Arroyo. — Eles o encararam. — Veja bem — continuou ele com um resquício de melancolia na voz —, quando mencionaram o nome dos dois homens que encontraram o corpo no cruzamento...

Ellery estreitou os olhos.

— Sim?

Megara escrutinou mais uma vez o cômodo, como se para se certificar de que o evanescente Krosac não pudesse escutar.

— Eu soube. Pois se o Velho Pete, o montanhês que mencionaram, estava vivo, então Andreja Tvar, o meu irmão, também estava vivo.

— Temo que... — começou o promotor de justiça, confuso.

— Ah, perfeito! — exclamou Ellery, virando-se para o professor Yardley. — Não vê? Andrew Van é o Velho Pete!

Antes que os outros pudessem se recuperar do espanto, Megara fez que sim e continuou:

— É isso. Ele assumiu a personalidade alternativa do montanhês há anos em preparação para uma circunstância exatamente como esta. Deve estar nas montanhas da Virgínia Ocidental agora... se Krosac ainda não o achou... escondido em temor pela própria vida, torcendo para que Krosac não tenha descoberto o erro. Krosac também não nos vê há vinte anos, lembrem-se. Ao menos, acredito que não.

— E foi por isso que Krosac cometeu um erro no assassinato original — anunciou Ellery. — Depois de tantos anos sem ver a sua vítima, foi fácil cometer tal equívoco.

— Refere-se a Kling? — perguntou Isham, sério.

— Quem mais? — Ellery sorriu. — Quer ação, inspetor? Parece que vamos ter um bocado. — Ele esfregou as mãos ágeis. — Porque uma coisa é certa. Precisamos atrasar Krosac e enganá-lo. Não acredito que tenha encontrado Andreja ainda. O disfarce do Velho Pete foi perfeito; eu estava naquele tribunal de Weirton e jamais suspeitei que pudesse haver algo inconsistente no homem. Precisamos ir até o seu irmão de imediato, sr. Megara, mas em segredo tão absoluto que Krosac... seja lá quem for, independentemente da identidade que pode estar assumindo... permaneça ignorante do disfarce do montanhês.

— De acordo — disse Vaughn com um sorrisinho ranzinza.

Megara se levantou; os olhos haviam se tornado fendas estreitas reluzentes.

— Farei qualquer coisa que disserem, cavalheiros... por Andreja. Quanto a mim — ele deu batidinhas ameaçadoras no bolso da pistola —, se aquele diabo do Krosac está procurando encrenca, ele encontrará. Um cartucho cheio.

16. OS EMBAIXADORES

Nada que a sra. Brad — ou a filha dela — dissesse poderia persuadir Stephen Megara a ficar em *terra firma* naquela noite. Ele passou o resto do dia um tanto silencioso, de volta ao seu jeito dominante de sempre, com as Brad e Lincoln; mas, no fim da tarde, ele começou a se remexer, inquieto, e ao cair da noite estava a caminho do iate ancorado no píer. Os faróis trespassavam a escuridão da ilha Oyster. A sra. Brad, para quem o retorno do "sócio" do marido foi um conforto e uma segurança, seguira o iatista pelo caminho até a doca de desembarque no escuro, implorando para que ficasse.

— Não — disse ele. — Dormirei no *Helene* esta noite, Margaret. Já moro nele há tanto tempo que é o meu verdadeiro lar... Gentil da sua parte querer que eu fique. Mas Lincoln está com você, e... — O tom foi desagradável. — A minha presença não tornará a casa mais segura. Boa noite, Margaret, e não se preocupe.

Os dois detetives que os acompanharam até a enseada os encaravam com curiosidade. A sra. Brad ergueu o rosto choroso para o céu e refez os passos. Era notável o quão pouco a tragédia afetara os nervos dela; passou pelo totem silencioso, com a águia de madeira melancólica, quase com indiferença.

Foi rapidamente acordado pelos conspiradores que a história dos irmãos Tvar deveria ser mantida em segredo.

Stephen Megara, sob o olhar questionador do capitão Swift e do comissário de bordo, dormiu sob proteção naquela noite. Detetives patrulhavam o convés. Megara trancou a porta da cabine, e o homem em serviço do lado de fora escutou o gorgolejo de líquidos e o tilintar constante de copos por duas horas. Então as luzes se apagaram. Apesar da sua confiança, Megara parecia acolher o apoio da coragem líquida. Mas ele dormiu relativamente tranquilo, pois o detetive não escutou som algum a noite toda.

Na manhã seguinte, sábado, Bradwood fervilhava com atividades. Bem cedo, duas viaturas policiais — sedãs — dispararam ao redor da entrada para carros e esperaram, arquejando, diante da casa colonial. O inspetor Vaughn, como o conquistador César, desceu e avançou a passos largos em meio à sua guarda uniformizada pelo caminho em direção à doca de desembarque. Na doca, o motor de uma lancha policial desatou a rugir. O inspetor, muito austero e de rosto vermelho, pulou na lancha e foi levado até o iate.

Os procedimentos foram conduzidos com franqueza; não havia qualquer tentativa de dissimulação. Na ilha Oyster, várias figuras minúsculas podiam ser discernidas diante da vegetação extensa, com o avançar da lancha. O dr. Temple, de cachimbo na boca, observava do píer. Os Lynn, sob pretexto de remar pelas águas da enseada, ficaram de olho.

O inspetor subiu na escada do *Helene* e desapareceu.

Cinco minutos depois, ele voltou, acompanhado de Stephen Megara, que usava um terno. O rosto de Megara estava abatido, e ele fedia a álcool. Sem uma palavra ao capitão do iate, ele seguiu Vaughn escada abaixo com passos de uma firmeza surpreendente. Eles saltaram na lancha, que seguiu de volta para a costa de imediato.

Na doca de Bradwood, conversaram por um momento em voz baixa; a guarda esperava. Então os uniformizados se aproximaram, e os dois homens subiram pelo caminho em direção à casa, cercados pela polícia. Era quase uma passeata.

Diante da casa, um policial à paisana os viu chegando, saltou da caçamba do primeiro carro de polícia, fez uma saudação e ficou esperando. Com muita rapidez, Vaughn e Megara entraram no primeiro carro. O segundo estava cheio de policiais. Então os dois veículos, com as sirenes barulhentas abrindo passagem, deram a volta na entrada para carros em disparada e seguiram para a autoestrada que passava por Bradwood.

No portão, quatro soldados do condado entraram em ação em motocicletas. Dois precederam o primeiro carro; os outros o flanquearam; a viatura policial ficou na retaguarda... Era uma coisa incrível, mas com a partida dos dois carros, nem um único soldado, policial ou detetive permaneceu no terreno de Bradwood ou em qualquer lugar das redondezas.

A procissão ribombava na autoestrada principal, varrendo todo o tráfego de lado, proclamando em rugidos estrondosos a sua intenção de chegar à cidade de Nova York...

De volta a Bradwood, a partida do inspetor e de Megara deixou tudo parado e tranquilo. Os Lynn remaram para casa. O dr. Temple se retirou, fumando, para dentro da mata. As figuras na costa da ilha Oyster desapareceram. O velho Ketcham remou enseada adentro em um bote velho e decrépito, a caminho do continente. Jonah Lincoln saiu silenciosamente de ré da garagem com um dos carros de Brad e guiou-o até a entrada para carros.

A casa do professor Yardley, bem afastada da estrada, parecia estar sem vida.

Mas o fato de que Vaughn não perdera o juízo ficaria aparente a qualquer um que investigasse as saídas da autoestrada que separava Bradwood da propriedade de Yardley... Pois, em todos os terminais da estrada — duas junções, pelas quais qualquer automóvel ou pedestre precisava passar a fim de sair de Bradwood por terra —, havia um poderoso carro cheio de detetives estacionado com discrição.

E no estuário atrás da ilha Oyster, e invisível do continente, uma grande lancha boiava, de motor desligado, enquanto homens pescavam no convés... e observavam atentamente os dois chifres da enseada de Ketcham, onde qualquer embarcação que tentasse sair da cercania de Bradwood por água precisaria passar.

17. O VELHO DA MONTANHA

Havia um bom motivo para a casa do professor Yardley não demonstrar evidências de vida no sábado de manhã. O professor seguia ordens, como qualquer policial; assim como a sua empregada, Nanny. Exibir-se sem reserva enquanto o inspetor Vaughn e Stephen Megara realizavam a saída ruidosa poderia ter sido indiscreto. Era sabido que o professor recebia um hóspede; o sr. Ellery Queen, agente especial de Nova York. Se o professor estivesse perambulado sozinho, poderia ter levantado suspeitas na mente de quem quer que julgasse necessário estar alerta. E, infelizmente, o professor não podia aparecer com o hóspede, pois ele havia partido. O hóspede, para ser exato, já estava a centenas de quilômetros de Long Island no momento em que Megara entrara no carro da polícia.

Fora uma trama sagaz. Tarde da noite de sexta-feira, na escuridão que encobria Bradwood, Ellery saíra discretamente da propriedade de Yardley no seu Duesenberg. Até chegar à autoestrada principal, ele manobrou o carro como um fantasma. Então acelerou em direção a Mineola. Lá ele apanhou o promotor de justiça Isham e disparou para Nova York.

Às quatro da manhã de sábado, o velho Duesenberg estava na capital da Pensilvânia. A cidade de Harrisburg estava adormecida; ambos os homens estavam cansados e, sem conversar, fizeram check-in no Hotel Senate e foram para os quartos. Ellery solicitara uma ligação para acordar às nove horas. Eles desabaram na cama, moídos.

Às 9h30 de sábado, eles estavam a quilômetros de Harrisburg, a caminho de Pittsburgh. Não pararam para almoçar. O carro esportivo estava coberto de poeira, e tanto Ellery quanto Isham deixavam transparecer o desgaste com o rangido tedioso... O Duesenberg, apesar de todos os seus anos, respondeu com nobreza. Duas vezes, enquanto Ellery forçava o velho motor a chegar aos 112 quilômetros por hora, eles foram perseguidos por policiais de motocicleta. Isham mostrava a credencial, e eles continuavam... Às três da tarde, eles adentraram Pittsburgh.

Isham rosnou:

— Que se dane. Ele pode esperar. Não sei como você consegue, mas eu estou morrendo de fome. Vamos comer alguma coisa.

Eles perderam um tempo precioso enquanto o promotor de justiça enchia o estômago. Ellery estava estranhamente empolgado, brincando com a comida; por mais que o seu rosto estivesse marcado com rugas de fadiga, os olhos estavam descansados, brilhando com pensamentos não expressados.

Poucos minutos antes das cinco da tarde, o Duesenberg estava estacionado diante do prédio que abrigava os majestosos pais do destino municipal de Arroyo.

As juntas deles rangeram ao saltarem. Isham esticou os braços em um movimento exagerado, alheio aos olhos curiosos de um alemão velho e gordo — Ellery o reconheceu como o respeitável Bernheim, o lojista de Arroyo — e os camponeses vestidos de calça jeans que pareciam varrer a calçada diante da Câmara Municipal sem cessar. Isham bocejou e disse:

— Ora, é melhor acabarmos com isso de vez. Onde está o policial da província, sr. Queen?

Ellery guiou o caminho até os fundos do prédio, onde ficava a sala do policial. Ele bateu à porta, e uma voz grave e rouca respondeu:

O MISTÉRIO DA CRUZ EGÍPCIA

— Pode entrar!

Eles entraram. O policial Luden estava sentado, grande e suado, como se não tivesse se mexido nos seis meses que haviam se passado desde a última visita de Ellery a Arroyo. Os dentes se projetaram do rosto rechonchudo e corado quando ele arquejou.

— Mas que inferno! — exclamou Luden, baixando os grandes pés para o chão com um estrondo —, se não é o sr. Queen! Entre, entre. Ainda tá correndo atrás daquele sujeito que deu um fim no nosso professor?

— Ainda no rastro dele, policial. — Ellery sorriu. — Quero apresentá-lo a um colega defensor da lei. Este é o promotor de justiça Isham do condado de Nassau, Nova York. Policial Luden... sr. Isham.

Isham resmungou e não ofereceu a mão. O policial abriu um sorrisinho.

— Nosso vilarejo tem visto uns mandachuvas dos grandes no último ano, senhor, então deixe de ser tão metido. — Isham arquejou. — É isso aí... O que você tá pensando, sr. Queen?

Ellery disse, apressado:

— Podemos nos sentar? Estamos dirigindo a centenas de séculos.

— Sente.

Eles se sentaram. Ellery disse:

— Policial, o senhor tem visto aquele seu montanhês excêntrico, Velho Pete, ultimamente?

— O Véio Pete? Ora, que esquisito — disse Luden, lançando um olhar astuto para Isham. — Faz umas semanas que eu não vejo o véio gagá. Não vem muito pra cidade, o Véio Pete, sabe; mas dessa vez... diabo, acho que faz uns bons meses que eu não vejo ele! Deve ter feito um estoque de comida da última vez que desceu da montanha, melhor perguntar pro Bernheim.

— O senhor não sabe onde fica a choupana dele? — exigiu saber Isham.

— Acho que sei... Que preocupação toda é essa com o Véio Pete? Não vão prender ele, vão? Um biruta véio e inofensivo... Não que seja da minha conta... — adicionou o policial apressadamente quando Isham franziu a testa. — Nunca fui à cabana do Véio Pete... pouca gente daqui já foi. É cheio de cavernas lá em cima... uns *troço* antigo, de milhares de anos... e o povo é meio assustado. A cabana do Véio Pete fica lá nas colinas, num canto bem solitário. Vocês mesmos não iriam achar.

— Pode nos guiar, policial? — perguntou Ellery.

— Certeza! Acho que consigo achar. — Luden se levantou e, como um velho e gordo mastim inglês, se sacudiu. — Você não quer que a notícia se espalhe, não é? — perguntou casualmente.

— Não! — respondeu Isham. — Não conte nem para a sua esposa.

O policial resmungou.

— Não precisa ter medo disso. Não tenho esposa, graças a Deus... Vamos.

Ele os conduziu não para a frente do edifício, onde o carro estava estacionado na rua principal, mas por uma porta dos fundos em direção a uma rua lateral deserta. Luden e Isham esperaram, e Ellery deu a volta rapidamente na Câmara Municipal e pulou para dentro do Duesenberg. Dois minutos depois, o carro estava na rua lateral, e os três homens partiram em uma nuvem de poeira sufocante, com Luden a tiracolo.

O policial os direcionou por caminhos tortuosos até uma estrada de terra que parecia mergulhar no coração das colinas próximas.

— Estrada diferente — explicou ele. — Você estaciona aqui e sobe andando.

— Andando? — perguntou Isham, reparando na subida íngreme.

O MISTÉRIO DA CRUZ EGÍPCIA 209

— Ora — disse Luden em uma voz animada —, eu poderia carregar você, sr. Isham.

Eles deixaram o carro em um aglomerado de arbustos. O promotor de justiça olhou ao redor, então se abaixou na lateral do Duesenberg e pegou algo no chão. Era um pacote volumoso embrulhado. Luden o examinou com curiosidade sincera, mas nenhum dos homens concedeu uma explicação.

O policial abaixou a cabeçorra e, mergulhando em uma moita, procurou — com o ar de um homem que não se importa muito se encontra o que está procurando ou não — até apontar uma leve pegada. Ellery e Isham o seguiam com dificuldade, em silêncio. Era uma subida constante através de uma floresta selvagem, quase virgem; as árvores eram tão densas que o céu ficava invisível. O ar estava mormacento, e os três homens ficaram encharcados de suor antes de escalarem quinze metros. Isham começou a resmungar.

Depois de quinze minutos de uma subida de matar, com a mata ficando cada vez mais densa e a trilha mais sutil, o policial parou de supetão.

— Matt Hollis, ele me falou sobre isso uma vez — sussurrou, apontando. — Caramba! Ali está ela.

Eles se aproximaram, Luden guiando o caminho com cautela. E lá, bem como o policial dissera, estava... Na pequena clareira, debaixo de um gigantesco afloramento na lateral da montanha, aninhava-se uma cabana rústica. A floresta fora cortada dez metros nas laterais e na frente da choupana; era protegida nos fundos pelo granito saliente. E, reparou Ellery, todos os dez metros, nas laterais e na frente, eram protegidos por uma cerca de arame farpado alta, embolada, enferrujada e de aparência perigosa.

— Olhe só para isso! — sussurrou Isham. — Nem mesmo um portão!

Não havia qualquer abertura na cerca de arame farpado. A cabana era fria e sombria... quase uma fortaleza. Mesmo o fiapo de fumaça que escapava do buraco da chaminé era sinistro.

— Credo — murmurou Luden. — Pra que ele se fortificou desse jeito? Caduco, que nem eu disse.

— Um lugar desagradável com o qual se deparar no escuro — murmurou Ellery. — Policial, eu e o promotor de justiça Isham temos um pedido deveras peculiar para lhe fazer.

O policial Luden, talvez lembrando da generosidade de Ellery no último encontro, mostrou interesse imediato.

— Agora, veja bem — balbuciou ele —, eu sou um sujeito que cuida da própria vida. Preciso, por aqui. É cheio de contrabando de bebida por essas colinas, mas vocês não me veem metendo o bedelho. Não senhor... o que é?

— Esqueça esse incidente todo — falou Isham, sem rodeios. — Nós nunca viemos aqui, entendeu? Você não deve reportar a nossa visita a outras autoridades de Arroyo ou do condado de Hancock. Você não sabe nada sobre o Velho Pete.

A enorme mão do policial Luden se fechou ao redor de algo que Ellery tirara da carteira.

— Sr. Isham — disse ele —, eu sou surdo, burro e cego... Vão encontrar o caminho de volta numa boa?

— Sim.

— Então boa sorte pra vocês... e brigado mesmo, sr. Queen.

A definição do desinteresse, Luden se virou e saiu pelo meio da mata. Não olhou nem uma vez para trás.

Isham e Ellery se entreolharam por um breve momento; então ambos estufaram o peito e se aproximaram da cerca de arame farpado.

Eles mal tinham posto o pé no solo diante da cerca — na verdade, Isham estava erguendo o embrulho que carregava por cima do feixe mais alto de arame — quando uma voz rouca e entrecortada do interior da cabana gritou:

— Pare! Dê o fora!

Eles pararam abruptamente; o embrulho caiu no chão. Pois da única janela da choupana, também protegida, eles notaram, por uma cortina de arame farpado, que o cano de uma espingarda havia aparecido e apontava na direção deles. A arma não oscilava; não estava para brincadeira, e estava pronta para falar por si.

Ellery engoliu em seco, e o promotor de justiça enraizou-se ao chão onde pisava.

— Esse é o Velho Pete — sussurrou Ellery. — Ou alguém que sabe imitar a voz dele muito bem, pelo menos! — Ele ergueu a cabeça e gritou: — Só um minuto! Tire o dedo do gatilho. Somos amigos.

Fez-se silêncio enquanto eram escrutinados com cuidado pelo dono da espingarda. Eles ficaram imóveis.

Então a voz grosseira voltou a agredir os seus ouvidos:

— Não acredito em você! Dê o fora. Vou atirar se não sair em cinco segundos.

Isham exclamou:

— Somos representantes da lei, seu tolo! Temos uma carta para você de... Megara. Mexa-se! Não queremos ser vistos aqui, pelo seu bem.

O cano não se moveu, mas a cabeça emaranhada do velho montanhês apareceu meio ofuscada por trás da cortina de arame, e um par de olhos brilhantes os analisou com desconfiança. Eles conseguiam sentir a indecisão do homem.

A cabeça desapareceu, assim como a espingarda. Um instante depois, a porta pesada coberta de pregos se abriu para dentro com um rangido, e o Velho Pete em pessoa apareceu: de barba cinza, desgrenhado, vestido em trapos. A espingarda estava abaixada, mas o cano os mirava.

— Pulem a cerca, homens. Não tem outro jeito de entrar. — A voz era a mesma, mas com uma nova nota.

Eles avaliaram a cerca com incredulidade. Então Ellery suspirou e, com muita delicadeza, ergueu uma perna e repou-

CLUBE DO CRIME

sou-a no feixe de arame mais baixo. Com cautela, tentou encontrar um bom apoio para a mão.

— Vamos lá — disse o Velho Pete, com impaciência. — E nada de truques, nenhum dos dois.

Isham procurou um graveto no chão; ao encontrar um, ele o prendeu entre os dois feixes mais baixos, e Ellery se esgueirou pelo meio, mas não sem rasgar o ombro do terno. O promotor de justiça seguiu-o desajeitadamente. Nenhum dos dois disse uma palavra, e a espingarda em nenhum momento se desviou deles.

Sem perder tempo, correram em direção ao homem e se abrigaram na choupana. Isham fechou a porta pesada depois que todos entraram e pôs o ferrolho no lugar. Era uma habitação rústica ao extremo, mas fora equipada por uma mão cuidadosa. O chão era de pedra, bem varrido, e coberto de tapetes. Havia uma despensa cheia em um canto e, na lateral da lareira, uma pilha organizada de lenha. Um dispositivo similar a uma bacia na parede dos fundos, de frente para a única porta, era obviamente o lavatório do montanhês; acima dela havia uma prateleira repleta de suprimentos médicos. Sobre a bacia, havia uma pequena bomba à mão; pelo que parecia, o poço ficava abaixo da casa.

— A carta — pediu o Velho Pete com a voz rouca.

Isham pegou um bilhete. O montanhês não abaixou a arma; leu o bilhete em fragmentos, sem tirar os olhos dos convidados por mais de um instante. Ao ler, no entanto, a sua atitude mudou. A barba continuava ali, assim como os trapos e todo o traje superficial do Velho Pete, mas o homem em si estava diferente. Ele apoiou a espingarda na mesa e se sentou, mexendo no bilhete.

— Então Tomislav está morto — disse ele. A voz os atingiu com certo choque. Não exibia a afinação dos tons broncos do Velho Pete; era baixa e culta, a voz de um homem instruído no auge da vida.

O MISTÉRIO DA CRUZ EGÍPCIA

— Sim, assassinado — respondeu Isham. — Ele deixou uma mensagem... gostaria de ler?

— Por favor. — O homem pegou o bilhete de Brad da mão de Isham e leu-o rápida e inexpressivamente. Acenou com a cabeça. — Entendo... Bem, cavalheiros, aqui estou. Andrew Van, um dia Andreja Tvar. Ainda vivo, enquanto Tom, aquele tolo teimoso...

Os olhos brilhantes dele reluziram e, de maneira bem precipitada, ele se levantou e foi até a bacia de ferro. Ellery e Isham se entreolharam. Que sujeito estranho! Van arrancou a barba espessa, tirou a peruca branca crespa da cabeça. Então lavou e limpou a sujeira do rosto... Quando se virou, era uma figura completamente diferente daquela que os enfrentara da janela. Alto, ereto, com cabelo escuro cortado rente e o rosto perspicaz de um asceta, marcado por dificuldades. *Os trapos se penduravam do seu corpo forte,* pensou Ellery. *"Além do campo, fora do tom e solto das dobradiças",* como disse Rabelais.

— Sinto muito por não poder lhes oferecer cadeiras, cavalheiros. O senhor é o promotor de justiça Isham, imagino, e o senhor... acredito tê-lo visto, sr. Queen, sentado na primeira fileira do tribunal de Weirton no dia do inquérito.

— Sim — confirmou Ellery.

O homem era notável. Um excêntrico, sem dúvida. Após se desculpar pela única cadeira, ele se sentou nela, deixando os dois visitantes de pé.

— O meu esconderijo. Um local agradável? — O tom dele era amargurado. — Suponho que tenha sido Krosac?

— É o que parece — disse Isham. Tanto ele quanto Ellery estavam impressionados com a semelhança do homem com Stephen Megara; havia uma forte semelhança familiar.

— Stephen escreveu que ele... — Van estremeceu — ...que ele usou os Ts.

— Sim. Cabeças decepadas. Deveras horrível. Então o senhor é Andrew Tvar!

O professor de Arroyo abriu um sorriso abatido.

— No meu antigo país eu era Andreja e os meus irmãos eram Stefan e Tomislav. Quando viemos para cá, com a esperança de... — Ele deu de ombros, então enrijeceu as costas, agarrando o assento da cadeira tosca. Os olhos se viraram, como os de um cavalo assustado, em direção à porta pesada e à janela coberta de arame. — Os senhores têm certeza — acrescentou em voz dura —, de que não foram seguidos?

Isham tentou parecer confiante.

— Positivo. Tomamos todas as precauções, sr. Tvar. O seu irmão Stephen foi escoltado abertamente pelo inspetor Vaughn da polícia do condado de Nassau por uma das principais autoestradas de Long Island, a caminho da cidade de Nova York. — O professor assentiu devagar com a cabeça. — Se qualquer um... Krosac, em qualquer que seja o seu disfarce... os seguisse, haveria homens de sobra para acompanharem o rastro. Eu e o sr. Queen fomos discretos ao sair ontem à noite.

Andreja Tvar mordiscou o fino lábio superior.

— Chegou a hora, chegou a hora. É... eu nem sei dizer como tudo isso é tenebroso. Ver um fantasma hórrido se materializar depois de anos de pavor... Querem ouvir a minha história?

— Nas atuais circunstâncias — argumentou Ellery, com aspereza —, não acha que temos direito a ela?

— Sim — respondeu o professor, com pesar. — Eu e Stephen precisaremos de toda assistência possível... O que ele lhes contou?

— Só que Brad e o senhor são irmãos dele — respondeu Isham. — Agora o que queremos saber...

Andrew Van se levantou, e o olhar dele endureceu.

— Nem uma palavra agora! Não direi nada até ver Stephen.

A mudança de comportamento e de atitude foi tão súbita que ambos o encararam.

O MISTÉRIO DA CRUZ EGÍPCIA 215

— Mas por quê, homem? — indagou Isham. — Viajamos centenas de quilômetros para vir aqui...

O homem pegou a espingarda, e Isham recuou um passo.

— Não tenho como saber se vocês são de fato quem alegam ser. O bilhete está na letra de Stephen. O outro está na de Tom. Mas essas coisas podem ser arranjadas. Não tomei todas essas precauções para ser enganado no fim por um truque astuto. Onde está Stephen agora?

— Em Bradwood — respondeu Ellery. — Não aja como criança, homem; baixe essa arma. Quanto a não dizer nada até ver o seu irmão... ora, o sr. Megara antecipou isso e nós tomamos as providências. O senhor tem toda a razão para estar desconfiado, e nós consentiremos com qualquer sugestão razoável; não é, Isham?

— Sim — rosnou o promotor de justiça. Ele pegou o embrulho que carregara por toda a trilha montanha acima. — É assim que faremos, sr. Tvar. O que diz?

O homem olhou para o embrulho com incerteza; os trejeitos deixavam evidente que ele estava dividido entre o desejo e a indecisão. Finalmente, falou:

— Abra-o.

Isham rasgou o papel pardo. O embrulho continha um uniforme de soldado do condado de Nassau, completo com sapatos e revólver.

— Não há como levantar suspeitas — afirmou Ellery. — Assim que chegarmos a Bradwood, o senhor será um soldado. Há montes deles por todo lado. Um homem de uniforme é sempre só um uniforme, sr. Tvar.

O professor andou de um lado para o outro do chão de pedra.

— Sair da cabana... — murmurou ele. — Estou há meses em segurança aqui. Eu...

— O revólver está carregado — informou Isham, ríspido —, e há munição de sobra no cinto. O que pode lhe acontecer com uma arma carregada e uma escolta de dois homens fisicamente aptos?

Ele ruborizou.

— Imagino que eu pareça um covarde aos cavalheiros... Muito bem.

Ele começou a tirar os trapos; usava roupas de baixo limpas e decentes, notaram eles, outra nota de incongruência. Começou, bem desajeitadamente, a vestir o uniforme de soldado.

— Serviu — comentou Ellery. — Megara acertou o tamanho.

O professor não disse nada... Quando estava totalmente vestido, o revólver no pesado coldre de couro na lateral do corpo, se mostrava uma bela figura; alto, poderoso e, de certa forma, bonito. Ele levou a mão à arma e a acariciou, parecendo reunir forças ao fazê-lo.

— Estou pronto — declarou com voz firme.

— Ótimo! — Isham foi até a porta; Ellery espiou pela janela farpada. — A barra está limpa, sr. Queen?

— Parece estar.

Isham destravou a porta, e eles saíram rapidamente... A clareira estava deserta; o sol se punha, a mata já tocada pela escuridão do crepúsculo. Ellery se espremeu por entre os feixes mais baixos da cerca, Isham o seguiu, e os dois observaram enquanto o seu protegido uniformizado escalava atrás deles, com uma ligeireza que Ellery invejava.

A porta — Andrew Tvar cuidara disso — estava fechada. Fumaça ainda espiralava para fora da chaminé. Para qualquer um que perambulasse pela beira da floresta, a cabana ainda pareceria ocupada e impenetrável.

Os três homens dispararam para a mata, que se fechou sobre as cabeças deles. Seguiram com muito cuidado pela tênue trilha até o aglomerado de arbustos onde, como um fiel devoto, o Duesenberg os esperava. Eles não viram vivalma nas colinas ou na estrada.

O MISTÉRIO DA CRUZ EGÍPCIA

18. FOX FALA

A partida silenciosa de Ellery e Isham na noite de sexta-feira e a ausência deles no sábado não deixou Bradwood estagnada. A viagem misteriosa do inspetor Vaughn e Stephen Megara, observada, ao que parecia, pela comunidade inteira, corria na boca de todos. Até mesmo a ilha Oyster sentiu a sua repercussão; Hester Lincoln percorreu todo o caminho embrenhado da mata entre o "templo" de Harakht e a ponte leste da ilha para perguntar ao velho Ketcham o que acontecera.

Até o retorno de Vaughn e Megara, no entanto, Bradwood se banhou tranquilamente ao sol. O professor Yardley, fiel à sua promessa, permaneceu no santuário da bizarra propriedade.

Por volta do meio-dia — enquanto Ellery e Isham disparavam pelo sul da Pensilvânia entre Harrisburg e Pittsburgh, a caminho de Arroyo —, a procissão imponente retornou a Bradwood. Precedida por soldados em motocicletas, com a polícia na retaguarda, ela avançou pela entrada e parou com um estampido. A porta do sedã se abriu e o inspetor Vaughn saiu. Ele foi seguido mais lentamente por Stephen Megara, taciturno e silencioso, e cujo olhar vagava com vigilância mercurial. Megara foi cercado pela sua guarda no mesmo instante, e prosseguiu ao redor da casa em direção à doca de desembarque na enseada. A própria lancha o esperava. Seguido de perto pelo barco da polícia, ele retornou ao *Helene* e desapareceu escada acima. O barco da polícia continuou circulando o iate.

Na varanda da casa colonial, um detetive, agitado e cordial, se levantou e entregou um envelope volumoso ao inspetor. Vaughn, que se sentia particularmente desamparado naquela manhã, puxou-o de súbito, como se fosse um colete salva-vidas. O olhar desamparado desapareceu. A expressão tornou-se sombria enquanto lia.

— Acabou de ser entregue, há meia hora, por um mensageiro especial — explicou o detetive.

Helene Brad apareceu na porta, e o inspetor enfiou o envelope no bolso, apressado.

— O que está acontecendo aqui? — perguntou Helene, exigente. — Onde está Stephen? Acho que nos deve alguma explicação por todo esse mistério, inspetor!

— O sr. Megara está no iate dele — respondeu Vaughn. — Não, srta. Brad, eu não lhe devo explicação alguma. Se me der licença...

— Eu não dou licença — retrucou Helene, tomada pela raiva, os olhos faiscando. — Acho que vocês todos têm agido de forma bestial. Onde o senhor e Stephen foram hoje de manhã?

— Perdão — disse Vaughn. — Não posso informar. Por favor, senhorita.

— Mas Stephen parece doente. Vocês não andam o submetendo àqueles interrogatórios violentos, andam?!

Vaughn abriu um sorrisinho.

— Ah, olhe só... cheia de papo jornalístico. Nada do tipo. Parece doente? Acho que não está se sentindo bem. Ele comentou algo sobre dores agudas na virilha.

Helene bateu o pé.

— Desumanos, todos vocês! Pedirei agora mesmo ao dr. Temple para ir ao iate e verificar o estado dele.

— Vá em frente — disse o inspetor, mostrando-se impaciente. — Por mim tudo bem. — E suspirou de alívio quando ela saiu marchando da varanda e pegou o caminho que levava além do totem. Vaughn contraiu o maxilar. — Vamos lá, Johnny. Temos um trabalho a fazer.

Acompanhado pelo detetive, o inspetor desceu da varanda e pegou o caminho oeste pelo meio da mata. A pequena choupana onde Fox, o jardineiro e chofer, estava confinado brotou à vista no meio das árvores. Um policial à paisana relaxava no degrau de entrada.

— Continua sem falar? — perguntou Vaughn.

— Nem um pio.

Sem cerimônia, Vaughn abriu a porta e entrou na choupana, seguido pelo subordinado. O rosto de Fox, esguio, cinza, com barba preta por fazer, olhos violeta com olheiras, virou-se para ele com ansiedade. Ele vinha andando de um lado ao outro como um prisioneiro inquieto em uma cela. Quando viu quem era o visitante, no entanto, os seus lábios se cerraram e ele retomou o caminhar.

— Estou lhe dando uma última chance — disse o inspetor, sem rodeios. — Você vai falar?

Os pés de Fox pisavam em um ritmo ininterrupto.

— Vai continuar a não me contar por que foi visitar Patsy Malone?

Nenhuma resposta.

— Muito bem — disse Vaughn, sentando-se preguiçosamente. — O problema é seu... *Pendleton.*

Os passos do homem vacilaram por um instante, então retomaram o ritmo. O rosto permaneceu inexpressivo.

— Bom garoto — disse Vaughn, com sarcasmo. — Nervos de aço. E estômago. Mas isso não vai levá-lo a lugar algum, Pendleton. Porque sabemos tudo sobre você.

Fox murmurou:

— Não sei do que está falando.

— Já cumpriu pena.

— Não sei o quer dizer.

— Já foi em cana e não sabe o que é cumprir pena? Tudo bem, tudo bem — disse o inspetor com um sorriso. — Mas estou lhe dizendo, Pendleton, está agindo como um danado de um tolo. Não o julgo por ter usado barras de ferro como cortinas... — O sorriso desapareceu. — Estou falando sério, Pendleton. Negar não vai ajudá-lo em nada. Está encrencado... entende? Você tem a ficha suja e, nas atuais circunstâncias, é melhor abrir o jogo.

Os olhos do homem transmitiam agonia.

— Não tenho o que explicar.

— Não? Muito bem, falemos sobre isso. Suponha que eu tenha esbarrado com um criminoso solto em Nova York. O cofre de um banco tinha acabado de ser arrombado... Acha que o homem não teria o que explicar? Pense de novo.

O homem alto parou e se apoiou nas mãos fechadas; os nós dos dedos ficaram brancos contra a mesa escura.

— Pelo amor de Deus, inspetor — falou ele —, me dê um tempo! Tudo bem, eu me chamo Pendleton. Mas estou dizendo, sou inocente neste caso! Quero ser sincero...

— Humm — respondeu o inspetor. — Melhor assim. Agora sabemos em que pé estamos. Você se chama Phil Pendleton, já esteve na prisão estadual de Vandalia, Illinois, cumprindo uma sentença de cinco anos por roubo. Deu uma de herói na fuga em massa que aconteceu lá no ano passado e salvou a vida do diretor da prisão. O governador de Illinois mudou a sua sentença. Tem a ficha suja: agressão com lesão corporal na Califórnia, arrombamento de casa no Michigan. Cumpriu pena para ambos os crimes... Agora, se você está sendo honesto, eu não quero atormentá-lo. Se não, abra o jogo e eu vou facilitar ao máximo as coisas para você. Você matou Thomas Brad?

O homem conhecido em Bradwood como Fox se jogou, enfraquecido, em uma cadeira.

— Não — sussurrou ele. — Deus é a minha testemunha, inspetor.

— Como você conseguiu aquele último trabalho... do homem que lhe deu referências?

Ele respondeu sem erguer o olhar:

— Eu queria recomeçar. Ele... ele não fez perguntas. Os negócios estavam mal, e ele me demitiu. Só isso.

— Não teve algum motivo oculto para aceitar esse trabalho duplo de jardineiro e chofer, teve?

— Não. Era ao ar livre, salário bom...

— Muito bem. Se espera consideração, precisa esclarecer aquela visita a Malone. Se está com a vida direita, por que ir atrás da máfia?

Fox ficou em silêncio por um longo momento. Então se levantou, e o seu rosto se enrijeceu.

— Tenho direito de fazer o que quiser com a minha própria vida...

— Com certeza, Pendleton — disse o inspetor com simpatia. — É exatamente isso! Vamos ajudá-lo.

Fox falou depressa, olhando para o detetive na porta, sem vê-lo:

— De alguma forma um velho... um velho companheiro de prisão me rastreou até aqui. Fiquei sabendo na manhã de terça-feira. Ele insistiu em me encontrar. Eu neguei; estava decidido. Ele disse: "Você não iria querer que eu alertasse o seu chefe sobre você, iria?". Então eu fui.

Vaughn assentiu; escutava com atenção.

— Continue, filho, continue.

— Ele me disse aonde ir; nenhum nome, só um endereço em Nova York. Na noite de terça-feira, depois de deixar Stallings e a sra. Baxter no Roxy, eu dirigi até lá, estacionei no quarteirão seguinte. Um bandido qualquer abriu para mim. Eu vi... alguém. Ele me fez uma... proposta. Eu recusei... estava decidido a largar a vida antiga. Chega de esquemas para mim. Ele disse que me daria até o dia seguinte para considerar e, se eu não mudasse de ideia, ele contaria ao sr. Brad quem eu era. Eu fui embora... e o senhor sabe o resto.

— Naturalmente ele deixou para lá quando soube que um assassinato fora cometido — murmurou Vaughn. — Esse era Patsy Malone, hein?

— Eu... bem, não posso dizer.

Vaughn lançou um olhar aguçado para ele.

— Não vai abrir o bico, é? Qual era a proposta?

Fox balançou a cabeça.

— Não vou contar mais nada, inspetor. O senhor quer me ajudar e tudo o mais, mas se eu desse com a língua nos dentes, ficaria em uma situação complicada.

O inspetor se levantou.

— Entendo. Bem, não posso dizer que o culpo, cá entre nós. Você parece dizer a verdade. Por sinal, Fox... — O homem ergueu a cabeça e encarou Vaughn com um misto de assombro e gratidão. — Onde você estava no último Natal?

— Em Nova York, inspetor. Procurando emprego. Respondi ao anúncio de Brad e ele me contratou no dia seguinte ao Ano-Novo.

— Confere. — O inspetor suspirou. — Bem, Fox, para o seu bem, espero que esteja falando a verdade. Nas atuais circunstâncias, as minhas mãos estão atadas. Você precisará ficar por perto. Nenhum guarda, nenhuma prisão, entende? Mas ficará sob observação, e não quero vê-lo tentando fugir.

— Não tentarei, inspetor! — exclamou Fox. Uma nova esperança brotara no seu rosto.

— Siga a vida como se nada tivesse acontecido. Se você for inocente, eu não discutirei esse assunto com a sra. Brad nem revelarei o seu histórico a ela.

Fox ficou sem palavras diante de tamanha generosidade. O inspetor chamou o subalterno e saiu da choupana.

Fox o seguiu sem pressa. Ele ficou na porta e observou o inspetor e dois detetives seguirem pela trilha para dentro da mata. O peito dele inflou, e ele inspirou profundamente o ar morno.

Vaughn encontrou Helene Brad na varanda da casa principal.

— Torturando o pobre Fox de novo. — Ela fungou.

— Fox está bem — disse o inspetor, sendo sucinto; o rosto transparecia a fadiga e o desamparo que sentia. — Encontrou Temple?

— O dr. Temple estava fora. Foi passear em algum lugar com o barco a motor dele. Deixei um bilhete avisando para ele ir ver Stephen assim que voltar.

— Fora, é?

Vaughn olhou de relance na direção da ilha Oyster e assentiu com a cabeça, exausto.

19. T

Às 9h15 de sábado, o inspetor Vaughn, que passara a noite em Bradwood, foi chamado por Stallings ao telefone. Ele parecia esperar a ligação, pois ficou imediatamente inexpressivo e disse em um murmúrio audível:

— Quem será?

Quer Stallings tenha sido enganado ou não, ele não descobriu pelas respostas monossilábicas do inspetor à ligação matinal.

— Humm... Sim... Não... Tudo bem.

O inspetor desligou e, com os olhos brilhando, saiu correndo da casa.

Às 9h45, o promotor de justiça Isham fez uma grande entrada em Bradwood, chegando em um carro oficial do condado com três soldados. Todos desceram diante da casa colonial. O inspetor Vaughn saltou à frente, agarrou as mãos de Isham e começou a conversar com ele em voz baixa, mas de forma resoluta.

Sob a proteção daquela distração, Ellery entrou sorrateiramente com o Duesenberg na propriedade de Yardley alguns momentos depois.

Ninguém pareceu notar que um dos três soldados que acompanhavam o promotor de justiça não possuía a atitude militar tranquila dos companheiros. Ele se juntou a um grupo maior de soldados, que por sua vez se afastaram e dispersaram em várias direções.

O professor Yardley, de calça informal e suéter, fumando o inevitável cachimbo, cumprimentou Ellery com um grito de boas-vindas no *selamlik* da casa.

— Aí está o nosso hóspede mais importante! — exclamou ele. — Achei que não fosse mais voltar, meu garoto!

— Caso esteja no estado de espírito de citações — Ellery sorriu, tirando o casaco e se jogando no mármore —, pode considerar o fato de que *hospes nullus tam in amici hospitium diverti potest... odiosus siet.*

— Por que assassinar Plauto? Você não esteve aqui nos últimos três dias mesmo. — Os olhos do professor brilhavam. — Então?

— Então — disse Ellery —, ele está conosco.

— Não! — Yardley ficou pensativo. — De uniforme? Parece até uma peça, céus.

— Reorganizamos os detalhes em Mineola essa manhã. Isham arrumou dois soldados e um carro oficial, telefonou para Vaughn e seguiu para Bradwood. — Ellery suspirou; exibia olheiras enormes. — Aquela viagem! Van estava tão comunicativo quanto um mexilhão. Estou cansado! Mas não há descanso para os esgotados. Gostaria de testemunhar uma grande revelação?

O professor se levantou no mesmo instante.

— Com certeza! Já fui um mártir por tempo o suficiente. Tomou café da manhã?

— Enchemos a pança em Mineola. Venha comigo.

Eles saíram da casa e atravessaram calmamente a estrada para Bradwood; Vaughn ainda conversava com Isham quando eles chegaram à varanda.

— Estava agora mesmo contando ao promotor de justiça — disse Vaughn, como se Ellery não tivesse se afastado por um minuto — a informação que conseguimos sobre Fox.

— Fox?

O inspetor repetiu o que ele descobrira sobre o histórico do homem.

Ellery deu de ombros.

— Pobre coitado... Onde está Megara?

— No iate. — Vaughn baixou a voz. — *Ele* desceu para a doca de desembarque... Megara teve algumas dores feias na virilha ontem. A srta. Brad tentou chamar Temple, mas ele passou o dia todo fora. Acho que foi ao *Helene* hoje de manhã.

— Alguma novidade sobre aquela bela trama de ontem?

— Nada. A armadilha não atraiu nem um pato. Venham, vamos embora antes que essas pessoas comecem a se levantar. Estão todos dormindo ainda... ninguém deu as caras.

Eles deram a volta na casa e pegaram a trilha para a enseada. Havia três soldados na doca, e a lancha da polícia esperava para zarpar.

Ninguém prestou qualquer atenção ao terceiro soldado. Isham, Vaughn, Yardley e Ellery subiram desajeitadamente na lancha, e os três soldados seguiram. O barco deu a partida em direção ao iate a oitocentos metros de distância.

O mesmo procedimento foi observado ao embarcar no *Helene*. Os quatro homens subiram a escada, então os soldados os seguiram. Os integrantes da tripulação do *Helene* que esperavam no convés em trajes brancos imaculados só tinham olhos para o inspetor Vaughn, que avançava a passos largos como se pretendesse prender alguém.

O capitão Swift abriu a porta da cabine enquanto eles passavam.

— Há quanto tempo...? — começou ele.

Vaughn seguiu em frente, sem demonstrar ter ouvido, e os outros o seguiram, com calma. O capitão os observou passar, contraindo a mandíbula; então xingou profusamente e se retirou para o interior da cabine, batendo a porta.

O inspetor bateu nos painéis da cabine principal. A porta se abriu para dentro, e o rosto austero do sr. Temple apareceu.

— Olá! — disse ele. — Vieram em bando, hein? Eu só estava dando uma examinada no sr. Megara.

— Podemos entrar? — perguntou Isham.

— Entrem! — falou Megara do interior da cabine, em uma voz tensa.

Eles entraram em fila, sem fazer barulho. Stephen Megara estava deitado em uma cama simples, nu onde o lençol não o cobria. O rosto do iatista estava pálido e contraído; havia gotas de suor na beira das sobrancelhas. Ele estava curvado, segurando a virilha com força. Não olhou para os soldados; os olhos estavam fixos em Temple, expressando sofrimento.

— Qual é o problema, doutor? — perguntou Ellery com muita seriedade.

— *Hernia testis* — anunciou o dr. Temple. — Um caso feio. Não é motivo de preocupação imediata. Eu lhe dei alívio temporário; ele sentirá o efeito a qualquer momento.

— Aconteceu na última viagem — arfou Megara. — Muito bem, doutor, tudo certo. Deixe-nos, por favor. Esses cavalheiros querem discutir algo comigo.

Temple o encarou; então deu de ombros e pegou a bolsa médica.

— Como quiser... Não negligencie isso, sr. Megara. Eu recomendo cirurgia, por mais que não seja absolutamente necessário de imediato.

Ele se curvou com rigidez militar para os outros e saiu depressa da cabine. O inspetor o seguiu para fora. Não voltou até que o dr. Temple estivesse no próprio barco a motor, a caminho do continente.

Vaughn fechou a porta da cabine com firmeza. No convés, dois soldados apoiaram as costas contra ela.

O terceiro soldado deu um passo adiante e umedeceu os lábios. O homem na cama arrancou o lençol.

Eles se entreolharam, silenciosamente; não apertaram as mãos.

— Stefan — disse o professor de Arroyo.

— Andreja.

Ellery sentiu um impulso alarmante de dar uma risadinha; havia algo de ridículo na situação, por mais trágica que fosse. Esses dois homens empertigados e respeitosos, com nomes estrangeiros; o iate, as dores, o uniforme enfadonho... Nunca vira algo como isso em toda a sua experiência.

— Krosac. Krosac, Andreja — disse o homem doente. — Ele nos encontrou, como você sempre disse que ele faria.

Andreja Tvar respondeu com severidade:

— Se Tom tivesse seguido o meu conselho... Eu o alertei por carta dezembro passado. Ele não entrou em contato com você?

Stefan balançou a cabeça devagar.

— Não. Ele não sabia onde me encontrar. Eu estava navegando pelo Pacífico... Como você tem estado, Andre?

— Muito bem. Quanto tempo faz?

— Anos... Cinco, seis?

Eles se calaram. O inspetor os observava com ansiedade, e Isham mal respirava. Yardley olhou para Ellery, que disse rapidamente:

— Por favor, cavalheiros. A história. O senhor... Van — ele indicou o professor — precisa sair de Bradwood assim que possível. A cada momento que ele permanece na região o perigo aumenta. Krosac, seja quem for, é esperto. Ele pode desvendar nosso pequeno truque sem dificuldade, e não queremos abrir espaço para a possibilidade de ele seguir o sr. Van de volta para a Virgínia Ocidental.

— Não — concordou Van com um suspiro pesado —, é verdade. Stefan, conte a eles.

O MISTÉRIO DA CRUZ EGÍPCIA   229

O iatista se empertigou na cama (ou a dor foi embora ou ele a esqueceu na empolgação) e encarou o teto baixo da cabine.

— Como começar? Aconteceu há tanto tempo, droga. Eu, Tomislav e Andreja éramos os últimos da família Tvar. Um clã montanhês orgulhoso e abastado em Montenegro.

— Que desapareceu — acrescentou o professor, gélido.

O homem convalescente balançou a mão como se não fosse importante.

— Vocês precisam entender que nós viemos do sangue mais quente dos Bálcãs. Quente... tão quente que fervia. — Megara soltou uma breve risada. — Os Tvar tinham um inimigo tradicional: os Krosac, outro clã. Por gerações...

— Vendeta! — exclamou o professor Yardley. — É claro. Não exatamente vendeta, que é italiano, mas sem dúvida uma contenda de sangue, como as contendas dos nossos próprios montanheses de Kentucky. Eu deveria ter pensado nisso.

— Sim — retrucou Megara. — Não sabemos até hoje por que ela existia... o motivo original estava tão manchado de sangue que a nossa geração não o conhecia. Mas desde a infância fomos ensinados...

— A matar os Krosac — completou Van.

— Nós éramos os agressores — continuou Megara, franzindo a testa —, e, há vinte anos, devido à ferocidade e crueldade dos nossos avós e pais, apenas um homem Krosac sobrou... Velja, o homem atrás do qual vocês estão. Ele era uma criança na época. Ele e a mãe eram os únicos sobreviventes da família.

— Parece tão distante — murmurou Van. — Tão bárbaro! Eu, você e Tomislav, em retaliação ao assassinato do nosso pai, matamos o pai de Krosac e dois tios, os emboscamos...

— Absolutamente inacreditável — murmurou Ellery para Yardley. — É difícil acreditar que estamos lidando com pessoas civilizadas.

— O que aconteceu com esse jovem Krosac? — perguntou Isham.

— A mãe fugiu com ele de Montenegro. Eles foram para a Itália, se esconderam lá, e a ela morreu logo depois.

— E isso deixou Krosac para seguir com a contenda contra vocês — disse Vaughn, pensativo. — Imagino que essa senhora tenha destilado ódio na cabeça dele antes de morrer. Vocês acompanharam o paradeiro do garoto?

— Sim. Precisamos, por autoproteção, porque sabíamos que ele tentaria nos matar quando crescesse. Os agentes que contratamos o rastrearam por toda a Europa, mas ele desapareceu antes de fazer dezessete anos e nunca mais tivemos notícias dele... até agora.

— Vocês não viram Krosac em pessoa?

— Não. Não desde que ele saiu da encosta da nossa montanha, quando tinha onze ou doze anos.

— Só um momento — disse Ellery, franzindo a testa. — Como os cavalheiros podem ter tanta certeza de que Krosac queria matá-los? Afinal, uma criança...

— Como? — Andrew Van sorriu com amargura. — Um dos nossos agentes sorrateiramente ganhou a confiança do garoto enquanto ele ainda estava sob observação e o ouviu jurar acabar com todos nós, mesmo que tivesse que nos seguir até o fim do mundo para derramar o nosso sangue.

— E quer dizer que — perguntou Isham —, por causa dos disparates loucos de uma criança, os senhores de fato fugiram da sua terra natal e mudaram de nome?

Os dois homens ruborizaram.

— O senhor não conhece os feudos croatas — murmurou o iatista, evitando o olhar deles. — Um Krosac já seguiu um Tvar até o coração do sul da Península Arábica, há gerações...

— Então é um fato que, se ficassem frente a frente com Krosac, não o reconheceriam? — perguntou Ellery, de súbito.

O MISTÉRIO DA CRUZ EGÍPCIA

— Como poderíamos...? Fomos deixados sozinhos; nós três. Pai, mãe... mortos. Decidimos sair de Montenegro e vir aos Estados Unidos. Não havia nada nos prendendo, eu e Andrew não éramos casados, e por mais que Tom já tivesse sido casado, a esposa morrera e não tiveram filhos. Éramos uma família rica, e as nossas propriedades eram valiosas. Vendemos tudo e, sob pseudônimos, separadamente, viemos para este país e nos encontramos, como combináramos de antemão, em Nova York. Havíamos decidido escolher os nossos nomes — Ellery se sobressaltou, então sorriu —, inspirados por diferentes países; consultamos um atlas, e cada um assumiu uma nacionalidade: eu, grega; Tom, romena; e Andrew, armênia, visto que na época não havia como disfarçar que éramos do sul da Europa em aparência e fala, e não poderíamos passar por americanos nativos.

— Eu os alertei sobre Krosac — disse Van, em tom sombrio.

— Eu e Tom... nós três recebemos uma boa educação... começamos o nosso atual negócio. Andrew aqui sempre foi uma alma inquieta e preferiu trabalhar sozinho, estudando a língua inglesa por conta própria, e acabou se tornando professor. Todos nós, é claro, nos tornamos cidadãos americanos. E aos poucos, conforme os anos se passaram, como não ouvimos mais nada sobre ou de Krosac, quase nos esquecemos dele. Ele se tornou, ao menos para mim e Tom, uma lenda, um mito. Pensamos que estivesse morto ou irremediavelmente fora do nosso rastro. — O iatista contraiu a mandíbula. — Se soubéssemos... De qualquer forma, Tom se casou. Nós nos saímos bem no negócio. E Andrew foi para Arroyo.

— Se tivessem seguido o meu conselho — retrucou Van —, isso não teria acontecido, e Tom estaria vivo. Eu falei repetidas vezes que Krosac voltaria para se vingar!

— Por favor, Andre — disse Megara com severidade; mas o olhar carregava certo compadecimento ao encarar o irmão.

— Eu sei. E você não nos via com frequência. Culpa sua, como deve saber. Talvez, se tivesse sido mais fraterno...

— Ficar com você e Tom onde Krosac poderia nos exterminar com um único golpe? — questionou o homem de Arroyo. — Por que você acha que eu me enterrei naquele buraco? Eu amo viver também, Stephen! Mas fui sábio, e você...

— Não tão sábio, Andre — disse o iatista. — Afinal, Krosac encontrou-o primeiro. E...

— Sim — interrompeu o inspetor. — De fato encontrou. Eu gostaria de esclarecer essa história do assassinato de Arroyo, sr. Van, se não se importar.

O professor ficou tenso perante alguma memória sombria.

— Arroyo — começou ele, com voz rouca. — Um lugar de horrores. Foi o meu medo que me levou, anos atrás, a assumir o personagem do Velho Pete. Uma personalidade dupla, imaginava, seria útil, caso Krosac — emitiu um som de desprezo — me encontrasse. E encontrou... — Ele pausou, então continuou depressa: — Por anos cuidei daquela choupana, que encontrei por acidente, abandonada, enquanto explorava algumas cavernas antigas nas colinas. Instalei o arame farpado. Comprei o disfarce em Pittsburgh. Muito de vez em quando, quando estava livre dos meus deveres habituais como professor, subia discretamente até as colinas e me vestia como Velho Pete, aparecendo no vilarejo por tempo o suficiente para tornar a personalidade real na mente do povo de Arroyo. Tom e Stephen... eles sempre riam desse subterfúgio. Diziam que era uma atitude infantil. Era infantil, Stephen? Continua achando? Não acha que Tom, na cova, está arrependido de não ter seguido o meu exemplo?

— Sim, sim — respondeu Megara, depressa. — Conte a história, Andre.

O excêntrico professor deu uma volta na cabine, mãos atrás do uniforme emprestado, olhos angustiados... Eles ouviram uma narrativa extraordinária.

O MISTÉRIO DA CRUZ EGÍPCIA

Com a chegada do Natal, explicou ele na voz intensa característica da sua dicção, ele se deu conta de que fazia dois meses que não aparecia em Arroyo como o velho montanhês. A ausência por um período tão longo poderia bem ter levado alguns dos citadinos — o policial Luden, talvez — a procurar o montanhês ancião e investigar a cabana... um evento que, observou ele, teria sido desastroso para a farsa cuidadosamente mantida. Durante mais de uma semana entre o Natal e o Ano-Novo, a escolinha ficou fechada; e ele viu que por vários dias ao menos ele poderia agir como o eremita Pete com impunidade. Em ocasiões prévias, quando ele assumira o personagem esfarrapado, fora quando o professor estava supostamente de férias, ou nos fins de semana.

— Como explicava essas ausências a Kling? — perguntou Ellery. — Ou o seu criado estava por dentro da farsa?

— Não! — exclamou Van. — Ele era burro, um imbecil. Eu só dizia que passaria uns dias de folga em Wheeling ou Pittsburgh.

Na véspera de Natal, então, ele informara Kling que estava partindo para Pittsburgh a fim de comemorar o Yuletide. Partira à noite para a cabana nas montanhas; ele deixava todos os acessórios de montanhês guardados na choupana, é claro. Lá ele se tornava o Velho Pete de novo. Depois de acordar bem cedo na manhã seguinte — a manhã de Natal —, ele desceu a pé para o vilarejo, pois precisava de mantimentos e sabia que poderia comprá-los com Bernheim, o lojista, por mais que fosse Natal e o supermercado estivesse fechado. Ele chegara à junção da autoestrada principal e a ponta de Arroyo e lá, sozinho, às 6h30, fizera a terrível descoberta do corpo crucificado. O significado dos vários Ts o atingira de imediato. Ele correu para casa, noventa metros adiante pela estrada de Arroyo. A carnificina que os outros viram mais tarde teve um sentido doloroso para ele; percebeu instantaneamente que, por puro acaso, Krosac viera na noite anterior, matara o pobre coitado do Kling (pensando que fosse Andreja Tvar), cortara a cabeça dele e o crucificara à placa.

Ele precisara pensar rápido. O que faria? Por uma generosidade inesperada do destino, Krosac agora acreditava que cumprira a sua vingança contra Andreja Tvar; por que não deixar que continuasse acreditando? Ao assumir a persona do Velho Pete de maneira permanente, não apenas Krosac seria enganado, todo o mundinho da Virgínia Ocidental onde Van morava também... Felizmente, o terno que Kling usava quando foi assassinado era um que o próprio Van dera ao homem havia pouco, um traje velho e bem usado. Ele sabia que o povo de Arroyo reconheceria o terno como sendo de Andrew Van, o professor da escola local; e se ele pusesse alguns papéis identificáveis nos bolsos do morto, não haveria dúvidas sobre a identidade.

Após pegar cartas e chaves dos seus antigos ternos, o professor voltara sorrateiramente ao cruzamento, tirara todos os objetos identificáveis do corpo mutilado de Kling — uma tarefa macabra, e o homem de uniforme estremeceu com a lembrança —, colocou os próprios objetos no morto, então, de forma deliberada, correra estrada acima para dentro da mata. Lá, acendeu uma fogueirinha protegida, queimou os objetos pessoais de Kling e esperou que alguém aparecesse.

— Por quê? — perguntou Vaughn. — Por que não fugiu de volta para a sua cabana e se escondeu?

— Porque — respondeu Van, sem floreios — era necessário que eu voltasse de imediato ao vilarejo e, de alguma forma, alertasse os meus irmãos sobre a aparição de Krosac. Se eu aparecesse e não dissesse qualquer coisa sobre o corpo no cruzamento, seria visto com desconfiança, pois era necessário passar por lá para chegar ao vilarejo. Se eu chegasse na cidade e relatasse a história da minha descoberta do corpo, sozinho, eu também poderia ficar sob suspeita. Mas se eu esperasse que alguém aparecesse, um cidadão inocente da vizinhança,

O MISTÉRIO DA CRUZ EGÍPCIA

eu teria uma companhia para a "descoberta" do corpo e, ao mesmo tempo, poderia chegar ao vilarejo, estocar suprimentos e notificar os meus irmãos.

Michael Orkins, o fazendeiro, aparecera em mais ou menos uma hora. Van, ou Velho Pete, inventou que caminhava pela estrada na direção do cruzamento. Ele chamara Orkins, o fazendeiro lhe dissera para entrar, eles encontraram o corpo... o resto, como Van disse, sério, o sr. Queen sabe por ter comparecido ao inquérito.

— E o senhor conseguiu notificar os seus irmãos? — perguntou Isham.

— Sim. Enquanto estava em casa, depois de encontrar o corpo de Kling no cruzamento, eu rabisquei um bilhete apressado para Tomis, o homem que os senhores conhecem como Thomas Brad. Quando chegamos, em meio à agitação do vilarejo, consegui enfiar a carta pela fresta da porta da agência de correio, já que a agência estava fechada. Eu fiz um breve resumo dos acontecimentos para Tom, alertando-o de que Krosac deveria estar indo na direção dele, determinado a se vingar. Também escrevi que, a partir daquele momento, eu pretendia ser o Velho Pete, e que nem ele nem Stephen deveria comentar nada. Eu, ao menos, ficaria protegido de Krosac; pois estava morto.

— Você teve sorte — disse Megara com amargura. — Quando Tom não conseguiu entrar em contato comigo depois de receber a sua carta, ele deve ter escrito aquele bilhete que encontramos endereçado à polícia; como um último alerta, caso algo lhe acontecesse antes que eu retornasse a Bradwood.

Os irmãos estavam pálidos e tensos; ambos transpareciam a tensão que sentiam. Até mesmo Megara sucumbira ao feitiço. Uma risada masculina rouca veio do convés; eles se sobressaltaram, então relaxaram ao perceber que era só um integrante da tripulação do *Helene* gracejando com um soldado.

— Bem — disse Isham enfim, um tanto desamparado —, está tudo muito bem, mas no que isso nos ajuda? Ainda estamos encalacrados, no quesito da captura de Krosac.

— Uma atitude pessimista — disse Ellery —, profundamente justificada. Cavalheiros, quem sabe ou já soube da contenda Tvar-Krosac? Uma pequena investigação nessa linha talvez nos ajude a estreitar a lista de suspeitos.

— Ninguém além de nós — informou Van, taciturno. — Eu naturalmente não contei a ninguém.

— Não há qualquer registro escrito da contenda?

— Não.

— Muito bem — disse Ellery, se pondo a pensar. — Isso torna Krosac um possível disseminador da história. Por mais que seja concebível que ele possa ter contado a alguém, não é provável; por que o faria? Krosac agora é um adulto; um maníaco obsessivo com uma fixação por vingança, além do mais. A vingança, ele acreditaria, deve ser consumada pessoalmente; essas coisas não são delegadas a agentes ou cúmplices. Certo, sr. Megara?

— Não em Montenegro — respondeu o iatista, com uma careta.

— É claro; é axiomático para qualquer um que conheça a psicologia das contendas — disse o professor Yardley. — E nas antigas contendas dos Bálcãs, que eram consideravelmente mais sangrentas até do que as dos nossos montanheses, só um membro da família poderia limpar a reputação.

Ellery assentiu.

— Krosac poderia ter contado a alguém neste país? Acho difícil. Isso o colocaria sob o poder de um indivíduo, ou deixaria uma trilha para si próprio, e Krosac, pela esperteza que já demonstrou, é um patife cauteloso apesar da obsessão dele. E se escolhesse um cúmplice, coisa que não faria, o que teria a oferecer a tal criatura?

— Bom argumento — concedeu Isham.

— O simples fato de que ele pegou todo o dinheiro contido na lata na casa do sr. Van...

— Cento e quarenta dólares — murmurou Van.

— ...indica que Krosac estava duro e levou o que encontrou. Mas a casa do seu irmão Tomislav não foi saqueada. Certamente não havia um cúmplice, então, pois caso houvesse, ele não desperdiçaria a oportunidade de levar o que pudesse. Esses assassinatos foram motivados por vingança, não ganho... Outros sinais da não existência de um cúmplice? Sim. No assassinato de Kling, só uma pessoa foi vista nos arredores do cruzamento, e esse homem era Velja Krosac.

— O que está tentando provar? — rosnou Vaughn.

— Apenas que as chances de Krosac ter trabalhado sozinho e não ter contado a ninguém sobre os crimes que planejara são esmagadoras; a julgar pelo motivo individualista, o método sofrível e a trilha de um homem solitário que ele não fez qualquer tentativa de esconder, até certo ponto. Lembrem-se de que Krosac praticamente assinou os crimes ao estampar Ts pela cena dos dois. Ele deve ter percebido isso, insano ou não, e é inacreditável que um cúmplice se aliaria, em especial depois do primeiro assassinato, a um maníaco tão depravado e descarado.

— E isso nos leva exatamente a lugar nenhum — retrucou o inspetor com rispidez. — Por que se preocupar com um cúmplice mítico? Não fizemos um centímetro de progresso na busca pelo culpado, sr. Queen!

Ellery deu de ombros; era evidente que, na mente dele, a eliminação de um possível cúmplice ou conluiado com o segredo de Krosac era uma necessidade pertinente e primordial.

O promotor de justiça Isham andava de um lado para o outro entre os irmãos, inquieto.

— Olhe aqui — disse enfim. — Não podemos ser subjugados por esse caso. Não é razoável que um homem desapareça a ponto de não poder nem ser rastreado. Precisamos saber mais sobre a aparência dele. Dado que os cavalheiros não sabem como Krosac é, não podem nos contar mais sobre ele? Características que não mudariam da infância para a maturidade?

Os irmãos trocaram um olhar rápido.

— Ele é manco — disse Van, dando de ombros.

— Eu lhe contei isso — afirmou Megara. — Quando criança, Krosac contraiu uma leve doença no quadril... não desfigurante, mas o suficiente para fazê-lo mancar com a perna esquerda.

— Permanentemente? — perguntou Ellery, exigente.

Os Tvar ficaram inexpressivos.

— É possível que tenha se curado nos vinte anos que se passaram desde então, sabe. Nesse caso, o testemunho de Croker, o garagista em Weirton, indicaria outra faceta da esperteza de Krosac. Ao lembrar que os senhores sabiam que ele mancava na infância, ele poderia, como já sugerido pelo professor Yardley, *fingir* mancar... considerando, é claro, que tenha sido curado no ínterim.

— Por outro lado — retrucou o inspetor —, a deficiência pode ser autêntica. Por que o senhor fica problematizando todas as evidências que conseguimos, sr. Queen...

— Ah, muito bem — disse Ellery, com aspereza. — Krosac manca. Está satisfeito, inspetor? — Ele sorriu. — Mas pode contar com isso. Quer ele de fato manque quer não, ele continuará a mancar sempre que fizer uma das infrequentes aparições públicas dele.

— Já desperdiçamos muito tempo — resmungou Vaughn. — Uma coisa é certa. Os cavalheiros precisam de proteção a partir de agora. Acho que é melhor voltar agora mesmo para Arroyo, sr. Van, e ficar fora de vista. Mandarei meia dúzia de guardas de volta à Virgínia Ocidental com o senhor, e os deixarei lá.

— Ah, meu bom Deus — grunhiu Ellery. — Inspetor, o senhor percebe o que está dizendo? Assim entregará o jogo para Krosac! Podemos assumir que a nossa farsa foi bem-sucedida, que Krosac ainda não sabe onde Andreja Tvar está, por mais que saiba que está vivo. Qualquer atenção que dedicarmos a Andreja Tvar, então, está fadada a chegar ao conhecimento de Krosac se ele estiver de olho, e ele deve estar.

— Ora, o que o senhor faria? — perguntou Vaughn agressivamente.

— O sr. Van deve ser escoltado de volta à sua choupana nas colinas da maneira menos ostentadora possível; por um homem, não meia dúzia, inspetor. Por que não manda um exército logo? E então ele deve ser deixado em paz. Como o Velho Pete ele está seguro. Quanto menos rebuliço gerarmos, melhor ele ficará.

— E quanto ao sr. Megara... hã... sr. Megara? — perguntou Isham. Ele parecia ter dificuldade de escolher um nome apropriado para os irmãos com dois nomes. — Nós o deixaremos em paz também?

— Óbvio que não! — exclamou Ellery. — Krosac espera que ele fique protegido, e deve ficar. Abertamente, o máximo que desejar.

Os irmãos não disseram nada enquanto os seus destinos eram discutidos por esses forasteiros; eles se entreolharam sorrateiramente, e o rosto severo de Megara ficou ainda mais severo, enquanto Van piscava e se remexia com inquietude.

— Tem mais alguma coisa que os cavalheiros queiram discutir antes de serem separados? — perguntou Isham. — Rápido, por favor.

— Venho pensando no assunto — murmurou Van —, e eu... eu não acho que seria sábio que eu voltasse à Virgínia Ocidental. Tenho a sensação de que Krosac... — A voz estremeceu. — Acho que eu me afastaria o máximo possível desse país amaldiçoado. O máximo possível de Krosac...

— Não — respondeu Ellery, com firmeza. — Se Krosac tiver qualquer suspeita de que o senhor é o Velho Pete, a sua renúncia ao personagem e a sua fuga deixariam uma trilha aberta para ele seguir. Deve permanecer como Velho Pete até que tenhamos capturado o nosso homem, ou ao menos até termos prova de que Krosac desvendou o disfarce.

— Eu pensei... — Van umedeceu os lábios. — Não sou um homem muito abastado, sr. Queen. O senhor provavelmente acha que sou um covarde. Mas eu já vivi sob a sombra daquele demônio... — Os estranhos olhos dele arderam. — Há uma quantia de dinheiro destinada a mim pelo testamento do meu irmão Tomislav. Eu o renuncio. Só quero escapar... — A inconsistência e a incoerência do comentário deixaram todos desconfortáveis.

— Não, Andre — disse Megara com voz carregada. — Se quiser fugir... bem, você que sabe. Mas o dinheiro... eu o adiantarei. Você precisará dele seja lá aonde for.

— Qual é o valor? — perguntou Vaughn, desconfiado.

— Menos do que deveria. — Os olhos severos de Megara ficaram ainda mais severos. — Cinco mil dólares. Tom bem poderia ter provido... Mas Andreja é o caçula, e no nosso antigo país, os conceitos sobre herança eram rígidos. Eu mesmo...

— Tom era o filho mais velho? — perguntou Ellery.

O rosto de Megara ficou vermelho.

— Não. Eu sou. Mas vou recompensá-lo, Andre...

— Bem, faça o que bem entender sobre isso — falou Vaughn. — Mas vou lhe dizer uma coisa, sr. Van: o senhor não pode fugir. O sr. Queen tem razão quanto a isso.

O rosto do professor de Arroyo empalideceu.

— Se os senhores acham que ele não sabe...

— Como diabos ele pode saber? — perguntou Vaughn com irritação. — Se for se sentir melhor, o sr. Megara pode providenciar o seu dinheiro e o senhor pode levá-lo de volta consigo. Se precisar dar o fora sem aviso, não irá com uma mão na frente e a outra atrás. Mas esse é o melhor que podemos fazer.

— Somado às minhas próprias economias na choupana — murmurou Van —, dá uma soma satisfatória. Mais do que o suficiente, seja lá aonde eu for... Muito bem. Voltarei a Arroyo. E, Stephen... obrigado.

— Talvez — argumentou o iatista sem jeito — você precise de mais. Suponha que eu lhe dê dez em vez de cinco...

— Não. — Van estufou o peito. — Eu só quero o que me é devido. Sempre me virei sozinho, Stephen, como você sabe.

Megara se encolheu de dor ao sair da cama e foi até uma escrivaninha. Ele se sentou e começou a escrever. Andreja Tvar andava de um lado para o outro. Agora que o seu destino imediato fora decidido por ele, parecia ansioso para ir embora. O iatista se ergueu, balançando um cheque.

— Precisará esperar até amanhã de manhã, Andre — disse ele. — Vou sacá-lo pessoalmente para você, então você pode pegar o dinheiro de manhã a caminho da Virgínia Ocidental.

Van olhou ao redor rapidamente.

— Preciso ir agora. Onde posso ficar, inspetor?

— Deixaremos que os soldados cuidem de você essa noite.

Os dois irmãos se entreolharam.

— Cuide-se, Andre.

— Você também.

Eles se encararam, e a barreira intangível entre os dois estremeceu e quase caiu. Mas não o fez. Megara deu meia-volta, e o irmão caminhou para a porta com ombros caídos.

Depois que eles já haviam voltado ao continente e Andreja Tvar saíra marchando em meio a um grupo de soldados, Ellery comentou:

— Alguma coisa lhe pareceu...? Não, é claro que sim, é uma pergunta supérflua. Por que o senhor pareceu perturbado, sr. Isham, pela explicação de Stephen Megara para a fuga dos irmãos Tvar de Montenegro?

— Porque — respondeu o promotor de justiça — é absurdo. Com ou sem contenda. Não é plausível que três homens adultos abandonem sua casa e país e mudem de nome só porque um pirralho tem incentivo emocional para matá-los.

— Muito verdadeiro — concordou Ellery, sorvendo o ar morno com aroma de pinheiros. — Tão verdadeiro que eu me pergunto por que o inspetor Vaughn não os prendeu na mesma hora por perjúrio. — O inspetor Vaughn bufou. — Isso me convence de que, por mais que a história de Krosac seja inegavelmente verdadeira, havia mais por trás da partida deles do que o medo de uma vingança problemática de um garoto de onze anos.

— O que quer dizer, Queen? — perguntou o professor Yardley. — Não vejo...

— É óbvio! Por que três adultos, como disse o sr. Isham, abandonariam sua terra natal e fugiriam para um país estrangeiro sob pseudônimos? Hein?

— A polícia! — murmurou Vaughn.

— Isso mesmo. Eles partiram porque *precisaram* partir, perseguidos por um perigo muito mais imediato, eu lhe garanto, do que a vingança do garoto Krosac. Se eu fosse o senhor, inspetor, faria um inquérito além-mar.

— Mandar um telegrama para a Iugoslávia — falou o inspetor. — Boa ideia. Farei isso esta noite.

— Veja só — disse Ellery para o professor Yardley —, a vida, como sempre, nos prega peças. Eles fugiram de um perigo real e, vinte anos depois, o perigo potencial os alcança.

20. DOIS TRIÂNGULOS

Enquanto Ellery, o professor Yardley, Isham e Vaughn davam a volta na ala leste da casa, alguém os chamou por trás. Todos se viraram depressa; era o dr. Temple.

— Já acabaram a grande congregação? — perguntou Temple; ele deixara a bolsa médica em algum lugar e caminhava tranquilamente pela trilha, de mãos vazias, fumando.

— Ah... sim — respondeu Isham.

No mesmo instante, a figura alta de Jonah Lincoln veio em disparada pelo caminho e virou a esquina; ele e Ellery colidiram, e Jonah recuou com um murmúrio vago de desculpas.

— Temple! — exclamou ele, ignorando os outros. — Qual é o problema com Megara?

— Não se empolgue, sr. Lincoln — disse o inspetor, seco. — Megara está bem. Só uma hérnia. O que o apoquenta?

Jonah secou a testa, arfando.

— Ah, está tudo tão misterioso por aqui. Maldição, não temos mais nenhum direito? Soube que vocês tinham ido em bando até o iate atrás de Temple, e pensei...

— Que o sr. Megara fora assassinado? — perguntou Isham. — Não, é como o inspetor Vaughn disse.

— Bem! — A vermelhidão se dissipou das feições angulosas de Lincoln; ele ficou mais calmo. O dr. Temple fumava tranquilamente, observando-o sem perturbação. — Esse lugar parece uma prisão de qualquer forma — resmungou Jonah. —

A minha irmã teve muita dificuldade de entrar em Bradwood. Acabou de voltar da ilha Oyster, e o homem na...

— A srta. Lincoln voltou? — interrompeu o inspetor.

O dr. Temple tirou o cachimbo da boca; o ar sereno abandonou os olhos dele.

— Quando? — perguntou com exigência.

— Há alguns minutos. O detetive não queria...

— Sozinha?

— Sim. Eles... — A indignação do pobre Lincoln estava destinada a nunca ser expressa. A boca dele se abriu e assim permaneceu. Os outros homens tensionaram.

De algum lugar da casa viera uma ressonante risada selvagem.

— Hester! — gritou o dr. Temple, e se lançou à frente, derrubando Lincoln para o lado e desaparecendo na esquina.

— Meu Deus — comentou Isham —, o que foi isso?

Lincoln se levantou apressadamente e disparou atrás do médico, com Ellery na sua cola e os outros gritando às costas deles.

A origem da risada fora o andar superior da casa. Ao correrem para o saguão de entrada, eles passaram por Stallings, o mordomo, parado ao lado da escada, com o rosto lívido. O pescoço rígido da sra. Baxter se projetava de uma porta nos fundos.

O andar superior abrigava os dormitórios. Eles chegaram ao patamar bem a tempo de ver a figura magra do dr. Temple se lançar pela porta de um dos quartos... Os gritos persistiram; berros e berros da histeria estridente de uma mulher.

Eles encontraram o dr. Temple segurando Hester Lincoln nos braços, acariciando o cabelo desgrenhado, acalentando-a gentilmente. O rosto da garota estava escarlate, os olhos ferozes e irracionais, a boca aberta e torta; os gritos escapavam como se ela não tivesse qualquer controle sobre as próprias cordas vocais.

O MISTÉRIO DA CRUZ EGÍPCIA

— Histeria! — falou o médico com rispidez por cima do ombro. — Ajude-me a botá-la na cama.

Vaughn e Jonah saltaram à frente; a risada estridente da garota redobrou em volume, e ela começou a se debater. Foi naquele momento que Ellery ouviu passos velozes no corredor e, ao se virar, avistou Helene e uma sra. Brad de *negligé* na porta.

— Qual é o problema? — arquejou a senhora. — O que aconteceu?

Helene se apressou à frente. O dr. Temple forçou a garota esperneante de volta para a cama e deu um tapa súbito no rosto dela. Um guincho estremeceu e morreu. Hester se ergueu parcialmente na cama e encarou o rosto pálido e rechonchudo da sra. Brad. A racionalidade voltou aos olhos dela, assim como um ódio desumano.

— Saia daqui, sua... sua... Saia da minha frente! — exclamou ela. — Eu odeio, odeio você, e tudo que pertence a você. Saia daqui, eu disse, *saia daqui*!

A sra. Brad corou, os lábios fartos tremendo. Os ombros sacudiram quando ela arquejou. Então soltou um gemido baixo, deu meia-volta e desapareceu.

— Chega, Hester! — ordenou Helene, com ferocidade. — Você não está falando sério. Seja uma boa garota e sossegue. Está fazendo uma cena.

Os olhos de Hester pareceram se revirar nas órbitas; a cabeça se pendurou e ela desabou como uma trouxa amarrotada na cama.

— Fora! — exclamou o dr. Temple. — Todo mundo.

Ele esticou a garota inconsciente de barriga para cima na cama enquanto os outros saíam lentamente do quarto. Jonah, afobado, nervoso, mas de certa forma triunfante, fechou a porta com cuidado.

— Eu me pergunto o que a deixou histérica — comentou Isham com uma carranca.

— A reação a uma experiência emocional violenta — respondeu Ellery. — A psicologia está correta?

— A consciência da Nova Inglaterra — murmurou o professor Yardley —, em violenta erupção.

— Por que ela saiu da ilha? — perguntou Vaughn.

Jonah deu um sorriso fraco.

— Já está tudo acabado agora, inspetor, então acho que não há problema em contar ao senhor; não é mistério algum. Hester estava enamorada por aquele patife Romaine na ilha Oyster. Mas agora há pouco voltou correndo. Parece que ele... se engraçou para cima dela. — O rosto dele ficou sombrio. — Outra conta que eu preciso acertar com ele, maldita seja a sua alma vil! Mas de certa forma estou grato. Ele abriu os olhos dela e devolveu-lhe o bom-senso.

O inspetor comentou de forma seca:

— Não é da minha conta, é claro, mas a sua irmã pensou que ele recitaria poesia para ela?

A porta se abriu e o dr. Temple apareceu.

— Ela está tranquila agora, não a incomodem — rosnou ele. — A senhorita pode entrar, srta. Brad. — Helene assentiu e entrou, fechando rapidamente a porta atrás de si. — Ela vai ficar bem. Vou lhe dar um sedativo; vou pegar a minha bolsa... — Ele se apressou escada abaixo.

Jonah o observou se afastar.

— Quando ela retornou, me disse que estava farta de Romaine e de todo esse maldito negócio nudista. Ela quer sair daqui e ir a outro lugar... Nova York, falou. Quer ficar sozinha. Bom para ela.

— Humm — disse Isham. — Onde está Romaine agora?

— Na ilha, imagino. Ele não deu as caras por aqui, aquele nojento... — Jonah mordeu o lábio e deu de ombros. — Hester pode sair de Bradwood, sr. Isham?

— Bom... O que acha, Vaughn?

O inspetor massageou a mandíbula.

O MISTÉRIO DA CRUZ EGÍPCIA   247

— Não vejo problema, se soubermos onde encontrá-la se precisarmos.

— Ficará responsável por ela, sr. Lincoln? — perguntou Isham.

Jonah assentiu com vontade.

— Eu garanto...

— Por sinal — murmurou Ellery —, o que exatamente a sua irmã tem contra a sra. Brad, sr. Lincoln?

O sorriso de Jonah sumiu; algo se congelou no olhar dele.

— Não faço a menor ideia — respondeu ele, categórico. — Não dê atenção a ela; ela não sabia o que estava dizendo.

— Estranho — respondeu Ellery. — Pareceu-me que ela falava com uma clareza notável. Acho, inspetor, que seria prudente que conversássemos com a sra. Brad.

— Temo... — começou Lincoln, e parou; todos se viraram um degrau abaixo.

Um dos detetives de Vaughn estava parado ali.

— Um tal de Romaine e o velho — informou o detetive — estão na doca lá embaixo. Querem falar com o senhor, chefe.

O inspetor esfregou as mãos.

— Ora, não é ótimo? Muito bem, Bill, estou indo. Vamos adiar aquela conversinha com a sra. Brad, sr. Queen; ela pode esperar.

— Alguma objeção a que eu vá junto? — perguntou Jonah em voz baixa. O seu grande punho direito já estava cerrado.

— Humm. — O inspetor olhou para o punho e abriu um sorrisinho. — Nenhuma. Será um prazer ter a sua companhia.

Eles seguiram pela trilha. Perto da quadra de tênis, encontraram o dr. Temple, que andava apressadamente com a bolsa preta. O médico abriu um breve sorriso; parecia preocupado e não notara os dois visitantes da ilha Oyster.

Jonah continuou andando de forma ameaçadora.

A grande figura marrom de Paul Romaine assomava na doca de desembarque. O magrelo Stryker, o egiptólogo louco, tremia sentado no barquinho com motor de popa amarrado ao píer. Ambos os homens estavam vestidos; o imortal Ra-Harakht, ao que parecia, dispensara o bastão e a túnica branca como a neve da divindade dele para essa visita, sentindo que poderia conquistar mais como mortal do que como deus. A lancha da polícia boiava por perto, e havia vários detetives ao lado de Romaine.

As pernas de Romaine estavam firmemente plantadas nas tábuas de madeira. O pequeno horizonte verde de árvores da ilha Oyster e a extensão branca oscilante do *Helene* atrás dele de alguma forma funcionava como um cenário apropriado para ele. Fosse lá o que fosse, sem sombra de dúvida era um homem da natureza. Mas havia uma indecisão no seu rosto e um desejo meio sorridente de agradar que denunciava de imediato o estado de espírito dele.

Ele disse de pronto:

— Não queremos incomodá-lo, inspetor. Mas gostaríamos de resolver uma questão. — O tom era agradável.

Ele manteve os olhos fixos em Vaughn, ignorando Jonah Lincoln, que respirava calmamente, examinando Romaine quase com curiosidade.

— Vá em frente — rosnou o inspetor. — O que quer?

Romaine olhou por um segundo para a figura encolhida de Stryker às suas costas.

— Os senhores basicamente arruinaram o nosso negócio, o meu e o do Vosso Todo-Poderoso. Está mantendo os nossos hóspedes presos na ilha.

— Ora, isso não é bom para vocês?

— Sim — respondeu Romaine, com paciência —, mas não assim. Eles estão todos assustados, como um bando de crianças. Querem desistir, e os senhores não permitem. Mas não estou preocupado com eles. E sim com os próximos. Certamente não conseguiremos mais clientes.

— E daí?

— Queremos permissão para partir.

Muito subitamente, o velho Stryker se levantou do barco a motor.

— Isso é perseguição! — esganiçou ele. — Um profeta não tem honra exceto na própria terra! Harakht exige o direito de pregar o Evangelho...

— Quieto — ordenou Romaine.

O louco arquejou e se sentou.

— Abobrinha — murmurou o professor Yardley; ele estava pálido. — Pura abobrinha. O homem é maluco de pedra. Cita Mateus; tagarela em egípcio e teologia cristã...

— Bem, vocês não têm — disse o inspetor Vaughn, com calma.

O belo rosto de Romaine se tornou ameaçador de imediato. Ele deu um passo adiante e cerrou os punhos. Os detetives ao redor dele se aproximaram, ansiosos. Mas o desejo obscuro de agradar sufocou o temperamento raivoso, e ele relaxou.

— Por quê? — perguntou, engolindo com força. — O senhor não tem nada contra nós, inspetor. Temos sido bons meninos, não temos?

— Você me escutou. Não deixarei você nem aquele velho depravado fugirem de mim... nem a pau. Claro que têm se comportado bem. Mas até onde sei, vocês dois estão na corda bamba, Romaine. Onde você estava na noite em que Thomas Brad foi assassinado?

— Eu já disse! Na ilha.

— Ah, é? — inquiriu o inspetor.

Em vez de explodir de raiva de novo, Romaine, para a surpresa de Ellery, ficou pensativo. As narinas do inspetor estremeceram; um tanto por acidente, parecia, ele esbarrara em alguma informação. Isham abriu a boca; Vaughn o cutucou e Isham a fechou.

— Então? — vociferou Vaughn. — Não tenho o dia todo. Desembuche!

— Suponha — disse Romaine devagar —, suponha que eu possa provar definitivamente onde eu estava naquela noite... por meio de uma testemunha confiável, digo. Isso me liberaria?

— Ah — falou Isham. — Claro que sim, Romaine.

Aconteceu um pequeno rebuliço atrás deles que ninguém notou exceto Ellery. A compostura de Jonah Lincoln evaporara; ele rosnava pela garganta e tentava avançar para a frente do grupo. Ellery fechou os dedos firmemente ao redor do bíceps de Lincoln; que flexionaram e tensionaram sob o toque, mas ele parou onde estava.

— Muito bem — disse Romaine, de súbito; estava um tanto pálido ao redor das narinas. — Eu não ia divulgar isso, porque envolve... bem, algumas pessoas podem interpretar mal. Mas precisamos sair daqui... Eu estava...

— Romaine — soou a voz nítida de Jonah —, se disser mais uma palavra eu juro que mato você.

Vaughn deu meia-volta.

— Ei, ei! — repreendeu ele com rispidez. — Que papo é esse? Não se meta, Lincoln!

— Você me ouviu, Romaine — reiterou Jonah.

Romaine balançou a cabeçorra e riu; uma risadinha enlouquecida que arrepiou os cabelos da nuca de Ellery.

— Tolice — disse ele de forma brusca. — Eu o joguei na enseada uma vez e posso jogar de novo. Não dou a mínima para você ou qualquer outro nesse lugar torpe. Eis a verdade, inspetor. Entre 22h30 e mais ou menos 23h30 daquela noite...

Jonah se lançou à frente sem fazer barulho, sacudindo os braços. Com um resmungo, Ellery passou um braço ao redor

O MISTÉRIO DA CRUZ EGÍPCIA

do pescoço dele e arrastou-o para trás. Um detetive se juntou à briga e agarrou a gola de Jonah em uma chave de braço. Depois de uma breve resistência, o jovem sucumbiu; ele arfava e encarava Romaine com uma raiva assassina nos olhos ardentes.

Romaine prosseguiu apressadamente:

— Eu estava na ilha Oyster com a sra. Brad.

Jonah afastou o braço de Ellery.

— Tudo bem, sr. Queen — disse ele com frieza. — Estou muito bem agora. Ele já falou. Deixe que conte a historinha dele.

— Como assim... na ilha Oyster com a sra. Brad? — perguntou o inspetor, estreitando os olhos. — A sós com ela?

— Ah, não se faça de inocente — retrucou Romaine. — Foi o que eu disse. Passamos uma hora juntos perto da costa, sob as árvores.

— Como a sra. Brad chegou à ilha naquela noite?

— Tínhamos um encontro. Esperei por ela no meu barco, na doca de Bradwood. Ela apareceu logo depois que eu cheguei. Um pouco depois das 22h30.

O inspetor Vaughn tirou um cigarrinho esfarrapado de um dos bolsos e enfiou-o na boca.

— Você precisa retornar à ilha, e nós investigaremos a sua história. Leve o doido junto... E agora, sr. Lincoln — anunciou depois de refletir, dando as costas para Romaine —, se desejar dar uns socos neste espécime sujo da ninhada fedorenta de uma hiena, vá em frente. Eu... hum... voltarei para a casa.

Romaine ficou parado na doca, inexpressivo. Os detetives se afastaram dele. Jonah tirou o casaco, arregaçou as mangas e deu um passo à frente.

— Um — disse Jonah —, por se engraçar com a minha irmã. Dois, por mexer com a cabeça de uma mulher deveras tola... Assuma a sua posição, Romaine.

O louco agarrou a borda do barco e guinchou:

— Paul, vamos embora!

Romaine lançou um olhar rápido para os rostos hostis ao redor.

— Tire as fraldas primeiro! — exclamou, erguendo os ombros largos e se virando parcialmente.

O punho de Jonah colidiu com o maxilar do homem. Foi um golpe vigoroso, bem dado, e carregava consigo todo o ódio amargurado que Jonah vinha acumulando havia semanas. Nocautearia um homem de porte normal; mas Romaine era um touro, e o golpe só o fez cambalear. Ele piscou de novo, um rosnado ferino obscureceu a sua beleza, e ele ergueu o punho de cassetete em um gancho curto e poderoso que ergueu Jonah dois centímetros do píer de madeira e o derrubou, feito um monte inanimado, nas tábuas.

A simpatia do inspetor Vaughn desapareceu e ele gritou para os seus homens, se lançando à frente como uma dardo:

— Mantenham distância!

Romaine, movendo-se a uma velocidade extraordinária para o seu tamanho, saltou da doca para o barco a motor onde Stryker se acovardava, quase afundando o barco, e afastou-o com um empurrão colossal da pata. O motor ligou com um forte ruído, e o barco disparou na direção da ilha Oyster.

— Vou entrar na lancha — disse o inspetor, calmo. — Levem esse coitado de volta; me juntarei aos senhores em alguns minutos. Aquele sujeito precisa de uma lição.

Enquanto a lancha assobiava para longe da doca atrás do barco a motor, Ellery se ajoelhou ao lado do gladiador caído e estapeou, com gentileza, as bochechas pálidas. O professor Yardley se debruçou sobre o cais e encheu a mão de água do estuário.

Os detetives gritaram palavras de encorajamento para o inspetor, que se posicionava de pé na proa da lancha, como o capitão Ahab, e tirava o paletó.

Ellery espirrou água no rosto de Jonah.

O MISTÉRIO DA CRUZ EGÍPCIA

— Um exemplo notável — observou — do triunfo da justiça. Acorde, Lincoln; a guerra acabou!

Quinze minutos mais tarde, eles estavam sentados na varanda colonial, quando o inspetor Vaughn virou a esquina. Jonah Lincoln ocupava uma cadeira de balanço e segurava a mandíbula com ambas as mãos como se estivesse surpreso por ela continuar presa ao rosto. Ellery, Isham e Yardley o ignoravam, fumando em paz de costas para ele.

A rosto do inspetor, apesar de não exatamente angelical, visto que havia rastros de sangue no nariz e um corte sob um dos olhos, indicava que ele estava satisfeito com a sua justa cavalheiresca.

— Olá — disse, bem-humorado, subindo ruidosamente os degraus da varanda entre os pilares. — Bem, sr. Lincoln, o senhor deu uma surra por tabela nele. Foi uma batalha real, mas aquele mulherengo vai passar um mês longe dos espelhos.

Jonah murmurou:

— Eu... Meu Deus, eu simplesmente não tenho a força necessária. Não sou um covarde de fato. Mas aquele homem... ele é um Golias.

— Bom, e eu sou o pequeno Davi dele. — Vaughn chupou um corte no nó do dedo. — Achei que o velho lunático teria um treco. Eu realmente nocauteei o discípulo líder! Heresia, hein, professor? Melhor ir se lavar, sr. Lincoln. — Ele parou de sorrir. — Vamos voltar aos negócios. Viram a sra. Brad?

De repente, Jonah se levantou e entrou na casa.

— Acho que ainda está no andar de cima — falou Isham.

— Bom — disse o inspetor, seguindo atrás de Jonah —, vamos alcançá-la antes que Lincoln o faça. Ele vem dando uma de cavalheiro e tudo o mais, mas isso é uma investigação oficial e está na hora de arrancarmos a verdade de alguém.

Helene, ao que parecia, continuava no quarto de Hester Lincoln. Stallings achava que o dr. Temple também estava lá em cima; o médico não reaparecera depois de subir com a bolsa médica havia algum tempo.

Eles chegaram ao andar dos dormitórios bem a tempo de ver Jonah entrar no quarto. Seguindo as instruções de Stallings, eles foram até uma porta nos fundos da casa e o inspetor bateu.

A voz trêmula da sra. Brad falou:
— Quem é?
— Inspetor Vaughn. Podemos entrar?
— Quem? Ah, um momento! — Havia pânico no tom da mulher. Eles esperaram, até que uma fresta da porta se abriu. O rosto deveras belo da sra. Brad apareceu, os olhos úmidos e apreensivos. — O que é, inspetor? Eu... estou doente.

Vaughn empurrou delicadamente a porta.
— Eu sei. Mas é importante.

Ela recuou, e eles entraram. Era um quarto bem feminino: perfumado, pregueado, repleto de espelhos e com uma penteadeira coberta de cosméticos. Ela continuou recuando, apertando o *negligé* com mais firmeza ao redor do corpo.

— Sra. Brad — começou Isham —, onde a senhora estava entre 22h30 e 23h30 da noite em que o seu marido foi assassinado?

Ela parou de apertar o *negligé* ao redor do corpo, parou de recuar; pareceu quase parar de respirar.

— Como assim? — perguntou ela, enfim, com a voz apática. — Eu estava no teatro com a minha filha, com...

— Paul Romaine — interrompeu o inspetor Vaughn — disse que a senhora estava com ele, na ilha Oyster.

Ela vacilou.

— Paul... — Os grandes olhos escuros dela estavam assombrosos. — Ele... ele disse isso?

— Sim, sra. Brad — confirmou Isham com seriedade. — Entendemos como isso deve ser doloroso para a senhora. Evidentemente, não é da nossa conta, contanto que seja só isso e nada mais. Conte-nos a verdade, e não tocaremos no assunto de novo.

— É mentira! — exclamou ela, e desabou em uma cadeira de chita.

— Não, sra. Brad. É verdade. Coincide com o fato de que, por mais que a senhora e a srta. Brad tenham ido ao teatro Park naquela noite, só o sr. Lincoln e a sua filha voltaram para esta casa de táxi. Coincide com o fato de que o porteiro do teatro Park viu uma mulher com a sua descrição sair no meio do primeiro ato naquela noite, por volta das nove horas... Romaine disse que tinha um compromisso com a senhora, que a encontraria perto do cais.

Ela cobriu os ouvidos.

— Por favor — implorou. — Eu estava louca. Não sei como aconteceu. Fui uma tola... — Eles se entreolharam. — Hester me odeia. Ela o queria também. Ela pensou... ela pensou que ele fosse decente... — As linhas de expressão apareciam com nitidez surpreendente, como se recém-formadas, no seu rosto. — Mas ele é um monstro do pior tipo!

— Ele não fará esse tipo de coisa por muito tempo, sra. Brad — afirmou o inspetor Vaughn sombriamente. — Ninguém está julgando a senhora, ou tentando fazê-lo. A senhora manda na própria vida, e se foi tola o bastante para se misturar com aquele trapaceiro, imagino que já tenha sofrido o bastante. Só o que nos interessa é: como a senhora chegou em casa e o que exatamente aconteceu naquela noite?

Ela retorceu os dedos no colo; um soluço seco engasgando-a.

— Eu... eu saí do teatro mais cedo, durante o espetáculo; disse a Helene que não estava me sentindo bem e insisti para que ela ficasse e esperasse por Jonah... Fui à estação Pensilvânia e peguei o primeiro trem de volta; por sorte um passou quase de imediato. Eu... eu saltei na estação seguinte e peguei um táxi até um local próximo a Bradwood. Andei o resto do caminho, e não parecia haver vivalma por perto, então... então...

— Naturalmente — disse Isham —, não queria que o sr. Brad soubesse que a senhora voltara. Entendemos.

— Sim — sussurrou ela; o rosto estava tingido de um tom escuro e doentio de vermelho. — Eu o encontrei... na doca.

— Que horas eram?

— Pouco depois das 22h30.

— A senhora tem certeza de que não viu nem ouviu nada? Não encontrou ninguém?

— Sim. — Ela ergueu os olhos aflitos. — Ah, não acha que eu teria contado... tudo... se eu *tivesse* visto algo ou alguém? E quando... quando voltei, eu entrei de fininho na casa e vim direto para o quarto.

Isham estava prestes a fazer outra pergunta quando a porta se abriu e Helene Brad apareceu. Ela ficou imóvel, olhando do rosto atormentado da mãe para o dos homens.

— O que houve, mãe? — perguntou ela, os olhos firmes.

A sra. Brad afundou a cabeça nas mãos e começou a chorar.

— Então a história veio à tona — sussurrou Helene. Ela fechou a porta com calma. — Você foi fraca demais para guardá-la. — Ela olhou com desprezo de Vaughn para Isham, então para a mulher chorosa. — Pare de chorar, mãe. Se é sabido, é sabido; outras mulheres já tentaram reviver o romance e fracassaram. Só Deus sabe...

— Vamos em frente — disse Vaughn. — É tão desagradável para nós quanto para vocês. Como Lincoln e a senhorita sabiam onde a sua mãe estava naquela noite, srta. Brad?

Helene se sentou ao lado da mãe e deu tapinhas nas largas costas sacolejantes.

— Pronto, mãe... Quando a mamãe me deixou naquela noite... bem, eu sabia. Mas ela não sabia que eu sabia. Eu mesma fui fraca. — Ela encarou o chão. — Decidi esperar por Jonah; nós dois havíamos notado... bem, certas coisas antes. Quando ele chegou, eu contei a ele, e nós voltamos para casa. Olhei para dentro deste quarto; mamãe estava na cama, dormindo... Na manhã seguinte, no entanto, quando vocês encontraram o... o corpo...

— Ela confessou?

— Sim.

— Se me permite duas perguntas — interveio Ellery. Os olhos grandes da garota, tão parecidos com os da mãe, se viraram para ele. — Há quanto tempo a senhorita começou a desconfiar do que estava acontecendo, srta. Brad?

— Ah! — Ela balançou a cabeça, como se sentisse dor. — Semanas, semanas atrás.

— Acha que o seu padrasto sabia?

A srta. Brad ergueu a cabeça de súbito; o rosto estava manchado de lágrimas e ruge.

— Não! — exclamou ela. — Não!

Helene sussurrou:

— Tenho certeza de que não sabia.

— Acho que já basta — falou o promotor de justiça Isham, curto e grosso, e seguiu para a porta. — Vamos lá. — E saiu para o corredor.

Obedientes, o inspetor Vaughn, o professor Yardley e Ellery o seguiram.

21. BRIGA DE AMANTES

— Uma abundância de coisa nenhuma — comentou Ellery na noite seguinte, enquanto ele e o professor Yardley, do gramado de Yardley, observavam o céu pontilhado de estrelas acima de Long Island.

— Humm — falou o professor. Faíscas de tabaco caíram do cachimbo quando ele suspirou. — Para dizer a verdade, eu vinha esperando pelo início dos fogos de artifício, Queen.

— Paciência. De certa forma, visto que esta é a noite do nosso celebrado Dia da Independência, você pode esperar que o cenário se abunde de fogos de artifício. Ali! Um rojão!

Eles ficaram em silêncio enquanto assistiam ao longo dedo de luz brilhante disparar pelo céu escuro e explodir em um clarão de cores aveludadas em queda. O único rojão pareceu funcionar como um sinal; instantaneamente, a costa inteira de Long Island entrou em erupção, e por um tempo eles ficaram parados, observando a celebração da costa norte. Um pouco difusos, no céu acima do distante litoral de Nova York do outro lado do estuário, eles distinguiram clarões em resposta, como minúsculos vaga-lumes.

O professor resmungou:

— Ouvi falar tanto sobre a sua habilidade pirotécnica como detetive que a realidade... me desculpe se blasfemo... me decepciona. Quando você vai começar, Queen? Digo... quando é que Sherlock se levanta de um salto e fecha as algemas ao redor dos pulsos do ignóbil assassino?

Ellery encarou com melancolia os loucos padrões de luz disparando e girando diante das estrelas do Grande Carro.

— Estou começando a achar que não haverá início... ou desfecho...

— Não é o que parece. — Yardley tirou o cachimbo da boca. — Não acha que foi imprudente afastar os soldados? Temple me contou hoje de manhã; ele disse que o coronel das forças armadas do condado havia expedido a ordem de retirada. Eu mesmo não vejo por quê.

Ellery deu de ombros.

— Por que não? É óbvio que Krosac só está atrás de duas pessoas, Stephen Megara e Andrew Van, ou os Tvar, seja lá como escolha chamá-los. Megara tem proteção suficiente no isolamento aquático e da tropa de Vaughn, e Van está protegido o suficiente pelo seu disfarce.

"Há uma grande quantidade de elementos nesse segundo crime, professor, que daria espaço para discussão; a sua maneira, eles são extraordinariamente esclarecedores. Mas não parecem levar a lugar algum."

— Não consigo pensar em nada.

— Sério? — Ellery parou para assistir a um pistolão sibilante. — Quer dizer que não leu a história completa, e deveras interessante, das peças de damas?

— Damas, é? — A barba curta de Yardley ficava levemente visível diante do brilho do fornilho. — Confesso que nada na última ceia de Brad, por assim dizer, me pareceu relevante.

— Então eu recupero parte da minha autoestima perdida — murmurou Ellery. — A história era muito clara. Mas, droga, por mais que seja mais conclusivo do que o mero palpite que Vaughn e Isham vinham fazendo... — Ele se levantou e enfiou as mãos nos bolsos. — Pode me dar licença? Preciso caminhar para desanuviar a mente.

— É claro.

O professor se inclinou para trás e tragou o cachimbo, observando Ellery se afastar com uma curiosa concentração.

Ellery perambulou sob as estrelas e os fogos de artifícios. Exceto por clarões espasmódicos, estava profundamente escuro; a escuridão do campo. Ele atravessou a rua entre o terreno de Yardley e Bradwood, tateando sem enxergar, farejando o ar noturno, escutando os fracos sons de barcos festivos na água, roendo os ossos do cérebro feito um terrier frustrado.

Bradwood, exceto por uma luz noturna na varanda da frente — Ellery identificou, ao subir sem muita habilidade pela entrada para carros, dois detetives fumando ali —, estava sombria e desolada. As árvores assomavam à direita, e mais distantes à esquerda. Ao passar pela casa, um dos detetives se levantou e gritou:

— Quem está aí?

Ellery ergueu uma das mãos para cobrir o feixe ofuscante da poderosa lanterna.

— Ah — disse o detetive. — Perdão, sr. Queen.

O feixe se desligou.

— Quanta vigilância — murmurou Ellery, e continuou a caminhar ao redor da casa.

Ele se perguntou naquele momento por que os seus pés viraram naquela direção. Aproximava-se da pequena trilha que levava ao sinistro totem e à edícula. O eflúvio de medo que emanava da trilha e do fim dela — ou talvez fosse a sensitividade subconsciente a cenas de horror — o dominou, e ele passou apressado. O caminho principal estava obscuro diante dele.

De supetão, ele parou. Um pouco à direita, onde ficava a quadra de tênis, pessoas conversavam.

Veja bem, Ellery Queen era um cavalheiro por definição, mas aprendera uma lição com o bom inspetor, o seu pai, que era uma alma gentil em tudo exceto na cínica familiaridade com o crime. E essa lição era: "Sempre entreouça conversas". O velho dizia: "A única evidência que vale um quinhão, filho, é a conversa entre pessoas que acham que não estão sendo ouvidas. Escute nesses momentos e descobrirá mais do que conseguiria com uma centena de interrogações de uma fileira de suspeitos".

Portanto, Ellery, um filho obediente, permaneceu onde estava e escutou.

As vozes pertenciam a um homem e a uma mulher. Ambos os tons eram familiares aos ouvidos, mas ele não conseguia escutar as palavras. Já tendo chegado tão baixo, não havia nada para impedi-lo de se rebaixar ainda mais. Com a furtividade de um nativo americano, ele saltou do cascalho barulhento para a grama que ladeava a trilha e começou a avançar cautelosamente em direção à origem das vozes.

Uma consciência da identidade dos donos chegou ao seu cérebro. Eram Jonah Lincoln e Helene Brad.

Eles estavam sentados, ao que parecia, a uma mesa de jardim do lado oeste da quadra de tênis; Ellery se lembrava um pouco da disposição do terreno. Ele se esgueirou até ficar a um metro e meio deles, e se manteve petrificado atrás de uma árvore.

— Não fará bem algum negar, Jonah Lincoln. — Ele ouviu o tom gélido de Helene.

— Mas, Helene — retrucou Jonah —, eu já lhe disse uma dúzia de vezes que Romaine...

— Besteira! Ele não seria tão indiscreto. Só... só você, com as suas ideias peculiares, a sua... covardia bestial...

— Helene! — Jonah ficou mortalmente ferido. — Como pode dizer isso? É verdade que, como sir Galahad, eu tentei espancá-lo algumas vezes, e ele me nocauteou, mas eu...

— Bem — respondeu ela —, talvez eu tenha sido injusta, Jonah. — Fez-se um silêncio; Ellery percebeu que ela se esforçava para segurar as lágrimas. — Não posso dizer que não tentou, é claro. Mas você está sempre... ah, interferindo.

Ellery visualizava a cena o melhor que podia. O rapaz, ele tinha certeza, tornara-se tenso.

— É mesmo? — perguntou Jonah com a voz cheia de amargura. — Muito bem, é o que eu sempre quis saber. Interferindo, é? Não passo de um intruso. Não, certo. Muito bem, Helene. Não interferirei mais. Vou...

— Jonah! — Havia pânico na voz dela agora. — Como assim? Eu não...

— Estou falando sério — rosnou ele. — Já faz anos que não passo de um bom camarada, trabalhando como um cão para um homem que passa todo o tempo no mar e outro que fica em casa jogando damas. Bem, já chega! Aquela porcaria de salário não vale. Vou embora com Hester, por Deus, e já contei ao seu precioso Megara! Contei a ele esta tarde no iate. Deixe que ele mesmo gerencie o próprio negócio para variar; estou farto de fazer isso por ele.

Houve um breve e tenso intervalo durante o qual nenhum dos antagonistas disse uma palavra. Ellery, atrás da segurança da árvore, suspirou. Já imaginava o que estava por vir.

Ele ouviu a suave exalação de Helene e sentiu a rigidez defensiva de Jonah.

— Afinal, Joe — sussurrou ela —, não é como... como se você não devesse nada à memória de papai. Ele... ele fez muito por você, não fez? — Nenhum comentário do sr. Lincoln. — E quanto a Stephen... ah, você não mencionou dessa vez, mas eu já disse várias vezes que não há nada entre nós. Por que você precisa ser tão... tão venenoso em relação a ele?

— Não estou sendo venenoso — disse Jonah com dignidade.

— Está, sim! Ah, Jonah... — Outro silêncio, durante o qual Ellery visualizou a moça aproximando a cadeira ou se inclinando, como Calypso, em direção à sua vítima. — Vou lhe contar algo que nunca lhe contei!

— É mesmo? — Jonah se sobressaltou. Então prosseguiu apressado: — Não precisa, Helene. Não estou nem um pouco interessado... se for sobre Megara, digo.

— Não seja bobo, Joe. Por que acha que Stephen passou um ano inteiro longe, nessa última viagem dele?

— *Eu* estou certo de que não sei. Provavelmente encontrou uma dançarina de Hula do estilo dele no Havaí.

— Jonah! Que grosseiro. Stephen não é desse tipo, e você sabe... Vou lhe contar. É porque ele me pediu *em casamento*. Pronto! Foi por isso. — Ela fez uma pausa triunfante.

— Ah, é? Bom — resmungou Jonah —, é um jeito e tanto de tratar a noiva prometida. Passar um ano longe! Desejo muita sorte a vocês dois.

— Mas eu... eu o rejeitei!

Ellery suspirou de novo e se esgueirou de volta para o caminho. A noite continuava desoladora, na opinião dele. Quanto ao sr. Lincoln e à srta. Brad... silêncio. Ellery bem achou que sabia o que estava acontecendo.

22. CORRESPONDÊNCIA ESTRANGEIRA

— Todos os sinais — disse Ellery ao professor Yardley dois dias depois, na quarta-feira — me dizem que a justiça está abanando o rabo e correndo para casa.

— O que quer dizer...

— Há certos indicativos universais entre policiais frustrados. Já convivi com um, sabe, a vida toda... O inspetor Vaughn está, nas palavras modestas da imprensa, atarantado. Não consegue identificar nada concreto. Então se torna o agressivo defensor da lei, persegue pessoas, pressiona os homens em um frenesi de atividades inúteis, grita com os amigos, ignora os colegas e, de maneira geral, age como o pequeno Rollo em um acesso de fúria.

O professor deu uma risadinha.

— Se eu fosse você, esqueceria de uma vez esse caso. Relaxe e leia a *Ilíada*. Ou algo do tipo, agradavelmente literário e heroico. Você está remando a mesma canoa que Vaughn. Com a diferença de que age com mais graciosidade diante do fato de que ela está afundando.

Ellery resmungou e bateu as cinzas do cigarro na grama.

Ele estava aflito; mais do que isso, estava preocupado. O fato de o caso não oferecer nenhuma solução lógica à sua mente não o perturbava tanto quanto o fato de que ele parecia ter expirado por inércia. Onde estava Krosac? Pelo que esperava?

A sra. Brad chorava pelos seus pecados na privacidade do *boudoir*. Jonah Lincoln, apesar das ameaças, retornara ao escritório de Brad & Megara e continuava a distribuir tapetes pelo demandante Estados Unidos. Helene Brad flutuava por aí radiante, mal tocando o chão. Hester Lincoln, depois de uma sessão turbulenta com o dr. Temple, partira de mala e cuia para Nova York. O dr. Temple, por conseguinte, perambulava por Bradwood, cachimbo na boca, o rosto mais sombrio do que nunca. Da ilha Oyster vinha silêncio; vez ou outra o velho Ketcham aparecia, mas cuidava da própria vida ao remar a canoa de um lado ao outro com mantimentos e correspondências. Fox continuou a cuidar discretamente dos gramados e dirigir os carros dos Brad.

Andrew Van se escondia nas colinas da Virgínia Ocidental. Stephen Megara permanecia no iate; a tripulação, com exceção do capitão Swift, fora paga e dispensada com a permissão do inspetor Vaughn. A guarda pessoal de Megara composta de dois detetives, que vinham se refastelando no convés do *Helene* — bebendo, fumando, jogando cassino —, Megara insistiu em dispensar; conseguia perfeitamente, disse sem rodeios, cuidar de si mesmo. A polícia marítima, no entanto, continuou a patrulhar o estuário.

Um telegrama da Scotland Yard mal perturbara a monotonia. Ele dizia:

INVESTIGAÇÃO ADICIONAL PERCY E ELIZABETH LYNN NA INGLATERRA SEM ÊXITO SUGIRO CHECAR COM POLÍCIA CONTINENTAL

Então o inspetor Vaughn agia, nas palavras de Ellery, como o pequeno Rollo em uma crise de fúria, o promotor de justiça Isham se retirava com astúcia do caso por meio da simples conveniência de permanecer no seu escritório, e Ellery se refrescava na piscina do professor Yardley, lendo os excelentes livros dele e agradecendo aos seus multifários deuses por umas férias; tanto do corpo quanto da mente. Ao mesmo tempo, mantinha um olho preocupado apontado para a grande casa do outro lado da estrada.

Na manhã de quinta-feira, Ellery andou até Bradwood e encontrou o inspetor Vaughn sentado na varanda, um lenço entre o pescoço queimado de sol e a gola murcha, se abanando e xingando o calor, a força policial, Bradwood, o caso e ele próprio na mesma exalação.

— Nada, inspetor?

— Nada, maldição!

Helene Brad saiu da casa, revigorada como uma nuvem de primavera em um vestido branco esvoaçante. Ela murmurou um bom-dia e, descendo os degraus, direcionou-se para a trilha leste.

— Eu estava dando as mesmas notícias aos repórteres — resmungou Vaughn. — Progresso. Avanço. Esse caso morrerá de avanços, sr. Queen. Onde diabos está Krosac?

— Uma pergunta retórica. — Ellery franziu a testa diante do cigarro. — Francamente, estou intrigado. Será que ele desistiu? Não parece possível. Um louco nunca desiste. Então por que está deixando o tempo passar? Esperando que nos retiremos, que desistamos do caso por incompetência?

— O *senhor* que diga — murmurou Vaughn para si mesmo, então adicionou: — Eu ficarei aqui, por Deus, até o Dia do Juízo Final.

Eles permaneceram em silêncio. No jardim cercado pela entrada para carros, movia-se a figura alta de Fox, vestido de veludo cotelê, acompanhado pelo chacoalhar de um cortador de grama.

O inspetor se sentou de súbito, e Ellery, fumando com os olhos meio fechados, se sobressaltou. O barulho havia parado. Fox estava imóvel como um explorador corajoso, a cabeça inclinada na direção oeste. Então soltou o cortador de grama e saiu correndo, saltando por cima de um canteiro de flores. Ele disparou naquela direção.

Os dois se levantaram em um salto, e o inspetor gritou:

— Fox! O que houve?

O homem não interrompeu a correria. Gesticulou para as árvores e gritou algo que eles não conseguiram entender.

Então ouviram. Um grito fraco. Vinha de algum lugar da propriedade dos Lynn.

— Helene Brad! — exclamou Vaughn. — Vamos lá.

Quando eles adentraram a clareira diante da casa dos Lynn, encontraram Fox à frente, ajoelhado na grama e segurando no joelho a cabeça reclinada de um homem. Helene, com o rosto tão branco quanto o vestido bufante, estava de pé acima deles, apertando o peito com força.

— O que aconteceu? — arquejou Vaughn. — Ora, é Temple!

— Ele... Eu achei que ele estivesse morto — balbuciou Helene.

O dr. Temple estava caído no chão, os olhos fechados, o rosto escuro cinzento. Havia um vergão profundo na testa dele.

— Golpe feio, inspetor — anunciou Fox. — Não consigo acordá-lo.

— Vamos levá-lo para a casa — ordenou o inspetor. — Fox, telefone para um médico. Aqui, sr. Queen, me ajude a levantá-lo.

Fox se levantou e correu pelos degraus de pedra da casa dos Lynn. Ellery e Vaughn ergueram a figura imóvel com cuidado e o seguiram.

Eles entraram em uma sala de estar encantadora — uma sala de estar que já fora encantadora, mas parecia ter sido virada do avesso por vândalos. Duas cadeiras estavam viradas, as gavetas de uma escrivaninha se projetavam para fora, um relógio fora virado, e o vidro, estilhaçado... Helene saiu correndo enquanto eles depositavam o homem inconsciente no sofá e voltou um momento depois com uma bacia de água.

Fox estava frenético ao telefone.

— Não consigo falar com o dr. Marshal, o médico mais próximo — informou. — Vou tentar...

— Espere um minuto — disse Vaughn. — Acho que ele está voltando a si.

Helene molhava a testa do dr. Temple, pingava água entre os lábios. Ele grunhiu, e as pálpebras estremeceram; ele grunhiu de novo, os braços trêmulos, e fez uma tentativa fraca de se sentar. Então balbuciou:

— Eu...

— Não tente falar ainda — orientou Helene. — Só fique deitado e descanse um pouco. O dr. Temple tombou para trás e fechou os olhos, suspirando.

— Ora — disse o inspetor —, mas que situação. Onde estão os Lynn?

— Pela aparência deste cômodo — respondeu Ellery com aspereza —, eu diria que eles deram o fora.

Vaughn cruzou a porta para o cômodo vizinho. Ellery ficou observando Helene acariciar as bochechas do dr. Temple; conseguia escutar o inspetor andando pelo restante da casa. Fox foi para a porta da frente e hesitou ali.

Vaughn voltou. Foi até o telefone e ligou para a casa dos Brad.

— Stallings? Inspetor Vaughn. Chame um dos meus homens ao telefone agora mesmo... Bill? Escute. Os Lynn fugiram. Você tem a descrição deles. Acusação: agressão com lesão corporal. Mexa-se. Dou mais informações mais tarde.

Ele apertou o gancho.

— Conecte-me ao escritório do promotor de justiça em Mineola... Isham? Vaughn. Comece a rolar a bola. Os Lynn deram no pé.

Ele desligou e foi até o sofá. O dr. Temple abriu os olhos e deu um sorriso fraco.

— Melhor agora, Temple?

— Meu Deus, que pancada! Foi uma sorte ele não ter quebrado o meu crânio.

Helene disse:

— Andei até aqui para fazer uma visita matinal aos Lynn. — A voz estremeceu. — Realmente não entendo. Quando cheguei, vi o dr. Temple caído no chão.

— Que horas são? — perguntou o médico, sentando-se com um sobressalto.

— São 10h30.

Ele voltou a se deitar.

— Apagado por duas horas e meia. Não parece possível. Eu me lembro de retomar a consciência há muito tempo, então rastejei em direção à casa... ou tentei, pelo menos. Mas devo ter desmaiado.

Enquanto o inspetor Vaughn voltava ao telefone para transmitir esse fato ao subalterno, Ellery perguntou:

— Você rastejou? Então não foi golpeado no local onde o encontramos?

— Não sei onde vocês me encontraram — gemeu Temple —, mas se me faz essa pergunta... não. É uma longa história. — Ele esperou até Vaughn desligar o telefone. — Por algumas razões, eu suspeitei que os Lynn não eram tudo o que diziam ser. Suspeitei disso assim que pus os olhos neles. Há duas semanas, na noite de quarta-feira, eu vim até aqui no escuro e os ouvi conversando. O que eles diziam me fez acreditar que eu tinha razão. Lynn tinha acabado de enterrar alguma coisa...

— Enterrar alguma coisa! — gritou Vaughn. Ellery franziu a sobrancelha e olhou para o inspetor; o mesmo pensamento passava por trás dos olhos dos dois. — Meu Deus, Temple, por que não nos contou isso na época? Tem ideia do que ele deve ter enterrado?

— Se eu tenho ideia? — Temple os encarou, então gemeu de novo ao sentir uma pontada de dor na testa machucada. — Ora, é claro. Vocês também sabem?

— Se sabemos! A cabeça, a cabeça de Brad!

Os olhos do dr. Temple tornaram-se espelhos de espanto.

— A cabeça — repetiu ele lentamente. — Nunca pensei nisso... Não, eu pensei que fosse outra coisa.

Ellery perguntou depressa:

— O quê?

— Foi alguns anos depois da guerra. Eu fora liberado do campo de concentração austríaco e estava perambulando pela Europa, aproveitando a sensação da recém-conquistada liberdade. Em Budapeste... bem, eu conheci certo casal. Estávamos no mesmo hotel. Um dos hóspedes, um joalheiro alemão chamado Bundelein, foi encontrado amarrado no quarto, e uma consignação valiosa de joias que ele levava de volta a Berlim havia sumido. Ele acusou o casal, que tinha desaparecido... Quando vi os Lynn aqui, tive quase certeza de que eram as mesmas pessoas. O sobrenome deles na época era Truxton; sr. e sra. Percy Truxton... Céus, a minha cabeça. Pelas alterações que Lynn fez na minha visão, eu quase poderia me qualificar como um telescópio com o poder de ver estrelas da décima quinta magnitude!

— Não acredito — murmurou Helene. — Pessoas tão simpáticas! Eles foram adoráveis comigo em Roma. Cultos, abastados, agradáveis...

— Se for verdade — disse Ellery, pensativo — que os Lynn são o que o dr. Temple os acusa de ser, então eles tiveram um bom motivo para serem simpáticos com a senhorita. Teria sido muito fácil para eles pesquisarem e descobrirem que era filha de um milionário americano. E, também, se eles tivessem feito um trabalho na Europa...

— Combinaram negócios e prazer — falou o inspetor com aspereza. — Acho que tem razão, doutor. Eles devem ter enterrado uma pilhagem. O que aconteceu hoje de manhã?

O dr. Temple abriu um sorriso fraco.

— Hoje de manhã? Eu venho bisbilhotando por aqui de vez em quando nas últimas duas semanas... Essa manhã eu vim aqui, seguro ao menos de que sabia onde as coisas estavam enterradas, pois vinha procurando-as. Fui direto ao local e já começara a cavar quando ergui o rosto e vi o homem à minha frente. Então o mundo inteiro pareceu cair sobre a minha cabeça e isso é a última coisa de que me lembro. Imagino que Lynn, ou Truxton, ou seja lá qual for o nome dele, me seguiu, percebeu que fora descoberto, me nocauteou, desenterrou a pilhagem e deu o fora com a esposa.

O dr. Temple insistiu que conseguia andar. Com o apoio de Fox, cambaleou casa afora e mata adentro, seguido pelos outros. Eles encontraram, a apenas dez metros à frente, um buraco aberto na terra gramada. Tinha mais ou menos novecentos centímetros quadrados.

— Não é de se espantar que a Scotland Yard não tenha conseguido rastreá-los — comentou Vaughn ao voltarem para Bradwood. — Nomes falsos... Preciso ter uma conversa séria com você, Temple. Por que diabos não trouxe a história até mim?

— Porque fui um tolo — respondeu o médico, taciturno. — Queria a glória completa da revelação. E não tinha certeza... não queria acusar pessoas que poderiam ser inocentes. Odiaria vê-los se safando!

— Não precisa ter medo disso. Vamos trancafiá-los essa noite mesmo.

Mas, no fim das contas, o inspetor Vaughn fora otimista demais. A noite caiu, e os Lynn continuavam em liberdade.

Nenhum rastro deles fora encontrado, nem de um casal que atendia à descrição.

— Devem ter se separado e se disfarçado — rosnou Vaughn.

Ele mandou um telegrama para policiais de Paris, Berlim, Budapeste e Viena.

A sexta-feira chegou ainda sem qualquer notícia das amplas redes de busca do casal inglês fugitivo. As descrições foram publicadas, com cópias das fotos de passaporte, em milhares de quadros de avisos em escritórios de xerifes e sedes da polícia por todo o país. As fronteiras do Canadá e do México estavam sendo observadas de perto. Mas os Lynn mais uma vez provaram a dificuldade de encontrar duas agulhas no enorme palheiro da metrópole estadunidense.

— Eles já deviam ter um esconderijo estabelecido para uma emergência dessas — disse o inspetor Vaughn, desconsolado. — Mas certamente os encontraremos depois de um tempo. Eles não podem se esconder para sempre.

No sábado de manhã, três telegramas chegaram do exterior. Um veio do chefe da polícia de Paris:

DUPLA COMO DESCRITA PROCURADA PELA POLÍCIA PARISIENSE POR AGRESSÃO E ROUBO EM 1925 CONHECIDOS AQUI COMO SENHOR E SENHORA PERCY STRANG

O segundo veio de Budapeste:

PERCY TRUXTON E ESPOSA PROCURADOS PELA POLÍCIA DE BUDAPESTE POR ROUBO DE JOIAS DESDE 1920 SE ENCAIXAM NA SUA DESCRIÇÃO

O terceiro, e mais informativo, veio de Viena:

Dupla seguindo descrição conhecida aqui como Percy e Beth Annixter procurados por trapacear turista francês em cinquenta mil francos e roubar joia valiosa na primavera do ano passado se tal dupla estiver presa pela polícia americana desejo extradição imediata pilhagem nunca recuperada

Então se seguia uma descrição detalhada das joias roubadas.

— Vai haver uma bela bagunça internacional quando botarmos as mãos neles — murmurou o inspetor, sentado na varanda de Bradwood com Ellery e o professor Yardley. — Procurados pela França, pela Hungria e pela Áustria.

— Talvez a Corte Mundial convoque uma sessão especial — comentou Ellery.

O professor fez uma careta.

— Às vezes você me irrita. Por que não pode ser preciso? É Corte Internacional de Justiça, e tal sessão seria denominada "extraordinária", não "especial".

— Ah, céus! — exclamou Ellery, revirando os olhos.

— Parece que Budapeste levou o primeiro golpe — disse Vaughn. — Em 1920.

— Eu não ficaria surpreso — aventurou-se o professor — se eles também fossem procurados pela Scotland Yard.

— Pouco provável. Eles são minuciosos por lá. Se não reconheceram a descrição, pode apostar o que quiser que não há ficha criminal deles em Londres.

— Se são de fato ingleses — falou Ellery —, mantiveram distância da Inglaterra. Apesar de que o homem poderia muito bem ser originário da Europa Central. Um sotaque britânico é uma das elegâncias mais facilmente adquiridas.

— Uma coisa é certa — disse o inspetor. — Aquela mercadoria que eles enterraram era o ganho do trabalho de Viena. Vou mandar um alerta para a Associação dos Joalheiros e para os canais habituais. Mas é uma perda de tempo. Não é provável que eles conheçam contrabandistas americanos bem o suficiente; e não vão ousar chegar perto de negociantes legítimos a não ser que estejam precisando de dinheiro.

— Eu me pergunto — murmurou Ellery com um olhar distante —, por que o seu correspondente da Iugoslávia não respondeu...

Havia uma excelente razão, como foi descoberto mais tarde naquele dia, para a demora do colega iugoslavo do inspetor Vaughn. Eles estavam examinando relatórios sobre o progresso da busca dos Lynn conforme chegavam por telégrafo e por telefone a cada poucos minutos.

Um detetive entrou correndo, balançando um envelope.

— Telegrama, chefe!

— Ah — disse Vaughn, arrancando a mensagem da mão do outro —, agora saberemos.

Mas o telegrama, que veio de Belgrado, capital da Iugoslávia, enviado pelo chefe da polícia, meramente dizia:

Perdão demora relatório sobre irmãos Tvar e Velja Krosac devido ao desaparecimento oficial de Montenegro como nação separada registros montenegrinos difíceis de localizar especialmente de vinte anos atrás nenhuma questão sobre a autenticidade de ambas famílias e existência de contenda de sangue nossos agentes trabalhando no caso mandarão telegrama relatório de sucesso ou fracasso em quinze dias

23. CONSELHO DE GUERRA

Domingo, segunda-feira... Era impressionante como pouco fora realizado, como era pequena a reserva de fatos genuínos que eles tinham conseguido recuperar dos escombros dos assassinatos. O inspetor, Ellery tinha certeza, sucumbiria à apoplexia enquanto os onipresentes fugitivos da lei ingleses continuassem à solta. E sempre a mesma pergunta surgia para amofinar as temidas reuniões, as desesperadas conversas sobre formas e meios: onde estava Krosac? Ou, se do seu jeito espantoso ele fosse um dos principais atores no drama, quem era ele e por que demorava? A vingança dele estava incompleta; que ele tivesse sido desencorajado de tentar tirar a vida dos dois irmãos Tvar restantes por medo da captura ou pela constante presença da polícia era inacreditável, considerando a natureza dos crimes.

— A nossa proteção de Andreja — anunciou Ellery, com tristeza, na segunda-feira à noite ao professor — foi perfeita demais. A única explicação que posso oferecer pela contínua inatividade de Krosac é que ele ainda não sabe onde, e em que disfarce, Van está. Nós o enganamos...

— E a nós mesmos — comentou Yardley. — Estou ficando um tanto quanto entediado, Queen. Se esta é a empolgante vida de um caçador de assassinos, fico contente em rastrear a fonte de um fato histórico pelo resto dos meus dias sedentários. Eu o convido a se juntar a mim. Vai achar infinitamente mais turbulento do que isso. Já contei a você como Boussard, o oficial do Exército Francês, encontrou aquela estela de basalto no Baixo Egito que tinha extrema importância para os egiptólogos... a Pedra de Roseta? E como, por 32 anos, até Champollion aparecer para decifrar a mensagem tripla do reino de Ptolomeu V, ela permaneceu...?

— Isso permanece — interrompeu Ellery, desconsolado — algo minúsculo em comparação ao problema gigante de Krosac. Wells deveria estar pensando nele quando escreveu *O homem invisível*.

Naquela noite, Stephen Megara ganhou vida.

Ele se pôs no meio da sala de estar da mansão colonial do irmão assassinado, examinando a plateia com austeridade. O inspetor Vaughn estava ali, bufando em uma cadeira Sheraton e roendo as unhas com irritação. Ellery estava sentado com o professor Yardley, sentindo-se estúpido sob o olhar acusador de Megara. Helene Brad e Jonah Lincoln ocupavam um sofá, ambos inquietos; os dedos entrelaçados. O promotor de justiça Isham, convocado peremptoriamente de Mineola pelo iatista, girava os polegares e tossia sem parar na porta. O capitão Swift, ajeitando o quepe, permanecia de pé atrás do empregador, o pescoço esquelético girando de um lado para o outro sob a tortura da gola dura. O dr. Temple, tendo solicitado ficar apesar de não ter sido convidado, estava diante da lareira preta.

— Nem todo mundo me dá ouvidos — disse Megara em uma voz mordaz —, mas os senhores especialmente... inspetor Vaughn e sr. Isham. Faz três semanas desde que o meu... desde que Brad foi assassinado. Já voltei há dez dias. Por favor, me diga o que vocês descobriram.

O inspetor Vaughn se retorceu na cadeira Sheraton e rosnou:

— Não gostei do seu tom, senhor. Sabe muito bem que demos o nosso melhor.

— Não é bom o suficiente — retrucou Megara com rispidez. — Nem perto disso, inspetor. O senhor sabe quem procurar. Tem uma descrição parcial dele. Parece-me que, com todas as forças policiais sob o seu comando e ao seu dispor, seria uma simples questão de capturar o homem.

— É... é uma só questão de tempo, sr. Megara — interveio Isham em um tom pacificador. A área careca cercada de cabelo grisalho estava úmida e vermelha. — Realmente não é simples, sabe.

Vaughn respondeu com sarcasmo:

— Sabe, sr. Megara, não tem sido tudo na mais pura sinceridade aqui, também. Vocês mesmos já desperdiçaram muito do nosso tempo. Nenhum de vocês tem sido totalmente honesto.

— Bobagem!

Vaughn se ergueu.

— E isso — adicionou ele com um sorriso lupino — vale para você também, Megara!

A expressão severa do iatista não mudou. Atrás dele, o capitão Swift enxugou os lábios com a manga azul e enfiou a mão amputada em um bolso protuberante.

— O que diabos você quer dizer?

— Olhe lá, Vaughn — interveio o promotor de justiça com preocupação.

— "Olhe lá, Vaughn" nada! Deixe-me cuidar disso, Isham. — O inspetor avançou batendo pé, uma ameaça sólida, e parou tão perto de Megara que os troncos se tocaram. — Quer um jogo aberto? Por mim tudo bem, senhor! A sra. Brad nos enganou, e teve a história falsa confirmada pela filha e por Lincoln. Fox nos enrolou e desperdiçou o nosso tempo valioso e muita dificuldade. O dr. Temple aqui... — o médico se sobressaltou, então estudou em silêncio o perfil severo de

Vaughn enquanto enchia o cachimbo — estava em posse de informações importante e tentou agir como o herói no cavalo branco e capturar dois golpistas... e talvez pior... totalmente sozinho. Resultado: os criminosos fugiram sem deixar vestígios e ele levou uma surra. Merecida, por Judas!

— Você disse algo sobre *mim* — disse Megara no mesmo tom, olhos fixos nos do inspetor. — De que forma eu atrapalhei a investigação?

— Inspetor Vaughn... — interveio Ellery lentamente. — Não acha que está agindo de forma deveras... hã... precipitada?

— Não quero ouvir uma palavra sua também! — gritou Vaughn sem se virar. Ele estava bastante alterado; com os olhos saltados e os músculos do pescoço contraídos. — Muito bem, Megara. Outro dia você nos contou uma certa história...

A figura alta de Megara não se mexeu.

— E?

Vaughn abriu um sorriso maldoso.

— Ora. Pense melhor.

— Não entendo — respondeu o homem com frieza. — Seja explícito.

— Vaughn — implorou Isham.

— Eu serei o que bem entender. Você sabe do que estou falando. Três homens deixaram certo lugar com pressa há alguns anos. Por quê?

Os olhos de Megara baixaram por um brevíssimo instante. Mas, quando ele falou, parecia intrigado.

— Eu lhes contei por quê.

— Claro. Claro que sim. Não estou questionando o que você nos *contou*. Estou questionando o que *não* nos contou.

Megara recuou um passo, deu de ombros, sorriu.

— Eu de fato acredito, inspetor, que essa investigação esteja mexendo com o seu cérebro. Eu lhe contei a verdade. Naturalmente, poderia lhe dar uma autobiografia de doze horas. Se deixei algo de fora...

— É porque pensou que não fosse importante? — Vaughn deu uma risada curta. — Já ouvi isso antes. — Ele se virou e deu dois passo na direção da própria cadeira; então deu um giro para encarar o iatista de novo. — Mas lembre-se, quando nos cobra as contas, que o nosso trabalho não é só procurar um assassino. É revirar um monte de motivos emaranhados, fatos ocultos e mentiras descaradas também. Só lembre-se disso. — Ele se sentou, inflando as bochechas.

Megara sacudiu os ombros largos.

— Temo que perdemos o foco. Não convoquei esse conselho de guerra para bater boca ou começar uma briga. Se passei essa impressão, inspetor, peço desculpas. — Vaughn resmungou. — Tenho algo específico em mente.

— Que ótimo — disse Isham, caloroso, avançando um passo. — Maravilha, sr. Megara. Esse é o espírito. Certamente nos beneficiaríamos de uma sugestão construtiva.

— Não sei o quão construtiva ela é. — Megara esticou as pernas. — Todos estivemos esperando Krosac atacar. Bem, ele não o fez. Mas pode acreditar em mim quando digo que vai.

— O que pretende fazer? — perguntou o inspetor com azedume. — Mandar um convite para ele?

— Exatamente. — Megara cravou os olhos nos de Vaughn. — Por que não podemos montar uma armadilha?

Vaughn ficou em silêncio. Então:

— Uma armadilha, é? O que tem em mente?

Os dentes brancos do iatista brilharam.

— Nada definido, inspetor. Afinal, a sua experiência em tais assuntos o qualifica mais do que a mim... Mas, sabendo que Krosac virá em algum momento, não temos nada a perder. Ele me quer, não é? Ora, deixe que me tenha... Acho que a sua presença contínua por aqui o fez ficar na encolha. Se ficar aqui por mais um mês, ele continuará assim por mais um mês. Mas se forem embora, por exemplo, admitirem a derrota...

— Uma ideia excelente! — exclamou o promotor de justiça. — Sr. Megara, o senhor merece os parabéns. É deplorável que não tenhamos pensado nisso antes. É claro que Krosac não atacará enquanto o lugar estiver infestado de policiais...

— E ele tomará um cuidado desgraçado para não atacar quando sumirmos daqui do nada — resmungou Vaughn. Mesmo assim, o olhar estava pensativo. — Ele é um malandro inteligente, e tenho certeza de que farejaria uma armadilha... Mas a ideia não é de todo ruim — adicionou de má vontade. — Pensarei nela.

Ellery se inclinou para a frente, olhos brilhando.

— Coragem louvável, sr. Megara. É claro, o senhor tem noção das consequências do fracasso?

Megara não sorriu.

— Eu não dei a volta ao mundo sem correr riscos — disse em tom desagradável. — Não subestimo a esperteza sorrateira dele, veja bem. Mas não é realmente um risco. Se trabalharmos direito, ele tentará acabar comigo. E eu estarei pronto para ele... eu e o capitão... Não é, capitão?

O velho marinheiro respondeu, de modo grosseiro:

— Eu nunca vi um valentão que não pudesse ser derrotada por um arpão. Isso nos velhos tempos. Hoje em dia eu tenho uma bela arma, e o senhor também, sr. Megara. Lidaremos com o patife desprezível.

— Stephen — argumentou Helene; ela afastara a mão de Lincoln e encarava o iatista —, não é possível que você pretenda ficar sem proteção alguma contra aquele maníaco horrível! Não...

— Sei cuidar de mim mesmo, Helene... O que diz, inspetor?

Vaughn se levantou.

— Não tenho certeza. É uma grande responsabilidade para assumir. A única forma que eu aceitaria seria simular uma retirada dos meus homens do terreno e do estuário, mas montar uma emboscada perto do seu barco...

O MISTÉRIO DA CRUZ EGÍPCIA

Megara franziu a testa.

— Muito óbvio, inspetor. Ele certamente irá desconfiar.

— Bem — retrucou o inspetor com teimosia —, precisará me dar tempo para pensar. Vamos deixar como está por enquanto. Dou a resposta pela manhã.

— Muito bem. — Megara bateu no bolso do paletó de iatista. — No meio-tempo, estou pronto. Não vou me esconder a bordo do *Helene* feito um covarde fracote pelo resto da vida. Quanto antes Krosac tentar me atacar, melhor para mim.

— O que acha? — perguntou o professor Yardley mais tarde, enquanto ele e Ellery, na ala leste da casa dos Brad, observavam Megara e o capitão Swift descerem rapidamente pela trilha, sob a fraca iluminação da casa, em direção à enseada.

— Eu acho — disse Ellery com uma carranca — que Stephen Megara é um tolo.

Stephen Megara teve pouco tempo para exibir a sua coragem; ou tolice.

Na manhã seguinte, terça-feira, enquanto Ellery e o professor tomavam café, um homem entrou correndo na sala de jantar do professor, ignorando os protestos escandalizados de Nanny, com uma mensagem de Vaughn.

O capitão Swift fora encontrado na sua cabine a bordo do *Helene* alguns momentos antes, amarrado e inconsciente devido a um golpe violento no dorso da cabeça.

O corpo decapitado de Stephen Megara fora encontrado, rígido e horrível, preso a um dos mastros da antena acima da superestrutura.

PARTE QUATRO

A crucificação de um morto

"Muitas investigações dependem de que o detetive observe uma minúscula discrepância. Um dos casos mais frustrantes do histórico da Polícia de Praga foi solucionado após seis semanas de pura incerteza quando um jovem sargento relembrou o que parecia ser um detalhe insignificante; que quatro grãos de arroz tinham sido encontrados na bainha da calça do morto."

— Vittorio Malenghi

24. TS DE NOVO

Foi uma comitiva silenciosa que embarcou do continente para o *Helene* naquela manhã. Um silêncio imposto pelo horror do ato assassino repentino depois de longos dias de calmaria: um silêncio dos atônitos. Ellery, pálido como o seu terno de linho, se postava com nervosismo ao lado da balaustrada da lancha e encarava o iate. Não era necessário o estômago sensível de um homem de terra firme para deixá-lo enjoado; os nervos causavam pontadas e latejos no seu estômago, deixando um gosto amargo de náusea na boca seca. O professor, parado silenciosamente ao lado, murmurava sem parar:

— Inacreditável. Monstruoso.

Mesmo os detetives que os acompanhavam estavam taciturnos; não paravam de analisar as linhas do iate como se nunca as tivessem visto antes.

Homens se moviam rapidamente pelo convés. O centro da atividade parecia acontecer ao redor da superestrutura acima, no meio do navio; havia um emaranhado de homens ali, o vórtex, que crescia a cada instante à medida que lanchas policiais ancoravam na lateral e as equipes de policiais e detetives subiam a bordo desajeitadamente.

E, alumiado nitidamente contra o plácido céu matinal, estava aquele símbolo medonho, vestindo um pijama manchado de sangue. Estava amarrado com firmeza ao primeiro dos dois mastros da antena. Não lembrava algo humano, muito menos aquele homem vigoroso, de sangue quente, que falara com eles apenas doze horas antes. O corpo zombava deles de sua posição de eminência; as duas pernas, amarradas ao mastro, estavam desprovidas de qualquer proporção à forma humana; toda aquela pavorosa efígie de carne passava a ilusão de um tamanho heroico.

— Cristo no calvário! — exclamou o professor Yardley, rouco. — Meu Deus, é difícil acreditar, difícil acreditar. — Os lábios estavam pálidos.

— Não sou um homem religioso — falou Ellery —, mas, pelo amor de Deus, professor, não blasfeme. Sim, é difícil acreditar. Você lê os contos antigos, a história... de Calígula, dos vândalos, de Moloque, dos assassinos, da Inquisição. Desmembramentos, empalamentos, esfolamentos... sangue, as páginas são escritas em sangue. Você lê... Mas uma mera leitura não chega perto de transmitir o completo, o intenso e violento horror do ato. A maioria de nós não consegue captar a versatilidade monstruosa de loucos determinados a destruir o corpo humano... Aqui, no século XX, apesar das nossas guerras de gangues, a Primeira Guerra Mundial, os *pogroms* que ainda acontecem na Europa, não temos um conceito claro do verdadeiro horror do vandalismo humano.

— Palavras, apenas palavras — disse o professor. — Você não sabe, e eu também não. Mas já ouvi histórias de soldados retornados...

— Remoto — murmurou Ellery. — Impessoal. A loucura em massa nunca consegue ser tão diretamente nauseante quanto o satanismo orgiástico da loucura individual. Ah, inferno, vamos parar. Já estou enjoado o bastante.

Nenhum dos homens disse outra palavra até que a lancha parasse na lateral do *Helene* e eles tivessem escalado a escada para o convés.

De todos os homens no convés do *Helene* naquela manhã, o inspetor Vaughn era o menos abalado pelas nuances fantasmagóricas do crime. Para ele, aquilo era trabalho; um trabalho ruim, fantástico e sangrento, com certeza, mas bem na linha do dever; e se os olhos se reviravam e a boca proferia palavras amargas, não era porque Stephen Megara — cujos olhos ele encarara com raiva na noite anterior — estava pendurado como uma figura de cera vermelha e mutilada no mastro da antena, mas porque ele estava horrorizado pelo que considerava a ineficiência chocante dos subordinados dele.

Ele gritava com um tenente da polícia marítima.

— Ninguém passou por você ontem à noite, você disse?

— Não, inspetor. Eu juro.

— Pare de se justificar. Alguém passou, *sim*!

— Passamos a noite toda de olho, inspetor. É claro, só tínhamos quatro barcos, e é fisicamente possível que...

— Fisicamente possível? — desdenhou o inspetor. — Que inferno, homem, foi o que aconteceu!

O tenente, um jovem rapaz, corou.

— Posso sugerir, inspetor, que ele tenha vindo do continente? Afinal, nós só pudemos proteger o norte, o lado do estuário. Por que não seria possível que ele tivesse vindo de Bradwood ou de outro lugar próximo?

— Quando eu quiser a sua opinião, tenente, eu a pedirei. — O inspetor ergueu a voz. — Bill!

Um homem com roupas civis se destacou de um grupo de detetives silenciosos.

— O que tem a dizer na sua defesa?

Bill esfregou o maxilar com barba por fazer e assumiu uma expressão humilde.

— Temos um território grande à beça para proteger, chefe. Não estou dizendo que ele não veio daquela direção. Mas, se veio, o senhor não pode realmente nos culpar. O se-

O MISTÉRIO ᴅᴀ CRUZ EGÍPCIA

nhor mesmo sabe como é fácil se esgueirar por um monte de árvores.

— Escutem, homens. — O inspetor deu um passo para trás e fechou o punho direito; eles escutaram. — Não quero nenhuma discussão ou justificativa, entenderam? Quero fatos. É importante saber como ele chegou ao iate. Se tiver vindo pelo estuário do litoral de Nova York, é importante. Se tiver vindo do continente de Long Island, é importante. O mais provável é que ele não tenha passado por Bradwood. Saberia que estava patrulhado. Bill, quero que você...

Uma lancha disparou pela lateral, rebocando um barco a remo que Ellery, através da névoa nauseante diante dos seus olhos, reconheceu com um tanto de imprecisão. Um policial se levantou e gritou:

— Encontramos!

Todos correram até a balaustrada.

— O que é isso?! — exclamou Vaughn.

— Encontrei esse barco a remo boiando no estuário! — berrou o policial. — Marcações mostram que pertence àquela propriedade vizinha a Bradwood.

Uma luz se acendeu nos olhos de Vaughn.

— O barco dos Lynn! Claro, essa é a resposta. Alguma coisa dentro dele, policial?

— Nada exceto os remos.

O inspetor falou rapidamente ao homem chamado Bill:

— Pegue dois dos garotos e vá à propriedade dos Lynn. Examinem o píer e a terra ao redor em busca de pegadas. Verifiquem cada centímetro do lugar. Vejam se conseguem rastrear o cara antes de ele chegar lá.

Ellery suspirou. Uma ondulação passou pela massa de homens ao redor dele. Ordens foram gritadas, detetives saíram do barco, apressados. Vaughn andava de um lado para o outro, o professor Yardley estava recostado à porta do cubículo do operador de rádio, sobre o qual assomavam os mastros da antena e o corpo de Stephen Megara. O promotor de justiça Isham se debruçou por cima da balaustrada com um aspecto esverdeado. Um barquinho a motor chegou em velocidade com um dr. Temple de expressão sobressaltada. No píer de Bradwood, havia um grupo de homens minúsculos; mulheres também, pelas saias brancas.

Houve um breve momento de quietude. O inspetor veio até onde Ellery estava com o professor, recostou o cotovelo na porta, enfiou um cigarro na boca e ergueu um olhar contemplativo para o corpo rígido.

— Pois bem, cavalheiros? — disse ele. — O que acham?

— Medonho — murmurou o professor. — Um perfeito pesadelo de insanidade. Os Ts novamente.

Ellery foi atingido por um pequeno golpe de surpresa. É claro. No estado instável das suas emoções, ele negligenciara por inteiro o significado do mastro da antena como instrumento de crucificação. A barra vertical do mastro e a horizontal no topo de onde os fios aéreos se penduravam à barra correspondente do outro lado do telhado da cabine lembrava nada mais que uma fina letra T maiúscula de aço... Ele notou naquele momento, pela primeira vez, que havia dois homens no telhado, atrás do corpo crucificado. Um ele reconhecia como o dr. Rumsen, o médico-legista; o outro ele nunca vira antes, um homem esguio de pele escura, com um aspecto marítimo.

— Eles baixarão o corpo em um minuto — comentou o inspetor. — Aquele senhor ali em cima é marinheiro; especialista em nós. Queria que ele desse uma olhada nas amarras antes de soltarmos o corpo... O que acha, Rollins? — gritou para o velho.

O especialista em nós balançou a cabeça e se esticou.

— Nenhum marinheiro fez esses nós, inspetor. São tão desajeitados quanto os de um aprendiz. E outra coisa. É o mesmo tipo de nó que o senhor me deu três semanas atrás.

— Ótimo! — exclamou o inspetor com entusiasmo. — Baixe o corpo, doutor. — Ele se voltou para os dois. — Usou corda de varal de novo; acho que não quis perder tempo procurando por outra a bordo. Não é como se este fosse um velho veleiro, sabe. Usou os mesmos nós que encontramos na corda usada para amarrar Brad ao totem. Mesmos nós, mesmo homem.

— Não necessariamente um *sequitur* — disse Ellery —, mas sobre as outras coisas você tem toda razão. Qual é exatamente a história, inspetor? Soube que o capitão Swift foi atacado.

— Sim. O coitado ainda está apagado. Talvez possa nos contar alguma coisa... Venha aqui em cima, doutor — falou Vaughn ao dr. Temple, que continuava no barco a motor, hesitante, como se não soubesse se deveria ou não subir no iate —, precisaremos de você.

Temple assentiu e subiu a escada.

— Meu bom Deus — disse, encarando o corpo com fascinação, e subiu para a cabine do operador de rádio.

Vaughn apontou para uma parede, e o dr. Temple encontrou uma escada vazada na lateral da cabine e a escalou.

Ellery fez um muxoxo de desaprovação; o choque da tragédia o enervara tanto que ele não notara o irregular rastro de sangue no convés. Ele seguia em poças e respingos da cabine de Megara na direção da popa até a escadas que levavam ao telhado da cabine do operador de rádio... No telhado, o dr. Temple cumprimentou o dr. Rumsen, se apresentando, e os dois homens, auxiliados pelo velho marinheiro, começaram a desagradável tarefa de soltar o corpo.

— A história é essa — prosseguiu Vaughn, sem demora. — O corpo foi visto, como vocês veem agora, do píer de Bradwood hoje manhã por um dos meus homens. Corremos para cá e encontramos o capitão Swift amarrado feito uma galinha velha na cabine dele, apagado como uma lâmpada, com um corte cheio de sangue no dorso da cabeça. Fiz os primeiros socorros, e ele está descansando agora. Pode dar uma olhada no capitão Swift, doutor! — gritou ele para Temple. — Assim que acabar aí em cima. — Temple assentiu, e o inspetor continuou: — O dr. Rumsen deu um jeito no velho assim que chegou. Até onde eu consigo ver... há uma maldita escassez de fatos... a história é simples. Não havia ninguém a bordo ontem à noite exceto por Megara e o capitão. Krosac, de alguma maneira, chegou à propriedade dos Lynn, pegou o barco a remo que estava amarrado ao píer e remou até o iate. Estava bem escuro ontem à noite, e a única luz do iate vinha dos faróis de navegação habituais. Embarcou, golpeou o capitão na cabeça e o amarrou, então entrou furtivamente na cabine de Megara e acabou com ele. A cabine está uma zona; igualzinha à edícula no assassinato de Brad.

— Tem um T ensanguentado em algum lugar, certo? — perguntou Ellery.

— Na porta da cabine de Megara. — Vaughn coçou o maxilar com barba por fazer. — Quando paro para pensar, é absolutamente inacreditável. Já vi muitos assassinatos durante a minha carreira, mas nada tão a sangue frio quanto isso; e não se esqueça, quando investigamos um homicídio da Camorra, por exemplo, encontramos entalhes intricados! Entrem lá na cabine e deem uma olhada. Ou talvez seja melhor não. Parece o interior de um açougue. Ele decepou a cabeça de Megara bem ali no chão, e tem sangue o suficiente espalhado para pintar o iate de vermelho. — O inspetor acrescentou, reflexivo: — Deve ter dado uma trabalheira arrastar o corpo de Megara da cabine até o topo do cubículo do operador de rádio pela escada, mas acho que não foi mais difícil do que amarrar Brad ao totem. Krosac deve ser um cara robusto.

— Parece-me — comentou o professor Yardley — que ele não conseguiria evitar se respingar com o sangue da vítima, inspetor. Não acha que ainda pode haver um rastro para um homem com roupas manchadas de sangue?

— Não — disse Ellery antes que Vaughn pudesse responder. — Esse crime, assim como o assassinato de Kling e de Brad, foi planejado com antecedência. Krosac sabia que envolveria derramamento de sangue, então providenciou uma muda de roupas para si mesmo em todos os casos ... Deveras elementar, professor. Devo dizer, inspetor, que o seu rastro levará a um homem manco que carregava uma trouxa ou uma maletinha barata. É improvável que vestisse a muda de roupas sob as que sabia que ficariam ensanguentadas.

— Nunca pensei nisso — confessou Vaughn. — Um bom argumento. Mas cuidarei das duas opções; tenho homens à espreita por todo canto à procura de Krosac. — Ele se debruçou sobre a borda e gritou uma ordem para um homem em uma lancha; a lancha partiu de imediato.

Àquela altura, o corpo já fora solto, e o dr. Rumsen estava ajoelhado no telhado da cabine abaixo do mastro da antena exposto, examinando o cadáver. O dr. Temple descera alguns minutos antes, falara com Isham na balaustrada e se virara para a popa. Alguns momentos depois, todos o seguiram, a caminho da cabine do capitão Swift.

Eles encontraram o dr. Temple debruçado sobre a figura deitada do capitão do iate. Swift estava de bruços em um beliche, olhos fechados. O topo da cabeça velha despenteada exibia uma camada de sangue seco.

— Ele está voltando a si — informou o médico. — Um corte feio, pior do que o que eu ganhei. É uma sorte que ele seja um velho forte; esse golpe poderia facilmente ter causado uma concussão no cérebro.

A cabine do capitão não estava desordenada; ali, ao menos, o assassino não encontrara muita resistência. Ellery notou que havia uma pistola automática atarracada em uma mesa a um braço de distância do beliche.

— Não foi disparada — disse Vaughn, notando a direção do olhar. — Swift não teve a oportunidade de pegá-la, acredito.

O velho emitiu um gemido nauseado profundo, e as pálpebras estremeceram e se abriram, exibindo olhos vidrados e desbotados. Ele ergueu um olhar fixo para o dr. Temple por um momento, então virou a cabeça em um arco lento para observar os outros. Um brusco espasmo de dor contraiu o corpo dele; o capitão convulsionou como uma cobra da cabeça aos pés, então fechou os olhos. Quando voltou a abri-los, o olhar estava nítido.

— Pegue leve, capitão — instruiu o médico. — Não mexa a cabeça. Tenho uma decoraçãozinha para você.

Eles notaram que a ferida fora tratada. O dr. Temple remexeu no armário de remédios, encontrou um rolo de atadura, e, sem uma palavra, envolveu a cabeça machucada até que o velho marinheiro parecesse uma vítima de guerra.

— Está bem agora, capitão? — perguntou o promotor de justiça Isham, ansioso. Ele estava se coçando para falar com o homem.

O capitão Swift grunhiu:

— Acho que sim. O que aconteceu?

Vaughn respondeu:

— Megara foi assassinado.

O marinheiro piscou e umedeceu os lábios secos.

— Chegou a vez dele, não é?

— Sim. Queremos a sua história, capitão.

— É o dia seguinte?

Ninguém riu; todos sabiam o que ele quis dizer.

— Sim, capitão.

Swift encarou o teto da cabine.

— Eu e o sr. Megara, a gente saiu da casa ontem de noite e remou de volta pro *Helene*. Até onde eu percebi, tava tudo nos conformes. Nós papeamos um pouco; o sr. Megara disse alguma coisa sobre talvez fazer uma viagem pra África depois de tudo passar. Então nos recolhemos; ele pra cabine dele e eu pra minha. Mas antes eu dei uma volta no convés,

O MISTÉRIO DA CRUZ EGÍPCIA 293

como sempre faço; não tenho segurança a bordo, e gosto de garantir.

— Você não viu qualquer indício de um homem escondido a bordo? — perguntou Ellery.

— Nada — respondeu o capitão rouco. — Mas não dá pra ter certeza. Podia tá escondido dentro duma das cabines, ou embaixo.

— Então você se recolheu — disse Isham, encorajando-o. — Que horas foi isso, capitão?

— Sete badaladas.

— Onze e meia da noite — murmurou Ellery.

— Isso. Eu tenho sono pesado. Num sei dizer que horas eram, mas eu percebi que tava sentado no beliche, ouvindo. Senti que tinha alguma coisa errada. Corri pra pegar a minha arma na mesa, mas nunca cheguei nela. Um clarão acendeu nos meus olhos, e alguma coisa rachou a minha cabeça. É só o que eu sabia até agora.

— Menos do que deveria — murmurou Isham. — Não deu uma olhada em seja lá quem foi que o golpeou?

O capitão balançou a cabeça com cautela.

— Nem uma espiadinha. O quarto tava um breu e, quando a luz acendeu, eu fiquei cego.

Eles deixaram o capitão Swift sob os cuidados do dr. Temple e voltaram ao convés. Ellery estava pensativo; mais do que isso, ele estava preocupado. Parecia revirar a mente atrás de uma ideia que insistia em permanecer evasiva. Finalmente, balançou a cabeça com desgosto e desistiu.

Eles encontraram o dr. Rumsen esperando por eles no convés, abaixo dos mastros da antena. O especialista em nós desaparecera.

— E aí, doutor? — perguntou Vaughn.

O médico-legista deu de ombros.

— Nada surpreendente. Caso se lembre do que eu lhe disse sobre o corpo de Brad há três semanas, não preciso dizer uma palavra.

— Nenhuma marca de violência?

— Não abaixo do pescoço. E acima... — Ele deu de ombros mais uma vez. — No quesito identificação, está tudo evidente. O tal dr. Temple que estava aqui há um tempo me disse que Megara sofria de uma recém-contraída *hernia testis*. Procede?

— Megara mesmo disse isso. Procede, sim.

— Bem, o corpo é dele, então, pois há evidência da hérnia. Nem precisa de autópsia. E Temple o olhou logo depois que soltamos o corpo, antes de ir embora. Disse que o corpo era de Megara; ele fizera um exame minucioso no homem nu, segundo ele.

— Bom o bastante. Que horas o senhor acha que Megara foi assassinado?

O dr. Rumsen estreitou os olhos e ergueu-os, pensativo.

— Levando tudo em consideração, eu diria entre uma e 1h30 da madrugada.

— Tudo certo, doutor. Vamos cuidar do cadáver. Obrigado.

— Imagina.

O médico fungou e desceu a escada para uma lancha à espera, que acelerou imediatamente em direção ao continente.

— Encontrou alguma coisa roubada, inspetor? — Ellery franziu a testa.

— Não. Tinha um dinheirinho na carteira de Megara, na cabine. Não foi levado. E o cofre na parede não foi tocado.

— Tem mais uma coisa... — começou Ellery quando uma lancha se aproximou e descarregou um grupo de homens suados.

— Então? — perguntou Vaughn, exigente. — Algum sinal dela?

O líder do grupo balançou a cabeça.

— Não, chefe. Passamos um pente fino num raio de um quilômetro e meio de terreno.

— Pode ter afundado na enseada — murmurou Vaughn.

— O quê? — perguntou Isham.

O MISTÉRIO DA CRUZ EGÍPCIA

— A cabeça de Megara. Não que faça muita diferença. Acho que nem vamos dragar.

— Eu dragaria se fosse você — disse Ellery. — Eu estava prestes a perguntar se havia procurado pela cabeça.

— Bem, talvez tenha razão... Você aí, telefone para pedir a draga.

— Acha que é importante? — perguntou o professor Yardley em voz baixa.

Ellery abriu as mãos em um incomum gesto de desespero.

— Como se eu soubesse o que é importante e o que não é, inferno. Tem alguma coisa zumbindo dentro da minha cabeça. Não consigo discernir o quê... É alguma coisa que eu preciso fazer... eu sinto, sei disso. — Ele parou de súbito e enfiou um cigarro na boca. — Devo dizer — continuou com irritação depois de um momento — que, como integrante do ofício de detetive, sou o objeto mais deplorável da profissão.

— Conhece-te a ti mesmo — declarou o professor, seco.

25. O HOMEM MANCO

Um detetive embarcou com um envelope familiar.

— O que é isso? — indagou Vaughn.

— Telegrama. Acabou de chegar.

— Telegrama — repetiu Ellery, devagar. — De Belgrado, inspetor?

Vaughn rasgou o envelope.

— Sim... — Ele correu os olhos pela mensagem, assentindo com desânimo.

— Com o atraso perfeito — comentou Isham — para não servir para nada. O que diz?

O inspetor entregou o telegrama ao promotor de justiça, que o leu em voz alta:

AGENTES ENCONTRARAM ANTIGOS REGISTROS DA CONTENDA TVAR-KROSAC STEFAN ANDREJA E TOMISLAV TVAR EMBOSCARAM E ASSASSINARAM PAI E DOIS TIOS PATERNOS DE VELJA KROSAC ENTÃO ROUBARAM GRANDE QUANTIA DE DINHEIRO DA CASA DE KROSAC E FUGIRAM DE MONTENEGRO PONTO QUEIXA DA VIÚVA DO KROSAC MAIS VELHO TARDE DEMAIS PARA APREENDER OS TVAR NENHUM RASTRO DOS TVAR DEPOIS DISSO NEM DA VIÚVA DE KROSAC E SEU FILHO VELJA DETALHES COMPLETOS DA CONTENDA POR VÁRIAS GERAÇÕES DISPONÍVEIS SE DESEJADO

Estava assinado pelo chefe de polícia, Belgrado, Iugoslávia.

— Então — disse o professor Yardley —, você estava certo afinal, Queen. Eles não passavam de ladrões ordinários.

Ellery suspirou.

— Um triunfo vazio. Significa apenas que Velja Krosac teve um motivo adicional para o assassinato dos irmãos Tvar. A família exterminada, o dinheiro roubado. Não vejo como isso esclarece mais do que um pequeno detalhe... Quanto à história de Megara sobre terem acompanhado o paradeiro do jovem Krosac... é provavelmente verdade. Com a exceção de que, em vez de enviar agentes a partir de Montenegro, eles contrataram homens por correspondência quando chegaram a este país.

— Pobre coitado. Quase consigo sentir pena dele.

— Não pode desconsiderar o sangue e a brutalidade dos crimes, professor — repreendeu Vaughn. — É claro que ele tem um motivo. Todo assassinato tem um motivo. Mas não se vê assassinos escapando sem punição só porque tinham um motivo... Ora, o que foi?

Outro detetive havia embarcado carregando um calhamaço de papéis de aparência oficial e telegramas.

— O sargento mandou isso, inspetor. Relatórios da noite passada.

— Humm. — Vaughn deu uma folheada rápida nos papéis. — Sobre os Lynn.

— Alguma novidade? — perguntou Isham.

— Nada importante. Naturalmente, pessoas por todo o país acham que os viram. Tem um lá no Arizona; estão investigando. Outro na Flórida; um homem e uma mulher de descrição parecida vistos em um carro indo em direção a Tampa. Talvez, talvez. — Ele enfiou os relatórios no bolso.

— Aposto que estão escondidos em Nova York. Seriam uns malditos tolos se saíssem em disparada pelo país. As fronteiras do Canadá e do México parecem estar bem. Não acho que tenham fugido do país... Alô! Bill parece ter encontrado alguma coisa!

O detetive estava de pé no barco a motor balançando o chapéu e gritando algo indistinguível. Ele subiu a bordo como um macaco, olhos brilhando.

— Certinho, chefe! — exclamou assim que pisou no convés. — O senhor acertou em cheio. Encontramos um monte por lá!

— O quê?

— Verificamos o barco a remo primeiro; é o que pertence àquele píer, de fato. A corda foi cortada com uma faca afiada; o nó continua pendurado na argola do píer, e a corda no barco em si mostra um corte que casa com a outra extremidade.

— Está bem, está bem — interrompeu Vaughn com impaciência. — Ele usou aquele barco a remo; já sabemos disso. Encontrou alguma coisa perto do píer?

— E como. Pegadas. — Todos ecoaram a palavra e se inclinaram para perto. Bill fez que sim com a cabeça. — Tem terra macia logo atrás do píer. Encontramos cinco pegadas, três esquerdas e duas direitas do mesmo tamanho de sapato, masculinas, mais ou menos tamanho 39, eu diria. E seja lá quem deixou essas pegadas mancava.

— Mancava? — repetiu o professor Yardley. — Como você sabe disso?

Bill lançou um olhar piedoso ao intelectual alto e feio.

— Mas que... Ora, é a primeira vez que ouço alguém fazer uma pergunta como essa. Não lê revistas de crimes? As pegadas do sapato direito estavam muito mais profundas do que as do esquerdo. Uma diferença do caramba. O calcanhar direito afundou bastante. Ele manca feio com a perna esquerda, eu diria; o calcanhar esquerdo mal aparece.

— Bom trabalho, Bill — elogiou Vaughn, observando os mastros da antena. — Sr. Megara — acrescentou em tom sombrio —, da próxima vez... se existir outro mundo e eu

O MISTÉRIO DA CRUZ EGÍPCIA

também estiver lá.... o senhor vai me dar ouvidos. Sem proteção, é? Você viu aonde foi parar *com* proteção... Mais alguma coisa, Bill?

— Não. O caminho a partir da estrada principal, entre a casa dos Lynn e Bradwood, é de cascalho, e a estrada principal é de macadame. Então não há mais pegadas. Os garotos estão investigando o rastro do homem manco de qualquer forma; as pegadas não eram necessárias, por mais que ajudem.

Os garotos, ao que parecia, tiveram sucesso na investigação.

Uma nova delegação avançava pela água azul da enseada de Ketcham em direção ao iate; vários detetives cercavam um homem de meia-idade de expressão terrivelmente assustada, sentado no assento do barco e agarrado às bordas com ambas as mãos.

— Quem diabos eles pegaram? — rosnou Vaughn. — Entrem; quem está aí com vocês? — gritou ele por cima da faixa estreita de água.

— Ótimas notícias, chefe! — exclamou um dos policiais à paisana de longe. — Conseguimos uma dica valiosa!

Ele ajudou o homem de meia-idade escoltado a subir a escada com um leve empurrão na parte frouxa da calça; o homem escalou o iate com um meio sorriso nauseante e tirou o chapéu fedora no convés, quase como se estivesse na presença da realeza. Eles o analisaram com curiosidade; era um indivíduo pálido com dentes de ouro e um ar de requinte maltrapilho.

— Quem é esse, Pickard? — perguntou o inspetor.

— Conte a sua história, sr. Darling — disse o detetive. — Este é o chefão.

O sr. Darling desviou o olhar.

— Prazer em conhecê-lo, capitão. Ora, não é nada demais. Sou Elias Darling de Huntington, capitão. Sou dono de uma loja de charutos e artigos de papelaria na rua principal. Eu estava fechando ontem à meia-noite e, por acaso, notei algo na rua. Tinha um carro estacionado na frente da minha loja havia alguns minutos, um Buick, eu acho, um Buick sedã. Eu notei, por acaso, o homem que o estacionara; um sujeitinho com uma moça. Bem quando eu estava fechando, vi um homem, um camarada alto, caminhar até o carro e meio que olhar para dentro; a janela da frente estava aberta, o carro não estava trancado, sabe. Então ele abriu a porta, deu partida no motor e saiu em direção a Centerport.

— Ora, e daí? — desdenhou Vaughn. — Poderia ter sido o pai, irmão, amigo ou qualquer coisa do sujeitinho. Talvez ele fosse da empresa de empréstimo levando o carro embora porque o sujeitinho não pagou.

O sr. Elias Darling pareceu tomado pelo pânico.

— Minha nossa — sussurrou ele —, eu não pensei nisso! E aqui estou eu, praticamente acusando... Veja bem, capitão...

— Inspetor! — gritou Vaughn.

— Veja bem, inspetor, eu não gostei do que vi. Pensei em falar com o nosso chefe de polícia, mas então pensei que não era da minha conta. Mas lembrei que o homem mancava com o pé esquerdo...

— Ei! — esbravejou Vaughn. — Espere um minuto! Ele mancava? Como ele era?

Eles se agarraram às palavras do sr. Darling; todos os homens sentiam que ali enfim estava a virada da investigação: uma verdadeira descrição do homem que se autodenominava Krosac... O detetive Pickard balançava a cabeça com desânimo, e Ellery sentia que a descrição de Darling não seria mais informativa do que fora a de Croker, o garagista de Weirton.

— Eu já disse ao detetive aqui — respondeu o comerciante de Huntington —, não consegui ver o rosto dele. Mas ele era alto, meio de ombros largos, e carregava uma dessas valises pequenas, malas de pernoite, como chama minha esposa.

Isham e Vaughn relaxaram, e o professor Yardley balançou a cabeça.

— Muito bem, sr. Darling. Muito obrigado pelo seu trabalho — disse Vaughn. — Certifique-se de que o sr. Darling seja levado de volta a Huntington numa viatura policial, Pickard.

O detetive ajudou o lojista a descer a escada e voltou quando a lancha disparou em direção ao continente.

— E quanto ao carro roubado, Pickard? — perguntou Isham.

— Bem — disse o detetive —, não ajuda muito. Um casal que atende à descrição fornecida por Darling relatou o roubo de um automóvel à polícia de Huntington às duas da manhã. Só Deus sabe por onde andavam... *eu* não sei. Buick sedã, como Darling disse; o sujeitinho estava tão empolgado com a garota, imagino, que esqueceu de tirar a chave da ignição.

— Forneceram uma descrição do carro? — perguntou Vaughn.

— Sim, chefe. Com placa e tudo.

— Não ajuda em nada — resmungou Isham. — Naturalmente, Krosac precisaria de um carro para fugir ontem à noite; arriscado demais pegar um trem às duas ou três da manhã, quando seria provável que alguém se lembrasse dele.

— Em outras palavras — murmurou Ellery —, você acredita que Krosac roubou o carro, dirigiu a noite toda e largou-o em algum canto?

— Ele seria um tolo se continuasse dirigindo-o — retrucou o inspetor com rispidez. — Isso é certo. Qual é o problema, sr. Queen?

Ellery deu de ombros.

— Um homem não pode fazer uma pergunta simples sem levar um fora, inspetor? Não há problema algum, até onde vejo.

— Parece-me — disse o professor, pensativo — que Krosac estava correndo um grande risco se dependia do roubo de um carro tão perto da hora e da cena do crime premeditado.

— Grande risco é o caramba — respondeu Vaughn, curto e grosso. — O problema das pessoas é que elas, na maioria das vezes, são honestas. Seria possível roubar uma dúzia de carros na próxima hora se quisesse; especialmente aqui em Long Island.

— Um bom argumento, professor — disse Ellery devagar —, mas temo que o inspetor tenha razão.

Ele parou ao ouvir pés se arrastando acima. Ergueram o olhar; o corpo de Stephen Megara, envolvido em um lençol, estava sendo baixado do telhado da cabine do operador de rádio até o convés. Na balaustrada a alguns metros, com um chapéu *sou'wester* e pijama, estava o capitão Swift, encarando o procedimento com olhos pétreos. O dr. Temple estava ao lado, quieto, tragando um cachimbo apagado.

Ellery, Vaughn, Isham e o professor desceram um a um até a grande lancha policial que esperava abaixo. O *Helene*, enquanto eles desembarcavam, balançava suavemente nas águas da enseada de Ketcham. O corpo foi transferido para outro barco na lateral. Na costa, eles viam apenas a figura alta de Jonah Lincoln, esperando; as mulheres haviam desaparecido.

— O que acha, sr. Queen? — perguntou Isham com ansiedade patética depois de um longo silêncio.

Ellery se remexeu e voltou a olhar o iate.

— Acho que estamos tão distantes da solução desses crimes quanto estávamos há três semanas. Da minha parte, confesso completa frustração. O assassino é Velja Krosac; um espectro de homem que pode ser praticamente qualquer um. O problema ainda nos confronta: quem ele é, realmente? — Ele tirou o pincenê e esfregou os olhos com impaciência. — Ele deixou um rastro... ele o ostentou, para falar a verdade. — O rosto tensionou, e ele ficou em silêncio.

— Qual é o problema? — perguntou o professor Yardley, analisando a expressão fechada do seu *protégé*.

Ellery cerrou o punho.

— Aquela ideia... nada mal! Em nome dos seis demônios peruanos, o que é isso?

26. ELLERY FALA

Eles atravessaram Bradwood a pé com pressa, decididos a evitar as pobres vítimas do desnorteamento e da náusea que se locomoviam, inquietas, pela propriedade. Jonah Lincoln não disse uma palavra; parecia atônito demais para falar e apenas os seguiu pela trilha como se aquele fosse um plano de ação tão razoável quanto qualquer outro. A morte de Megara, por mais peculiar que fosse, pesava muito mais como uma mortalha sobre Bradwood do que a morte do seu proprietário. Fox, de rosto branco, estava sentado nos degraus da varanda, com a cabeça entre as mãos. Helene ocupava uma cadeira de balanço, encarando o céu fixamente sem enxergar um fiapo do aglomerado de nuvens de tempestade que apareceram de repente. A sra. Brad sofrera um colapso; Stallings balbuciava que o dr. Temple deveria examiná-la: ela se entregava a um choro histérico no quarto e ninguém, nem mesmo a filha, conseguia aplacá-la. Eles ouviram os gemidos da sra. Baxter ao passarem pelos fundos da casa.

Hesitaram na entrada para carros, então seguiram em frente por acordo tácito. Lincoln os seguiu cegamente até o portão mais externo. Até que parou e se recostou no pilar de pedra. O inspetor e Isham haviam ficado em algum lugar, ocupados com as próprias questões.

O rosto negro e enrugado da velha Nanny estava franzido de horror; ela abriu a porta para eles, murmurando:

— Tem alma penada por trás *dissu*, sr. Yadley, ouve o que eu tô *dizenu*.

O professor não respondeu; ele foi direto para a biblioteca, e, como se ali houvesse refúgio, Ellery o seguiu.

Eles se sentaram no mesmo silêncio incômodo. No rosto irregular do professor, por baixo do choque e do desgosto, havia uma expressão desafiadora. Ellery afundou em uma cadeira e começou a revirar os bolsos mecanicamente em busca de um cigarro. Yadley jogou uma grande caixa de marfim para ele por cima da mesa.

— O que o incomoda? — perguntou com a voz gentil. — Com certeza o pensamento não pode ter lhe escapado por completo.

— É como se nunca tivesse existido nada além da mais ridícula sensação. — Ellery tragou o cigarro com fúria. — Sabe aqueles sentimentos intangíveis? Algo se esquiva por todos os becos do fundo da sua mente, e você nunca consegue mais do que um vislumbre indistinto. É o que acontece comigo. Se eu conseguisse capturá-lo... É importante. Tenho a sensação avassaladora de que é importante.

O professor pressionou o tabaco dentro do fornilho.

— Um fenômeno comum. Já cheguei à conclusão de que se concentrar na captura da ideia é fútil. Um bom plano é apagar da mente todos os pensamentos sobre o assunto e falar sobre outras coisas. É surpreendente a frequência com que esse método funciona. É como se, ao ignorá-lo, você o provocasse a aparecer. Do nada, a visão total e completa do que você vem tentando relembrar aparecerá; gerada, parece, a partir de irrelevâncias.

Ellery grunhiu. Um trovão balançou as paredes da casa.

— Há alguns momentos... há quinze minutos... — continuou o professor com um sorriso triste —, você disse que estava tão longe de uma solução hoje quanto estava há três semanas. Muito bem. Então está enfrentando o fracasso. Ao mesmo tempo, já se referiu em várias ocasiões a conclusões às quais chegou, nada óbvias na superfície, aparentemente desconhecidas a Isham, a Vaughn e a mim. Por que não as repassar agora? Talvez exista algo que, na concentração exclusiva da sua análise, lhe escapou, mas que se esclarecerá se você expressar os pensamentos em palavras. Pode acreditar em mim... (toda a minha vida tem sido enlaçada de maneira inextricável com experiências assim...) há uma diferença vital entre o isolamento frio da reflexão independente e a personalidade cálida de um *tête-à-tête*. Você mencionou peças de damas, por exemplo. É evidente que o escritório de Brad, o tabuleiro, a disposição das peças, teve um significado para você que passou completamente despercebido ao restante de nós. Repasse essas coisas em voz alta.

Sob o fluxo das palavras graves e tranquilizadoras do professor Yardley, os nervos agitados de Ellery relaxaram. Ele passou a fumar em silêncio, e as linhas de expressão do seu rosto suavizaram.

— Não é um plano ruim, professor. — Ele assumiu uma posição mais confortável e semicerrou os olhos. — Deixe-me tentar. Que história você montou a partir do testemunho de Stallings e do tabuleiro de damas como nós o encontramos?

O professor soprou fumaça em direção à lareira enquanto refletia. O quarto escurecera bastante; o sol desaparecera atrás de uma barragem de nuvens escuras.

— Muitas teorias sem embasamento de provas concretas me vieram à mente, mas não vejo razão lógica para duvidar da aparência superficial das informações.

— E qual é?

— Da última vez que Stallings viu Brad... podemos presumir que ele foi a última pessoa com exceção do assassino a vê-lo com vida... Brad estava sentado ao tabuleiro de damas jogando contra si mesmo. Não há algo de incomum ou de incongruente nisso; Stallings atestou que ele o fazia com

O MISTÉRIO DA CRUZ EGÍPCIA 307

frequência, criando jogadas para ambos os lados, como só um entusiasta e especialista faria, e eu mesmo posso confirmar isso. Então parece que após a saída de Stallings, e enquanto Brad continuava jogando sozinho, Krosac ganhou acesso ao escritório, matou Brad e tudo o mais. Na hora em que foi morto, Brad tinha na mão uma das peças vermelhas, o que explica como a encontramos perto do tóteme.

Ellery coçou a cabeça com cansaço.

— Você disse... "ganhou acesso ao escritório". O que quer dizer, para ser exato?

Yardley abriu um sorrisinho.

— Eu estava chegando a esse detalhe. Lembra-se de como falei há um momento que eu tinha muitas teorias sem embasamento de provas? Uma delas é que Krosac, que, como você já afirmou várias vezes, pode ser alguém bem perto de nós, era o visitante que Brad esperava naquela noite, o que explica como ele entrou na casa. Brad, é claro, ignorava o fato de que alguém que ele pensava ser um amigo ou conhecido era, na realidade, o seu inimigo de sangue.

— Sem embasamento! — Ellery suspirou. — Veja bem, posso esboçar neste instante um argumento indestrutível para uma teoria. Não um tiro no escuro, professor, não uma conjectura, mas uma conclusão alcançada por passos claros e lógicos. O único problema é: ele não dissipa em nada a neblina.

O professor tragou o cachimbo, pensativo.

— Só um momento. Eu não terminei. Posso oferecer outra teoria; mais uma vez sem embasamento de provas, mas até onde eu consigo ver, tão verossímil quanto a outra. Que é: Brad tinha *dois* visitantes naquela noite; a pessoa que ele esperava, e por causa da qual mandou a esposa, enteada e funcionários para longe; e Krosac, o inimigo. Nesse caso, o visitante legítimo, tenha ele vindo antes ou depois de Krosac... ou seja, enquanto Brad ainda estava vivo ou quando já estava morto... naturalmente manteve a visita em segredo, sem querer ser envolvido de forma alguma. Fico surpreso por ninguém ter pensado nessa possibilidade antes. Venho esperando que você a propusesse pelas últimas três semanas.

— Então? — Ellery tirou o pincenê e colocou-o na mesa; os olhos estavam vermelhos e irritados. Um relâmpago iluminou o cômodo por um momento, tingindo os rostos deles de um azul fantasmagórico. — Altas expectativas.

— Não me diga que não pensou nisso!

— Mas eu não estou dizendo. Nunca mencionei essa teoria porque ela não é verdadeira.

— Rá — disse o professor. — Agora estamos chegando a algum lugar. Pretende ficar sentado aí e me dizer que pode *provar* que só havia um visitante na casa na noite do assassinato?

Ellery sorriu fracamente.

— Está me colocando em uma posição desconfortável. Uma prova, afinal, não depende tanto daquele que a prova quanto daquele que a aprova... Será um pouquinho complicado. E você se lembra do que aquele moralista francês com o nome questionável, Luc de Clapier de Vauvenargues, disse: *"Lorsqu'une pensée est trop faible pour porter une expression simple, c'est la marque pour la rejeter"*.[1] Mas chegarei lá no momento apropriado. — O professor se inclinou para a frente com expectativa, e Ellery continuou, devolvendo o pincenê à ponta do nariz: — O meu argumento depende de dois elementos: a disposição das peças de damas no tabuleiro de Brad e a psicologia dos jogadores especialistas. Você entende o jogo, professor? Lembro que disse que nunca jogou com Brad, ou algo nessa linha.

— É verdade, por mais que eu saiba jogar. Mas sou péssimo nele. Não jogo há anos.

---

[1] "Quando um pensamento é fraco demais para ser expressado com simplicidade, é um sinal de que deve ser rejeitado."

— Se entende o jogo, entenderá a minha análise. Quando Stallings entrou no escritório, antes de sair de casa, ele viu Brad começando um jogo consigo mesmo, viu duas jogadas de abertura, na verdade. Foi o testemunho dele que lançou os nossos amigos na direção errada. Eles presumiram que, porque Brad jogava sozinho quando Stallings o viu pela última vez, ele continuava jogando sozinho quando foi assassinado. Você caiu no mesmo erro.

"Mas as peças na mesa contaram uma história totalmente diferente. Qual era a disposição não apenas das peças em jogo, mas daquelas que tinham sido 'capturadas' e tiradas do tabuleiro? Você se lembrará que o lado preto capturara nove peças vermelhas, que estavam na margem entre o tabuleiro e a borda da mesa; que o lado vermelho capturara apenas três peças pretas, na margem do lado oposto. É óbvio, então, para começar, que o lado preto era deveras superior ao vermelho. O tabuleiro em si, lembre-se, tinha três 'damas', ou peças duplas, do lado preto, além de três peças únicas pretas; e duas modestas peças únicas do lado vermelho."

— O que isso tem a ver? — perguntou o professor. — Ainda não vejo nenhum significado, além de que Brad estava jogando sozinho e criara uma série de jogadas desastrosíssimas para o adversário hipotético, o lado vermelho.

— Uma conclusão intolerável — retrucou Ellery. — Do ponto de vista de um experimento, um jogador especialista só se interessa por jogadas de abertura e encerramento. Isso é tão verdadeiro no jogo de damas quanto no xadrez, ou qualquer outro jogo de competição intelectual cujo resultado depende unicamente da habilidade do jogador individual. Por que Brad, jogando apenas como treino contra si mesmo, perderia tempo com um jogo no qual um dos lados tem a vantagem avassaladora de três damas completas e uma peça? Ele nunca permitira que um jogo experimental chegasse a tal estado. Especialistas sabem dizer, a partir de um único relanceio para o tabuleiro, mesmo quando a vantagem é consideravelmente menor (uma única peça, ou mesmo uma igualdade de peças, mas uma vantagem estratégica na posição) qual será o resultado se ambos os lados jogarem sem erros. Que Brad tenha jogado a sério aquele jogo desigual consigo mesmo seria equivalente a Alekhine jogar uma partida experimental de xadrez consigo mesmo no qual um lado tem a vantagem de uma rainha, dois bispos e um cavalo.

"Então chegamos a isso: por mais que Brad estivesse jogando uma partida experimental quando Stallings o viu, ele jogou uma genuína partida competitiva mais tarde naquela noite. Pois, mesmo que um especialista não fosse praticar com uma divisão tão desequilibrada de força, o desequilíbrio se torna compreensível quando se escolhe a alternativa: que ele jogou com alguém."

Começara a chover torrencialmente do lado de fora; lâminas de água cinza açoitavam as janelas. Os dentes brancos do professor Yardley apareceram acima da barba preta em um sorriso relutante.

— Justo. Justo. Faz sentido. Mas você ainda não eliminou a teoria plausível de que, por mais que Brad tenha jogado damas com o *visitante* legítimo naquela noite, deixando o jogo como o encontramos, ele foi assassinado por Krosac mais tarde, depois de o visitante ter ido embora, talvez.

— Engenhoso. — Ellery deu uma risadinha. — Você é duro na queda. E me incita a usar duas armas: lógica e bom senso.

"Olhe por este lado. Podemos fixar a *hora* do assassinato em relação à duração da partida? Eu afirmo com toda a lógica de que podemos. Pois o que encontramos? Na primeira fileira do lado preto, uma das duas peças vermelhas ainda estava no jogo. Mas, no jogo de damas, quando você chega à primeira fileira do seu oponente, tem direito a ter a sua peça coroada, ou transformada em dama; que, como sabe, significa posicionar uma segunda peça por cima da primeira. Como, então, aconteceu de o lado vermelho dessa partida ter uma peça na casa de coroação que, mesmo assim, não estava coroada?"

— Estou começando a entender — murmurou Yardley.

— Simplesmente porque o jogo parou naquele momento, pois ele não poderia ter continuado a não ser que a dama fosse coroada — prosseguiu Ellery, de imediato. — Existe confirmação de que a partida parou neste ponto? Existe! A primeira pergunta a fazer é: Brad estava jogando com o preto ou o vermelho? Temos todo tipo de testemunha ao fato de que Brad era um damista exímio. Na verdade, ele já foi até anfitrião do campeão nacional de damas, e se mostrou merecedor até. É concebível, então, que Brad fosse o lado vermelho nesta partida onde o vermelho era obviamente o jogador inferior; tão inferior que o oponente tinha uma vantagem de três damas e uma peça? Não, não é concebível, e podemos concluir de imediato que Brad jogava do lado preto... Aliás, para esclarecer as coisas, deixe-me interpolar uma emenda. Agora sabemos que a vantagem do lado preto sobre o vermelho não era de três damas e uma peça, mas duas damas e duas peças, visto que uma das peças vermelhas deveria ser um rei. Ainda assim, no entanto, uma tremenda vantagem.

"Mas, se Brad estava jogando do lado preto, então devia estar sentado durante a partida na cadeira perto da escrivaninha, e não do outro lado da mesa, longe do móvel. Esse é o caso porque todas as peças vermelhas capturadas estavam do lado mais próximo da escrivaninha, e o lado preto captura as peças vermelhas, é claro.

"Até aí tudo bem. Brad jogava do lado preto e ocupava a cadeira perto da escrivaninha; o seu visitante e oponente, portanto, ocupava a cadeira oposta, de frente para ela, enquanto Brad ficava de costas."

— Mas aonde isso...?

Ellery fechou os olhos.

— Se aspira a genialidade, professor, siga o conselho de Disraeli e cultive paciência. Estou em uma sequência, honrado professor. Muitas vezes já fiquei sentado, fervilhando na carteira, durante as suas aulas, tentando em vão antecipar o seu calmo argumento sobre os Dez Mil, Felipe ou Jesus...

"Onde eu estava? Sim! Havia uma peça vermelha faltando, que encontramos do lado de fora, perto da cena da crucificação de Brad. Na palma da mão dele havia uma mancha vermelha circular. Ele segurava a peça quando foi morto, então. Por que ele pegara a peça vermelha e a segurara? Teoricamente, muitas explicações são possíveis. Mas só há uma com um fato comprovado para embasá-la."

— Qual? — inquiriu o professor.

— O fato de que uma peça vermelha estava na casa de coroação, e não estava coroada. Na mão de Brad, que era o lado preto, veja bem, estava a única peça vermelha que faltava. Eu não entendo — disse Ellery com firmeza — como pode escapar à conclusão de que o lado vermelho, oponente do preto, conseguiu levar uma das peças à casa de coroação; que o lado preto, ou Brad, pegou uma das peças vermelhas capturadas para colocá-la em cima da que acabara de chegar na última fileira; *que, antes de conseguir posicionar a peça vermelha que pegara, algo ocorreu e, com êxito, concluiu a partida.* Em outras palavras, o fato de que Brad pegara uma peça vermelha para o propósito específico de coroar a peça do oponente, mas nunca completou a ação, nos mostra por dedução direta não apenas quando o jogo parou, mas por quê.

Yardley permaneceu quieto e atento.

— A dedução? Simplesmente que Brad nunca completou a ação porque não conseguiu. — Ellery pausou e suspirou. — Ele foi atacado naquele momento, e, usando termos leves, não conseguiu coroar a dama vermelho.

— E a mancha de sangue — murmurou o professor.

— Exato — concordou Ellery. — E aí está a confirmação: a posição da mancha de sangue no tapete. A mancha de sangue estava sessenta centímetros atrás da cadeira na qual o lado preto, ou Brad, se sentava. Já provamos há muito tempo que o assassinato aconteceu no escritório; e aquela mancha de sangue é a única no cômodo. Se Brad tivesse sido atingido na cabeça pela frente, prestes a coroar a peça vermelha, ele teria caído para trás, entre a cadeira e a escrivaninha. E foi precisamente ali que encontramos a mancha... O dr. Rumsen afirmou que Brad teve ter sido primeiro golpeado na cabeça, visto que não havia outras marcas de violência no corpo; então foi uma ferida aberta que manchou o tapete onde ele caiu, antes que o assassino pudesse erguer o corpo e levá-lo à edícula. Todos os detalhes se encaixam. Mas o fato saliente se destaca: *Brad foi atacado enquanto jogava damas com o seu agressor. Em outras palavras, o assassino de Brad era também o seu adversário no jogo...* Ah, você tem objeções.

— É claro que tenho — replicou Yardley. Ele reacendeu o cachimbo e tragou com vigor. — O que há no seu argumento que invalida o seguinte? Que o adversário de Brad era inocente ou um cúmplice de Krosac; que, enquanto o cúmplice jogava com Brad para distrai-lo, Krosac entrou de fininho no escritório e acertou Brad por trás, como falei no dia em que encontramos a mancha de sangue.

— O quê? Muito, professor. — Os olhos de Ellery brilharam. — Nós já mostramos há muito tempo que Krosac não teria um *cúmplice*. Sem dúvidas, esses crimes são de vingança, e não há nada nos crimes para atrair um cúmplice de um ponto de vista financeiro.

"A possibilidade de que havia duas pessoas o tempo todo, uma delas Krosac, a outra um visitante inocente que jogava damas com Brad...? Por favor, considere o que isso significaria. Significaria que Krosac, de forma deliberada, atacou

Brad na presença de uma testemunha inocente! Absurdo; ele por certo teria esperado a pessoa ir embora. Mas suponhamos que ele tenha de fato atacado na presença de alguém. Ele não faria de tudo, então, para silenciá-la? Um homem como Krosac, com tanto sangue na consciência, seria difícil que hesitasse diante da necessidade de tirar outra vida. Ainda assim, a vítima aparentemente foi deixada ilesa... Não, professor, nenhuma testemunha, sinto dizer."

— Mas e se a pessoa tivesse chegado antes de Krosac e partido antes... uma testemunha que jogava damas com Brad? — insistiu o professor.

Ellery deu uma risadinha preocupada.

— Ora, ora, você está ficando grogue, professor. Se a pessoa tivesse chegado e partido antes ou depois de Krosac, ela não seria uma testemunha, seria? — Ele voltou a rir. — Não, a questão é que a partida que encontramos era a partida entre Brad e Krosac e, caso houvesse um visitante prévio ou posterior, isso não invalidaria o fato de que Krosac, o assassino, de fato jogou com Brad.

— E a conclusão de toda essa confusão? — murmurou Yardley.

— Como falei antes: que o assassino de Brad jogou damas com ele. E que Krosac era alguém próximo de Brad, apesar de não como Krosac, é claro, mas como outra pessoa.

— Arrá! — exclamou o professor, estapeando a canela fina. — Peguei você, rapaz. Por que alguém próximo? Hein? Quer dizer que isso é lógico? Que porque um homem como Brad jogava damas com alguém, esse alguém era necessariamente um amigo dele? Ridículo! Ora, Brad jogaria até com um colecionador de estrume. Qualquer desconhecido era uma presa, desde que soubesse jogar. Precisei de três semanas para convencê-lo de que realmente não estava interessado!

— Caramba, professor. Se eu lhe passei a impressão de que foi a partir da partida de damas que deduzi que o adver-

O MISTÉRIO DA CRUZ EGÍPCIA

sário de Brad era amigo dele, sinto muito; não foi a minha intenção. Há razões muito mais potentes. Brad sabia que Krosac, inimigo da família, estava à solta, sedento pelo bom e velho sangue Tvar?

— Sim, é claro. O bilhete que ele deixou mostra isso, e o próprio Van escreveu para Brad e o alertou.

— *Bien assurément!* E Brad, sabendo que Krosac estava à solta, marcaria um encontro com um desconhecido, de propósito, mandando todos os possíveis protetores para longe, como ele fez?

— Humm, imagino que não.

— Veja — explicou Ellery com um suspiro cansado —, é possível provar qualquer coisa se coletar informações o suficiente. Olhe aqui; deixe-me usar o argumento mais extremo. Suponha que o visitante esperado por Brad naquela noite tenha de fato vindo, efetuado o seu negócio com Brad, e partido. Então Krosac apareceu. Um completo desconhecido, lembre-se. Mas já demonstramos que Krosac, assassino de Brad, jogou damas com ele. Isso significaria que a vítima deliberadamente convidou um completo desconhecido para dentro da sua casa desprotegida... Errado, é claro. Então Krosac devia ser um conhecido de Brad, fosse ele o visitante esperado ou um convidado fortuito da noite. Na verdade, não dou a mínima. A minha teoria é que só uma pessoa além de Brad esteve no escritório naquela noite: Krosac. Mas se houvesse duas, três ou uma dúzia, isso não invalidaria a conclusão de que a vítima conhecia Krosac em qualquer disfarce que ele tenha usado, e que Brad jogou damas com ele e foi assassinado durante a partida.

— E aonde isso o leva?

— A lugar algum — respondeu Ellery com pesar. — E é por isso que eu falei mais cedo que não estou melhor agora do que estava há três semanas... Sabe, tem outro fato positivo, agora que estou pensando melhor, que podemos pescar dessa bagunça de indecisões. Sou um imbecil por não ter pensado nisso antes.

O professor se levantou e esvaziou o cachimbo na lareira.

— Você está cheio de surpresas hoje — disse ele sem se virar. — Qual é?

— Podemos afirmar com certeza absoluta que Krosac não manca.

— Já dissemos isso antes — retrucou Yardley. — Não, tem razão. Dissemos que não podíamos ter certeza. Mas como...?

Ellery se levantou, esticou os braços e começou a andar de um lado para o outro. Estava úmido na biblioteca; o chiado da tempestade do lado de fora redobrou em intensidade.

— Krosac, fosse lá quem fingisse ser, era alguém próximo de Brad. Nenhum amigo de Brad manca. Portanto, Krosac não manca de verdade; mas utilizou a enfermidade da juventude como uma característica física consistente apenas para despistar a polícia.

— É por isso — murmurou Yardley — que ele tem sido aparentemente descuidado ao deixar rastros que levam a um homem manco.

— Exato. Ele para de mancar no momento em que fareja perigo. Não é de se espantar que nenhum rastro tenha sido encontrado. Eu deveria ter pensado nisso ontem.

Yardley oscilou sobre os grandes pés, o cachimbo frio se projetando da boca.

— E aqui estamos. — Ele observou Ellery com atenção. — Mas nenhum sinal do fugitivo, hein?

Ellery balançou a cabeça.

— Ainda escondido atrás de uma convolução em algum lugar... Vejamos agora. Assassinato da primeira vítima, Kling, explicado sem problemas. Krosac, a pseudocoxeadura, nas imediações; motivo, proximidade, natureza peculiar do crime... tudo se encaixa. Existe uma contenda. Krosac acha que matou Andreja, um dos irmãos. Como ele finalmente encontra Van, o mais remoto dos três Tvar? Questão irrespondível; a ser respondida só Deus sabe quando... Krosac ataca de novo. Brad dessa vez; mesma pergunta, também irrespondível. A história se complexifica deliciosamente: Krosac encontra o bilhete de Brad que lhe diz pela primeira vez que ele cometeu um erro no primeiro assassinato, que Van continua vivo. Mas onde está Van? Precisa ser encontrado, diz Krosac a si mesmo, ou a vingança estará incompleta. Desce a cortina do segundo ato; muito melodramático... Megara retorna; Krosac sabe que retornaria; chega o único detentor, de acordo com o bilhete, do segredo da nova identidade e do atual paradeiro de Van... Intervalo. Demora. Então... *Por Deus* — disse Ellery.

O professor Yardley enrijeceu, mal respirando. Todos os sinais apontavam para a captura do fugitivo. Ellery estava enraizado no chão, olhando feio para o anfitrião com a feroz luz da descoberta no olhar.

— Por Deus! — gritou Ellery, saltando sessenta centímetros no ar úmido do professor Yardley. — Que tolo eu fui! Que idiota, que imbecil, estúpido, ignorante! Já sei!

— Sempre funciona. — O professor abriu um sorrisinho, relaxando. — O quê... Ora, meu garoto, qual é o problema?

Ele fez uma pausa alarmada. Uma mudança notável dominava o rosto exultante de Ellery. O queixo caiu, o olhar enuviou e ele se encolheu como as pessoas fazem, às vezes, diante do impacto puramente imaginado de um golpe ilusório.

A expressão veio e se foi. O maxilar de Ellery se salientou na bochecha lisa e bronzeada.

— Escute — disse ele sem perder tempo. — Não tenho tempo para nada além da análise mais superficial. Pelo que estávamos esperando? Pelo que Krosac estava esperando? Nós esperávamos que Krosac tentasse descobrir por meio de Megara, a única fonte de informação, *onde Van estava*. Krosac estava esperando para fazer essa descoberta. *E então ele matou Megara*. Só pode significar uma coisa!

— Ele descobriu! — exclamou Yardley, a gravidade do pensamento fazendo a voz falhar. — Meu Deus, Queen, que tolos, que tolos cegos nós fomos! Talvez já seja tarde demais!

Ellery não perdeu tempo respondendo. Ele correu para o telefone.

— Western Union... Mande um telegrama. Rápido. Endereçado ao policial Luden, Arroyo, Virgínia Ocidental... Sim. Mensagem: "Forme pelotão imediatamente e vá à choupana do Velho Pete. Proteja o Velho Pete até a minha chegada. Notifique Crumit Krosac voltando. Se algo tiver acontecido quando você chegar à choupana, siga o rastro de Krosac, mas deixe a cena do crime intacta". Assine como Ellery Queen. Repita, por favor... Krosac. K-r-o-s-a-c. Certo... Obrigado.

Ele afastou o instrumento de si, então mudou de ideia e voltou a pegá-lo. Fez uma ligação para Bradwood, do outro lado da estrada, e perguntou pelo inspetor Vaughn. Vaughn, ele descobriu por Stallings, deixara Bradwood apressadamente havia pouco tempo. Ellery dispensou Stallings sem rodeios e perguntou por um dos homens de Vaughn. Onde estava o inspetor? O homem do outro lado da linha pediu desculpas, mas não fazia ideia. O inspetor recebera uma mensagem, e ele e o promotor de justiça Isham chamaram um carro e foram embora em disparada.

— Droga — resmungou Ellery, desligando —, o que faremos agora? Não temos tempo a perder!

Ele correu para uma janela e olhou para fora. A chuva parecia ficar cada vez mais forte, caindo em torrentes; raios cortavam o céu; os trovões eram quase incessantes.

— Escute — disse Ellery, se virando de volta —, você terá que ficar para trás, professor!

— Eu não gosto nem um pouco da ideia de você ir lá sozinho — respondeu Yardley com relutância. — Muito menos nessa tempestade. Como chegará lá?

O MISTÉRIO DA CRUZ EGÍPCIA   319

— Não importa. Fique aqui e tente ao máximo entrar em contato com Vaughn e Isham. — Ellery saltou para o telefone de novo. — Aeródromo de Mineola. Rápido!

O professor coçou a barba em desconforto enquanto Ellery esperava.

— Ah, vamos lá, Queen, você não pode estar pensando em pegar um avião com esse tempo.

Ellery balançou uma das mãos.

— Alô, alô! Mineola? Posso fretar um avião rápido para o sudoeste de imediato? O quê? — A expressão dele murchou e, depois de um momento, desligou o telefone. — Até os elementos estão conspirando contra nós. A tempestade veio do Atlântico e está viajando para o oeste e para o sul. O homem de Mineola disse que estará ruim nos montes Alleghenies. Nenhum avião decolará. O que eu posso fazer, inferno?

— Trem — sugeriu Yardley.

— Não! Confiarei no velho Duesie! Tem uma capa de chuva que eu possa pegar emprestada, professor?

Eles correram para o corredor do professor, que abriu um armário e tirou dele uma longa capa de chuva. Ele ajudou Ellery a vesti-la.

— Olhe, Queen — arquejou ele —, não seja precipitado. O carro é aberto, as estradas estarão ruins, é uma viagem terrivelmente longa...

— Não correrei riscos desnecessários — interrompeu Ellery. — Luden deve cuidar das coisas, de qualquer forma. — Ele saltou à frente e abriu a porta, e o professor o seguiu para dentro do átrio. Ellery ficou em silêncio, então ofereceu a mão. — Deseje-me sorte, meu velho. Ou melhor, deseje sorte a Van.

— Vá em frente — grunhiu o professor, balançando a mão de Ellery para cima e para baixo. — Farei o meu melhor para encontrar Vaughn e Isham. Cuide-se. Tem certeza disso? Não é uma viagem desnecessária?

Ellery respondeu com austeridade:

— Só uma coisa impediu Krosac de matar Megara nas últimas duas semanas: ele não sabia onde Van estava. Se finalmente matou Megara, deve ser porque descobriu a farsa do Velho Pete e o esconderijo na montanha. Extorquiu a informação de Megara, é provável, antes de matá-lo. É o meu trabalho prevenir um quarto assassinato; Krosac está sem sombra de dúvida a caminho da Virgínia Ocidental neste momento. Estou torcendo para que ele tenha tirado um tempo para dormir ontem à noite. Caso contrário...

Ele deu de ombros, sorriu para Yardley, que o olhava ansiosamente, então disparou pelos degraus em direção à tempestade açoitante, sob relâmpagos, e à entrada para carros na lateral onde ficava a garagem e o velho carro esportivo.

Mecanicamente, o professor Yardley consultou o relógio. Era exatamente uma hora da manhã.

27. O PÍER

O Duesenberg seguiu com dificuldade pela cidade de Nova York, apressou-se pelo centro, disparou pelo Holland Tunnel, ziguezagueou pelo trânsito de Jersey City, avançou por um labirinto de cidades de Nova Jersey, então seguiu em linha reta pela estrada até Harrisburg, acelerando como uma flecha. O tráfego estava leve; a tempestade não amainara; e Ellery revezava entre rezar para os deuses da sorte e praguejar os limites de velocidade. A sorte se manteve; ele disparou por cidade atrás de cidade da Pensilvânia impune a motos policiais.

O velho carro, que não fornecia qualquer proteção contra a chuva, estava alagado; ele próprio estava com os sapatos encharcados e o chapéu pingando. Encontrara um par de óculos de proteção em algum lugar do veículo; compunha uma figura grotesca de terno de linho coberto com uma capa de chuva, um chapéu leve de feltro encharcado sobre as orelhas, óculos de proteção âmbar por cima do pincenê e um olhar sinistro, curvado sobre o enorme volante, dirigindo o carro feito um foguete pela área rural da Pensilvânia, castigada pela tempestade.

Faltando alguns minutos para as sete horas da noite, com a chuva ainda caindo sem parar — ele parecia dirigir na cola dela —, ele entrou em Harrisburg.

Ellery não almoçara, e a fome beliscava o seu estômago vazio. Estacionou o Duesenberg em uma garagem com instruções específicas para o mecânico e saiu em busca de um restaurante. Em uma hora ele estava de volta à garagem, verificara o óleo, gasolina e pneus, e dirigira para fora da cidade. Lembrava-se bem do caminho, sentado ali atrás do volante, com frio, molhado e desconfortável. Em dez quilômetros, atravessou Rockville e disparou em linha reta. Cruzou o rio Susquehanna e seguiu em velocidade. Duas horas depois, passou pela autoestrada Lincoln, se atendo com teimosia à estrada onde estava. A chuva persistia.

À meia-noite, com frio, exausto, as pálpebras se recusando a funcionar, ele entrou em Hollidaysburg. Novamente, a primeira parada foi uma garagem, e depois de uma conversa animada com um mecânico sorridente, ele saiu a pé em direção a um hotel. A chuva açoitava as suas pernas molhadas.

— Quero três coisas — disse ele com lábios rígidos no hotelzinho. — Um quarto, a secagem das minhas roupas, e uma ligação para me acordar amanhã às sete. Pode providenciar?

— Sr. Queen — respondeu o atendente depois de consultar a assinatura de Ellery no registro —, deixe comigo.

Na manhã seguinte, bastante revigorado, em roupas secas, estômago cheio de ovos e bacon, o Duesenberg rugindo, Ellery prosseguiu pela última parte da jornada. Evidências do estrago da tempestade passavam por ele em um borrão: árvores tombadas, riachos cheios, carros destruídos abandonados na beira da estrada. Mas a tempestade, que caíra furiosamente a noite toda, abrandara de repente no início da manhã, por mais que o céu ainda estivesse sombrio, cor de chumbo.

Às 10h15, Ellery pilotou o estrondoso Duesenberg através de Pittsburgh. Às 11h30, sob o céu mais claro, o sol fazendo esforços valentes para iluminar os picos dos Alleghenies ao redor, Ellery freou com um estampido diante da Câmara Municipal de Arroyo, Virgínia Ocidental.

Um homem de calça jeans azul de quem Ellery se lembrava vagamente varria a calçada diante da entrada da Câmara Municipal.

— Ora, senhor — disse o notável homem, largando a vassoura e agarrando o braço de Ellery enquanto ele passava —, onde cê vai? Tá querendo ver quem?

Ellery não respondeu. Correu pelo corredor escuro até os fundos, onde ficava a sala do policial Luden. A porta da delegacia estava fechada; e até onde ele conseguia ver, a cidadela cívica de Arroyo estava sem vida. Ele tentou a porta; estava destrancada.

O homem de calça jeans, com uma expressão teimosa no rosto grosseiro, se arrastara atrás dele.

O escritório do policial Luden estava desocupado.

— Onde está o policial? — exigiu saber Ellery.

— É o que eu tô tentando dizer — respondeu o homem, obstinado. — Ele num tá aqui.

— Ah! — exclamou Ellery com uma confirmação de cabeça sagaz. Luden, então, fora para as colinas. — Quando o policial partiu?

— Segunda de manhã.

— *O quê?!* — A voz de Ellery transbordava perplexidade, desalento e uma crescente percepção de catástrofe. — Deus do céu, então ele não recebeu o meu...

Ele se lançou adiante para a mesa de Luden. Estava uma bagunça de papéis desorganizados. O homem de azul estendeu a mão em absoluto protesto quando Ellery começou a jogar a correspondência oficial do policial — se é que era correspondência oficial — ao redor. E, como esperava cheio de temor, ali estava. Uma mensagem em um envelope amarelo.

Ele a rasgou e leu:

Policial Luden Arroyo Virgínia Ocidental forme pelotão imediatamente e vá à choupana do Velho Pete. proteja o Velho Pete até a minha chegada.

notifique Crumit Krosac voltando. Se algo tiver acontecido quando você chegar à choupana, siga o rastro de Krosac, mas deixe a cena do crime intacta.

Ellery Queen

Uma visão panorâmica piscou diante dos olhos de Ellery. Por uma falha horrenda e perniciosa, um giro da roda do destino, o telegrama para Luden poderia até nunca ter sido enviado levando em conta o bem que tinha realizado. O homem de calça jeans explicou com paciência que o policial e o prefeito Matt Hollis haviam partido duas manhãs antes para a sua viagem de pesca anual; eles passavam uma semana fora, acampando e pescando no rio Ohio e os seus afluentes. Só voltariam no domingo. O telegrama chegara pouco depois das três horas no dia anterior; o homem de calça jeans — que se anunciou como zelador, guarda e faz-tudo — o recebera, assinara o recebimento e, na ausência de Luden e Hollis, o deixara na mesa do policial, onde poderia ter ficado por uma semana não fosse pela visita fortuita de Ellery. O zelador parecia ter algo urgente na cabeça, e começou uma dissertação desconexa, mas Ellery o dispensou e, com um horror turvo no olhar, correu de volta para a rua principal de Arroyo e saltou para dentro do Duesenberg.

Ele acelerou ruidosamente, virando a esquina e seguindo pela rota que lembrava da expedição anterior com Isham e o policial Luden. Não havia tempo para entrar em contato com o promotor de justiça Crumit do condado de Hancock ou com o coronel Pickett dos soldados do condado. Se o que ele temia ainda não acontecera, tinha certeza de que poderia lidar com qualquer situação que pudesse emergir; no porta-luvas no Duesenberg havia uma pistola automática carregada. Se já *tivesse* ocorrido...

Ele deixou o carro no velho aglomerado de arbustos — rastros tênues da última visita continuavam impressos, ape-

O MISTÉRIO ᴅᴀ CRUZ EGÍPCIA   325

sar da chuva, na terra densamente coberta de vegetação e grama — e, de pistola em mãos, começou a difícil subida pela trilha escurecida que o policial Luden pegara. Subiu depressa, mas ainda assim com cautela; não fazia ideia do que poderia encontrar, e estava determinado a não ser pego de surpresa por nada nem ninguém. A mata exuberante e densa estava silenciosa. Ellery avançou sem fazer barulho, rezando para chegar a tempo, ciente pelo leve alarme ressoando no cérebro dele de que era tarde demais.

Ele se abaixou atrás de uma árvore e espiou a clareira. A cerca estava intacta. Por mais que a porta da frente estivesse fechada, Ellery sentia-se encorajado. Ao mesmo tempo, não correria risco algum. Ele puxou a trava de segurança da pistola para trás e emergiu silenciosamente de detrás de uma árvore. Aquele era o familiar rosto de barba desgrenhada do Velho Pete na janela de arame farpado? Não; fora a sua imaginação. Desengonçado, ele pulou a cerca, ainda segurando a arma. Então notou as pegadas.

Ficou onde estava por três minutos completos, estudando a história contada em detalhes pelas marcas na terra úmida. Então, desviando das impressões reveladoras, ele fez uma volta ampla, baixando os próprios pés com cuidado até chegar à porta.

A porta, ele observou naquele momento, não estava totalmente fechada, como ele pensara à primeira vista. Uma minúscula fresta era visível.

Com a pistola na mão direita, Ellery se inclinou e levou o ouvido à fresta. Nenhum som vinha do interior da cabana. Ele se empertigou e, com a mão esquerda, acertou a porta com um golpe violento, abrindo-a rapidamente, revelando o interior...

Pelo intervalo de vários batimentos cardíacos, ele ficou parado desse jeito, mão esquerda no ar, mão direita apontando a arma para o interior da choupana, olhos cravados na horrível cena à sua frente.

Então entrou e fechou o ferrolho da porta pesada com firmeza.

Às 12h50, o Duesenberg parou cantando pneu diante da Câmara Municipal de novo, deixando Ellery na calçada. Um rapaz estranho, deve ter pensado o zelador, pois o cabelo dele estava desgrenhado, os olhos inflamados com um brilho maníaco, e saltou sobre o homem como se contemplasse nada menos do que o caos.

— Opa! — exclamou o homem de calça jeans com incerteza. Continuava varrendo a calçada sob o sol quente. — Então cê voltou, é? Eu tinha um negócio pra te falar, senhor, mas cê não deixou mais cedo. Seu nome num é...?

— Basta — ordenou Ellery com rispidez. — Você parece ser o único cavalheiro de responsabilidade oficial sobrando nesse bailado. Precisa fazer algo por mim, senhor zelador. Alguns homens de Nova York chegarão aqui... quando, eu não sei. Mas, mesmo que leve horas, você precisa esperar aqui, entende?

— Bom — disse o zelador, se apoiando na vassoura. — Num sei, não. Escuta, cê não é o homem chamado Queen?

Ellery o encarou.

— Sim. Por quê?

O zelador revirou as profundezas de um bolso espaçoso na calça jeans, pausando para expectorar um jorro de líquido marrom. Então puxou um pedaço de papel dobrado.

— Tentei falar procê mais cedo, quando cê tava aqui, sr. Queen, mas cê num me deixou. Camarada deixou esse bilhete procê... um velhote alto feio. Parecia Abe Lincoln, *nossinhora*.

— Yardley! — exclamou Ellery, arrancando o bilhete da mão do outro. — Meu Deus, homem, por que não disse antes? — Ele quase rasgou o papel na pressa para desdobrá-lo.

Era um rabisco escrito apressadamente a lápis, assinado pelo professor:

Caro Queen:

Devo algumas explicações. A magia moderna me permitiu antecipá-lo. Depois que você partiu eu fiquei preocupado e tentei inutilmente seguir os rastro de Vaughn e Isham. Descobri o bastante para saber que eles haviam recebido notícia de uma pista que parecia ser autêntica sobre os Lynn, de Massachusetts. Deixei a sua mensagem com o subalterno de Vaughn. Não gostei da ideia de você seguindo um selvagem sanguinário como Krosac sozinho. Nada empolgante em Bradwood; dr. T partiu para Nova York. Atrás de Hester, garanto. Romance?

Passei a noite toda acordado durante a tempestade; não consegui dormir. A chuva diminuiu e, às seis horas da manhã, eu estava em Mineola. As condições de voo estavam melhores, e eu convenci um piloto particular a me levar para sudoeste. Pousei perto de Arroyo às dez horas dessa manhã. (Maior parte do texto acima escrito no avião.)

Mais tarde: Não encontrei a choupana nem ninguém que soubesse chegar lá. Luden sumiu, cidade morta. O seu telegrama, imagino, fechado. Temo pelo pior, é claro, especialmente dado que consegui uma pista sobre um *homem manco* [isso estava sublinhado com força] nos arredores.

Homem manco carregando uma maleta (deve ser Krosac, pois a descrição é vaga; o homem manteve o rosto encoberto) contratou um carro particular em Yellow Creek, bem em frente a Arroyo, do outro lado do rio Ohio, às 23h30. Falei com o dono do carro; ele levou Krosac até Steubenville, O., deixou-o em um hotel lá... Vou seguir K. por conta própria, deixando essa mensagem para você com o zelador superinteligente da Câmara Municipal de Arroyo. Siga para Steubenville de imediato; se eu encontrar outra pista, deixarei um bilhete no hotel Fort Steuben para você. Apressadamente,

Yardley

Os olhos de Ellery se arregalaram.

— Que horas o seu amigo Abraham Lincoln escreveu esse bilhete, zelador?

— Mais ou menos onze horas — respondeu o zelador com a voz arrastada. — Pouco antes docê chegar.

— Agora eu sei — rosnou Ellery — por que homens cometem assassinato... Que horas parou de chover ontem à noite? — perguntou ele de supetão, atingindo por um pensamento.

— Mais ou menos uma hora antes de meia-noite. A chuva diminuiu aqui, mas passou o resto da noite caindo forte pra burro do outro lado do rio. Escuta, sr. Queen, cê num acha...

— Não — interrompeu Ellery. — Entregue este bilhete aos homens de Nova York quando eles chegarem. — Ele rabiscou uma mensagem adicional do lado vazio do papel e empurrou-o na mão do zelador. — Fique aqui fora... varra, masque tabaco, faça o que quiser... mas fique nesta calçada até eles chegarem. Isham, Vaughn. Polícia. Entende? Isham, Vaughn. Entregue este bilhete para eles. Tome isso aqui pelo incômodo.

Ele jogou uma nota na direção do zelador, saltou para dentro do Duesenberg e disparou pela rua principal de Arroyo em uma nuvem de poeira.

28. MORTO DUAS VEZES

O inspetor Vaughn e o promotor de justiça Isham chegaram a Bradwood às oito horas de quarta-feira, cansados, porém felizes. Com eles havia um homem da promotoria dos Estados Unidos. E, sentados na caçamba, taciturnamente obstinados, estavam Percy e Elizabeth Lynn.

Os ladrões britânicos foram mandados para Mineola sob escolta, e o inspetor alongava os braços com tranquilidade ostensiva quando o seu tenente, Bill, chegou correndo, balançando os braços e falando depressa. A expressão de triunfo desvaneceu do rosto de Vaughn, substituída por uma de ansiedade. Isham ouviu toda a história deixada pelo professor Yardley e xingou com irritação.

— O que devemos fazer?

— Segui-los, é claro! — retrucou Vaughn com rispidez, e voltou a subir na viatura policial. O promotor de justiça esfregou a careca e o seguiu com resignação exausta.

Em Mineola, no aeródromo, eles conseguiram notícias de Yardley. O professor contratara um avião às seis horas daquela manhã a caminho de um destino anônimo no sudoeste. Dez minutos mais tarde eles estavam no ar, voando em direção ao mesmo destino na cabine de uma poderosa aeronave de três motores.

Era 13h30 quando eles seguiram até Arroyo. O avião pousara em um pasto a quatrocentos metros da cidade. Eles seguiram para a Câmara Municipal. Um homem de calça jeans azul estava sentado nos degraus do prédio, uma vassoura esfarrapada aos pés, roncando tranquilamente. Ele se levantou de súbito ao ouvir o resmungo do inspetor.

— Cês são de Nova York?

— Sim.

— Cês se chamam Vaughn, Isha ou um troço desse?

— Sim.

— Tenho um bilhete procês.

O zelador abriu a mão enorme; na palma, amassado, sujo e úmido, porém intacto, encontrava-se o bilhete do professor Yardley.

Eles leram a mensagem do professor em silêncio, então viraram o papel. Ellery rabiscara o adendo:

Bilhete de Yardley autoexplicativo. Já estive na choupana. Uma bagunça terrível lá. Venham assim que puderem. Pegadas em círculos diante da choupana são minhas; o outro par...

Desvendem por conta própria. Sejam rápidos se quiserem presenciar o fim.

Q.

— Aconteceu — resmungou Isham.

— Que horas o sr. Queen saiu daqui? — perguntou Vaughn com um rosnado.

— Lá pra uma da tarde — respondeu o zelador. — Fala, o que que tá havendo, capitão? Cês tão cheio de vai e vem, parece.

— Vamos lá, Isham — murmurou o inspetor. — Mostre o caminho. Precisamos ver aquela choupana primeiro.

Eles viraram a esquina, deixando o zelador os encarando e balançando a cabeça.

A porta da choupana estava fechada.

Com dificuldade, Isham e Vaughn pularam a cerca de arame farpado.

— Não ande sobre essas pegadas — ordenou o inspetor de pronto. — Vejamos... Essas são de Queen, eu acho, as que fazem o desvio. O outro par...

Eles ficaram imóveis e seguiram com os olhos a linha de pegadas que Ellery observara havia pouco mais de uma hora. Havia dois conjuntos de pegadas feitos com o mesmo par de sapatos; e, com a exceção das de Ellery, mais nenhuma. Os dois conjuntos estavam definidos com nitidez: um indo da cerca para a porta da cabana; o outro voltando em uma linha ligeiramente divergente. Além da cerca de arame, a natureza rochosa do solo impossibilitava um rastro visível. As pegadas que chegavam à cabana estavam mais afundadas na terra do que as que saíam. Em todas as pegadas, a impressão do pé direito era mais forte do que a correspondente ao esquerdo.

— O rastro manco, certo — balbuciou Vaughn. — O primeiro conjunto... estranho.

O inspetor acompanhou o rastro duplo de pegadas e abriu a porta, seguido por Isham. Eles encararam a cena em profundo horror.

Na parede oposta à porta, pregado às toras de madeira rústicas como um troféu, havia o corpo de um homem. Sem cabeça. As pernas tinham sido pregadas juntas. Coberto pelos farrapos ensanguentados — os trapos de um pseudomontanhês — estava o cadáver do infeliz professor de Arroyo.

Havia sangue no chão de pedra. Sangue espirrado pelas paredes. A choupana, que estivera tão organizada e aconchegante quando Isham a visitara antes, agora parecia um abatedouro. Os tapetes de palha estavam salpicados com manchas vermelhas espessas. O chão exibia faixas e borrões vermelhos. O tampo da mesa velha e robusta, esvaziada dos objetos usuais, fora utilizada como lousa; e nesta lousa, em uma marca gigante de sangue, estava o familiar símbolo da vingança de Krosac: uma letra T maiúscula.

— Minha nossa — murmurou Vaughn. — É de revirar o estômago. Acho que eu esganaria aquele canibal com as minhas próprias mãos, com ou sem justificativa, se conseguisse pegá-lo.

— Vou lá fora — anunciou Isham com a voz rouca. — Estou... fraco.

Ele cambaleou pelo portal e se recostou contra a parede externa, passando mal.

O inspetor Vaughn piscou, estufou o peito e atravessou o cômodo. Desviou das poças de sangue endurecidas. Tocou no corpo; estava rígido. Gotículas de sangue escorriam da cabeça dos pregos nas palmas e nos pés.

Morto há umas quinze horas, pensou Vaughn, fechando a mão em punho. O rosto dele ficou branco ao encarar o cadáver crucificado. Com um buraco carmesim aberto onde a cabeça estivera, os braços rigidamente esticados, as pernas unidas, era uma paródia grotesca e insana do humor de um demônio... um T monstro e monstruoso composto de carne humana morta.

Vaughn sacudiu a cabeça para se livrar da vertigem e deu um passo para trás. Pensou que devia ter havido resistência, pois no chão perto da mesa havia vários objetos que contavam uma história tenebrosa. O primeiro era um machado pesado, o cabo e a lâmina pintados com sangue seco; obviamente a arma que decapitara Andreja Tvar. O segundo era uma espiral de atadura, como uma rosquinha bidimensional; tinha as bordas desfiadas e sujas e estava encharcada de um dos lados com um líquido vermelho amarronzado, já seco. O inspetor se abaixou e pegou a espiral com cuidado; ela se desmanchou quando Vaughn a ergueu e, para a sua ligeira surpresa, ele viu que ela fora cortada ao meio com um utensílio afiado. Uma tesoura, deduziu ele, e olhou ao redor. Sim, a alguns metros no chão, como se tivesse sido jogada ali em uma pressa desesperada, havia um par de tesouras pesadas.

Vaughn foi até a porta. Isham, mesmo que pálido e doentio, se recuperara em parte.

— O que isto lhe parece? — perguntou Vaughn, erguendo a atadura cortada. — Credo, você escolheu um belo lugar para passar mal, Isham!

O promotor de justiça franziu o nariz. Estava com uma aparência miserável.

— Curativo ao redor de um pulso — respondeu, vacilante. — E uma ferida feia, a julgar pelas manchas de sangue e iodo.

— Tem razão — concordou Vaughn. — Pela circunferência da espiral, deve ser um pulso. Não existe outra parte do corpo humano tão fina assim, nem mesmo o tornozelo. Temo que o sr. Krosac tenha um pequeno ferimento marcado no pulso!

— Ou houve uma briga, ou ele se cortou enquanto... mutilava o corpo — arriscou Isham com um arrepio. — Mas por que ele deixou a atadura para que a encontrássemos?

— Fácil. Veja como está ensanguentada. O corte deve ter sido no começo da briga, ou seja lá o que for. Então ele cortou o primeiro curativo e pôs um novo... Quanto a por que ele o deixou para trás; estava com uma pressa danada, Isham, para sair de perto desta choupana. E acho que nem está se arriscando de verdade. O simples fato de que deixou a atadura tende a mostrar que a ferida está em um lugar que pode ser mantido coberto. O punho da camisa provavelmente a esconde. Vamos voltar lá para dentro.

Isham engoliu em seco e seguiu com bravura o inspetor de volta para a choupana. Vaughn apontou para o machado e para as tesouras; então indicou uma grande garrafa opaca caída no chão perto do lugar onde encontrara a atadura, uma garrafa de vidro azul-escuro sem rótulo. Estava quase vazia;

a maior parte do conteúdo manchou o chão de marrom onde caíra, e a rolha quicara até alguns metros de distância. Ali perto havia um rolo de atadura, parcialmente desenroscado.

— Iodo — pronunciou Vaughn. — Isso conta a história toda. Ele o pegou da prateleira de medicamentos ali em cima quando se cortou. Deixou a garrafa na mesa e mais tarde derrubou-a por acidente, ou só a jogou no chão... como se não desse a mínima. O vidro é grosso, não quebrou.

Eles foram até a parede onde o corpo estava pendurado; vários metros para o lado, em um canto, em cima do dispositivo similar a uma bacia e da alavanca da bomba, estava a prateleira que Isham notara na visita anterior à choupana. Exceto por dois espaços, a prateleira estava cheia; sobre ela havia um grande pacote azul de algodão, um tubo de pasta de dente, um rolo de adesivo, um rolo de atadura e um de gaze, uma garrafinha rotulada como iodo e uma garrafa industrializada rotulada como mercurocromo e vários frasquinhos e jarros; catárticos, aspirina, pomada de zinco, vaselina e coisas do tipo.

— Está bem óbvio — disse o inspetor. — Ele usou as coisas de Van. A atadura e a grande garrafa de iodo vieram da prateleira, e ele não se daria ao trabalho de devolvê-los ao lugar.

— Só um minuto — falou Isham, franzindo a testa. — Você está partindo do princípio de que foi Krosac quem se cortou. Imagina se tiver sido esse pobre coitado pendurado na parede. Não vê, Vaughn? Se não foi Krosac quem se feriu, mas Van, então estaríamos seguindo um rastro falso se procurássemos um homem com um corte no pulso, pensando que era de Krosac.

— Até que você não é tão burro! — exclamou Vaughn. — Não tinha pensado nisso. Ora! — Ele jogou os ombros fortes para trás. — Só há uma coisa a fazer... dar uma olhada no corpo. — Ele avançou em direção à parede com lábios cerrados.

— Ah. Veja bem... — gemeu Isham, se encolhendo. — Eu... eu acharia melhor não, Vaughn.

O MISTÉRIO DA CRUZ EGÍPCIA 335

— Escute — retrucou Vaughn com severidade —, eu não gosto deste trabalho tanto quanto você. Mas é preciso ser feito. Vamos lá.

Dez minutos depois, o corpo sem cabeça estava no chão. Eles tinham extraído os pregos das palmas e dos pés. Vaughn cortara os trapos do cadáver, que estava nu e esbranquiçado, uma chacota da imagem de Deus. Isham se apoiou na parede com as mãos pressionadas contra o estômago. Foi o inspetor que, com dificuldade, escrutinou a carne exposta em busca de ferimentos; virou o troço horrendo e repetiu a análise no dorso.

— Não — disse ele, se levantando —, nenhuma ferida exceto os buracos dos pregos nas palmas e nos pés. O corte no pulso é de Krosac, sim.

— Vamos sair daqui, Vaughn. Por favor.

Eles retornaram para Arroyo em um silêncio pesado, respirando o ar fresco. No vilarejo, o inspetor Vaughn buscou um telefone e ligou para Weirton, a sede do condado. Falou com o promotor de justiça Crumit por cinco minutos. Então desligou e voltou a se juntar a Isham.

— Crumit vai ficar quieto — anunciou, sério. — Como ficou surpreso! Mas a informação não vai vazar, e é só isso que me interessa. Ele vai trazer o coronel Pickett para cá, e o magistrado. Falei a ele que tomamos algumas liberdades com o mais novo defunto do condado de Hancock. — Ele deu uma risadinha sem humor enquanto eles emergiam na rua principal de Arroyo e se apressavam em direção à minúscula garagem. — Segunda vez que eles precisarão realizar um inquérito sobre a morte de Andrew Van!

Isham não disse nada; continuava tomado por náusea. Eles contrataram um carro rápido e partiram — uma hora e meia depois de Ellery —, erguendo uma nuvem idêntica de poeira. Seguiram para o rio Ohio, a ponte e Steubenville.

DESAFIO PARA O LEITOR

Quem é o assassino?

Tem sido o meu costume desafiar a inteligência do leitor em tal ponto dos meus livros em que o leitor está em posse de todos os fatos necessários para a solução correta do crime ou crimes. O mistério da cruz egípcia não é exceção: pelo exercício da lógica estrita e de deduções a partir de informações fornecidas, você agora deve conseguir não apenas adivinhar, mas provar a identidade do culpado.

Não há "se" ou "mas" na única solução apropriada, como descobrirá ao ler o capítulo explicativo. E por mais que a lógica não exija ajuda do destino... bom raciocínio e boa sorte!

— Ellery Queen

29. UMA QUESTÃO DE GEOGRAFIA

Aquela foi uma quarta-feira histórica, o começo da caçada mais estranha e empolgante nos registros de quatro estados. Ela abrangeu por volta de 885 quilômetros de território em zigue-zague. Envolveu o uso de todas as formas de transporte rápido moderno; automóvel, trem expresso e avião. Contou com a participação de cinco homens; e um sexto cuja colaboração foi uma completa surpresa. E se estendeu, do momento em que Ellery pisou em Steubenville, Ohio, por nove horas difíceis que, para todos exceto o líder, pareceram nove séculos.

Uma busca tripla... Era notável como eles perseguiam um ao outro; uma longa e exaustiva caçada na qual a presa estava sempre fora do alcance por pouco; na qual não havia tempo para descanso, comida ou consultas.

Às 13h30 de quarta-feira — bem enquanto o promotor de justiça Isham e o inspetor Vaughn chegavam à Câmara Municipal de Arroyo —, Ellery Queen acelerava o Duesenberg para dentro de Steubenville, um vilarejo agitado, e, depois de um curto atraso durante o qual ele interrogou um guarda de trânsito, parou diante do hotel Fort Steuben.

O pincenê estava torto no nariz e o chapéu puxado bem para trás sobre a cabeça. Ele parecia a representação cinematográfica de um repórter, e talvez tenha sido isso que o recepcionista do hotel pensou que ele fosse, pois abriu um sorrisinho e não se deu ao trabalho de empurrar o registro de hóspede adiante.

— O senhor é Ellery Queen, não é? — perguntou ele antes que Ellery conseguisse recuperar o fôlego.

— Sim! Como sabia?

— O sr. Yardley descreveu o senhor — explicou o recepcionista —, e disse que chegaria esta tarde. Deixou este bilhete para o senhor.

— Ótimo! — exclamou Ellery. — Deixe-me ver.

O bilhete fora escrito com muita pressa, em um garrancho nada professoral:

QUEEN:

Não pare para interrogar o recepcionista. Tenho toda a informação necessária. Homem com a descrição de K. chegou neste hotel por volta de meia-noite de ontem. Saiu às 7h40 de hoje em um carro alugado. Parou de mancar ao sair do hotel, mas exibe curativo no pulso, o que me confunde. Rastro amplo demonstra ausência de medo de perseguição; chegou a dizer que estava indo para Zanesville. Indo atrás dele de carro. Recebi descrição vaga do recepcionista. Deixarei mais instruções para você com o recepcionista do hotel Clarendon, Zanesville.

Yardley

Os olhos de Ellery brilhavam quando ele enfiou o bilhete no bolso.

— A que horas o sr. Yardley saiu de Steubenville?

— Meio-dia, senhor, em um carro alugado.

— Zanesville, é? — Ellery ficou pensativo. Então pegou um telefone e disse: — Conecte-me com o chefe de polícia de Zanesville, por favor... Alô. Departamento de polícia? Deixe-me falar com o delegado... Rápido! Não importa quem eu sou... Alô! Aqui quem fala é Ellery Queen de Nova York. Filho do inspetor Richard Queen do Esquadrão de Homicídios de Nova York... Sim! Estou em Steubenville, delegado, e no rastro de um homem alto e de cabelo preto com um curativo no pulso em um automóvel alugado, seguido por um homem alto de barba em outro carro alugado... O primeiro é um assassino... Sim! Ele saiu de Steubenville às 7h30 desta manhã... Humm. Acho que tem razão; ele já deve ter passado pela cidade há muito tempo. Consiga qualquer rastro que puder, por favor. O segundo homem não pode ter chegado a Zanesville ainda... Mantenha contato com o recepcionista do hotel Clarendon. Darei uma passada assim que possível.

Ele desligou e saiu em disparada para o hotel Fort Steuben. O Duesenberg, como o Pony Express, foi chacoalhando na direção oeste.

Em Zanesville, Ellery encontrou rapidamente o hotel Clarendon, o recepcionista e um homenzinho gorducho de uniforme policial que o recebeu com a mão estendida e um largo sorriso de membro do Rotary Club.

— Pois bem? — perguntou Ellery.

— Sou Hardy, o delegado aqui — disse o policial. — O seu homem de cavanhaque passou uma mensagem para o recepcionista por telefone há não muito tempo. Ao menos foi assim que ele se identificou. Parece que o primeiro homem mudou de rota e, em vez de vir a Zanesville, pegou a estrada para Columbus.

— Ah, céus! — exclamou Ellery. — Eu deveria ter imaginado que Yardley faria confusão, aquele pobre e velho rato de biblioteca. Já notificou Columbus?

— Certamente. Prisão importante, sr. Queen?

— Deveras importante — disse Ellery, em resumo. — Obrigado, delegado. Estou...

— Com licença — interveio o recepcionista timidamente. — Mas o cavalheiro que ligou disse que deixaria uma mensagem para o senhor no hotel Seneca em Columbus. O recepcionista lá é um amigo meu.

Ellery se retirou com celeridade, deixando o cavalheiro baixo de uniforme um tanto quanto perplexo.

Às sete horas da noite — enquanto Vaughn e Isham avançavam meio perdidos pelo rastro confuso entre Steubenville e Columbus —, Ellery serpenteava pela rua East Broad em Columbus à procura do hotel Seneca, depois de uma viagem de arrepiar os cabelos a partir de Zanesville.

Ele não encontrou obstáculos daquela vez. Do atendente atrás do balcão, recebeu a mensagem por escrito de Yardley:

Queen:

Ele me enganou daquela vez, mas eu logo recuperei o rastro. Não acho que foi intencional da parte dele; só mudou de ideia e seguiu para Columbus. Perdi um pouco de tempo, mas descobri que K. pegou um trem daqui para Indianápolis à uma da tarde. Estou pegando um avião para compensar o tempo perdido. Que diversão! Meta o pé, rapaz. Talvez eu pegue o pilantra lá em Indianópolis, e você vai ficar vermelho de inveja!

Y.

— Quando ele fica coloquial — murmurou Ellery para si mesmo —, é quase insuportável... A que horas o cavalheiro escreveu o bilhete? — Ele secou o suor da testa suja.

— Às 17h30, senhor.

Ellery pegou o telefone bruscamente e fez uma ligação para Indianápolis. Em poucos momentos estava falando com a sede da polícia. Ele se apresentou e descobriu que a notícia já fora passada pela polícia de Columbus. A polícia de Indianápolis sentia muito, mas a identificação fora difícil pela descrição insatisfatória, e eles não haviam encontrado rastro do homem procurado.

Ellery desligou, balançando a cabeça.

— Mais alguma mensagem para mim do sr. Yardley?

— Sim, senhor. Ele disse que deixaria notícias no aeroporto de Indianápolis.

Ellery sacou a carteira.

— Uma generosa gorjeta, meu velho, por um serviço rápido. Pode conseguir um avião para mim imediatamente?

O atendente sorriu.

— O sr. Yardley disse que o senhor talvez quisesse um. Então tomei a liberdade de fretar um para o senhor. Está esperando no aeródromo.

— Maldito Yardley! — murmurou Ellery, jogando uma nota na mesa. — Ele está roubando o meu holofote. De quem é essa caçada, afinal? — Então abriu um sorrisinho e disse: — Ótimo trabalho. Não pensei que encontraria tamanha inteligência no interior. O meu carro está lá fora; um Duesenberg antigo. Tome conta dele para mim, pode ser? Eu volto... só Deus sabe quando.

Então saiu pela rua chamando um táxi.

— Aeródromo! — gritou ele. — Depressa!

Passava um pouco das oito da noite — uma hora depois de Ellery sair de Columbus no avião fretado, quase três horas atrás de Yardley e sete horas depois da sua presa sair de

Columbus de trem — quando Vaughn e Isham, dois viajantes extremamente fatigados, entraram em Columbus em disparada. A posição oficial de Vaughn emprestara asas à viagem. Mensagens haviam sido enviadas a partir de Zanesville. Um avião esperava por eles no porto de Columbus. Eles estavam no ar, a caminho de Indianápolis, antes que o promotor de justiça Isham conseguisse resmungar três vezes.

A perseguição teria sido engraçada se não houvesse um propósito tão sinistro por trás. Ellery relaxava no avião e pensava em muitas coisas. Os olhos dele estavam abstratos. Tanta coisa que estivera obscura e inconclusiva por sete meses estava clara! Ele repassou o caso inteiro na mente e, quando chegou ao assassinato de Andrew Van, avaliou o resultado do trabalho mental e o considerou bom.

O avião seguia, quase como se pendurado no ar salpicado de nuvens, e apenas o passar do terreno pontilhado de vilarejos bem abaixo quebrava a ilusão de um corpo em repouso. Indianápolis... Será que era lá que Yardley daria o bote no pilantra? Era, Ellery soube depois de um cálculo rápido, possível em questão de tempo. O homem que se escondia embaixo da capa de Krosac saíra de Columbus por trem; ele não conseguiria chegar a Indianápolis antes de cerca de seis da tarde, talvez alguns minutos depois; era uma viagem de umas cinco horas de trem. Enquanto Yardley, saindo de Columbus de avião às 17h30, cruzaria a comparativamente curta distância aérea às sete da noite. As condições de voo estavam favoráveis, até onde Ellery conseguia ver e sentir. Caso o trem de Krosac se atrasasse um pouco que fosse ou ele se atrasasse ao sair de Indianápolis em direção ao destino seguinte do itinerário, havia alta probabilidade de o professor alcançá-lo. Ellery suspirou e quase desejou que Krosac escapasse das garras amadoras do professor. Não que Yardley tivesse se saído mal para um novato, até agora!

Eles desceram até a pista do aeroporto de Indianápolis flutuando como uma folha veloz na luz rosada do crepúsculo. Ellery consultou o relógio. Eram 20h30.

Enquanto três mecânicos agarravam as asas do avião e enfiavam calços sob as rodas, um rapaz de uniforme veio correndo até a porta da cabine. Ellery saiu e olhou ao redor.

— Sr. Queen?

Ele confirmou com a cabeça.

— Uma mensagem para mim? — perguntou com avidez.

— Sim, senhor. Um cavalheiro chamado Yardley deixou-a para o senhor há pouco mais de uma hora e meia. Disse que era importante.

— Um termo leve — murmurou Ellery, apanhando o bilhete.

Essa história, refletiu ele ao abri-lo, estava se tornando uma saga de viagens loucas e mensagens alternadas.

O rabisco de Yardley dizia:

Q.:

Parece a última volta. Pensei que o alcançaria, mas o perdi por um fio. Cheguei aqui bem quando um homem da descrição de K. decolou em um avião para Chicago. Isso foi às 19h. Só consegui avião para 19h15. O avião de K. chega lá entre 20h45 e 21h. Se você chegar antes de 20h45, sugiro que notifique a polícia de Chi para pegar o nosso cavalheiro fugitivo no aeródromo de lá. Até logo!

Y.

— O sr. Yardley pegou um voo às 19h15? — perguntou Ellery.

— Isso mesmo, senhor.

— Então ele deve chegar em Chicago entre 21h e 21h15?

— Sim, senhor.

Ellery deslizou uma nota para a mão do rapaz.

— Leve-me até um telefone e será o meu eterno benfeitor.

O rapaz deu um sorrisinho e saiu correndo, com Ellery na cola.

No prédio do terminal do aeroporto, ele fez uma ligação frenética para Chicago.

— Sede da polícia? Chame o delegado... Sim, o delegado da polícia!... Rápido, seu tolo, é uma questão de vida ou morte... Delegado? O quê...? Escute, aqui é Ellery Queen da cidade de Nova York, e eu tenho uma mensagem pessoal para o delegado. Importante!

Ele bateu os pés com impaciência enquanto o cauteloso *tête-à-tête* do outro lado da linha fazia perguntas. Cinco minutos de agressões e súplicas misturadas se passaram antes que a voz do solene cavalheiro que controlava o escritório da polícia de Chicago ribombasse no fone.

— Delegado! Lembra-se de mim? Filho do inspetor Richard Queen... Dando um jeito nos assassinatos de Long Island. Sim! Homem alto de cabelo preto com curativo no pulso chegará entre 20h45 e 21h em Chicago esta noite em um avião vindo de Indianápolis... Não! Não o prenda no aeródromo... Questão de satisfação pessoal. Pode rastreá-lo aonde quer que ele vá, então cercar o local...? Sim. Prenda-o apenas se ele tentar sair de Chicago. É possível que esteja a caminho do Canadá... ou da costa do Pacífico, sim... Ele não sabe que está sendo seguido... A propósito, procure um homem alto com barba de Abe Lincoln no mesmo aeródromo chegando de Indianápolis; professor Yardley. Diga ao seu pessoal para ceder todas as cortesias a ele... Obrigado e adeus.

Para o rapaz sorridente em frente à cabine de telefone, Ellery gritou:

— E agora, me leve até um avião!

— Aonde vai? — perguntou o rapaz.
— Chicago.

Às 22h25, o monoplano circulava o aeródromo de Chicago, intensamente iluminado por todo o comprimento e a largura. Ellery, esticando o pescoço diante da janela de vidro, conseguiu distinguir os prédios espalhados, os hangares, o aeródromo, uma fileira de máquinas e as silhuetas apressadas das pessoas. Esses detalhes se borravam na rapidez da aterrissagem — o piloto fora energizado pela oferta de uma gorjeta pela velocidade —, e quando recuperou o fôlego e o equilíbrio estomacal adequado, eles estavam bem perto do chão, disparando em direção à pista de pouso. Ele fechou os olhos e sentiu as rodas do monoplano baterem no chão; a natureza da sensação mudou e, quando abriu os olhos, eles estavam taxiando pelo cimento suavemente.

Ellery se levantou com certa hesitação e mexeu na gravata. O fim... O motor emitiu um último rugido triunfante, e o movimento da máquina parou. O piloto virou a cabeça e gritou:

— Chegamos, sr. Queen! Fiz o que melhor que pude.

— Excelente — respondeu Ellery com uma careta, e cambaleou até a porta.

Era possível cumprir ordens bem demais... Alguém abriu a porta pelo lado de fora, e ele desceu para a pista. Por um momento, piscou sob o brilho forte para o grupo de homens a três metros de distância, o observando.

Ele piscou de novo. Havia a figura alta e pseudosaturnina do professor Yardley, a barba quase horizontal em um sorriso; a figura forte e corpulenta do delegado de polícia de Chicago, de quem Ellery se lembrava da primeira viagem à Cidade dos Ventos que fizera com o pai vários meses antes e que resultara na investigação do assassinato de Arroyo; várias figuras indeterminadas, que ele presumiu serem detetives, e... quem era aquele? O homenzinho de terno cinza elegante com um fedora cinza elegante e luvas cinza elegantes; aquele camaradinha de rosto velho e cabeça inclinada...?

— Pai! — exclamou ele, se lançando à frente e pegando as mãos enluvadas do inspetor Richard Queen. — Em nome de tudo o que é mais sagrado, como o senhor chegou aqui?

— Olá, filho — disse o inspetor Queen. Ele deu um sorrisinho. — Você é um detetive e tanto se não consegue descobrir isso. O seu amigo Hardy, da polícia de Zanesville, me telefonou em Nova York depois que você ligou para ele, e eu lhe disse que você é o meu filho. Só queria dar uma checada em você, disse ele. Eu somei dois mais dois, decidi que era o fim do caso, deduzi que o seu homem iria para Chicago ou St. Louis, saí de Nova York de avião às duas da tarde, pousei há quinze minutos, e aqui estou.

Ellery passou um braço ao redor dos ombros largos do pai.

— O senhor é uma eterna surpresa, o Colosso de Rodes moderno. Pelo bom Deus, pai, eu estou *mesmo* feliz em vê-lo. É impressionante como vocês, sujeitos de idade, rodam por aí... Olá, professor!

Os olhos de Yardley brilharam quando eles apertaram as mãos.

— Imagino que eu esteja incluído na classificação septuagenária? Eu e o seu pai tivemos uma conversa calorosa sobre você, rapaz, e ele acha que você tem algo na manga.

— Ah — disse Ellery, mais sério. — Ele acha, não é? Como vai, delegado? Mil vezes obrigado pela sua rápida admissão aos meus péssimos modos ao telefone. Eu estava com uma pressa infernal... Bem, senhor, qual é a situação?

Eles caminharam sem pressa pelo campo até o terminal. O delegado respondeu:

— Tudo parece ótimo, sr. Queen. O seu homem chegou de avião às 20h55; os nossos detetives mal chegaram aqui a tempo. Ele não suspeita de nada.

— Eu só atrasei vinte minutos — comentou o professor com um suspiro. — Nunca fiquei tão assustado quanto quando arrastei os meus velhos e ruidosos ossos para fora do avião e um detetive agarrou o meu braço. "Yardley?", disse ele em uma voz austera. Ora, meu garoto, eu...

— Humm, certo — interrompeu Ellery. — Onde está... hã... Krosac agora, delegado?

— Ele saiu do aeródromo com toda a calma do mundo, e às 21h05 pegou um táxi para um hotel de terceira categoria no Loop... O Rockford. Ele não sabia — adicionou o delegado em um tom sinistro —, mas tinha uma escolta de quatro viaturas policiais por todo o caminho. Está lá agora, no quarto.

— Não consegue sair? — perguntou Ellery, ansioso.

— Sr. Queen! — exclamou o delegado em uma voz ofendida.

O inspetor deu uma risadinha.

— Por sinal, soube que Vaughn e Isham, do condado de Nassau, estão atrás de você, filho. Não vai esperar por eles?

Ellery parou de repente.

— Céus, eu me esqueci deles! Delegado, pode fazer a gentileza de alocar alguém como escolta para o inspetor Vaughn e o promotor de justiça Isham assim que eles chegarem? Só estão a mais ou menos uma hora de diferença de mim. Peça para os levarem ao hotel Rockford. Seria uma pena excluí-los do último ato!

Mas o promotor de justiça Isham e o inspetor Vaughn estavam consideravelmente mais adiantados. Eles desceram do céu escuro para o aeroporto de Chicago às onze horas da noite em ponto, foram recebidos por vários detetives e escoltados até o Loop em carros da polícia.

A reunião dos peregrinos foi um tanto hilária. Eles se encontraram em uma suíte particular em Rockford lotada de detetives. Ellery estava estirado na cama, sem casaco, descansando satisfeito. O inspetor Queen e o delegado conversavam em um canto do quarto. O professor Yardley lavava a sujeira acumulada de vários estados do rosto e das mãos no lavatório... Eles olharam ao redor, dois cavalheiros alquebrados pela viagem com olhos turvos.

— Pois bem? — grunhiu Vaughn. — Este é o fim, ou continuaremos correndo um atrás do outro até o Alaska? Esse cara é o que, maratonista?

— Este — Ellery deu uma risadinha — é o verdadeiro fim, inspetor. Sente-se. E o senhor também, sr. Isham. Descansem os ossos cansados. Temos a noite toda. O sr. Krosac não tem como escapar. Que tal um lanche?

Houve apresentações, comida fumegante, delicioso café quente, risada e especulação. Ellery permaneceu quieto por todo o tempo, com os pensamentos deveras distantes. De vez em quando, um detetive dava um relatório. Uma vez chegaram com a notícia de que o cavalheiro do quarto 643 — ele se registrara como John Chase, Indianópolis — acabara de telefonar para o atendente e fazer uma reserva no transcontinental matinal para São Francisco. Isso foi discutido com meticulosidade; era evidente que o sr. Chase, ou sr. Krosac, planejava deixar as costas americanas para uma turnê estendida pelo Oriente, pois não seria razoável que ele parasse em São Francisco.

— Por sinal — disse Ellery com indolência a alguns minutos para meia-noite —, com quem exatamente você acha, professor, que vamos nos deparar quando invadirmos o quarto 643, de John Chase de Indianópolis?

O MISTÉRIO DA CRUZ EGÍPCIA

O velho inspetor olhou para o filho com curiosidade. Yardley o encarou.

— Ora, com Velja Krosac, é claro.

— De fato — concordou Ellery, soprando um anel de fumaça.

O professor se sobressaltou.

— O que quer dizer? Por Krosac eu me refiro, naturalmente, ao homem nascido com este nome, mas que é conhecido por nós por um nome diferente.

— De fato — repetiu Ellery. Ele se levantou e esticou os braços. — Eu acho, cavalheiros, que está na hora de trazermos o senhor... Krosac, digamos... à terra. Está tudo pronto, delegado?

— Só esperando a ordem, sr. Queen.

— Um minuto — interveio o inspetor Vaughn. Ele olhou para Ellery com fúria. — Quer dizer que o senhor *sabe* qual é a verdadeira identidade do homem no quarto 643?

— É claro! Estou impressionado de verdade, inspetor, com a sua falta de perspicácia. Não está óbvio o suficiente?

— Óbvio? O que está óbvio?

Ellery suspirou.

— Deixe para lá. Mas ouso dizer que estão a caminho de uma enorme surpresa. Vamos lá? *En avant!*

Cinco minutos depois, os corredores do sexto andar do hotel Rockford pareciam uma parada de um acampamento militar. Havia policiais uniformizados e à paisana por todo lugar. Os andares acima e abaixo estavam intransponíveis. Os elevadores tinham sido fechados, sem fazer ruído. O quarto 643 só tinha uma saída: a porta do corredor.

Um mensageiro franzino e assustado do hotel fora pressionado a entrar em serviço. Ele estava diante da porta, cercado pelo grupo — Ellery, o pai dele, Vaughn, Isham, o delegado, Yardley —, esperando a ordem. Ellery olhou ao redor; não se ouvia som algum além de respirações. Então assentiu com uma expressão séria para o garoto.

O mensageiro engoliu em seco e avançou para a porta. Dois detetives com revólveres em punho estavam com as costas pressionadas contra os painéis. Um deles bateu energeticamente. Não houve resposta; o quarto, como eles conseguiam ver pela janela acima da porta, estava escuro, era provável que o ocupante estivesse adormecido.

O detetive bateu de novo. Desta vez, um som fraco veio de detrás da porta, e o rangido de molas de colchão. A voz grave do homem perguntou com aspereza:

— Quem é?

O mensageiro engoliu em seco de novo e exclamou:

— Serviço de quarto, sr. Chase!

— Que... — Eles ouviram o homem bufar, e a cama rangeu de novo. — Eu não pedi serviço nenhum. O que você quer, hein? — A porta se abriu e a cabeça descabelada de um homem se enfiou para fora...

De todos os incidentes que se seguiram — o salto instantâneo dos dois policiais à paisana, a fuga apressada do mensageiro, a luta no chão, no meio do portal —, Ellery só se lembrou de uma imagem. Foi o milésimo de segundo durante o qual ninguém se moveu, durante o qual o homem registrava a cena do corredor: os policiais à espera, os detetives, os uniformes, o rosto de Ellery Queen, do promotor de justiça Isham e do inspetor Vaughn. A expressão de pura estupefação estampada naquele rosto pálido. As narinas infladas. Os olhos arregalados. O curativo no punho da mão que segurava o batente...

— Ora, é... é... — O professor Yardley umedeceu os lábios duas vezes, sem conseguir encontrar as palavras.

— É como eu sabia que seria — anunciou Ellery com a voz arrastada ao observar a luta ferrenha no chão. — Eu soube assim que analisei a choupana nas colinas.

Eles conseguiram subjugar o sr. John Chase, do quarto 643. Um pequeno fiapo de saliva escorria do canto da boca dele. Os olhos estavam enlouquecidos de verdade naquele momento.

Eram os olhos do professor de Arroyo... Andrew Van.

30. ELLERY FALA DE NOVO

— Estou perplexo. Estou absolutamente perplexo — declarou o inspetor Vaughn. — Não consigo enfiar na cabeça como uma solução era possível a partir dos fatos. Estou perplexo, sr. Queen, e precisará me convencer de que não foi só adivinhação.

— Um Queen — afirmou Ellery com severidade — nunca adivinha.

Era quinta-feira, e eles estavam sentados no compartimento de estar de um trem da Twentieth Century Limited a caminho de Nova York. Yardley, Ellery, o inspetor Queen, Isham e Vaughn. Um grupo cansado, mas não infeliz. Os rostos transpareciam a tensão da experiência enervante pela qual haviam passado; todos exceto, é claro, pelo inspetor Queen, que parecia se divertir do seu modo introvertido.

— Você não é o primeiro — disse o mais velho para Vaughn com uma risadinha. — É sempre assim. Toda vez que ele soluciona um caso extraordinário alguém quer saber como o fez e diz que foi adivinhação. Droga, eu mesmo não sei como ele consegue na maioria das vezes, mesmo depois da explicação.

— É um mistério para mim — confessou Isham.

O professor Yardley parecia irritado com o desafio ao seu intelecto.

— Não sou um indivíduo ignorante — resmungou ele diante do sorrisinho de Ellery —, mas poderia ser enforcado tão alto quanto Haman antes ver como a lógica poderia ser aplicada a este caso. Tem sido um turbilhão de inconsistências e contradições do começo ao fim.

— Errado — retrucou Ellery. — Era um turbilhão de inconsistências e contradições do começo até o quarto assassinato. Naquele momento tudo ficou claro como cristal, toda a lama decantou. Veja bem — disse ele, franzindo a testa —, o tempo todo eu senti que, se conseguisse captar só uma pecinha minúscula e colocá-la na posição crítica, todas as outras, tão embaralhadas e ilógicas na aparência, tomariam um formato compreensível. Aquela peça foi fornecida na cabana da Virgínia Ocidental.

— Foi o que falou ontem à noite — resmungou o professor. — E ainda não consigo entender como...

— Claro que não. Você não investigou a choupana.

— Eu investiguei — retrucou Vaughn com desdém —, e se o senhor puder me mostrar o que solucionou o maldito caso...

— Ah, um desafio. Como quiser. — Ellery soprou fumaça para o teto baixo do compartimento. — Deixe-me voltar um pouco. Até o assassinato de Arroyo na noite de terça-feira, eu sabia pouco. O primeiro assassinato foi um completo mistério até o próprio Andrew Van aparecer. Ele disse na época que o criado Kling fora morto por engano, que um homem chamado Velja Krosac com motivações de sangue fora o assassino do tal Kling. Thomas Brad, irmão de Van, foi assassinado. Stephen Megara, irmão de Van, foi assassinado. Megara confirmara a história sobre Krosac, assim como os investigadores oficiais na Iugoslávia. Tudo parecia bem claro de maneira geral... um monomaníaco cujo cérebro fora apodrecido por uma vingança vitalícia não saciada estava à solta atrás dos assassinos do pai e dos tios. Quando descobrimos que os Tvar também haviam roubado a herança Krosac, um motivo adicional reforçou a teoria.

"Expliquei ao professor Yardley que havia duas conclusões definitivas a serem tiradas das circunstâncias que cercavam a morte de Brad. Uma era que o assassino de Brad era alguém próximo a ele; a outra era que o assassino de Brad não mancava. Correto, professor?"

Yardley fez que sim, e Ellery resumiu rapidamente o raciocínio baseado na disposição das peças de damas e nos outros fatos conhecidos por Vaughn e Isham.

— Mas essas conclusões não me levaram a lugar algum. Já havíamos presumido ambas as possibilidades sem raciocínio conclusivo. O fato de que eu as provei, portanto, foi de pouco valor. Então, até que eu encontrasse o corpo na choupana, a minha única explicação para os detalhes estranhos dos três primeiros assassinatos era a insanidade de Krosac e a obsessão dele por uma aversão peculiar a Ts; as cabeças decepadas, os Ts desenhados, a ênfase muito estranha ao T ao redor dos três crimes.

Ellery sorriu, relembrando, e encarou o cigarro com afeto.

— A parte surpreendente foi que, bem no começo da investigação... na verdade, há sete meses, quando vi o terrível primeiro cadáver no tribunal de Weirton... um pensamento me ocorreu, que, se eu houvesse o levado a cabo, poderia ter concluído o caso ali mesmo. Era uma explicação alternativa aos Ts espalhados. Foi só um pensamento fugaz, o resultado da minha experiência com a lógica. Mas pareceu uma possibilidade tão remota que eu a descartei; e continuei a descartá-la quando nada subsequente lhe forneceu qualquer base factual. Mas o pensamento continuou persistindo...

— Qual era? — perguntou o professor com interesse. — Lembra de quando discutimos a cruz egípcia...

— Ah, deixe isso para lá — interrompeu Ellery. — Vou logo chegar nessa parte. Primeiro, deixe-me repassar os detalhes do quarto assassinato.

Ele esboçou uma rápida descrição da cena com a qual se deparou quando cruzou a soleira da choupana barricada logo no dia anterior. Yardley e o inspetor Queen escutaram com

O MISTÉRIO DA CRUZ EGÍPCIA 355

as sobrancelhas franzidas, concentrados no problema; mas, quando Ellery terminou, eles se entreolharam sem expressão.

— Um perfeito vácuo até onde eu sei — confessou o professor.

— Não conte comigo também — disse o inspetor.

Vaughn e Isham olhavam para Ellery com desconfiança.

— Meu Deus — exclamou Ellery, jogando a bituca pela janela —, é tão nítido! Há uma história épica escrita dentro e ao redor daquela choupana, cavalheiros. Qual é aquele lema pendurado na sala de aula da Escola de Ciência Policial do Palais de Justice, pai? "O olho vê nas coisas apenas o que procura, e procura apenas o que já está na cabeça." A nossa polícia americana deveria seguir esse lema ao pé da letra, inspetor Vaughn. As pegadas em frente à choupana. Os senhores as examinaram com cuidado?

Vaughn e Isham assentiram.

— Então devem ter visto de imediato o fato evidente de que só havia *duas* pessoas envolvidas naquele assassinato. Havia dois conjuntos de pegadas: um para dentro, outro para fora; pelo formato e tamanho das pegadas, ambos os conjuntos haviam sido feitos pelos mesmos sapatos. Era possível estabelecer aproximadamente a hora em que as pegadas foram feitas. A chuva parara em Arroyo por volta das onze horas da noite anterior. Fora uma chuva forte. Se as pegadas tivessem sido feitas antes da chuva parar elas teriam, na sua posição exposta, sido apagadas e obliteradas por completo. Então é certo que foram feitas às onze horas ou mais tarde. A condição do corpo crucificado à parede da choupana quando o vi me informou que a vítima estava morta havia umas catorze horas; em outras palavras, ela morrera por volta das onze horas da noite anterior. As pegadas... as únicas, por sinal... foram portanto feitas mais ou menos na hora do assassinato. — Ellery colocou outro cigarro na boca. — O que as pegadas revelavam? Que apenas uma pessoa entrara e saíra da choupana durante o período aproximado do assassinato. Só havia uma entrada ou saída: a porta; estando a única janela obstruída por arame farpado. — Ellery levou um fósforo ao cigarro e tragou, pensativo. — É elementar, então. Havia uma vítima e um assassino. Nós havíamos encontrado a vítima. Então eram as pegadas do assassino que estavam impressas na terra molhada diante da cabana. As pegadas mostravam um homem manco. Até aí, tudo bem.

"Agora, no chão de pedra havia diversos objetos muito esclarecedores. A prova número um era uma espiral de atadura ensanguentada e manchada de iodo que, pelo formato e circunferência, só poderia estar ao redor de um pulso. Próximo dela havia um rolo de atadura parcialmente usado."

Isham e Vaughn assentiram outra vez, e o professor disse:

— Então é isso! Eu bem que me perguntei sobre o pulso.

— Prova número dois: uma grande garrafa de vidro azul de iodo, a rolha no chão a alguns metros. A garrafa era opaca e não tinha rótulo. Fui confrontado no mesmo instante por uma pergunta: ao redor de que pulso aquela atadura estivera? Havia duas pessoas envolvidas: vítima e assassino. Então ela veio de um ou do outro. Se a vítima usara o curativo, então um dos pulsos exibiria uma ferida. Eu os examinei: ambos incólumes. Conclusão: o assassino cortara um dos próprios pulsos. Por inferência, quando ele brandira o machado sobre o corpo da vítima ou talvez durante uma luta antes de a vítima ser morta.

"Se o assassino cortara o pulso, então fora ele quem usara o iodo e a atadura. O fato de que ele cortara a atadura mais tarde era irrelevante; a ferida deve ter sangrado profusamente, como a atadura indicava, e ele apenas trocou de curativo antes de sair da choupana. — Ellery balançou o cigarro que fumava. — Mas observe que fato significativo fora trazido à tona! Pois, se o assassino usou o iodo, o que nós temos? Deveria ser mamão com açúcar agora. Ainda não veem, nenhum de vocês?"

Eles se esforçaram bastante, pelas caretas, unhas roídas e expressões de profunda concentração; mas no final todos balançaram a cabeça em negativa.

Ellery se recostou.

— Acho que é uma dessas coisas. A mim parece extraordinariamente claro. Quais eram as duas características do frasco de iodo, peculiar ao frasco em si, deixado no chão pelo assassino? Primeiro: era de um vidro azul opaco. Segundo: não tinha rótulo. *Então como o assassino sabia que ele continha iodo?*

O queixo do professor Yardley caiu, e ele estapeou a testa de um jeito hilário que lembrava o promotor de justiça Sampson, aquele admirável procurador associado com Ellery e o inspetor Queen em tantos dos seus casos metropolitanos.

— Ah, como sou idiota! — lamentou ele. — É claro, é claro!

Vaughn fez uma expressão de imensa surpresa.

— É simples para caramba — disse ele com um tom admirado, como se não conseguisse entender como isso escapara à sua observação.

Ellery deu de ombros.

— Essas coisas em geral são. Você entende, portanto, a linha de raciocínio. O assassino não teria como saber que o conteúdo era iodo a partir da garrafa, visto que não possuía rótulo e a cor azul e a opacidade do vidro mascaravam a cor do líquido. Então ele só poderia descobrir o conteúdo de duas maneiras: ou por ser familiar com o frasco por experiência prévia, ou tirando a rolha e o investigando.

"Agora, os senhores se lembram de que havia dois espaços vazios na estante de medicamentos acima do pequeno lavatório caseiro do "Velho Pete". Ficou aparente de imediato que aqueles dois espaços vazios haviam sido ocupados pelos dois objetos no chão, o frasco de iodo e o rolo de atadura, que normalmente ficam em uma estante de medicamentos. Em outras palavras, o assassino, após se machucar, foi impelido a recorrer à tal estante para obtê-los. — Ellery abriu um sorrisinho. — Mas que estranho! O que mais havia nela? Os senhores devem se lembrar de que, em meio a artigos diversos e inócuos, havia dois frascos que o assassino poderia ter pegado para usar no pulso: um de iodo e um de mercurocromo, *ambos com rótulos visíveis*? Por que, então, ele abriria o frasco sem rótulo, opaco, em busca de um antisséptico quando havia dois frascos de antisséptico claramente identificados em plena vista? Na verdade, não existe razão alguma; nenhum homem, desconhecedor da choupana, com tempo limitado, investigaria um frasco de conteúdo imprevisível quando o que ele queria estava bem diante dos olhos desde o começo.

"Então a primeira das minhas duas hipóteses precisa se aplicar: o assassino devia ser familiar à grande garrafa opaca não identificada, devia saber *de antemão* que ela continha iodo! Mas quem teria tal conhecimento? — Ellery suspirou. — E ali estava. A partir das circunstâncias e da própria história de Van sobre o isolamento do esconderijo, apenas uma pessoa poderia deter tal conhecimento: o dono da choupana."

— Eu lhe disse — comentou o inspetor Queen, animado, ao estender a mão para a antiga caixa de rapé marrom.

— Nós demonstramos que só havia duas pessoas envolvidas, assassino e vítima, e que foi o assassino que cortou o pulso e usou o iodo. Portanto, se o dono da choupana, Andreja Tvar, pseudônimo Andrew Van, pseudônimo Velho Pete, era o único que poderia saber de antemão que a garrafa misteriosa continha iodo, então foi ele que cortou o pulso, e o pobre sujeito crucificado à parede não era Andrew Van, mas fora assassinado por ele.

Ellery fez silêncio. O inspetor Vaughn se remexia com inquietação, e o promotor de justiça Isham disse:

O MISTÉRIO DA CRUZ EGÍPCIA

— Sim, mas e quanto aos assassinatos anteriores? O senhor disse ontem à noite, depois que prendemos Van, que a história toda estava clara para você do começo ao fim assim que investigou o último assassinato. Não entendo como, mesmo aceitando o argumento sobre Van ser o culpado do último crime, o senhor poderia provar de forma lógica que ele fora o assassino nos anteriores.

— Meu querido Isham — respondeu Ellery, erguendo as sobrancelhas —, certamente a partir daqui o caso fica óbvio, não? Apenas uma questão de análise e senso comum. Onde eu estava nesse ponto? Eu sabia, então, que o homem desaparecido, o homem que deixara as pegadas, o assassino, era o próprio Andrew Van. Mas não bastava que ele fosse o assassino. Eu conseguia visualizar uma situação na qual Van poderia ter assassinado um Krosac invasor, por exemplo, somente em autodefesa; nesse caso ele não poderia, sob circunstância alguma, ser considerado o assassino dos outros três. Mas um fato se destacava: Andrew Van matara alguém e deixara o corpo desse alguém na choupana *vestido com os trapos do Velho Pete*; ou seja, vestido como ele próprio. Então havia um ardil! Naquele momento eu soube que o problema seria relativamente simples. Quem fora assassinado nesta última execução?

"O corpo não era de Van, como já demonstrei. A possibilidade incongruente de que poderia ser de Brad eu considerei e descartei: o corpo de Brad fora identificado em definitivo pela viúva dele por meio do hemangioma na coxa. Por propósitos puramente lógicos, eu me perguntei na mesma linha se o último corpo era de Megara. Não, não poderia ser; o dr. Temple diagnosticara a enfermidade de Megara como um tipo específico de hérnia, e o dr. Rumsen encontrara no corpo pendurado no mastro de antena de *Helene* uma mácula idêntica. Então os corpos considerados de Brad e Megara eram de fato deles. Apenas duas outras figuras estavam envolvidas no caso, descartando a possibilidade de um total estranho: Velja Krosac e Kling, o criado de Van."

Ellery parou para respirar, então continuou:

— Será que o corpo poderia ser de Krosac? Esta seria uma conclusão superficial. Ainda assim, se aquele fosse Krosac e Van o matara, Van teria um caso perfeito de autodefesa! Só o que ele precisaria fazer seria chamar a polícia, apontar para o corpo e, com o histórico do caso conhecido e aceito, seria liberado sem questionamentos. Do ponto de vista de Van, se ele fosse inocente, tal procedimento seria inevitável. O fato de que ele não fez isso prova que não *podia*. Por quê? Porque o corpo não era de Krosac!

"Se não era de Krosac, deve ter sido de Kling, a única possibilidade restante. Mas Kling supostamente fora morto no primeiro crime, aquele assassinato no cruzamento de Arroyo há sete meses! Ah, mas como sabíamos que o primeiro corpo era de Kling? Só pela história do próprio Van, e Van agora é um assassino comprovado, e ardiloso além do mais. Temos todo o direito de presumir que qualquer testemunho sem embasamento dado por Van está aberto a dúvida e de que, nas atuais circunstâncias, visto que os fatos apontam para essa possibilidade como a única restante, o último cadáver devia ser de Kling. — Ellery continuou depressa. — Veja como tudo se encaixa direitinho. Sendo o último corpo de Kling, onde estava Krosac? O corpo de Brad e Megara foram identificados nos seus respectivos assassinatos. Então a única pessoa que, seguindo a lógica, poderia ter sido exterminada em Arroyo há sete meses fora o próprio Krosac? O 'demônio' que foi procurado pela polícia por sete meses em 48 estados e três nações... Não é de se espantar que nenhum rastro dele tenha sido encontrado. Ele estava morto desde o começo."

— Inacreditavelmente fantástico! — exclamou o professor.

— Ah, dê ouvidos a ele. — O inspetor Queen deu uma risadinha. — Ele é cheio de surpresas assim.

O MISTÉRIO DA CRUZ EGÍPCIA

Um cabineiro apareceu com uma bandeja de bebidas geladas. Eles beberam em silêncio e olharam a paisagem em constante mudança pelas janelas. Quando o cabineiro saiu, Ellery continuou:

— Quem matou Krosac em Arroyo? Estabeleçamos logo a condição fundamental de que, seja lá quem cometeu aquele primeiro assassinato, sabia da história dos Tvar e a utilizou ao deixar aqueles símbolos T. Quem tinha conhecimento da história dos Tvar? Van, Megara, Brad e Krosac; pois tanto Van quanto Megara nos contaram que apenas os irmãos Tvar e Krosac conheciam essa história. Poderia Megara, então, ter assassinado Krosac em Arroyo e deixado os Ts? Não; Megara está excluído por motivos puramente geográficos; ele estava do outro lado do mundo. Brad? Impossível; a sra. Brad testemunhou na presença de pessoas que poderiam negar se não fosse verdade, que Brad tinha sido anfitrião do campeão nacional de damas *na véspera de Natal* e jogado com ele sem parar naquela noite. Krosac, a vítima, está de fora, é claro. Kling, a única outra possibilidade física? Não, pois além de ser ignorante do significado fatal do T, ele foi várias vezes caracterizado como um indivíduo de pouca inteligência, estúpido, que seria mentalmente incapaz de executar um crime tão intricado. Então Krosac deve ter sido assassinado por Van, o único fator restante que preenche todas as qualificações do assassino.

"E aí está. Van assassinara Krosac. Como, sob quais circunstâncias? A história se encaixa. Ele sabia que Krosac estava atrás dele e dos irmãos. De algum modo, descobriu onde Krosac estava; viajando com o velho lunático, Stryker. Ele próprio deve tê-lo atraído até Arroyo usando uma carta anônima como isca. Krosac, ao ver que o sonho de vingança estava de fato prestes a ser concretizado, mordeu a isca, sem questionar a origem da informação na sua avidez, e guiou os movimentos do seu fantoche, Stryker, de forma que a caravana viesse ao vilarejo de Arroyo. Então Krosac... o próprio Krosac, pela primeira e única vez que de fato apareceu no caso como participante ativo... contratou um carro com Croker, o garagista de Weirton, para levá-lo até o cruzamento. Krosac não carregava uma maleta, lembrem, naquele momento; algo significativo quando consideramos que o assassino de fato carregava uma nos crimes subsequentes. Por que Krosac não estava com ela daquela primeira vez; aquela única vez, para ele? Porque não tinha qualquer intenção de fazer picadinho da vítima; ele era provavelmente um vingador são, apesar de determinado, que se satisfaria com a mera morte, não a carnificina, dos seus inimigos. Se o plano de Krosac tivesse sido bem-sucedido, nós teríamos encontrado o corpo do professor de Arroyo, sem qualquer mutilação, provavelmente morto a tiros.

"Mas Van, o instigador da cadeia de eventos, estava à espera do vingador desavisado e o matou. Já tendo amarrado e escondido o corpo *vivo* do infeliz Kling, Van vestiu Krosac com as próprias roupas, então decapitou o cadáver e tudo o mais.

"É evidente que foi uma trama de Van, ou Andreja Tvar, desde o início. Um crime com anos de preparação. Ele planejara a série de assassinatos de tal forma que eles parecessem a vingança de um homem, Krosac, que poderia muito bem ter enlouquecido depois de anos de ruminação do passado. Ele escondeu Kling com o único propósito de usar o corpo no fim para parecer o dele próprio. Então a trama fez parecer que Krosac, depois de matar um homem inocente a princípio, assassinou dois dos irmãos Tvar e, por fim, o terceiro; uma correção do que parecia ter sido um erro cometido sete meses antes. Quanto a Van, esse último assassinato enganoso passou a impressão de que ele também fora vítima da vingança do monomaníaco; enquanto ele próprio na verdade fugiu com as suas economias e a bela soma que, com habilidade, conseguira arrancar do irmão Stephen. Enquanto isso, a polícia procuraria eternamente pelo fantasmagórico e há muito morto Krosac... O engodo com os corpos foi criado sem dificuldade; lembrem que o próprio Van contratara Kling no orfanato de Pittsburgh, e portanto pôde selecionar um criado cuja aparência física fosse similar à própria. Quanto ao primeiro engodo, fazer o corpo de Krosac parecer o dele próprio... foi provavelmente a similaridade física entre eles, uma similaridade que ele descobriu logo que localizou o montenegrino, antes de mandar a carta anônima, que ajudou a inspirar a trama inteira."

— Você disse algo antes — comentou o inspetor, depois de refletir, ao se abaixar mais uma vez sobre a caixa de rapé —, sobre como estava no caminho certo no começo, mas se desviou dele. O que quis dizer?

— E não só no começo — disse Ellery com pesar. — O pensamento não parava de voltar por toda a investigação, e eu não parava de dispensá-lo. Não era exclusivo o suficiente... Pois, veja. Mesmo no primeiríssimo assassinato, um detalhe se destacou: a cabeça do cadáver fora decepada e levada embora. Por quê? Não parecia haver resposta exceto a obsessão do assassino. Mais tarde descobrimos a história dos Tvar e o significado superficial dos Ts como símbolo da vingança de Krosac. Então, é claro, dissemos que as cabeças foram cortadas fora para dar aos corpos a aparência física de um T maiúsculo. Mas aquela velha dúvida...

"Pois, no fim das contas, havia uma explicação alternativa para a decapitação das cabeças; uma teoria notável. De que o corpo foi preparado para lembrar um T, de que o T nos outros elementos... o cruzamento, a placa e o T rabiscado no primeiro crime; o totem no segundo; o mastro de antena no terceiro (o T rabiscado continuou reaparecendo, é claro, no quarto crime também)... De que todos esses Ts aglomerados haviam sido deixados pelas cenas dos crimes com um único propósito: *para encobrir o fato de que as cabeças tinham sido corta-*

das. Pelo desconhecimento de outras formas de identificação, a cabeça, ou rosto, é a forma mais fácil de identificar um cadáver. Então, falei para mim mesmo, é logicamente possível que esses sejam crimes não de um monomaníaco com uma obsessão por Ts, mas de um conspirador perfeitamente lúcido (apesar de desequilibrado) *que cortou fora as cabeças com o propósito de falsificar a identificação.* Parecia haver uma confirmação disso: nenhuma das cabeças foi encontrada. Por que o assassino não as deixou nas cenas dos crimes ou por perto, livrando-se delas assim que possível? O que seria o impulso natural de um assassino, insano ou não. Os corpos ainda formariam um T, ainda satisfazendo o complexo pela letra. Mas as cabeças estavam desaparecidas. Parecia possível para mim que tudo não estivesse exatamente como deveria estar; no entanto, porque tratava-se apenas de uma teoria e porque todos os outros fatos apontavam de modo tão certeiro para um vingador enlouquecido como o assassino, eu insistia em descartar o que era, na realidade, a verdade.

"Mas quando, na investigação do quarto assassinato, eu descobri que Andreja Tvar era o *deus ex machina*, todo o motivo ficou óbvio. No primeiro assassinato, a morte de Krosac, ele foi forçado a decapitar Krosac para impedir a identificação do corpo e permitir uma aceitação da ideia inicial de que o corpo era de Van, e a ideia subsequente de que o mesmo corpo era de Kling. Ainda assim, a mera decapitação do corpo teria levantado suspeita e desastre; qualquer investigador teria encontrado o caminho certo. Então Van fabricara o conceito brilhante e objetivamente irracional de Ts concebidos por um maníaco: os mais diversos formatos em T, sem qualquer inter-relação possível. Isso confundiu tanto a questão principal que ele teve certeza de que ninguém compreenderia o real significado das cabeças desaparecidas; que era, claro, permitir identificações falsas do primeiro e do último corpo.

"Depois de iniciada, é claro, ele foi forçado a continuar com a fantasia dos macabros Ts. Ele teve que cortar as cabeças de Brad e Megara para dar continuidade à interpretação da aversão de Krosac. No último assassinato, é claro, a decapitação serviu um propósito genuíno de novo. Foi uma trama esperta para caramba, tanto psicologicamente quanto na execução."

— Sobre o último assassinato — disse Isham, engolindo em seco. — Hã... foi só a minha imaginação, ou o conjunto de pegadas que levava ao interior da choupana era mais profundo do que o conjunto que levava para fora?

— Excelente, sr. Isham! — exclamou Ellery. — Fico feliz que tenha trazido isso à tona; um bom ponto. Serviu como uma confirmação primordial de toda a recapitulação do caso. Eu notei, como o senhor disse, que as pegadas do assassino se aproximando da cabana eram mais profundas do que as que se afastavam dela. Explicação? Um silogismo bem simples de lógica. Por que pegadas de uma mesma pessoa no mesmo terreno seriam mais pesadas em um caso do que no outro? Porque em um deles, o assassino estava carregando algo pesado; no outro, não... É o único argumento que explica a estranha diferença de peso do mesmo indivíduo em um período aproximado. Isso se encaixava de forma admirável. Eu sabia que o último corpo encontrado era de Kling. Onde Van o escondera? Não na choupana; então deve ter sido em algum lugar das redondezas. O policial Luden uma vez disse que as colinas da Virgínia Ocidental são crivadas de cavernas naturais; o próprio Van em um ponto disse que encontrara a choupana abandonada durante uma pequena expedição de *exploração de cavernas*! (É provável que já com essa exata ideia em mente!) Então Van foi até a caverna onde mantivera Kling prisioneiro por longos meses, o pegou e o *carregou* para o interior da choupana. A chuva deve ter parado depois que Van saiu da choupana para buscar Kling, mas antes de ele retornar carregando-o; ela apagou as pegadas de partida, mas manteve as de retorno. Então as pegadas profundas foram feitas quando ele carregou Kling para dentro da cabana; e as mais superficiais quando saiu de lá depois do assassinato, pela última vez.

— Por que ele não fez Kling *andar* para o interior da choupana? — perguntou Isham.

— Obviamente porque pretendia, desde o começo, deixar um rastro para um homem *manco*, Krosac. Ao carregar Kling e mancar, ele alcançou os dois objetivos: levar a vítima para dentro da casa e passar a impressão de que um homem, Krosac, entrara. Ao sair mancando ele cimentou a ilusão da fuga. Só cometeu um erro: esqueceu que, com o peso extra, as impressões na terra macia ficariam mais profundas.

— Não consigo enfiar na minha cabeça dura — murmurou o professor. — O homem deve ter sido... deve ser... um gênio. Perverso e tudo o mais; mas aquela trama dele exigiu um cérebro brilhante.

— Por que não? — perguntou Ellery com um humor áspero. — Um homem instruído, com anos de planejamento. Mas brilhante mesmo assim. Por exemplo, Van enfrentou um problema por todo o processo: ele tinha que organizar as coisas de modo que sempre houvesse um motivo legítimo para Krosac ter feito exatamente as mesmas coisas que ele próprio, Van, teve que fazer. Aquela história com o cachimbo, por exemplo, e o tapete virado com a mancha de sangue, e ter, de forma deliberada deixado o bilhete de Brad. Eu já relatei a você os motivos de *Krosac* para querer atrasar a descoberta da verdadeira cena do crime; que só deveria ser descoberta quando Megara entrasse em cena, de forma que o irmão pudesse aparentemente guiar Krosac até Van, que, pelo bilhete, o suposto assassino teria descoberto que ainda estava vivo.

"Mas Van, apesar de nos ter fornecido esse engenhoso motivo de *Krosac*, como o verdadeiro culpado tinha motivos ainda melhores para causar a demora. Se a polícia investigasse a biblioteca de cara, encontraria o bilhete de Brad, sem dúvidas sugerido pelo próprio Van, bem antes do retorno de Megara. Eles descobririam de imediato, então, que ele ainda estava vivo. Se qualquer deslize nas atividades de Van fizesse a polícia desconfiar de que o Velho Pete era Van, então a posição dele se tornaria precária. Imagine que Megara nunca voltasse, morresse no mar em algum canto. Então não sobraria alguém para confirmar à polícia que o Velho Pete, ou Van, era na verdade irmão de Brad e Megara. Ao causar o atraso ele garantiu uma confirmação da fraternidade precisamente no momento em que Megara retornou. Sem confirmação, ele poderia ser posto sob suspeita; com Megara para corroborar todas as declarações, parecia um homem inocente.

"Mas por que ele iria querer reaparecer na cena? Ah, mas aqui nós vemos o verdadeiro fim alcançado pelo complicado esquema do atraso até o retorno de Megara. Ao orquestrar de antemão que Brad deixasse o bilhete que instituía toda a cadeia de acontecimentos que culminava no retorno de Andrew Van à cena como um irmão confirmado dos Tvar, *ele assegurou a herança*. Com isso eu quero dizer: Van poderia ter feito a polícia acreditar que ele fora mesmo assassinado no primeiro crime, e poderia ter permanecido legalmente morto depois disso, enquanto dava continuidade à trama de matar os irmãos a partir da obscuridade do disfarce de Krosac. Mas se tivesse permanecido legalmente morto, como receberia o dinheiro que Brad lhe deixara por herança? Então ele precisava voltar... *vivo*. E em um momento em que Megara pudesse confirmar o fato de que Van *era* um dos irmãos. Desse modo, recebeu os cinco mil dólares que lhe eram devidos com perfeita segurança. Além disso, o acanhamento dele foi louvável. Lembram que Megara, comovido com o apuro do irmão "assustado" e a própria consciência, chegou a oferecer a Van um adicional de cinco mil... e Van recusou? Ele só queria o que lhe era devido, foi o que disse... Sim, um patife esperto. Ele sabia que aquela recusa cimentaria a ilusão do personagem eremítico que construíra com tanto cuidado.

"E, finalmente, por meio do bilhete e da história que contou no retorno à cena, ele preparou a polícia para uma aceitação do próprio segundo assassinato, já que agora eles sabiam que havia um vingador na cola dos irmãos Tvar e haviam descoberto que ele cometera um erro no primeiro assassinato. Diabólico, de fato."

— Complexo demais para mim — disse Vaughn, balançando a cabeça.

— É com isso que eu venho lidando desde que me tornei pai — murmurou o inspetor Queen. Ele suspirou e olhou alegremente pela janela.

Mas o professor Yardley não tinha a paternidade para alimentar o ego, e não parecia nem remotamente feliz. Ele puxava a barba curta com dedos distraídos, porém poderosos.

— Mesmo considerando tudo isso — disse ele —, eu tenho vasta experiência em enigmas... décadas de experiência, confesso... então outro exemplo da genialidade humana não me impressiona muito. Mas uma coisa, sim. Você disse que Andreja Tvar, irmão de sangue de Stefan e Tomislav Tvar, associado à mesma família e iniquidades pessoais, planejou por anos o extermínio desses mesmos irmãos. Por quê? Em nome de Deus, por quê?

— Entendo o que o perturba — falou Ellery, pensativo. — É a natureza terrível dos crimes. Além do motivo, existe uma explicação para *isso*. Pode admitir duas coisas? Para que o plano todo fosse bem-sucedido, era necessário que Andreja Tvar fizesse várias coisas desagradáveis: cortar cabeças de pessoas (incluindo a dos irmãos), pregar mãos e pés mortos a cruzes improvisadas, derramar uma quantidade incomum de sangue... E segundo, que Andreja Tvar seja louco. Ele deve ser. Se era são quando concebeu esse plano grotesco, estava insano quando começou a executá-lo. Então a coisa toda se esclarece: um louco derrama oceanos do icor divino, em parte oriunda dos corpos dos próprios irmãos. — Ellery encarou Yardley. — Onde exatamente está a diferença? Você estava pronto para aceitar Krosac como um louco; por que não Van? A única distinção é tênue: mutilar estranhos ou mutilar irmãos. Mas é certo que mesmo o seu conhecimento amador de crimes inclui as histórias sórdidas de maridos incinerando esposas, de irmãs picando irmãs em pedacinhos ensanguentados, de filhos martelando o cérebro das mães, de incesto e degeneração e todo tipo de crime intrafamiliar. É difícil para um ser humano normal começar a entender; mas se perguntar ao meu pai, ou ao inspetor Vaughn... escutará as verdadeiras histórias de atrocidades que fariam essa sua barba se encrespar de horror.

— Verdade — concordou Yardley —, consigo entender tais coisas até com o pressuposto de sadismo reprimido. Mas o motivo, meu garoto, o motivo? Como você poderia saber o motivo de Van se até o quarto crime considerava Velja Krosac o culpado?

— A resposta a isso — respondeu Ellery com um sorriso — é que eu não sabia o motivo de Van e que continuo sem saber neste minuto. Na verdade, que diferença faz? O motivo de um louco pode ser tão evanescente quanto o ar, tão difícil de cristalizar quanto o de um pervertido. Quando digo louco, é claro, não necessariamente quero dizer um maníaco delirante. Van, como você mesmo viu, parece estar em plena posse da sua sanidade. A loucura dele é uma peculiaridade, uma distorção no cérebro; ele é são em todos os outros aspectos. O meu pai ou o inspetor Vaughn podem lhe contar dúzias de casos em que assassinos parecem ser tão sãos quanto eu ou você, mas na verdade são os psicopatas mais cruéis.

— Eu posso lhe dizer o motivo — falou o inspetor Queen, suspirando. — Uma pena que você não estava presente ontem à noite, filho, e nem o senhor, professor, enquanto o delegado e Vaughn o pressionavam. O interrogatório mais interessante que já presenciei. Ele quase teve um ataque epiléptico, mas finalmente se acalmou e contou tudo; entre xingamentos contra os irmãos.

— Cuja cabeças, por sinal — comentou Isham —, ele disse ter afundado no estuário com pesos. As outras ele enterrou nas colinas.

— O motivo contra o irmão Tomis... Tomis... Tom — continuou o inspetor Queen — era o de sempre: uma mulher. Parece que no antigo país Van amava uma garota, mas Tom a roubou dele... a velha história de sempre. Essa foi a primeira esposa de Brad, que, segundo Van, morreu em consequência dos maus-tratos do irmão. Se isso é verdade ou não, é provável que nunca chegaremos a saber; mas é o que ele diz.

— E contra Megara? — perguntou Ellery. — Ele parecia um tipo de camarada decente, mesmo que melancólico.

— Bem, é um pouco nebuloso — respondeu Vaughn, franzindo a testa para a ponta do cigarro que fumava. — Parece que Van era o mais novo dos três irmãos, e dessa forma não tinha direito a nenhuma parte da propriedade do velho Tvar. Parece que os irmãos o tiraram da partilha ou algo assim. Megara era o mais velho e controlava o antigo erário. E depois eles não deram um centavo do dinheiro que roubaram dos Krosac a Van; lhe disseram que ele era jovem demais ou algo assim. E como ele deu o troco! — Vaughn abriu um sorrisinho sardônico. — Ele não podia abrir o bico, é claro, porque estava planejando tudo. Mas isso explica por que, quando os três irmãos vieram para este país, Van se separou dos outros dois e ficou na dele. Brad deve ter sentido algum peso na consciência, porque deixou aqueles cinco mil para Van. Ajudou à beça!

Todos ficaram em silêncio por um longo momento. O trem Twentieth Century ribombava pelo estado de Nova York.

Mas o professor Yardley estava irredutível. Ele se recusava a renunciar à perplexidade. Tragou o cachimbo por vários minutos, remoendo algum pensamento. Então disse a Ellery:

— Diga-me, ó Onisciência. Você acredita em coincidências?

Ellery relaxou e soprou anéis de fumaça.

— O professor está com problemas... Não, não acredito. Não em assassinatos, meu velho chapa.

— Então como explica o fato atormentador — perguntou Yardley em tom exigente, balançando o cachimbo — de que o amigo Stryker (Outro lunático, céus! Aí mesmo há uma coincidência!) apareceu tanto na cena do crime de Arroyo quanto na dos crimes subsequentes, tão distantes? Pois, já que Van é o culpado, o pobre e velho Ra-Harakht, filho do sol, deve ser inocente... A presença dele no segundo assassinato não é uma coincidência espantosa?

— Você é uma companhia valiosa, professor. Fico feliz por ter trazido isso à tona — disse Ellery energeticamente, sentando-se ereto. — É claro que não foi coincidência, como expliquei por inferência no dia da nossa primeira conversa no *selamlik* (como eu amo esta palavra!) do seu amigo. Não enxerga as deduções lógicas a partir dos fatos? Krosac não era um mito, era real. Ele descobriu que um dos irmãos Tvar estava em Arroyo, Virgínia Ocidental; não é de se imaginar, portanto, que a mesma carta "anônima" que Van escreveu também informasse onde os outros Tvar estavam? Brad em Long Island, Megara morando com Brad. Não podia haver tropeços na trama de Van; ele sabia que Krosac viajava com Stryker para Illinois, ou até mais para o oeste, e que, como ele precisava passar pela Virgínia Ocidental a caminho do leste, atacaria o professor primeiro.

"Muito bem. Precisamos acreditar que Krosac também não é nenhum tolo. Ele matara primeiro o Tvar que se autodenominava Andrew Van e depois os Tvar que se autodenominavam Brad e Megara. Ele sabe também que o assassino do pobre "desavisado" professor Van provocará um rebuliço, e será necessário que ele se esconda. Conclusão: por que não se esconder nos arredores da residência das suas segunda e terceira vítimas? Então ele procura nos jornais de Nova York, encontra o anúncio do velho Ketcham para o aluguel da ilha Oyster, convence o pobre Stryker a ir para lá e começar um culto ao sol, aluga a ilha por correio com bastante antecedência... Entende o que acontece? O próprio Krosac é assassinado. Stryker, *le pauvre innocent*, alheio a qualquer nuance, se junta ao também inocente Romaine, lhe mostra o aluguel da ilha Oyster, e lá vão eles. O que explica a presença dos adoradores do sol e dos nudistas na ilha Oyster."

— Por Deus! — exclamou o inspetor. — Van não poderia ter organizado melhor as coisas se quisesse Stryker como suspeito!

— E isso me lembra... — disse o professor, refletindo. — Aquela história egípcia, Queen. Você não insinua que houvesse algum plano pré-concebido na mente de Van para ligar a egiptologia do velho Stryker aos assassinatos?

— Graças a você — respondeu Ellery com um sorrisinho —, não insinuo nada do tipo. Pensando melhor, fiz papel de idiota com aquela minha peroração sobre a "cruz egípcia", não fiz, professor? — Ele se empertigou de repente e estapeou a coxa. — Pai, um pensamento perfeitamente cataclísmico!

— Escute — retrucou o inspetor com rispidez, o bom humor abandonando-o —, agora que *eu* estou pensando melhor, você deve ter gastado metade da conta bancária dos Queen fretando aviões e tudo o mais naquela sua perseguição louca e confusa, para cima, para baixo e ao redor do país. Eu preciso bancar essa conta?

Ellery deu uma risadinha.

— Deixe-me aplicar lógica ao problema. Tenho um de três caminhos para seguir. O primeiro é cobrar as minhas despesas do condado de Nassau. — Ele olhou para o promotor de

O MISTÉRIO DA CRUZ EGÍPCIA

justiça Isham, que se sobressaltou, começou a falar e enfim se recostou com um sorrisinho desconfortável e um tanto tolo no rosto severo. — Não, vejo que isso é, no mínimo, impraticável. O segundo: bancar o prejuízo por conta própria. — Ele balançou a cabeça e franziu os lábios. — Não, é filantrópico demais... Eu lhe disse que tive um pensamento cataclísmico.

— Ora — resmungou o inspetor Vaughn —, se não pode colocar na conta de outro e não vai bancar por conta própria, sei lá como diabos...

— Meu caro inspetor — disse Ellery —, eu escreverei um livro sobre o caso, o intitularei como uma recordação da minha erudição às vezes impulsiva, *O mistério da cruz egípcia*, e deixarei que os leitores paguem a conta!

> *Si finis bonus est,*
> *Totum bonum erit.*
> — Gesta Romanorum

O frasco azul sem rótulo e os meus turbulentos devaneios

Por Mabê Bonafé

Começou na Virgínia Ocidental... mas essa jornada se encerra aqui. Lembro-me de ter ouvido alguém dizer que o posfácio é parte da obra que deve ser escrita com extrema cautela, de forma a não acrescentar nada à história já finalizada. Marcou-me profundamente e, por isso, decidi adotar a mesma abordagem em relação a este texto. Portanto, reservo-me ao direito de não acrescentar absolutamente nada à vida de vocês, queridos leitores, e espero seguir assim até o final.

Se, por alguma razão, tirarem qualquer aprendizado daqui; a culpa não é minha.

A primeira vez que li Ellery Queen o achei um tanto quanto presunçoso, confesso que cheguei a revirar os olhos com essa coisa meio "estudei em Harvard, me erra". Mas, devo admitir que, aos poucos, ele vai se tornando mais humano. Também ajuda o fato de ele ser um grande observador, ter o grande poder da dedução e sempre resolver os mais misteriosos casos.

Daniel Nathan e Maniod Lepofsky (imagina ter que soletrar isso com uma arma apontada para sua cabeça...?) nasceram em Nova York no início do século XX. Eles eram primos e aficionados pela literatura policial, tanto é que foram responsáveis por diversas publicações acerca do assunto, sendo uma das mais importantes a já icônica *The Misadventures of Sherlock Holmes*, uma antologia com quase mil páginas e uma grande referência para quem quer se aprofundar no vasto universo daquele que talvez seja o detetive mais famoso da história.

Mas uma pergunta paira no ar: o que Daniel Nathan, Maniod Lepofsky e Ellery Queen têm em comum? O gosto pelo gênero policial, a obsessão por saber mais sobre o assunto e, principalmente, a gana por escrever sobre. Não, não é só isso que eles compartilham...

DESAFIO PARA O LEITOR

Se tem uma coisa que me interessa muito é desafiar a inteligência do leitor, mesmo quando este não está em posse de tudo que é preciso para chegar às próprias conclusões. Fato é, que se você souber, isso não lhe trará nenhuma reviravolta. E, se não souber, também. Assim, respondendo à pergunta acima sem qualquer cerimônia, o que Daniel Nathan, Maniod Lepofsky e Ellery Queen têm em comum é que eles são a mesma pessoa.

CORTINA SE FECHA E COMEÇA UMA TRILHA DE SUSPENSE

Ok, como três pessoas podem ser uma só? É que os dois primos decidiram, em alguma tardezinha de outono enquanto passeavam pelo Central Park (uma descrição meramente especulativa, assumo), que escreveriam juntos, sob o pseudônimo de Ellery Queen. E que Ellery Queen também seria o Sherlock Holmes deles, alguém que investigaria os casos com entusiasmo e chegaria às mais duras conclusões que mais ninguém conseguiu desvendar.

Bom, essa história também é para lá de sangrenta, afinal, quatro homens decapitados e, não obstante, crucificados formando um grande T? O que é isso, um filme? Eu sou da época em que Natal era uma noite mais feliz, ou ao menos é o que dizia a canção...

O meu maior fascínio por *whodunnit* (*quem é o assassino?*, em tradução livre) vai além do seu formato, onde um investigador está descobrindo quem é o culpado do crime, enquanto o espectador procura desvendar o mistério junto dele. É também pela forma com que estimula a nossa mente, quase como se estivéssemos todos sentados em um sofá duvidoso e apertado, fumando um charuto, tomando uma dose de uísque e conjecturando teorias.

Apesar de ter se iniciado principalmente com Poe, e depois passeado por Sherlock Holmes, de Sir Arthur Conan Doyle, e pelas histórias de Poirot e Miss Marple de Agatha Christie, entre tantas outras, é o tipo de história que explora temas universais que são relevantes até hoje, como a natureza humana, a maldade, a ganância, o poder e o controle.

Existe um senso de comunidade entre quem lê, porque é possível debater teorias e discutir as evidências de forma apaixonada, quase como se estivéssemos de fato debatendo em um júri, sem contar a sensação inenarrável quando o mistério é finalmente respondido, trazendo uma satisfação emocional.

Particularmente me apetece muito o romance policial em que no último capítulo descobrimos o famigerado assassino ou o motivo, mas, principalmente, o raciocínio por trás, a reunião de todas as evidências para se chegar às respostas — e isso Ellery faz muito bem. Com um pouco de arrogância? Sim. Fumando um charutinho na boa? Sim. Zombando dos coleguinhas? Também.

Até aí, tudo bem.

Eu adoro como as histórias são habilmente entrelaçadas no universo criado pelo autor, e é especialmente fascinante ver o competente Ellery correndo de um lado para o outro, conectando todos os pontos para desvendar o mistério. Ao

O MISTÉRIO DA CRUZ EGÍPCIA

criar uma sensação de tensão e suspense ao revelar as pistas de forma gradual, ele nos mantém engajados e ansiosos para descobrir a verdade junto com o detetive. Quando você menos espera, na sua imaginação, você está lá, ao lado dele, com seu quadro de camurça enumerando meticulosamente todas as evidências e informações relevantes das vítimas.

Quando somos confrontados com uma pergunta para a qual não sabemos a resposta, pode ser tentador inventar alguma situação para não assumir a verdade. Há de se ter muita coragem para mostrar quem somos de verdade, e sempre existirá uma abordagem melhor que a mentira. Quando confessamos que não sabemos algo, criamos em nós a oportunidade de aprender algo novo.

Bem, essa é uma situação difícil para mim, mas aprecio muito a honestidade. Então, sim, essa é a parte que eu admito que errei o culpado. Errei até mesmo a motivação do crime. Reconheço e assumo total responsabilidade pelos meus erros. Devo dizer, no entanto, que cheguei bem perto. Infelizmente, estava muito ocupada, o que acabou dificultando minha capacidade de me relacionar mais com o caso.

Não, não estou me justificando, não. (Ok, a tripla negativa não é lá o melhor dos sinais, mas me acompanhe.)

Eu só acho que é muito fácil para aqueles que tiveram o luxo de dissecar a história em detalhes, viajando por diversos estados em uma jornada obsessiva e, por fim, transformá-la em um livro. E, se agora me vejo envolvida em uma potencial discussão com um possível heterônimo de duas pessoas que já partiram deste mundo, a responsabilidade é toda minha.

Mas, voltando, não é um pouco engraçado que a grande resposta seja um frasco azul sem rótulo contendo iodo? Ou que um detetive possa viajar pelo país todo, fretando aviões, andando de trem, de carro (um *zap* hoje faria metade do trabalho), pois se passa em uma época em que o contato não era lá muito rápido?

Lembra o que eu disse sobre revirar os olhos ao primeiro contato com Ellery Queen? Confesso que nosso início não foi dos mais promissores, entretanto, como em um típico clichê de romance barato de folhetim, o que começou com uma pura implicância quase infantil, evoluiu para uma admiração crescente, quase arrebatadora, daquelas cuja só a implícita ideia de um adeus se torna doloroso.

A mim, leitora entusiasmada que já está ultrapassando os limites da breguice, cabe apenas torcer para que possamos nos encontrar novamente em um futuro próximo para desfrutar de uma experiência tão marcante quanto o elo que criamos em meio a uma trama cheia de intrigas, desafios e descobertas emocionantes.

**Frederic Dannay (1905-1982)
e Manfred B. Lee (1905-1971)**

Frederic Dannay, nascido Daniel Nathan, foi um roteirista e autor de literatura policial. Trabalhou como diretor de arte em uma agência publicitária de Manhattan antes de se tornar escritor. Seu primo, Manfred B. Lee, nasceu no Brooklyn, em Nova York, como Emanuel B. Lepofsky. Antes de se tornar escritor e editor, atuou como agente e redator publicitário.

Sob o pseudônimo de Ellery Queen, os dois escreveram sua primeira obra, *The Roman Hat Mystery*, para um concurso da revista *McClure's*. A parceria deu origem a dezenas de livros protagonizados pelo detetive também nomeado Ellery Queen, e muitos outros por Drury Lane, assinados pelo segundo pseudônimo da dupla, Barnaby Ross. Seus livros venderam mais de 150 milhões de cópias mundialmente. Os dois também criaram a *Ellery Queen's Mystery Magazine*, uma das mais influentes revistas de ficção de mistério do século XX, e foram cofundadores da Mystery Writers of America. Pela contribuição à literatura policial, receberam inúmeros prêmios e indicações, e suas obras foram adaptadas para a TV, o cinema e o rádio.

Este livro foi impresso pela Ipsis, em 2023, para
a HarperCollins Brasil. O papel do miolo é pólen
natural 70g/m², e o da capa é couchê fosco 150g/m².